外 国 文 学 名 著 丛 书

〔美〕欧内斯特·海明威／著

老人与海

陈良廷 等／译

"外国文学名著丛书"编委会

人民文学出版社
PEOPLE'S LITERATURE PUBLISHING HOUSE

Hernest Hemingway
THE OLD MAN AND THE SEA
根据 Heritage Publishers 2007 年版译出

图书在版编目 (CIP) 数据

老人与海 /（美）欧内斯特·海明威著 ; 陈良廷等译. —北京 : 人民文学出版社, 2021（2024.8 重印）
（外国文学名著丛书）
ISBN 978-7-02-016599-5

Ⅰ. ①老⋯ Ⅱ. ①欧⋯②陈⋯ Ⅲ. ①长篇小说—美国—现代 Ⅳ. ①I712.45

中国版本图书馆 CIP 数据核字（2020）第 166026 号

责任编辑	冯　娅	
装帧设计	刘　静	
责任印制	王重艺	

出版发行	人民文学出版社	
社　　址	北京市朝内大街 166 号	
邮政编码	100705	

印　　刷	北京盛通印刷股份有限公司	
经　　销	全国新华书店等	

字　　数	293 千字	
开　　本	850 毫米×1168 毫米　1/32	
印　　张	14　插页3	
印　　数	10001—13000	
版　　次	2013 年 8 月北京第 1 版	
印　　次	2024 年 8 月第 4 次印刷	

书　　号	978-7-02-016599-5	
定　　价	49.00 元	

如有印装质量问题,请与本社图书销售中心调换。电话:010-65233595

欧内斯特·海明威

出版说明

　　人民文学出版社自一九五一年成立起,就承担起向中国读者介绍优秀外国文学作品的重任。一九五八年,中宣部指示中国科学院文学研究所筹组编委会,组织朱光潜、冯至、戈宝权、叶水夫等三十余位外国文学权威专家,编选三套丛书——"马克思主义文艺理论丛书""外国古典文艺理论丛书""外国古典文学名著丛书"。

　　人民文学出版社与中国科学院文学研究所,根据"一流的原著、一流的译本、一流的译者"的原则进行翻译和出版工作。一九六四年,中国社会科学院外国文学研究所成立,是中国外国文学的最高研究机构。一九七八年,"外国古典文学名著丛书"更名为"外国文学名著丛书",至二〇〇〇年完成。这是新中国第一套系统介绍外国文学作品的大型丛书,是外国文学名著翻译的奠基性工程,其作品之多、质量之精、跨度之大,至今仍是中国外国文学出版史上之最,体现了中国外国文学研究界、翻译界和出版界的最高水平。

　　历经半个多世纪,"外国文学名著丛书"在中国读者中依然以系统性、权威性与普及性著称,但由于时代久远,许多图书在市场上已难见踪影,甚至成为收藏对象,稀缺品种更是一书难求。在中国读者阅读力持续增强的二十一世纪,在世界文明交流互鉴空前频繁的新时代,为满足人民日益增长的美好生活的需要,人民文学出版社决定再度与中国社会科学院外国文学研究所合作,以"网罗经典,格高意远,本色传承"为出发点,优中选优,推陈出新,出版新版"外国文学名著丛书"。

　　值此新版"外国文学名著丛书"面世之际,人民文学出版社与中国社会科学院外国文学研究所谨向为本丛书做出卓越贡献的翻译家们和热爱外国文学名著的广大读者致以崇高敬意!

"外国文学名著丛书"编委会

二〇一九年三月

目　次

译 本 序

　　出生于世纪交替之际的海明威，成长在美国中西部保守的基督教中产家庭中，自幼受母亲古典音乐的熏陶，同时又有父亲热爱自然的感染，有丰富的博物知识，是个颇有天赋的钓鱼、打猎的高手；他酷爱阅读，擅长运动，独立而富有冒险精神。

　　海明威拒绝父母让他读大学的建议，高中毕业后当了记者，年仅十八岁便奔赴第一次世界大战的战场，在意大利当救护兵，之后不久身负重伤，这次大难不死，使他终生拥有一种非凡的优越感——勇者不死，仿佛死神都会躲着他一般。十九岁返乡时，他已经是位退役的"老兵"，胸前佩戴着一枚意大利银质勇敢勋章，并经历了初恋失败的洗礼。酷爱写作的海明威很快结识了芝加哥一带的文学前辈。二十二岁结婚，婚后以巴黎为大本营，开始游历欧洲。当时的巴黎几乎汇聚了整个西方的艺术拓荒者与淘金者，电影《午夜巴黎》①就有最好的奇幻演绎，它让二十世纪初震撼历史的诗人、作家、画

---

① 《午夜巴黎》(*Midnight in Paris*)是才华横溢的伍迪·艾伦(Woody Allen,1935—　　)于2011年自编自导的奇幻喜剧，艾伦十分擅长以荒诞滑稽的通俗方式，演绎深奥的哲学、复杂的人物情感与心理，以及错综的历史。

家、音乐家、斗牛士、评论家与收藏家均粉墨登场,其中英俊潇洒的海明威谈吐自如,敏锐犀利,浪漫冷峻。

三十而立之年,海明威已经是两个儿子的父亲,与财力富强的第二任妻子衣锦还乡,定居于佛罗里达州的西礁,这时他已经形成了自己的写作风格与哲学,奠定了自己在美国文坛的地位。他的短篇小说与长篇小说《永别了武器》体现了他的文学精髓,后者还获得了商业成功。至此,海明威已经阅读了大量的世界文学作品,有意识地不断探索与开辟写作的新风格,养成了运动员一般刻苦自律的写作习惯,极其认真的文学创作态度。他掌握了法语、西班牙语,可以熟练地运用意大利语与德语,几乎结识了二十世纪初西方文学界、艺术界的所有重要人物。作为记者,他采访过当时各国政要首领,报道过重大国际事件。如此丰富的自我教育,非任何常规教育机构能够提供,就像俄国作家高尔基一样,他已经毕业于社会大学,又如西行得经的孙悟空,他饱餐了受益终生的《移动的圣宴》①。

海明威这个生而逢时的弄潮儿,不但本身具备了文学先锋的修养与条件,又正好赶上了文学艺术的繁荣时期;二十世纪是美国真正崛起的世纪,海明威创作活跃的年代,恰是严肃文学阅读的黄金时代。他不负历史使命,以开辟新疆域的勇气,简洁有力的文字风格,留有想象余地的叙述方式,新颖独

---

① 海明威在虚构性回忆录《移动的圣宴》(*A Moveable Feast*)中写道:"假如你年轻时足够幸运地在巴黎生活过,那么无论你将来到哪里,这个经历都将伴随你的一生,因为巴黎是移动的圣宴。"Moveable Feast 是基督教年历中非固定日的圣日,比如定于每年春分月圆后的第一个星期日的复活节;海明威将它比喻为丰富而神圣的精神食粮与财富;feast 在宗教意义上与 fast(斋戒)互换,因此,我将它翻译成"圣宴"。

特的视角切点,富有张力的情感与哲理结构,不怕遭受众亲叛离、做孤家寡人的诚实,先锋性地定义了美国现代文学,体现了美国人文个性,巩固了美国文学在世界文学史上的地位,成为世界文学的经典。海明威的文学成就,无需通过世俗的获奖纪录来反映,历史证明他的作品与影响已经永垂青史。在数字出版与多媒体的今天,文学内容、读者群、出版与阅读形式都发生了巨大的变化,无论是扫帚满天飞的"哈利·波特"现象,还是笼罩全球的《五十道阴影》怪圈,无论是论销量,还是评文学价值,任凭风云变幻,书店的货架上,从来没有间断过海明威的作品。世界各地的教科书依然选用他的作品。他仍然是学术界研究最多的二十世纪文学家之一。

海明威的个人生活极富传奇色彩,生前的曝光率不亚于好莱坞的电影明星,死后的影响力也远远超过同时代的任何作家。海明威将古巴作为第二故乡,一住便是二十年,他去世后的五十多年,也是美国与古巴对抗的半个世纪,唯有他一直发挥着亲善大使的作用。他的作品有无形的人文影响,《太阳照常升起》将西班牙的跑牛节扬名世界;《乞力马扎罗山上的雪》将这座赤道上的雪山放入全世界的视野中;他对狩猎的嗜好加快了各界对野生动物保护的思考与步伐。他曾经写过、逗留过,以及居住过的地方,从西班牙马德里的宝亭餐厅,到意大利威尼斯的哈利酒吧;从法国的莎士比亚书屋、佛罗里达州西礁的故居,到古巴哈瓦那的瞭望农庄,都成为来自世界各地学者与游人经久不衰的热门目的地。

在海明威经心与不经心展示的刚硬外表下,隐藏着一个敏感、羞怯、脆弱、慷慨而富有书生气的复杂灵魂。他为艺术大打出手,铤而走险,不计较个人得失,在将自己推上绝路时,他的艺术赋予了他永恒的生命。他生前拒绝写自传，也拒绝他人为他写传记，他在遗嘱中特意指出要焚烧掉所有的信件，但没有人敢执行这条遗嘱，这一方面是对他个人的背叛，另一方面也是对他的敬畏，因为海明威已经成为一个现代神话。

摆在读者面前的这部藏本，甄选独具匠心，荟萃精华，其中包括海明威在文学、商业、学术各方面均获成功的巅峰之作《老人与海》。《老人与海》创作于一九五二年，一经问世便引起了强烈的反响，相继获得了一九五三年美国普利策奖和一九五四年诺贝尔奖。这部仅百余页的中篇小说，向读者诠释了生命的高贵与尊严、人类坚不可摧的精神和人与自然的关系。他最早创作的短篇小说《在密歇根北部》，当年因内容牵涉到有争议的强奸概念而被主流体系压制。《白象似的群山》讲述一个有关堕胎的故事，却不见"堕胎"二字，是典型的海明威风格，简洁的文字和精心设计的省略，逼迫读者发挥更多的想象与思考。《印第安人营地》将生命的到来写得很暴力，将自杀（基督教禁区）写得冷峻而震撼，这两件事在一个小窝棚里的上下铺上同时发生，看在生命历程完全不同的父子眼里，时间是半夜到凌晨，文字简练，戏剧功底高深，极富张力。《一个很短的小故事》体现的是一种悲观的人生哲学：美好的经历，比如初恋，竟然会被其中的一方摇身一变，给它贴上儿戏的标签。最后，性与爱变得毫不相干，或者说爱根本就不存在了，而性只是传播性病的方式罢了。性的场所——汽车——象征着现代社会时空的异化。海明威只写过一个剧本《第五纵队》，而《今天是星期五》则是唯一的一部微型剧。军人谈宗教，犹太人卖酒，不是每个人都读得懂他的故事。《平庸的故事》是海明威生前发表的作品中最不为人理解的一篇小说，采用了意识流与对比的手法。《一个干净、光亮的地方》中的人物均无名无姓，是存在主义的典型代表作，表现人在面对衰老与孤独时，对尊严的追求，以及对现实的无奈与逃避，海明威写作的高明就在于他不用"凄凉、空虚、痛苦、绝望"等字眼，就能让读者强烈地体验到他要表达的情感。《一次简单的询问》等作品，涉及同性恋与变性这样的禁果，对特殊性取向人群的尊重，是人类最基本的尊重之一，他不怕闯禁区，创作理念前卫，并不是马上就得到理解的。《向瑞士致敬》中的三篇故事摆放在一起，好似三联画，既有对称、重复、韵律，又有悬念、矛盾、张力，读起来似乎都是海明威的小自传，说明了人的复杂性与孤独空虚。《好狮子》与《忠贞的公牛》是海明威仅有的寓言故事，前者探讨的是不同文明（或者说野蛮）之间的相互看法与影响，后者说的是人们要为自己的本性付出代价，好德行与坏德行之间只有一线之细微差别。《一个非洲故事》说的是信赖与背叛，英雄与反英雄，尊严与失尊严，不仅是年轻人成长的故事，也是人类成长的故事，人必须重新审视自己赖以为生的手段与过程。《我想凡事都会勾起你的一些回忆》，这篇标题很长的小说在海明威生前未发表，海明威写过许多父与子的故事，大多是年轻人成长的故事，而这篇故事说的是他与三儿子复杂的父子关系，三儿子自幼偏执穿女性衣服，晚年做了变性手术，儿子痛苦的探索与迷惘，父亲难掩的迷惑与失望，是一种相互映照、难以言说的复杂关系。

　　许多研究者认为，海明威的文学精华体现在他的中短篇小说中，其最显著的写作特色是简洁与反传统阅读习惯的张力，最大的贡献是敢于披荆斩棘地开路。说海明威是文学

"奇葩"很俗套,但无论从任何角度上讲,他都是最深入千家万户的经典作家之一。这部藏本,好似移动的圣宴,读者会在阅读的过程中发现共鸣,得到丰富的享受与充实的收获。

于 晓 红

峡谷镇,加拿大

二〇一三年三月初

老 人 与 海

　　他是个老人，独自驾一条小船在湾流①中捕鱼，这回连续出海八十四天，一无所获。头四十天，有个男孩跟着他。不过，一连四十天都没捕到鱼，男孩的父母就对孩子说，这老头如今晦气到家了，真是倒霉透顶，于是，男孩照他们的吩咐上了另一条船，头一个星期就捕到了三条很棒的鱼。男孩见老人天天空船而归，心里很难受，他总是走下岸去，帮老人拿卷起来的钓线，或是鱼钩、鱼叉，还有缠在桅杆上的船帆。那船帆用面粉袋打了几个补丁，收拢起来真像是一面标志着永远失败的旗帜。

　　老人瘦骨嶙峋，颈背上刻着深深的皱纹。他的两颊有着褐色的斑块，是阳光在热带海面上的反射造成的良性皮肤病变。褐斑从上到下布满面颊的两侧，他的双手由于常用钓线拖拽大鱼，勒出了很深的疤痕。可是，这些伤疤没有一处是新的，和没有鱼的沙漠里风雨侵蚀留下的痕迹一样古老。

　　他浑身上下都显得很苍老，只有那双眼睛，和大海是一样的颜色，看上去生气勃勃，有一股不服输的劲儿。

---

　　① 这里指墨西哥湾暖流，是大西洋上重要的洋流。起源于墨西哥湾，经过佛罗里达海峡，沿着美国的东部海域和加拿大纽芬兰省向北，最后跨越北大西洋通往北极海。

"圣地亚哥。"他们俩从小船停泊的地方爬上岸时,男孩对他说,"我又能跟着你了。我们家挣到了一点儿钱。"

老人教会了这男孩捕鱼,男孩很敬重他。

"算了,"老人说,"你遇上了一条走运的船,还是待下去吧。"

"不过,你总该记得,有一回你一连八十七天都没捕到鱼,后来连续三个星期,我们每天都捕到了大鱼。"

"我记得,"老人说,"我知道你不是因为吃不准才离开我的。"

"是爸爸让我走的。我是孩子,总得听他的。"

"我明白,"老人说,"这很在理。"

"他不大有信心。"

"是啊,"老人说,"可是我们有,对吧?"

"对,"男孩说,"我请你去露台饭店喝杯啤酒,然后咱们把这些东西带回家。"

"那敢情好,"老人说,"都是打鱼的嘛。"

他们坐在露台上,不少渔夫拿老人开玩笑,老人并不气恼。还有些上了年纪的渔夫望着他,为他感到难过,但他们并没有表露出来,只是说些客套话,谈谈海流,说说钓线入水的深度,接连的好天气,以及各自的见闻。当天有收获的渔夫都已经回来了,他们把大马林鱼剖开,整个儿横排在两块木板上,两人各抬着木板的一头,踉踉跄跄地一路走去送到收鱼站,在那儿等着冷藏车把鱼运往哈瓦那的市场。捕到鲨鱼的已经把鱼运到了海湾另一头的鲨鱼加工厂,吊在滑轮上,除去肝脏,割下鱼鳍,剥掉外皮,把鱼肉切成一条条的准备腌起来。

一刮东风,就会有一股腥味从鲨鱼加工厂飘过海港,吹送到这里来;不过,今天只有淡淡的一丝,因为风转为朝北吹,后来又渐渐停了,露台上阳光煦暖,令人感到惬意。

"圣地亚哥。"男孩唤了一声。

"哦。"老人应道。他正握着酒杯,回想好多年前的事儿。

"要不要我去弄些沙丁鱼来,给你明天用?"

"不用了。打棒球去吧。我还能划得了船,罗赫可以帮忙撒网。"

"我想去。就算不能跟你一块儿捕鱼,我也想帮点儿忙。"

"你请我喝了杯啤酒,"老人说,"你已经是个男子汉了。"

"你头一回带我上船,我有几岁?"

"五岁,那天你差点儿就没命了。我把一条活蹦乱跳的鱼拖到船上,它险些把船撞个粉碎。你记得吗?"

"我记得鱼尾巴一个劲儿地拼命拍打,坐板都被撞断了,还有用棍子打鱼的声音。我记得你猛地把我推到船头,那儿搁着一卷一卷的钓线,湿淋淋的,我感到整条船都在颤抖,还听见你在用棍子打鱼,那声音就跟砍树一样。我觉得浑身上下都有一股甜丝丝的血腥味儿。"

"你是真记得那回事儿,还是听我说的?"

"打咱们头一次一块儿出海那时候起,什么事儿我都记得。"

老人用他那双被阳光灼刺过的眼睛打量着他,目光坚定而又充满慈爱。

"如果你是我的孩子,我就会带你去碰碰运气,"他说,"可你是你爸妈的孩子,而且你还搭上了一条走运的船。"

"我去弄些沙丁鱼来吧?我还知道上哪儿能搞来四个

鱼饵。"

"我今天还有剩下的。腌在盒子里了。"

"我给你弄四个新鲜的吧。"

"一个吧。"老人说。他的希望和信心一刻也不曾丧失，此时在微风的吹拂下又鲜活地涌动起来。

"两个。"男孩说。

"那就两个吧，"老人同意了，"不会是偷来的吧。"

"我倒想去偷，"男孩说，"不过，这是我买来的。"

"谢谢你。"老人说。他的心思很简单，压根儿不去想自己从什么时候起变得如此谦卑。他知道自己变得谦卑起来，而且知道这并不丢脸，也无损于真正的自我尊严。

"看这海流，明天会是个好天气。"他说。

"你要去哪儿?"男孩问。

"到好远的地方，等到风向转了再回来。我打算不等天亮就出海。"

"我想办法让船主到远处打鱼，"男孩说，"这样，要是你捕到了一个很大的家伙，我们可以赶去帮忙。"

"他可不愿意在太远的地方捕鱼。"

"是啊，"男孩说，"不过，我会看见一些他看不到的东西，比方说一只正在捕鱼的鸟儿，这样我就能让他去追踪鲯鳅。"

"他的眼睛有那么糟吗?"

"差不多全瞎了。"

"这可怪了，"老人说，"他从来没捕过海龟，那才毁眼睛呢。"

"可你在莫斯基托海岸捕了好多年海龟，眼睛照样好好的。"

"我是个不一般的老头儿。"

"你还有力气对付一条非常大的鱼吗?"

"我想还有。再说我还有不少窍门儿呢。"

"咱们把这些东西带回去吧。"男孩说,"这样我就可以拿渔网去捕沙丁鱼了。"

他们从船上拿下捕鱼的家什。老人肩上扛着桅杆,男孩提着木盒,里面装着一卷卷编织得很紧密的褐色钓线,还有手钩和带柄的鱼叉。盛鱼饵的盒子放在船尾,边上有根木棍,用来制服被拖到船边的大鱼。没人会偷老人这些家什。不过,船帆和沉甸甸的钓线最好还是拿回家,露水对它们可不大好。尽管老人深信当地人不会来偷,可还是觉得,把手钩和鱼叉留在船上,让人产生非分之想,大可不必。

两人顺着大路来到老人的棚屋前,从敞开的门走进去。老人把裹着船帆的桅杆靠在墙上,男孩把盒子和其他用具搁在旁边。那桅杆跟这个单间的棚屋差不多一样长。棚屋是用王棕的坚韧苞壳盖成的,当地人称之为棕榈①。棚屋里有一张床、一张桌子、一把椅子,泥地上还有一块地方可以用木炭烧火做饭。棕褐色的墙面是用纤维结实的棕榈叶子压扁、层叠而成,上面有一幅彩色的《耶稣圣心图》,还有一幅《科伯圣母图》,都是他妻子的遗物。原先,墙上还挂着一幅他妻子的着色照片,因为一瞧见那照片就让他感到孤单,他就取下来,放在屋角的搁板上自己那件干净的衬衫底下。

"有什么吃的?"男孩问。

① 王棕是加勒比海一带特产的特大棕榈树,在古巴称作 guano(西班牙语)。

“一锅黄米饭和鱼。你想吃点儿吗？”

“不了，我回家去吃。要我帮忙生火吗？”

“不用。等会儿我自己来。也许就吃冷饭了。”

“我把渔网拿走好吗？”

“当然喽。”

其实根本没有渔网，男孩还记得他们是什么时候把渔网给卖掉的。不过，他们每天都要装模作样地走一遍过场。一锅黄米饭和鱼也是编出来的，男孩心里也明白。

“八十五是个幸运数字，”老人说，“你想不想看我带回来一条鱼，去掉内脏净重还有一千多磅？”

“我去拿渔网捕沙丁鱼。你坐在门口晒晒太阳可好？”

“好吧，我有昨天的报纸，可以看看棒球的消息。”

男孩不知道昨天的报纸是否也是纯属编造。不过，老人真的从床下拿出了报纸。

“佩里科在酒馆①里给我的。”他解释说。

“我弄到沙丁鱼就回来。我把你的和我的放在一起，用冰镇着，明天早上分着用。等我回来，你可以给我说说棒球的消息。”

“扬基队不会输的。”

“可我担心克利夫兰印第安人队会赢。”

“对扬基队要有信心，孩子。别忘了大名鼎鼎的迪马吉奥。”

“我担心底特律老虎队和克利夫兰印第安人队会获胜。”

“当心点儿，要不然，你连辛辛那提红队和芝加哥白袜队

---

① 原文为西班牙语。

都要担心啦。"

"你好好看吧,等我回来给我讲讲。"

"你看我们是不是该去买张末尾是 85 的彩票? 明天是第八十五天。"

"行倒是行,"男孩说,"可你的伟大记录是八十七天,这怎么说?"

"不会有第二次了。你看能搞到一张末尾是 85 的彩票吗?"

"我能订一张。"

"一张,要两块五,能向谁借到这笔钱呢?"

"这个容易。两块五我总能借到手。"

"我觉得没准儿我也能借得到。不过,我尽量不借钱。先借钱,后讨饭。"

"穿得暖和点儿,老爷子,"男孩说,"别忘了,这可是九月份。"

"正是大鱼上钩的时候,"老人说,"五月份人人都能当个好渔夫。"

"我现在去捉沙丁鱼了。"男孩说。

男孩回来的时候,老人正在椅子上安睡,太阳已经西沉。男孩从床上拿过那条旧军毯,铺在椅背上,盖住老人的双肩。这副肩膀不同寻常,尽管非常老迈,却依然强健有力,他的脖子也仍旧壮实得很,而且当他睡着的时候,脑袋向前耷拉着,皱纹也不大明显了。他的衬衫打过好多次补丁,弄得像他那张船帆一样,被太阳晒得褪了颜色,深浅不一。老人的头颅非常苍老,闭上眼睛的时候,面庞上没有一丝生气。那份报纸摊在他膝盖上,靠他一条胳膊压着,才没有被晚风吹走。他赤着双脚。

男孩撇下老人走了,等他回来,老人还在睡着。

"醒醒,老爷子。"男孩说着,把一只手搭在老人的膝盖上。

老人睁开眼睛,一时神情恍惚,仿佛刚从遥远的地方回过神来。接着他笑了笑。

"你弄到了什么?"他问。

"晚饭,"男孩说,"咱们吃饭吧。"

"我还不大饿。"

"来吃吧。你可不能光打鱼不吃饭啊。"

"我倒是这么干过。"老人说着站起身来,拿起报纸折好,然后开始动手叠毯子。

"把毯子围在身上吧,"男孩说,"只要我活着,就不能让你空着肚子去打鱼。"

"那就活得长长的,照顾好自己。"老人说,"咱们吃点儿什么?"

"黑豆米饭,油煎香蕉,还有炖菜。"

饭菜盛在双层金属饭盒里,是男孩从露台饭店拿来的。他口袋里装着两副刀叉和汤匙,每副都包在餐巾纸里。

"这是谁给你的?"

"马丁,饭店老板。"

"我得谢谢他。"

"我已经谢过他了,"男孩说,"你用不着去谢了。"

"我要把一条大鱼肚子上的肉给他,"老人说,"他这样帮助咱们不止一次了吧?"

"我想是这样。"

"这样的话,除了鱼肚子上的肉,我得给他点儿别的什么。他很关照咱们。"

"他还送了两瓶啤酒呢。"

"我最喜欢罐装啤酒。"

"我知道。不过这是瓶装的。哈图伊牌,我还得把瓶子送回去呢。"

"你真是太好了,"老人说,"咱们开始吃吧?"

"我一直在招呼你吃啊,"男孩轻声说,"我想等你准备好再打开饭盒。"

"现在我准备好了,"老人说,"我只是需要点儿时间洗一洗。"

你在哪儿洗呢?男孩想。村里的供水站在路那头,隔了两条街。我得替他搞些水来,男孩心想,还有肥皂和一条好点儿的毛巾。我怎么这么粗心呢?我得给他弄来一件衬衫,一件过冬的外套,还得弄双什么鞋子,再来条毯子。

"你拿来的炖菜好吃极了。"老人说。

"给我讲讲棒球赛吧。"男孩请求道。

"我说过,在全美职业棒球联赛中,扬基队所向无敌。"老人高兴地说。

"今天他们输了。"男孩告诉他。

"这不要紧。了不起的迪马吉奥又恢复常态了。"

"他们队里还有其他人啊。"

"那是当然。不过,有了他就大不一样。在另一场联赛中,布鲁克斯队对费城队,我绝对看好布鲁克斯队。可我还忘不了迪克·西斯勒和老公园①里那些漂亮的击球。"

---

① 指费城的希贝公园,那里曾是费城棒球比赛的重要场地。

"那种好球再也见不着了。我见过的击球,数他打得最远。"

"你还记得过去他经常到露台饭店来吗?我很想带他去捕鱼,可我胆子小,不敢开口。所以我让你去说,结果你也太胆小了。"

"我记得。那真是大错特错。他可能会跟咱们一起去的。那样的话,咱们一辈子都会记得这档子事儿。"

"我很想邀上大名鼎鼎的迪马吉奥去捕鱼,"老人说,"听人说,他父亲也是个打鱼的。兴许他过去和咱们一样穷,能跟咱们说得来。"

"顶呱呱的西斯勒的爸爸从来没有过过穷日子,他——我说的是他爸爸,像我这么大的时候就在大联赛里打球了。"

"我像你这么大的时候,就在一条去往非洲的横帆船上当普通水手了,黄昏的时候还在沙滩上见到过狮子呢。"

"我知道。你跟我说过。"

"咱们是说非洲的事儿,还是聊棒球?"

"我觉得还是聊棒球吧,"男孩说,"给我说说大名鼎鼎的约翰·J.麦格劳的事儿吧。"他把J说成了霍塔。

"早先他也常到露台饭店来。不过,酒一下肚,他就变得很粗鲁,出口伤人,不大好相处。他满脑子都是赛马和棒球。至少他的口袋里老是揣着赛马的名单,在电话里动不动就提到赛马的名字。"

"他是个了不起的经理,"男孩说,"我爸爸认为他是最棒的。"

"那是因为他上这儿来得最多,"老人说,"如果杜罗彻年年继续到这儿来,你爸爸就会认为他是最了不起的经理了。"

"说真的,谁是最能干的经理,卢克还是迈克·冈萨雷斯?"

"我觉得他们不相上下。"

"可最棒的渔夫是你。"

"别这么说。我知道还有更棒的。"

"哪里啊①,"男孩说,"好渔夫是不少,有的非常棒。可你是独一无二的。"

"谢谢你。真让我高兴。我希望不要来一条太大的鱼,证明我们都错了。"

"只要你还像自己说的那样强壮,就没有什么鱼能把你打垮。"

"我也许不如自己想象的那么壮实,"老人说,"可我有不少诀窍,而且还有决心。"

"你该上床睡觉了,这样明天早晨才能精力充沛。我把这些东西送回露台饭店。"

"那就晚安喽。早上我去叫醒你。"

"你就是我的闹钟。"男孩说。

"年岁是我的闹钟,"老人说,"老家伙们干吗醒得那么早呢?难道是为了让日子更漫长?"

"我不知道,"男孩说,"我只知道年轻人睡得晚,睡得死。"

"我会记得的,"老人说,"到时候我去叫醒你。"

"我不愿意让他来叫我,好像我不如他似的。"

"我明白。"

~~~~~~~~~~~~

① 原文为西班牙语。

"好好睡吧，老爷子。"

男孩走了出去。刚才两人已经黑灯瞎火地吃了饭，老人摸黑脱了裤子上床去睡。他把裤子卷起来当枕头，里面塞着那张报纸。然后，他把自己裹在毯子里，睡在弹簧垫上铺着的另一些旧报纸上。

他不一会儿就酣然入睡了，梦见了自己小时候去过的非洲，长长的金色海滩和白色海滩，白得刺眼，还有高耸的海岬和褐色的大山。如今他每天夜里都梦见自己生活在那道海岸边上，在梦里听见海浪的轰隆声响，看到当地的小船乘风破浪。在睡梦中，他闻到甲板上的柏油和麻絮的味道，还有清晨陆地上的微风带来的非洲的气息。

通常，他一嗅到陆地上的微风就会醒来，然后穿上衣服去叫醒男孩。不过，今夜那微风的气息来得很早，睡梦中他知道时候还早，就继续停留在梦里，看着一个个岛屿上的白色山峰从海面上升起，接着还看到加那利群岛形形色色的港湾和锚泊地。

他不再梦见风暴，不再梦见女人，不再梦见重大事件，不再梦见大鱼、打架、力量角逐，也不再梦见他的妻子。他如今只梦到一些地方，还有沙滩上的狮子。狮子在暮色中像小猫一样嬉戏着，他喜爱狮子如同他喜爱那个男孩。他从来没有梦见过那个男孩。他就这么醒了，从敞开的门望出去，看着月亮，摊开裤子穿在身上。他在棚屋外撒了尿，然后顺着路走去叫醒男孩。清晨的寒气让他直打哆嗦，不过他知道，哆嗦一阵之后就会感到暖和，等会儿就要去划船了。

男孩家的房门没有上锁，他推开门，光着脚悄悄走了进去。男孩睡在外间的一张帆布床上，借着残月透进窗子的微光,老人把他看得清清楚楚。老人轻轻握住男孩的一只脚,直到他醒过来,翻了个身看着老人。老人点点头,男孩从床边的椅子上拿过裤子,坐在床上穿起来。

老人走出门,男孩在后面跟着。他很困,老人搂住他的肩膀,说:"真抱歉。"

"干吗这么说①,"男孩说,"男子汉就得这样。"

他们顺着路朝老人的棚屋走去,一路上,男人们扛着桅杆,光着脚在黑暗中走动。

他们走进老人的棚屋,男孩拿起装在篮子里的几卷钓线,还有鱼叉和鱼钩,老人把船帆的桅杆扛在肩上。

"你想喝点儿咖啡吗?"男孩问。

"咱们先把渔具放到船上,然后再去喝。"

在一个大清早就向渔人供应早餐的小馆子里,他们用炼乳罐喝起咖啡。

"你睡得怎么样,老爷子?"男孩问。他已经渐渐清醒起来,尽管要完全摆脱睡意还是不大容易。

"我睡得很好,马诺林,"老人说,"我今天很有信心。"

"我也是,"男孩说,"现在我得去拿咱们俩要用的沙丁鱼,还有你的新鲜鱼饵。他自个儿拿我们的渔具,他从来不要别人帮忙。"

"咱们不一样,"老人说,"你才五岁的时候我就让你拿东西了。"

"我知道,"男孩说,"我马上就回来,你再喝杯咖啡吧。我们在这儿可以赊账。"

~~~~~~~~~~~~~~~~

① 原文为西班牙语。

他走了，光脚踩在珊瑚岩上，朝存放鱼饵的冷库走去。

老人慢悠悠地喝着咖啡。这是他一整天的吃喝，他明白应该喝下去。好久以来，吃东西让他感到厌烦，他从来不带午饭。船头有一瓶水，那就是他一天里唯一的需求。

男孩带着沙丁鱼和两个包在报纸里的鱼饵回来了，他们顺着小路向小船走去，脚底下是嵌着鹅卵石的沙地，踩上去别有一种感觉，他们抬起小船，让它滑进水里。

"祝你好运，老爷子。"

"也祝你好运。"老人说。他把船桨上的绳索系在桨栓上，俯身向前，好抵挡桨片在水中受到的阻力，在黑暗中划出港口。别的海滩上也有船只纷纷出海，这个时候月亮已经落山，老人虽看不分明，但能听见船桨入水和划动的声音。

偶尔哪条船上可听到人语声，大多数船都静悄悄的，只有桨声可闻。一出港口，船只便分散开来，各自驶向有望捕到鱼的那片海域。老人知道自己正划向远方，把陆地的气息抛在身后，驶入拂晓时分海洋的清新气息里。他划到一片水域，看到马尾藻在水里闪烁的磷光，渔人们把这片水域叫"大井"，因为这里的海水突然深达七百英寻，海流冲击海底峭壁，形成漩涡，各种各样的鱼都聚集于此。在深不可测的洞穴里，汇聚着海虾和可作鱼饵的小鱼，有时候还有成群的乌贼，夜间它们会浮到靠近海面的地方，成为所有游荡至此的鱼儿的充腹之物。

黑暗中，老人可以感到清晨将至，他一边划着船，一边听着飞鱼出水的颤抖声，还有它们那直挺挺的翅膀在黑暗中凌空飞离时发出的咝咝声。他非常喜爱飞鱼，那是他在海上最重要的朋友。他为鸟儿感到惋惜，尤其是纤弱的黑色小燕鸥，它们始终在飞翔觅食,却几乎从来都是一无所获。他想,除了那些掠夺成性的猛禽和健硕有力的鸟儿,鸟类的生活比我们还要艰辛。既然海洋如此残酷,造物主为什么还要让海燕一类的鸟儿生得如此柔弱纤巧?大海仁慈而又美丽,可她也会变得如此残暴,而且是在突然之间改变,这些飞翔的鸟儿,落到海面上觅食,发出细微的哀鸣,在大海的映衬下显得如此脆弱。

每每想到大海,他脑海中浮现的总是 la mar①,这是西班牙语中人们对大海的爱称。喜爱大海的人们有时候也会说她的坏话,不过这种时候往往把她当作女人。有些年轻一点儿的渔夫,用浮标当钓线上的浮子,还用卖鲨鱼肝赚来的大把钞票买了摩托艇,他们都把大海称作 le mar,一个阳性名词。他们提起大海的时候,总把她当作一个竞争对手,一个去处,甚至是一个敌人。可老人一贯把大海想象成女人,她向人们施与或拒绝施与莫大的恩惠,如果她做出什么狂暴或者邪恶的事情,那也是出于无奈。老人觉得,月亮对大海的影响如同对女人的影响一般。

他稳稳地划着船,保持自己一贯的速度,海面上风平浪静,只偶尔碰上几处水流的漩涡,所以并不感到吃力。他让海流替他分担三分之一的气力,天蒙蒙亮的时候,他发现自己走得比原先希望此时能够到达的地方还要远。

他想,我在"深井"打了一周的鱼,结果一无所获。今天我要找到鲣鱼和长鳍金枪鱼成群出没的地方,说不定它们中

①　西班牙语中的"海洋"(mar)一词可作阴性名词,前面的定冠词是 la,也可作阳性名词,前面的定冠词用 le。

间有条大家伙呢。

不等天色大亮,他就放出鱼饵,让船随流漂荡。其中一个鱼饵下沉到四十英寻深处,第二个在七十五英寻,第三个和第四个分别在一百英寻和一百二十五英寻深的蓝色海水里。每个用新鲜沙丁鱼做的鱼饵都是头朝下,钓钩的钩身穿进鱼饵,并且扎好,缝得结结实实,这样一来,鱼钩的所有突出部分,弯钩和钩尖,都包在鱼肉里。每条沙丁鱼都用鱼钩穿过双眼,在突出的钢钩上形成半个环。一条大鱼所能碰到的鱼钩上的任何部分,都会让它感到美味可口。

男孩给了他两条新鲜的小金枪鱼,也叫长鳍金枪鱼,这会儿正像铅坠一样挂在那两条下沉最深的钓线上,另外两根钓线上挂的是蓝色大鲹鱼和黄色的狗鱼,虽然已经用过,但依然完好无缺,上好的沙丁鱼又为它们增添了香味和诱惑力。每根钓线都像大铅笔一样粗,一端缠在青皮钓竿上,只要鱼一拽或者一碰鱼饵,钓竿就会下沉。每根钓线都有两个四十英寻长的卷儿,必要的时候可以牢牢地系在另外的备用钓线卷儿上,这样一来,一条鱼可以拖出去三百多英寻长的钓线。

老人一边盯着那三根从船边伸出去的钓竿,看有没有动静,一边缓缓地划着船,让钓线垂直上下浮动,并且保持在适当的深度。此时,天已经大亮,太阳随时都会升起。

淡淡的太阳从海面上升起来,老人可以看见别的船只,低低地挨着水面,离海岸不远,横布在海流之中。接着,太阳越发明亮了,耀眼的阳光照在海面上,当太阳完全离开地平线时,平静的海面将阳光反射到他的眼睛里,令他的双眼感到刺痛。他划着船,不去看太阳,而是俯视水中,看那几根笔直垂入黑魆魆的海水中的钓线。他的钓线总是比别人的都直,这样,在黑沉沉的海流中,每个海水层都有一个鱼饵,刚好在他所希望的地方等着游动的鱼儿上钩。别人往往让钓线随着水流漂移,有时候钓线在六十英寻深的地方,他们却以为有一百英寻。

他想,我的钓线深度很精确,只是不再走运而已。可谁知道呢?没准儿今天就时来运转。每天都是一个崭新的日子。走运当然更好。不过我宁愿做到分毫不差。这样运气降临的时候就有备无患了。

太阳升起来已经过了两个小时,他朝东方望去不再感到那么刺眼了。此时眼前只能看到三条船,它们显得很低矮,远在近岸的海面上。

他想,我这一辈子,老是让初升的太阳刺痛眼睛。不过,我的眼睛现在还是好好的。傍晚直视夕阳也不会感到眼前发黑。阳光在傍晚时分会更强劲,而早晨的光线会刺痛人的双眼。

就在这时,他看见一只军舰鸟,展开长长的黑色翅膀,在他前方的天空中盘旋飞翔。那鸟儿倏地急转而下,斜着后掠的翅膀,接着又开始盘旋。

"它发现了什么,"老人大声说,"它可不是随便看看。"

他不慌不忙地慢慢地划向鸟儿盘旋的地方。他并不心急,让钓线保持上下垂直。但他已经稍稍接近海流,为的是依旧按照正确的方式捕鱼,尽管他的速度比不靠这只鸟儿指引要快一些。

那只鸟儿在空中飞得更高了,又开始来回盘旋,翅膀纹丝不动。接着它突然俯冲下来,老人看见飞鱼跃出海水,拼命掠过海面。

"鲯鳅，"老人大声叫道，"大鲯鳅。"

他收起双桨，从船头下面拿出一根细钓线。钓线上有一截金属接钩绳和一只中号钓钩，他把一条沙丁鱼穿在上面当鱼饵，然后将钓线从一边的船舷放下水去，再把上面一头系在船尾一只带环的螺栓上。他又给另一根钓线装上鱼饵，卷作一团丢在船头的背阴处。随后，他又划起船来，密切观察那只长翅膀的黑鸟，那鸟儿正低低地贴着水面觅食。

他正看着，那鸟儿又斜着翅膀俯冲下来，紧接着徒劳地拼命扇动双翅追踪飞鱼。老人看见海面上有一个地方微微隆起，那是大鲯鳅在追赶逃窜的飞鱼，掀起了海浪。鲯鳅在飞掠的鱼群下面破水而行，只等飞鱼一落下就飞快扎进海水。那可是一大群鲯鳅，他想。它们散得很开，飞鱼根本没有脱逃的机会。那只鸟儿也没有机会，飞鱼对它来说个头儿太大，而且飞得太快。

他看着飞鱼一次次冲出水面，还有那只鸟儿徒劳无益地一次次发起进攻。这群鲯鳅算是从我身边逃走了，他想。它们游得太快，太远了。不过，说不定我能逮住一条掉队的，说不定我想捕到的大鱼就在它们周围。我的大鱼总该在某个地方啊。

这时，陆地上升起了如同群山一般的云，海岸成了一条长长的绿色的线，后面映衬着灰蓝色的小山。此时的海水变成了深蓝色，深得近乎发紫。他低头朝水里瞧瞧，发现深蓝色的海水里散布着红色的浮游生物，阳光在水中呈现出奇异的光彩。他时时留意自己那几根钓线，让它们笔直地没入水中，直到看不见为止。看到这么多浮游生物让他不免有些高兴，因为这说明有鱼。太阳升得更高了，阳光在海水中变幻出奇光异彩,这意味着天气不错,陆地上云朵的形状也预示着好天气。可是那只鸟儿此时几乎是不见踪影了,海面上什么也没有,只有几块黄色的马尾藻,还有一只僧帽水母紧靠着船舷漂浮不定,它的胶质泡囊呈紫色,有模有样的,闪烁出彩虹的光泽。那只水母倒向一边,又直立起来,像个气泡在兴高采烈地漂浮,身后那致命的紫色触须长长地拖在水里,足有一码。

"水母①,"老人说,"你这婊子。"

他轻轻地划着船桨,从自己坐的地方望下去,看见一些小鱼,颜色和拖在水中的触须一个样,正在触须之间和泡囊投下的小小阴影里游来游去。水母的毒性对它们毫无妨害,但人可不行。那些紫色的触须有的会缠在钓线上,黏糊糊地附在上面,老人把鱼拖上船的时候,他的胳膊和双手上就会留下疤痕和伤痛,就像被有毒的藤蔓或漆树刺伤一样。这水母的毒性发作得很快,那种疼痛就像挨鞭子抽打一般。

这些彩虹色的气泡很美丽。可它们是大海里最虚假的东西,老人很乐意看着大海龟把它们吃掉。海龟一发现水母,就从正面直逼上去,然后闭上眼睛,这样,它们全身都有硬壳做保护,接着它们就把水母连同触须统统吃掉。老人喜欢看海龟吃水母,喜欢暴风雨过后在海滩上遇见水母,喜欢听自己用长着老茧的脚掌踩在它们身上发出的啪啪的爆裂声。

他喜欢绿甲乌龟和玳瑁,很欣赏它们的优雅姿态、速度和极高的价值,看不上那身体庞大而笨拙的蠵龟,但并没有什么恶意,它们的甲壳是黄色的,做爱的方式很奇特,吞吃僧帽水母的时候闭着眼睛,样子很惬意。

---

① 原文为西班牙语。

虽然他驾船捕龟已经有好多年了，但对海龟并没有什么神秘的想法。他为所有的海龟感到难过，甚至包括那像小船一样长，足有一吨重的大棱龟。大多数人对海龟都很残酷，因为海龟被杀死，大卸八块之后，心脏还能持续跳动几个钟头。可老人心想，我也有一颗这样的心脏，我的手和脚也跟它们的一样。他吃白色的龟蛋，好长力气。五月份他整整吃了一个月，这样到了九、十月份就身强力壮，能对付真正的大鱼了。

　　他每天还从一个棚屋的大桶里舀出一杯鲨鱼肝油喝下去，那个棚屋是好多渔夫存放渔具的地方。桶就放在那里，谁都能去喝。大多数渔夫都厌恶那股味道，不过总比起早贪黑好受点儿，而且能够有效预防一切伤风感冒，对眼睛也有好处。

　　这时老人抬眼望去，发现那只鸟儿又在盘旋了。

　　"它找到鱼啦。"老人大声说。这时候既没有飞鱼跃出海面，也没有小鱼四散逃窜。但老人正在观瞧，只见一条小金枪鱼跃入空中，又一个转身，头朝下落入水里。金枪鱼在阳光下闪烁着银光，它入水之后，又有一条跳了出来，一条条金枪鱼在四面八方跳跃不定，搅得海水翻腾起来，它们跳得远远的去追逐小鱼，驱赶着鱼群，把鱼群团团围住。

　　要不是它们游得太快，我就能赶到它们中间了，老人想。他看着鱼群把海水搅得白花花一片，那只鸟儿此刻正俯冲下来，扑向惊慌之下浮上海面的鱼群。

　　"这只鸟儿算是帮了大忙。"老人说。就在这当儿，船尾那圈踩在他脚下的钓线绷紧了。他放下双桨，紧紧抓住钓线往上拽，感觉那条小金枪鱼在一抖一抖地向后拖，有点儿分量。他越是往上拽，鱼儿抖动得越剧烈，他看见水里露出了蓝色的鱼背和金色的鱼腹,就把钓线一甩,鱼儿越过船舷,落进了船里。阳光下,鱼躺在船尾,样子非常结实,形如子弹,大大的眼睛愚蠢地瞪着,尾巴快速抖动,动作干净利落,随即重重地撞在船板上,死了。出于善心,老人在它头上敲了一记,又踢上一脚。在船尾的背阴处,鱼还在抖抖索索。

"长鳍金枪鱼,"老人大声说,"做钓饵倒不错,总该有十磅重吧。"

他记不得自己是从什么时候开始独个儿自言自语了。早先他一个人有时候还会唱歌,那是在小帆船或者捕龟船上值班掌舵的时候。也许,是在那男孩离开他之后,他才开始一个人大声说话。可是他记不得了。他跟男孩一起捕鱼的时候,两人只有在必要的时候才开口说话。夜里或者碰上坏天气被困在暴风雨里的时候,他们会聊聊天。在海上,不没话找话说被认为是一种美德,老人向来这么认为,并且始终尊奉这一信条。可是现在,他经常把心中所想大声说出来,反正也不会打扰什么人。

"如果有人听见我自言自语,会以为我疯了,"他大声说,"不过,既然我没有发疯,就不管他三七二十一。有钱人的船里有收音机对着他们说话,还给他们播放棒球赛的消息。"

现在可不是想棒球赛的时候,他心想。现在只应该琢磨一件事儿。我就是为这个来到世上的。在那群鱼附近,可能有一条大家伙,他想。我只逮住了正在觅食的长鳍金枪鱼群中的一条离群的鱼。鱼群在远处捕食,而且行动很迅速。今天,海上出现的一切都稍纵即逝,而且都朝东北方向去了。难道这个时辰就是这样吗?或者这是某种天气征兆,我压根儿就不知道?

此时此刻,他已经看不见绿色的海岸了,只看见巍巍的青山,峰顶仿佛覆盖着皑皑白雪,上空的云彩看上去如同雪山一般。海水颜色深暗,阳光在海水中变幻出七色光彩。太阳升得高高的,那无数星星点点的浮游生物在阳光的照射下全都消失不见了,老人眼中所见只有蓝色的海水深处那巨大的七色光带,还有他那笔直垂入一英里深的海水中的钓线。

金枪鱼再次下沉,渔夫们管所有这类鱼都叫金枪鱼,只有在出售或者拿去换鱼饵的时候,才用它们特定的名称来区分。这时候太阳热了起来,老人感到脖颈上暖洋洋的,他划着船,感觉汗水从后背直淌下来。

我可以就这么随波漂流,他想,睡上一会儿,把钓线在脚趾上绕一圈,这样一有动静就能把我弄醒。可今天是第八十五天,我应该好好钓上一天的鱼。

他注视着钓线,就在这当儿,他发现伸向海面的一根绿色钓竿猛地往水下一沉。

"好啊,"他说,"好极了。"说着,他收起双桨,一点儿也没碰上船身。他伸手去拽钓线,把钓线轻轻地夹在右手大拇指和食指之间。他感到钓线既没绷紧,也没什么分量,就松松地握在手里。接着钓线又往下一沉。这回只是试探性的一扯,虚晃一枪,拉得不紧也不重,老人明白这究竟是怎么回事儿了。一百英寻深的地方有条大马林鱼在咬饵,吃包在钩尖和钩身上的沙丁鱼,而手工锻制的钓钩就穿在那条小沙丁鱼的头部。

老人轻巧地攥着钓线,用左手把它从钓竿上轻轻解下来。现在他可以让钓线在手指间穿过,不让那条鱼有丝毫紧绷的感觉。

在离海岸这么远的地方,长到这个月份,这条鱼个头儿一定不小,他想。鱼儿啊,快吃吧,吃吧。请吃吧。饵料多么新鲜啊,你却在四百英尺深处,待在这漆黑而冰冷的海水里。在黑暗里再转身回来吃吧。

他感到轻微的一拉,接着又是一下,动作重了些,准是沙丁鱼的头很难从钓钩上扯下来。接着就没有一丝动静了。

"来吧,"老人大声说,"再转身回来,闻一闻。不是很香吗?趁新鲜吃吧,还有金枪鱼呢。又硬,又凉,又好吃。别难为情,鱼儿,吃吧。"

他把钓线夹在大拇指和食指之间,就这么等着,与此同时眼睛紧盯着这根和另外几根钓线,因为这条鱼可能会游到高一点儿或低一点儿的地方去。接着又是轻微的一拉,和刚才一样。

"它会咬饵的,"老人大声说,"上帝保佑让它咬饵吧。"

可鱼儿没有咬钩。它游走了。老人感觉不到任何动静了。

"它不可能游走的,"他说,"天知道它是不会游走的。它是在兜圈子。说不定它以前上过钩,还记得这回事儿。"

不一会儿,他感到钓线轻轻地动了一下,于是他高兴起来。

"它刚才不过是在兜圈子,"他说,"它会咬钩的。"

感觉到这轻轻的一拉,他心里很高兴,接着又是重重的一下,那分量让人难以置信。那是鱼的分量。于是,他让钓线向下滑去,往下,再往下,把两卷备用钓线中的一卷一点点放开。钓线从老人的手指间轻轻溜下去的时候,他仍旧能觉出很大的分量,尽管他的拇指和食指之间几乎感觉不到什么压力。

"好大的鱼啊,"他说,"它把鱼饵咬在嘴边,正要带着鱼饵游走呢。"

它这就会掉过头来把鱼饵吞下去的,他想。他并没有说出口,因为什么好事情一旦说破,就不一定会来了。他知道这是多么大的一条鱼。他想象着这条鱼横叼着金枪鱼,正在黑暗中游走。就在这时候,他感觉鱼一动不动了,但分量还在。接着分量越来越重,他又放出更多的钓线。他一时加大了大拇指和食指上的力量,鱼的分量一下子加重了,一股脑向下坠去。

"它咬饵了,"老人说,"现在我让它吃个够。"

他一面让钓线从手指间往下溜,一面把左手向下伸,将两卷备用钓线的一头儿系在旁边那根钓线的两卷备用线的环扣上。现在,一切都准备好了。除了正在派上用场的那卷钓线以外,他还有三卷四十英寻长的钓线卷作为备用。

"再吃点儿吧,"他说,"好好吃吧。"

吃吧,这样钩尖就能刺入你的心脏,把你杀死,他想。乖乖地上来吧,让我把鱼叉刺进你的身体。好啦,你准备好了吗? 吃够了吗?

"来吧!"他大声说着,双手猛拉钓线,收回了一码长,接着又连连使劲儿向后拽,双臂轮番上阵,以身体的重量作为支撑,使出胳膊的全部力气把钓线往回拉。

毫无用处。那鱼径自慢慢游走,老人连一英寸也拉不上来。他的钓线很结实,是专为钓大鱼而做的,他把钓线抵在背上猛拉,钓线绷得紧紧的,竟然有水珠迸出。钓线在水里慢慢地发出咝咝的声音,但他还是攥得紧紧的,身子抵在横座板上向后仰,和鱼的拉力相对抗。小船开始慢慢向西北方向漂去。

鱼一刻不停地游着，和小船一起在平静的水面上慢慢行进。另外几个鱼饵还在水里，不过没什么动静，可以置之不理。

"真希望那孩子在我身边，"老人大声说，"我正被一条鱼拖着走，成了系缆绳的桩子啦。我倒是可以把钓线固定起来，不过这样一来鱼就会把钓线扯断。我得死命拉住，不得已的时候放开一点儿钓线。谢天谢地，它在朝前游，没有往下钻。"

如果它一门心思往下钻，我该怎么办？我不知道。如果它潜到海底，死在那里怎么办？我不知道。我得想想法子。我有不少办法呢。

他用后背抵着钓线，看着它斜插在水中，小船不停地向西北方向行进。

这样下去它会死的，老人心想。它不可能永远这么游下去。然而，过了四个钟头，那鱼仍然拖着小船，一刻不停地游向大海深处，钓线也依然紧绷在老人背上。

"这鱼上钩约莫是在中午，"他自语道，"可我还没看见它一眼呢。"

在钩住这条鱼之前，他把草帽拉得低低的，紧紧扣在头上，现在感到草帽把额头擦得生疼。他还觉得口渴，便双膝跪地，百般小心地尽量向船头挪过身去，免得猛地扯动钓线，他伸手拿过水瓶，打开瓶盖，喝了一点儿。然后他靠在船头上歇息。他坐在取下来的桅杆和船帆上，试图什么也不去想，只是熬下去。

他回身望了望，陆地已经不在视线之内。这没什么关系，他想。我总能借着哈瓦那的灯光回家。还有两个钟头太阳才会西沉，没准儿在这之前鱼就会上来。要是这会儿不上来，也许会在月亮升起的时候。我没有抽筋，感觉还有力气。是它的嘴被钩住了。不过，拖拽的劲头儿这么足，这该是条多大的鱼啊。它的嘴准是死死钩在钢丝钓钩上了。我真想看看它的样子。我真想看它一眼，好知道这是个什么样的对手。

老人靠着观察天上的星斗，看出这条鱼整个晚上都没有改变自己的路线和方向。日落之后天气变凉了，老人的后背、胳膊和两条老腿上的汗水都晾干了，身子感到发冷。白天里，他把盖在鱼饵匣子上的麻袋拿下来，摊在太阳底下晒干了。太阳下去之后，他把麻袋系在脖子上，披垂在后背，还小心地把麻袋塞在正勒在肩膀上的钓线下面。用麻袋垫着钓线，他可以想办法俯身趴在船头，这样简直可以说是很舒服了。其实这个姿势只是不那么难受而已，可他已经觉得算是很舒服了。

我拿它没办法，它也拿我没办法，他心里想，要是它一直这样下去，那就谁也奈何不了谁。

有一回，他站起身来，隔着船舷撒尿，然后又抬眼看看星星，查看自己的航路。钓线从他肩膀上笔直地伸入水中，像一道磷光。鱼和船的速度此时都放慢了，哈瓦那的灯光也不那么明亮，所以他知道海流肯定在把他们带向东方。如果我看不见哈瓦那炫目的灯光，那我们一定是更靠近东方了，他想。因为如果鱼的路线不变的话，我准会有好几个小时都能看得见灯光。不知道棒球大联赛今天结果怎样，他想。干这行要是有台收音机多美啊。接着他想，别老是惦记这玩意儿，想想自己在干的事儿吧，千万别犯蠢。

接着，他大声说："那男孩要是在这儿该有多好，可以帮帮我,也见识见识这光景。"

上了年纪的人不该单枪匹马了,他想。可这是避免不了的。我得记着趁金枪鱼还没坏掉就给吃了,好保持体力。记着,不管你多么不想吃,早晨也得吃下去。记着,他自言自语地说。

夜里,两只海豚游到小船附近,他能听见它们翻腾和喷水的声音。他能分辨出雄海豚那喧闹的喷水声和雌海豚发出的叹息似的喷水声。

"它们真好,"老人说,"嬉戏、打闹,相亲相爱。它们跟飞鱼一样,是我们的兄弟。"

他开始怜悯起这条被他钓住的大鱼来了。它真是了不起,真是与众不同,有谁知道它有多大岁数,他心想。我从来没有碰上过一条这么强壮的鱼,也没有见识过这么奇特的一条鱼。它也许是太聪明了,才没有往上跳。它要是跳起来或者横冲直撞,我就完了。不过,也许它曾经不止一次上过钩,知道就该这么对抗。它哪知道自己的对手只有一个,而且还是个老头儿。这是条多么大的鱼啊,如果肉质良好,在市场上能卖多大一笔钱啊。它咬起饵来像条雄鱼,拖拽起钓线来也像条雄鱼,搏斗起来没有一丝惊慌。不知道它是胸有成竹,还是和我一样孤注一掷。

他记得有一回曾经钓起过一对大马林鱼中的一条。雄鱼总是让雌鱼先吃食,上钩的那条雌鱼惊慌失措,绝望至极,拼命地挣扎,结果不一会儿就精疲力竭了,那条雄鱼一直陪伴着它,越过钓线,和它一起在水面上转来转去。雄鱼靠得那么近,它的尾巴像镰刀一样锋利,大小和形状也都像把镰刀,老人生怕它的尾巴会将钓线割断。老人用手钩把雌鱼钩上来,用棍子打它,抓住那边缘如砂纸一般的长嘴,朝它的头顶连连打去,直到鱼的颜色变成和镜子背面的颜色差不多,然后,男孩帮他一起把鱼拖上船来,这会儿工夫,雄鱼一直待在船边。当老人清理钓线、准备鱼叉的时候,雄鱼在船侧高高地跃到空中,想看看雌鱼在什么地方,然后它深深地钻入水里,大大地张开紫色的翅膀,也就是胸鳍,身上的紫色宽条纹全都呈现出来。老人记得,它非常美丽,而且久久不去。

那是我所见过的最令人伤心的一幕了,老人心想,当时男孩也很难过,我们请求那条雌鱼原谅我们,当即把它开膛破肚。

"要是男孩在这儿就好了。"他大声说,身子靠在船头那边缘已经被磨圆的木板上。通过勒在肩膀上的钓线,他能感觉到大鱼的力量。那鱼一直朝着自己选择的方向,一刻不停地游着。

是我耍的花招迫使它做出了选择,老人心想。

它本来选择待在黑魆魆的深水里,远远避开一切圈套、陷阱和花招。而我选择到没人去过的地方找它。世界上任何人都没去过。现在我们给拴在一起了,从中午开始就是这样。谁也没有帮手。

也许我不该当渔夫,他想。但是我生来就是干这个行当的。我一定要记住,天亮后吃掉那条金枪鱼。

天亮前的什么时候,他身后的钓饵被咬了一下。他听见钓竿折断了,那根钓线越过船舷朝外直溜。他摸黑解下带鞘的刀子,用左肩扛着大鱼的全部拉力,身子往后仰,割断了舷木上的钓线,又割断了离他最近的另一根钓线,摸黑把这两根备用钓线的断头接在一起。他用一只手熟练地干着,打了个牢牢的结,这当儿,他把脚踩在钓线卷上,免得来回移动。现在他有六卷备用钓线了。他刚才割断的那两根带鱼饵的钓线各有两卷备用钓线,被大鱼咬钩的那根钓线上还有两卷,全都连接在一起。

他想,等天亮了,我得想办法回到那条鱼饵在四十英寻深的钓线边上,把它也割断,接上备用钓线。我会损失两百英寻长的加泰罗尼亚钓线①,都是棒极了的钓线,还有钓钩和接钩绳。这些还可以重新添置。可是,万一钓上了别的鱼,把这条鱼给弄丢了,拿什么来代替呢?我不知道刚才咬饵的是条什么鱼。有可能是条大马林鱼,或者剑鱼,要么就是鲨鱼。我还没来得及琢磨呢。我得赶紧把它干掉。

他大声说:"我真希望那男孩在这儿啊。"

但是男孩不在你身边,他想。你只有自己一个人,最好还是想办法回到最末一根钓线边上,不管天黑不黑,把它割断了,接上那两卷备用钓线。

他说干就干,但在黑暗中不大容易,有一回,那条鱼翻腾了一下,把他脸朝下拖倒在地,眼睛下面被划开了一个口子。鲜血顺着脸颊淌下来,还没流到下巴上就凝固、干结了。他费了好大劲儿挪到船头,把身子靠在舷木上。他整了整麻袋,小心地将钓线换到肩上的另一个部位,用双肩把它固定住。接着,他又小心地试探了一下鱼拖拽的力量,还用手在水里感觉了一下小船行进的速度。

不知道刚才这鱼为什么突然颠了一下,他想。一定是金属接钩绳滑到了它那高高隆起的背上。当然,它的后背不会

①　原文为西班牙语。

和我一样难受。可是，不管它有多么了不起，也不可能永远拖着这条小船游下去。眼下，一切有可能招来麻烦的事情都解决了，而且我还有好多备用钓线；一个人还有什么要求呢？

"鱼啊，"他轻轻地说出声来，"我会和你奉陪到底。"

依我看，它也打算跟我奉陪到底，老人想。他等着天明。破晓之前天气很冷，他紧贴着舷木取暖。它能撑多久，我就能撑多久，他暗想。借着天边露出的第一缕光线，可以看到钓线向外延伸到水中。小船不停地行进着，太阳刚露出一道边缘，阳光正射在老人的右肩上。

"它在朝北去呢。"老人说。海流会把我们远远地带向东方，他想。我希望它会随着海流改变方向，那样就说明它越来越力不可支了。

等太阳升得更高了，老人才意识到大鱼并没有疲倦。只有一个迹象对他有利：钓线的倾斜度说明鱼游得更浅了。这不一定意味着它会跳上来。不过，还是有可能的。

"上帝保佑，让它跳吧，"老人说，"我有足够长的钓线来对付它。"

要是我把钓线稍微拉紧一点儿，也许它就会疼得跳起来，他想。既然天已经亮了，就让它跳吧，这样它脊骨边上的气囊会充满空气，就不会沉到深海去死了。

他试着拉紧钓线，可是自从这条鱼上钩以来，钓线已经绷得快要断了，他身子后仰去拉钓线的时候，感觉紧绷绷的，他明白不能再用力了。我千万不能猛地一拉，他想。每次猛拉一下，钓钩在鱼身上割开的口子就会更大，它要是真的跳起来，可能就会把钓钩甩掉。反正太阳出来了，我感觉好多了，而且这回不用盯着太阳。

钓线上挂着黄色的水草,老人知道这只会增大拉力,心里不免高兴起来。正是这种黄色的马尾藻在夜里发出强烈的磷光。

"鱼啊,"他说,"我喜欢你,也非常尊敬你。不过,今天天黑之前,我要杀死你。"

但愿如此,他想。

一只小鸟从北面朝小船飞来。是一只刺嘴莺,在水面上飞得很低。老人看出它很疲倦。

鸟儿飞到船尾歇歇脚,然后又在老人头顶上飞了一圈,落在那根钓线上,那儿更舒服些。

"你多大了?"老人问鸟儿,"头一遭飞到这儿来?"

他说话的当儿,鸟儿看着他。它太疲惫了,甚至无心细瞧那根钓线,只顾在上面摇摇晃晃地走,用细巧的脚爪紧紧抓住钓线。

"这钓线很牢靠,"老人对它说,"太牢靠了。夜里没有风,你不该这么累啊。鸟儿这都怎么啦?"

因为有鹰,他想,鹰会飞到海上捕捉鸟儿。可这话他没说给鸟儿,反正它也听不懂,而且过不了多久就会领教鹰的厉害。

"好好儿歇歇吧,小鸟,"他说,"然后去碰碰运气,像所有的人或鸟,或者鱼一样。"

说说话能给他鼓劲儿,夜里他的后背都变得僵直起来,这时候疼得很。

"你要是乐意的话,就待在我家吧,小鸟,"他说,"很抱歉,我不能撑起船帆,趁着正在刮起的微风送你回去。可我总算有个伴儿了。"

正在这时候,那鱼猛地一颠,把老人拖倒在船头,要不是他早有防备,放出一段钓线,可能就被拖下海去了。

钓线陡然一晃,鸟儿飞了起来,老人甚至都没察觉到它飞走了。他小心地用右手感觉了一下钓线,发现手上在淌血。

"被什么东西刺痛了。"老人大声说,他把钓线往回拉,看能不能让鱼掉转方向。拉到快要绷断的当儿,他稳稳地握住钓线,身子后仰,和钓线上的拉力相抗衡。

"鱼啊,现在你也尝到滋味了吧,"他说,"天知道,我也一样。"

他环顾四周,寻找那只小鸟,因为他很想有个伴儿。可鸟儿飞走了。

你没待多长时间啊,老人想。可你去的地方更加险恶,除非你飞到岸上。我怎么能被那鱼猛地一拉就割破了手呢?我准是变得越来越笨了。要么大概是因为我只顾着看那只小鸟,光惦记着它了。这会儿我得专心干自己的活计,然后我得吃下那条金枪鱼,免得力不从心。

"要是那男孩在这儿,再有点儿盐就好了。"他大声说。

他把钓线的分量挪到左肩上,小心地跪下来,在海水里洗了洗手,他把手放在水里浸了一分多钟,看着血在海水里漂散开去,小船向前行进,水流平缓地拍打着他的手。

"它游得慢多了。"老人说。

老人巴不得把手在盐水里多浸一会儿,可担心这鱼又猛地一颠,于是他站起身,打起点儿精神来,举起手遮住阳光。只不过是让钓线勒了一下,割破了皮肉而已。不过,那儿恰好是使劲儿的地方。他知道自己还指望这双手把事情干到底呢,他可不想还没开始就被割伤。

"这会儿，"等手晾干了，他说，"我得吃那条小金枪鱼了。我可以用手钩把它钩过来，在这儿舒舒服服地吃。"

他跪下来，用手钩钩住船尾的金枪鱼，小心不让它碰到那几卷钓线，把它朝自己这边拖过来。他又用左肩扛住钓线，靠左手和左臂牵拉着，然后从手钩上取下金枪鱼，将手钩放回原处。他把一个膝盖抵在鱼身上，从鱼颈到鱼尾纵向切割，割下一条条深红色的鱼肉。这些鱼块呈楔形，他从紧靠脊骨的地方一直切到鱼肚子边上。他割下六条，摊在船头的木板上，在裤子上擦了擦刀子，拎起鱼尾巴，把鱼骨扔进大海。

"我觉得我是吃不下一整条的。"他说着用刀子把其中一条肉横切成两段。他能感觉到那根钓线一直紧紧地牵拉着，而且他的左手抽起筋来。那只手紧拉着沉重的钓线，他厌恶地瞧了瞧。

"这叫什么手啊，"他说，"随你去抽筋吧。变成爪子好了。这对你可没什么好处。"

来吧，他想，低头看看黑魆魆的海水里那倾斜的钓线。这就吃下去吧，给手长点儿力气。不能怪这只手不好，你已经跟这条鱼耗了好多个钟头了。没问题，你能跟它奉陪到底。现在就把金枪鱼吃掉吧。

他拿起一块放在嘴里，慢慢地咀嚼。味道并不坏。

细嚼慢咽，他想，把汁水都吃下去。要是加上一点儿酸橙或柠檬，或者加点儿盐，味道应该不错。

"手啊，你感觉怎么样?"他问那只抽筋的手，现在那手僵硬得如同死尸一般，"为了你，我再吃点儿。"

他把切成两块的那条鱼肉的另外一半也吃了下去，细细地咀嚼一番，然后把鱼皮吐了出来。

"手啊,你感觉怎么样? 还是为时过早,没法儿知晓?"

他又拿起一整条鱼肉嚼起来。

"这条鱼很结实,血气旺盛,"他想,"我运气真不错,捉到了它,而不是鲯鳅。鲯鳅味道太甜。这鱼几乎没有一点儿甜味,力气还全在里面。"

除了讲究实际,别的都没有什么意义,他想。要是有点儿盐就好了。我拿不准太阳会把剩下的鱼肉晒干,还是晒得烂掉,所以最好全都吃下去,虽然我并不饿。这条大鱼很平静,也很安稳。我吃个干干净净,就能准备好对付它了。

"手啊,你忍耐一下吧,"他说,"我这么做全是为了你啊。"

我希望能喂喂这条大鱼,他想。它是我的兄弟。可我必须杀死它,为了这个还得养精蓄锐。他不慌不忙,一心一意地吃下了所有的楔形鱼条。

他直起身来,在裤子上抹了抹手。

"好了,"他说,"手啊,你可以放开钓线了,我要单用右胳膊来对付它,直到你不再捣乱。"他用左脚踩住刚才攥在左手里的沉重的钓线,身子向后倾,用背部来承受钓线的拉力。

"上帝保佑我,让我别再抽筋了,"他说,"因为我不知道这鱼还要怎么着。"

不过它似乎很平静,他想,好像在按自己的计划行动。可它有什么打算呢,他想。我又有什么打算? 它个头儿大,我必须随机应变,顺应它的计划。如果它跳上来,我就能杀死它,可它始终待在下面,那我就只好奉陪到底。

他把那只抽筋的手在裤子上擦了擦,想让手指松动松动。可手就是张不开。也许太阳出来手就能张开了,他想。也许等大有补益的生金枪鱼肉消化了之后才能张开。要是我非得用这只手不可,就一定要张开它,不惜任何代价。但我现在不想硬要把它打开。让它自己张开,自己恢复过来吧。昨天夜里我毕竟把这只手用得过度了,那会儿我不得不解开好几根钓线。

他的目光掠过海面,这才发觉此刻自己有多么孤单。他可以看见黑魆魆的深海里折射出的七色光彩,向前伸展的钓线,还有平静的海面上那不同寻常的波澜。这时,信风把云朵聚拢起来,他向前望去,只见一群野鸭在水面上飞,在天空的映衬下显出清晰的轮廓,一会儿又模糊起来,一会儿又变得清晰,于是他想到,在海上,任何人都不会孤身只影。

他想起有些人驾一叶小舟驶到望不见陆地的地方会感到害怕,他知道,这在天气会突然恶化的那几个月份是有道理的。而现在正是飓风季节,在飓风季节,不刮飓风的时候天气是一年中最好的。

如果飓风将至,几天之前在海上就能看到天空中有种种征兆。岸上的人是看不到的,因为他们不知道该看什么,他想。陆地上一定也有异常之处,云彩的形状会有变化。不过,眼下不会有飓风来临。

他望了望天空,只见白色的积云像是一团团诱人的冰激凌,高高的上空是薄如羽翼的卷云,映衬在九月高远的天际上。

"微风起来了①,"他说,"鱼啊,这天气对我比对你更有利呢。"

他的左手还在抽筋,但正在慢慢松开。

---

① 原文为西班牙语。

我讨厌抽筋,他想。这是跟自己的身体过不去。因为食物中毒,当着别人的面拉肚子或者呕吐是很丢脸的。而抽筋呢,他脑子里想到的是 *calambre*① 这个词,抽筋则是对自己的羞辱,特别是一个人独处的时候。

　　要是男孩在这儿,就能替我揉揉,从前臂往下疏通疏通,他想。不过这手总会松开的。

　　接着,他的右手感到钓线的拉力有了变化,他这才发现钓线在水里的倾斜度也变了。他身子向后仰靠在钓线上,左手快速地使劲儿拍打大腿,他看见钓线在慢慢向上倾斜。

　　"它要上来了,"他说,"手啊,你快点儿啊。快点儿张开吧。"

　　钓线慢慢地、稳稳地不断上升,接着,小船前方的海面鼓了起来,大鱼露出了水面。它不停地向上冒,海水从它的两侧直泻而下。在阳光的照射下,大鱼亮闪闪的,头部和后背呈深紫色,两侧的条纹在阳光里显得宽宽的,带着淡紫色。它那剑状的嘴足有棒球棒那么长,由粗而细,活像一把轻剑。它整个儿钻出了水面,随后又钻入水中,动作像潜水员一样流畅,老人看见它那大镰刀般的尾巴没入海水,钓线开始向船外飞蹿。

　　"它比我的小船还长两英尺哪。"老人说。钓线向外出溜得很快,但也很平稳,这表明大鱼并没有惊慌。老人设法用双手拉住钓线,用的力气刚好不会让钓线绷断。他知道如果不能稳稳当当地让大鱼慢下来,它就会把钓线全都拖走,并且拉断。

　　这是条大鱼,我一定得制服它,他想。我决不能让它感觉到自己的力量有多大,如果它奋力逃跑会有多大能耐。我要

---

　　①　原文为西班牙语。

是它,就会使出全身的力气逃脱,直到把钓线扯断。不过,谢天谢地,它们没有我们这些要置它们于死地的人聪明,尽管它们更高贵,也更能干。

老人见过很多大鱼。他见过不少重量超过一千磅的,还逮住过两条这么大的鱼,不过从来都不是单枪匹马。而现在,他独自一人,看不见陆地的影子,和一条他所见过的最大的鱼牢牢拴在一起,这鱼比他见到或听说过的任何一条鱼都大,而且他的左手还紧缩着,像拳曲的鹰爪。

不过,它总会松开的,他想。它总会复原,给右手帮帮忙的。这三样东西如同兄弟一般:那条鱼和我的两只手。这手一定得松开。真没用,竟然抽筋了。鱼又慢了下来,以它惯常的速度向前游。

我真搞不懂它刚才为什么跳起来,老人想。它那么一跳,简直就是为了让我瞧瞧它的个头儿有多大。不管怎么说,我现在明白了。真希望我能让它看看我是怎样一个人。不过那样的话它就会发现这只抽筋的手了。就让它以为我比真正的自己更有男子气概吧,我能做到的。但愿我是这条鱼,他想,用自己拥有的一切,所要对抗的仅仅是我的意志和智慧。

他舒舒服服地靠在木板上,忍受着一阵阵袭来的疼痛,那条鱼还在稳稳地游着,小船在黑魆魆的海水里缓缓前进。东边吹来的风在海面上掀起小小的波浪。中午时分,老人的左手不再抽筋了。

"鱼啊,这对你来说可不是好消息。"他说着把钓线在肩上的麻袋上面挪动了一下位置。

他感到很舒服,但也很痛苦,虽然他根本不承认有什么痛苦。

"我不是个虔诚的教徒，"他说，"不过我要念上十遍《天主经》，十遍《圣母经》，好让我逮住这条鱼。我保证，如果我能捉住它，一定去朝拜科伯圣母。我说到做到。"

他开始刻板地念起祈祷文来，有时候竟然累得连祈祷词都忘了，于是他念得很快，这样就能顺口念出来。念《圣母经》比念《天主经》容易些，他想。

"万福马利亚，你充满圣宠，主与你同在。你在妇女中受赞颂，你的亲子耶稣同受赞颂。天主圣母马利亚，求你现在和我们临终时，为我们罪人祈求天主。阿门。"接着他又加上两句："万福圣母马利亚，为这条鱼的死亡祈祷吧，尽管它非常了不起。"

祈祷完了之后，他心里感觉好多了，但身体仍旧像刚才一样痛苦，兴许还有增无减。他背靠着船头的木板开始机械地活动起左手的手指。

此时，虽然微风徐来，但太阳的热力却很强劲。

"我还是给垂在船尾外头的那条小钓线重新装上鱼饵的好，"他说，"如果这鱼打算再坚持一个晚上，我就得再吃点儿东西了，再说，瓶里的水也不多了。我看这儿除了鳀鳅什么也弄不到。不过，要是趁着新鲜的时候吃，味道也不错。但愿今天夜里能有一条飞鱼跳上船来。可我没有灯光来引诱它们。飞鱼生吃味道好极了，而且也不用切开。我现在得保存所有的气力。天哪，我真没想到它居然有这么大。"

"我要杀死它，"他说，"不管它有多么了不起，多么神气十足。"

不过这不公平，他想。可我要让它看看，一个男子汉有多大能耐，一个男子汉能忍受多大的痛苦。

"我告诉过那个男孩,我是个不一般的老头儿,"他说,"现在是我必须证实这话的时候了。"

他已经证实过上千次了,但那算不了什么。眼下他正要再证实一次。每一回都是全新的感受,他在身体力行的时候从来不会回想过去。

但愿它会睡着,这样我就能睡上一觉,梦见狮子。为什么狮子成了剩下的主要念想了?别想了,老家伙,他自言自语道。就这么轻轻地靠在木板上歇息吧,什么也别想。它正在卖力气呢。你尽量少费劲儿吧。

时间已近午后,小船仍旧在稳稳地缓慢行进。但是微微吹来的东风给小船增加了阻力,老人乘着细小的波浪,轻悠悠地漂流。勒在后背上的钓线带给他的疼痛也变得舒缓起来。

到了下午,有一回钓线又升了上来,不过鱼只是在稍高一点儿的地方继续游罢了。太阳照在老人的左胳膊、肩膀和后背上,据此他知道鱼已经转向东北方向了。

这条鱼他已经看见了一次,可以想象出鱼在水里游动的样子,它那紫色的胸鳍像翅膀一样张得大大的,笔直的大尾巴划破黑沉沉的海水。不知道它在那么深的地方能看见多少,老人想。它的眼睛好大,马的眼睛要小得多,可也能在黑暗里看得见东西。以前我在黑暗中可以看得清清楚楚,但不是在漆黑一团的地方。那时候我的眼睛简直能赶上猫。

有阳光的照射,再加上他不断活动手指,他的左手一点儿都不抽筋了,他开始把更大的拉力转移到左手。他耸耸后背的肌肉,好让钓线带来的伤痛换个位置。

"鱼啊,你要是还不累,"他大声说,"那你一定是很不一般。"

此时,他感到非常疲乏,而且他知道夜晚很快就会来临。他努力去想点儿别的什么。他想到了棒球的两大联赛,用他的话来说就是比赛①。他知道纽约的扬基队正和底特律的老虎队有一场比赛。

联赛已经进入第二天,可我还不知道比赛②结果如何,他想。我一定要有信心,要对得起了不起的迪马吉奥,他无论做什么都完美无缺,即使脚后跟长了骨刺,感到疼痛,也不在话下。骨刺是什么东西?他问自己。*Un espuela de hueso*③。我们不长那玩意儿。疼起来会不会像斗鸡脚上的距铁扎进脚跟那样?我想我忍受不了那种疼痛,也不能像斗鸡那样,被啄瞎了一只或者两只眼睛还能战斗下去。和那些英勇无畏的鸟兽相比,人算不得什么。可我还是情愿做那个待在黑暗的深水里的家伙。

"除非有鲨鱼要来,"他大声说,"要是鲨鱼来了,但愿天主怜悯我和它吧。"

你觉得了不起的迪马吉奥会守着一条鱼,就像我守着这条鱼一样,坚持这么久吗?他想。我敢肯定他会的,而且会坚持更长时间,因为他年轻力壮,何况他父亲也是个渔夫。可是,骨刺会不会让他疼得厉害?

"我说不上来,"他大声说,"我从没长过骨刺。"

太阳落下去的时候,为了给自己打气,他想起了那次在卡萨布兰卡④的一家小酒馆里,他跟一个从西恩富戈斯⑤来的

① 原文为西班牙语。
② 原文为西班牙语。
③ 原文为西班牙语,意为"骨刺"。
④ 位于哈瓦那湾出海处的东端。
⑤ 古巴中南部濒临加勒比海的一个良港,位于哈瓦那东南。

大块头黑人比手劲,那个黑人是码头上力气最大的。整整一天一夜,他们俩把胳膊肘撑在桌面那道粉笔线上,前臂伸直,两只手紧紧握在一起。两人都试图把对方的手压倒在桌面上。不少人都下了赌注。煤油灯下,人们进进出出。他一直盯着那个黑人的胳膊、手和脸。相持八个小时之后,他们每四个小时换一次裁判,好让裁判有时间睡觉。血从他和那个黑人的指甲缝里渗了出来,他们俩都死死地盯着对方的眼睛、手和前臂,那些下了赌注的人走进走出,坐在靠墙的高脚椅上观看。墙壁是木制的,漆成明亮的蓝色,灯光把他们两人的影子投射到墙上。黑人的影子大得出奇,随着微风吹动灯盏,巨大的影子在墙上摇曳。

　　整个晚上,两个人风水轮流转,人们把朗姆酒送到那个黑人嘴边,给他点燃香烟。朗姆酒一下肚,那黑人就会拼命使劲儿,有一回他把老人的手扳下去将近三英寸,那时候的老人还不是老人,而是"冠军"圣地亚哥①。但是老人又把手扳了回来,两人成了平手。当时,他有把握击败黑人,那是个好样的黑人,一个了不起的运动员。天亮时,打赌的人要求把比赛定为平局,可裁判却直摇头,老人用足了力气,硬是把黑人的手一点点往下扳,直到落在木头桌面上。比赛从星期天早上开始,一直到下个星期一早上才结束。好多打赌的人要求算作平局,因为他们得到码头上去干活儿,把成袋的蔗糖装上船,或者到哈瓦那煤行去上工。其实人人都想让比赛有始有终。可不管怎么说,他结束了这场角逐,而且是赶在大家必须去干活儿之前。

①　原文为西班牙语。

打那以后好一阵子，人人都管他叫"冠军"，春天里他们又进行了一场比赛。不过这次赌注下得不多，他轻而易举就赢了，因为在第一场比赛中，那个来自西恩富戈斯的黑人被他打垮了自信心。后来他又比赛过几次，就不再参加了。他坚信，只要自己一心想要做到，就能打败任何人，他也确信不疑地认为，掰手腕对用来钓鱼的右手不大好。在几次练习赛中，他曾经试着用左手，可他的左手总是不听使唤，不怎么得力，他对左手毫无信赖可言。

　　这会儿太阳能好好晒晒我这只手，他想。除非夜里冷得太厉害，它该不会再抽筋了。真不知道夜里会发生什么事。

　　一架飞机从他头顶上飞过，沿着航线前往迈阿密，他眼看着飞机的影子惊起一群群飞鱼。

　　"有这么多飞鱼，应该有鲯鳅才对。"他一边说着一边把身子向后仰，靠在钓线上，看能不能把鱼拉近一些。可是不行，钓线紧绷绷的，上面颤动着水珠，马上就要绷断的样子。小船缓缓前行，他望着那架飞机，直到看不见为止。

　　坐在飞机里一定会觉得很新奇，他想。不知道从那么高的地方望下来，大海是什么样子？要是他们飞得不是太高，一定能从空中清楚地看到鱼。在捕龟船上的时候，我待在桅顶横杆上，在那么高的地方甚至也能看到不少东西。从那儿往下看，鲯鳅的颜色显得更绿，你能看见它们身上的条纹和紫色斑点，还有游动着的整个鱼群。为什么在黑沉沉的海流中飞快游动的鱼，背部都是紫色的，而且一般来说都有紫色条纹或斑点？鲯鳅看上去是绿色的，这当然是因为它们实际上是金黄色的。不过，当它们实在饿极了要吃食的时候，身体两侧会现出紫色条纹，跟大马林鱼一样。这是因为它们恶狠狠的，还是因为速度更快,才呈现出条纹来呢?

天快黑的时候,鱼和船经过好大一片马尾藻,那片马尾藻在微波动荡的海面上飘摇,仿佛大海和什么东西在黄色的毯子下面做爱,就在这时,老人那根细钓线被一条鲯鳅咬住了。他第一次看见那条鲯鳅是在它跃出水面的时候,在最后一缕阳光的照射下,它呈现出真金一般的颜色,在空中狂乱地挣扎摇摆。那条鲯鳅惊慌得一次次跃出水面,好像在做杂技表演。老人费力地挪到船尾,蹲下身子,用右手和右臂拽着粗钓线,左手把鲯鳅往回拉,每扯回一段钓线,就用赤着的左脚踩住。等鱼到了船尾,绝望地来回乱窜乱跳,老人探出身去,把这条带着紫色斑点,金光灿灿的鲯鳅拎进船里。那鱼的嘴在钩子上抽搐一般急促地张合不停,又长又扁的身体、尾巴和脑袋在船底乱撞一气,直到老人用木棍猛击那金闪闪的鱼头,它才颤抖一阵,纹丝不动了。

老人把鱼从钩子上取下来,又装上一条沙丁鱼做鱼饵,扔进海里,然后他慢慢挪到船头。他洗了洗左手,在裤子上擦干。他把沉重的钓线从右手换到左手,又在海水里洗了洗右手,这当儿,他眼里望着太阳沉入大海,还有那斜入水中的粗钓线。

"它还是老样子,一点儿没变。"老人说。不过,他观察着拍打在手上的水流,发觉船走得明显慢了。

"我来把两只桨横绑在船尾,这样一来,夜里就能让它慢下来,"他说,"它能熬夜,我也行。"

最好待会儿再把这条鲯鳅开膛剖肚,好让血留在鱼肉里,他想。我可以等会儿再干,那时候也把船桨捆上,增加阻力。眼下还是让这鱼安静些好,日落时分最好别太惊扰它。太阳落下去的时候,所有的鱼都不大好过。

他在空气中晾干了手,然后握住钓线,尽量放松身体,抵在木板上,听任钓线把自己往前拉,这样,小船就能承载和他一样大的拉力,甚至更多。

我在学着怎么对付它,他想。至少在这方面。再说,别忘了它从上钩以后还没吃过东西,而且它体形如此庞大,需要吃大量食物。我已经吃了一整条金枪鱼,明天吃那条鲯鳅。他管鲯鳅叫"黄金鱼"①。也许我清理鱼肠的时候就该吃点儿。它可比金枪鱼难吃,不过,话又说回来了,什么都不容易。

"鱼啊,你感觉怎么样?"他大声问道,"我感觉不错,左手好多了,还有够我吃上一天一夜的东西。鱼啊,你就拖着这条船吧。"

其实他并不好受,勒在背上的钓线带给他的疼痛几乎已经不仅仅是疼痛了,而是成了一种麻木,这是他预感到的。不过,比这更糟糕的情况我也碰上过,他想。我的一只手只不过是割破了一点儿,另一只手已经不再抽筋了。我的两条腿都没事儿。而且在保持体力方面也比它强。

此时,天已经黑了,九月里,太阳一落,天就黑得很快。他背靠着船头已经磨损的木板,尽量让自己放松休息。第一批星星出来了。他不知道其中一颗叫作 Rigel②,但他一看到那颗星,就知道所有的星星很快全都会露面,这些相距遥远的朋友又来和他相伴了。

"这条鱼也是我的朋友,"他大声说,"我从来没见过,也

①　原文为西班牙语。
②　在阿拉伯语中意为"脚",因位于猎户座下方而得名,中国天文学称之为参宿七。

没听说过这样一条鱼。不过我必须杀死它。幸亏我们用不着非得杀死那些星星。"

想想看，要是每天都有人必须设法杀死月亮会怎么样，他想。月亮会逃走的。不过再想想看，要是每天都有人不得已去设法杀死太阳又会怎样？我们生来还算是幸运的，他想。

接着，他又为这条没有东西吃的大鱼感到难过，但伤心归伤心，他还是决定杀死它。它能够多少人吃啊，他想。可是他们配吃吗？不配，当然不配。它的举止风度何等高贵，它的尊严何等伟大，谁也不配吃它。

这些我实在搞不懂，他想。幸好我们不必非得去杀死太阳或月亮，或者星星。在海上过活，杀死我们真正的兄弟，已经够受的了。

眼下我得琢磨琢磨阻力的问题，他想。这有利有弊。如果它生拉硬拽，再加上船桨造成的阻力，小船就没有那么轻巧了，我可能会放出很长的钓线，而且会让它跑掉。小船很轻巧，这就延长了我们双方的煎熬，不过这一点有助于我的安全，因为这鱼游起来速度惊人，它还没完全施展出来呢。不管发生什么事情，我必须给这鲯鳅开膛剖肚，免得坏掉，还得吃点儿鱼肉长长力气。

现在我要再休息一个小时，感觉一下它是不是安稳，然后再到船尾做这件事儿，还得决定对策。这段时间，我还能看看它有什么动静，有没有变化。用船桨增加阻力是个好办法；不过现在到了稳扎稳打的时候了。这条鱼还是很了不得，我看见钓钩挂在它的嘴角，它把嘴巴闭得紧紧的。鱼钩带来的折磨算不了什么。饥饿的煎熬，还有对跟自己较量的对手一无所知，这才是最要命的。老家伙，先歇歇，让它卖力气吧，等轮到你上阵的时候再说。

他自己估摸歇了两个钟头。月亮得等到很晚才会出来，他没法判断时间。其实他也算不上是休息，只能说是相比较而言放松了一点儿。他的肩膀仍然承受着鱼的拉力，不过他把左手放在船头的舷木上，越来越多地让小船本身和大鱼的拉力相抗衡。

要是能把钓线固定住，事情该会多么简单啊，他想。可是那样的话，大鱼只要稍一挣扎，钓线就会绷断。我必须用自己的身体来缓冲钓线的拉力，双手随时准备放出一段钓线。

"可是，老家伙，你还一点儿没睡过呢，"他大声说，"已经过去半天一夜，现在又是一天了，可你一直没睡觉。它要是老老实实，安安静静，你就得想法儿睡上一会儿。如果你不睡觉，脑子可能会糊里糊涂。"

我的脑子够清醒的，他想。太清醒了。跟星星我这些兄弟们一样清醒。可我还是必须睡觉。它们睡觉，月亮和太阳也睡觉，甚至在波澜不惊、风平浪静的时候，连大海也会睡觉。

可别忘了睡觉，他想。一定得让自己睡上一觉，想个简单可靠的办法安置这些钓线。现在回去收拾那条鲯鳅吧。如果一定要睡的话，把船桨绑起来增大阻力就太危险啦。

不睡觉我也能行，他对自己说。可是这太危险了。

他开始手膝并用爬回船尾，小心不猛拉钓线惊动那条鱼。那鱼自己可能已经半睡半醒了，他想。不过，我可不想让它休息。它必须这么拖着小船，一直到死。

回到船头，他转了个身，好用左手攥住紧紧勒在肩上的钓线，右手从刀鞘里拔出刀子。这时候，星星很明亮，他能清楚地看见那条鲯鳅。他把刀刃插进鱼头，把它从船尾下方拖出来。他用一只脚踩在鱼身上,一下子就从肛门直剖到下颌的尖端。然后,他放下刀子,用右手掏出内脏,掏得干干净净,把鱼鳃也全都拽掉了。他感觉鱼胃拿在手里沉甸甸、滑溜溜的,就把它剖开,里面有两条飞鱼。两条鱼都硬挺挺的,还很新鲜,他把两条鱼并排放在一起,将鱼肠和鱼鳃从船尾丢进海里。这些东西沉入大海的时候,在海水里拖出一道磷光。鲯鳅冷冰冰的,在星光下呈现出麻风病人一般的灰白色。老人用右脚踩住鱼头,剥下一侧的鱼皮,接着又把鱼翻转过来,剥掉另一侧的皮,然后把两侧的鱼肉从头到尾割下来。

他把鱼骨头顺着船舷滑进海里,留神看它会不会在水里打转。但是,他只看见了鱼骨慢慢下沉时的磷光。他回转身,把两条飞鱼夹在两片鱼肉中间,将刀子插回刀鞘,自己又慢慢挪到船头。紧勒的钓线让他的后背弓了起来,他右手里还拿着鱼肉。

回到船头,他把两片鱼肉摊在船板上,飞鱼搁在一边。他把斜勒在肩上的钓线换了个地方,又用左手抓住钓线,把手放在船舷上。然后,他从船舷探出身去,把飞鱼在海水里洗了洗,留心看冲击在手上的水流有多快。他的手剥过鱼皮,所以磷光闪闪,他注意观察水流怎样冲刷他的手。水流不那么急了,他把手的一侧在船板上蹭了蹭,星星点点的磷光浮荡开去,慢慢漂向船尾。

“它越来越累了,要不就是在歇息,”老人说,“现在我来吃掉这条鲯鳅,歇一下,睡上一会儿吧。”

星光下,夜越来越凉了,他吃了半片鲯鳅肉,还有一条去掉内脏和脑袋的飞鱼。

“鲯鳅烧熟了吃味道棒极了,”他说,“生吃可真糟糕。以后上船出海我一定得带上盐和酸橙。"

我要是有脑子,就会一整天不断把海水泼在船头,干了就会变成盐,他想。不过,话又说回来了,我是在太阳快落下的时候才钓到这条鲯鳅的。不管怎么说也是准备不周。我还是细嚼慢咽吃下去了,也没有反胃作呕。

东边的天空布满了云彩,他叫得上名的星星也一颗颗隐没了。他仿佛正驶入一个云彩堆叠的大峡谷,此时,风也息了。

"三四天里天气就会变坏,"他说,"不过今天夜里和明天还不要紧。老家伙,准备好,睡上一会儿吧,趁这鱼平静安稳的时候。"

他右手紧紧攥着钓线,用大腿抵住右手,把全身的重量都压在船头的木板上。接着,他把勒在肩上的钓线往下移了一点儿,用左手撑着。

只要把钓线撑紧,我的右手就能攥住它,他想。睡着的时候,如果钓线松开了,往外出溜,我的左手就会把我弄醒。这样右手就吃苦头了,不过它已经习惯了。我哪怕只睡上二十分钟或者半个小时也好。他俯身向前,用整个身子夹住钓线,身体的全部重量都落在右手上,接着他就睡着了。

他没有梦见狮子,却梦见了一大群海豚,有八到十英里那么宽广,时值交配季节,它们不断地高高跃到空中,再落进腾空一跃时在海水中留下的水涡里。

接着他又梦见在村子里自己躺在床上,北风强劲,周身寒冷,自己的右臂都麻木了,因为他把头枕在那上面,而不是在枕头上。

后来他又梦见那条长长的黄色海滩,看见第一头狮子在黄昏时分下到海滩上,接着别的狮子也来了,他把下巴搁在船头的木板上,船抛下锚停泊在那里,晚风习习吹向海面,他等着看有没有更多的狮子来,心情很愉快。

月亮升起已经好一阵子了,可他还在睡着,大鱼平稳地拖着小船,驶进云彩形成的隧道。

他醒过来是因为自己的右拳猛地砸在脸上,钓线从右手滑出去,让他感到火辣辣地疼。左手毫无知觉,他用右手拼命拉住了钓线,可钓线还是一个劲儿往外出溜。左手终于找到了钓线,他仰起身子抵住那钓线,这一来他的后背和左手被勒得火烧火燎一般疼痛,现在是左手承受全部的拉力,真像是被刀割一样生疼。他回头看看,那几个钓线卷正流畅地放出线去。就在这时候,大鱼一跃而起,掀起巨大的海浪,又重重地落了下去。接着,它又一次次跳起来,虽然钓线飞快地往外溜,小船的速度还是很快,老人把钓线拉得紧紧的,都快绷断了,并且一次次到了快要断裂的临界点。老人被死死地拖倒在船头,他的脸贴在那片鲯鳅肉上,动弹不得。

等的就是这个,他想,现在我们来大显身手吧。

它得为拖走钓线付出代价,他想,让它为这个付出代价吧。

他看不见鱼一次次跃起,只听见海水迸裂的声音,还有鱼落下时水花的巨响。钓线飞快地往外出溜,他的双手仿佛刀割一般疼痛,不过他早有预料,就尽量让钓线勒在长茧的部位,不让它滑到手掌或者划伤手指。

要是那个男孩在这儿,他会打湿这些成卷的钓线,老人想。是啊,要是那个男孩在这儿。要是那个男孩在这儿。

钓线不断地向外溜啊溜,不过现在慢了下来,他正在让鱼为它拖走的每一英寸钓线付出代价。这时候,他从木板上,从被他的脸压碎的那片鱼肉上抬起头来。然后,他双膝着地,慢慢地站起身来。他还在放出钓线,但是越来越慢了。他慢慢挪到成卷的钓线那里,那些钓线他只能用脚去触摸,眼睛却看不到。钓线还充足得很,现在这鱼不得不克服更大的摩擦力,拖着更长的钓线在水里游。

没错儿,他想,现在它已经跳了十几次了,背囊里充满了空气,不可能再潜到深海里,死在我没法把它弄上来的地方。它不一会儿就会开始兜圈子,那时候我一定得对付它。真不知道它为什么突然间惊跳起来。兴许是因为饥饿而不顾一切,还是在夜里受了什么惊吓?可能是它突然感到惊恐。不过它这么平静,这么强壮,仿佛是无所畏惧,信心十足。它真是不同寻常。

"老家伙,你最好也能做到无所畏惧,信心十足,"他说,"你又把它控制住了,不过你没法收回钓线。但是很快它就会开始兜圈子了。"

老人用左手和肩膀拖住大鱼,弯下腰去,用右手舀水洗掉沾在脸上的碎鲯鳅肉。他怕被这东西弄得恶心呕吐,丧失体力。洗过脸,他又把右手伸到船舷外在海水里洗了洗,就这么在盐水里泡着,一面望着太阳升起之前的第一线曙光。鱼差不多是在朝东游,他想。这说明它已经累了,正在随波漂流。一会儿它就得兜圈子了,那时候才真要劲儿呢。

等他觉得右手泡在水里时间已经够长了,就抽回来,瞧了瞧。

"还不赖,"他说,"这点儿疼痛对男子汉来说不算什么。"

他小心地攥着钓线,好不让它嵌进刚勒破的伤痕里,他把重心换了个位置,这样就能把左手伸进小船另一侧的海水里。

"你这没用的东西,总算还不是太差劲,"他对着自己的左手说,"不过,有那么一阵子,你一点儿忙都没帮上。"

为什么我生来没有两只好手呢?也许是我自己的过错,没有好好训练这只手。天知道它有足够的机会可以有所长进。可它今天夜里表现得还不赖,只抽了一次筋。如果再抽筋,就让钓线把它勒断算了。

想到这里,他知道自己的脑子不怎么清醒了,他想起应该再吃点儿鲯鳅肉。但是不能吃,他对自己说。就是晕头涨脑,也不能因为恶心呕吐丧失力气。况且我知道,就是吃下去也搁不住,因为刚才我的脸挨在上面了。留到万不得已的时候再吃吧,只要没有坏掉。可现在靠补充营养增加体力已经太晚了。你真是蠢透了,他对自己说,把另一条飞鱼吃掉就是了。

那条飞鱼就搁在那儿,已经收拾干净,随时都可以吃。他用左手拿起来,细细地嚼着鱼骨头,连尾巴也不剩,全都吃了下去。

这几乎比任何鱼都更有营养,他想。至少能长力气,我正需要这个。现在我能做的一切都已经做了,他想。让它开始兜圈子吧,让我们开始交锋吧。

从他出海以来,太阳第三次升起的时候,鱼开始兜圈子。

根据钓线倾斜的角度,他还看不出鱼在兜圈子。这还为时尚早。他只是感觉钓线上的拉力稍稍减轻,就开始用右手轻轻地拽。像以往一样,钓线绷紧了,不过,就在快要绷断的当儿,钓线却开始往回收了。他轻快地把头和肩从钓线下面撤出来,开始把钓线往回收,动作又轻又稳。他两只手左右摆动,身体和双腿也来帮忙,使出全身力气拽那根钓线。他的两条老腿和肩膀也随着摇摆的双手来回转动。

"好大的圈子,"他说,"不过它总算在兜圈子了。"

接下来,钓线不能再往回收了,他紧紧握在手里,直到看见钓线在阳光下迸出水珠儿来。随后钓线又开始往外出溜,老人跪下来,很不情愿地让它回到黑魆魆的海水里。

"它绕到圈子那头去了。"他说。我一定要拼命拽住,他想。每拽紧一次,它兜的圈子就会缩小一点儿。也许等过了一个小时,我就能看见它。眼下我一定要制服它,接着我一定要杀死它。

这条鱼继续慢慢地兜圈子,两个小时后,老人大汗淋漓,累得骨头都快散架了。不过,这时候圈子已经小多了,从钓线倾斜的角度来看,那鱼一边游一边慢慢往上浮。

一个小时以来,老人眼前一直浮动着黑点子,汗水刺痛了他的眼睛还有眼睛上方和额头上的伤口。他并不担心那些黑点子。他这么使劲儿地拽着钓线,眼前出现黑点子是正常的。可是,他有两回感到头昏眼花,这让他有些担忧。

"我可不能不争气,就这样死在一条鱼跟前,"他说,"既然我已经让它乖乖地过来了,老天就保佑我挺下去吧。我要念上一百遍《天主经》,还有一百遍《圣母经》。不过眼下可不行。"

就当作是念过了吧,他想。我以后会补上的。

就在这当儿,他觉得自己用双手紧紧攥住的钓线被猛地一撞又一拽,来势凶猛,感觉硬邦邦、沉甸甸的。

它正用长矛一样的嘴撞击金属接钩绳,他想。这是免不了的。它不得不这样干。不过这样一来也许会让它跳起来,我情愿让它接着打转。它必须跳出水面来呼吸,可每跳一次,钓钩划出的伤口就会裂得更大一些,它就有可能脱钩逃走。

"鱼啊,别跳了,"他说,"别跳啦。"

那鱼又接连几次撞击金属接钩绳,它一甩头,老人就放出一小段钓线。

我必须让它老是疼在一个地方,他想。我的疼痛没什么大不了的,我能控制住。但它的疼痛会让它发疯。

过了一会儿,那鱼不再撞击金属接钩绳,又慢慢打起转来。老人现在可以稳稳地把钓线往回收了。可是他又开始感到头晕。他用左手舀了些海水淋在头上,然后又淋了一些,在脖颈后面揉擦着。

"我没抽筋儿,"他说,"它很快就会浮上来,我得挺住。必须得坚持住,这压根儿就用不着说。"

他靠着船头跪下,这会儿暂且又把钓线挎在后背上。眼下,趁它兜圈子的时候,我歇息一会儿,等它转回来我再站起来对付它。他就这么决定了。

他巴不得在船头歇上一会儿,不往回收钓线,让那条鱼自顾自地兜圈子去。可是钓线上的拉力表明鱼正转身朝小船这边游回来,老人站起身,开始左右转动,双手像织布一样来回扯啊拽啊,把所有能拉回来的钓线都收起来。

我从来没有这么累过,他想,现在信风刮起来了,不过正好能借助风力把它弄上来。我太需要这风了。

"它下一次往外面兜圈子的时候,我要歇歇了,"他说,"我感觉好多了。等它再兜两三圈,我就能制服它。"

他的草帽戴得很靠后,他感觉鱼在转身,结果钓线一扯,他一屁股跌坐在船头。

鱼啊,你忙活吧,他想。等你转身的时候我再收拾你。

海浪大了许多。不过这是晴和天气里的微风,他指望这风把他送回去呢。

"我只要向西南方向划就行,"他说,"男子汉绝不会在海上迷路的,何况这是个长长的岛屿①。"

他第一次看到那鱼,是在它兜到第三圈的时候。

他最先看到的是一个黑色的影子,那影子过了好长时间才从船底下钻过,他简直不敢相信这鱼竟然有这么长。

"不可能,"他说,"它不可能有那么大。"

可是那鱼当真有那么大,这一圈兜完之后,它浮出水面,和老人仅仅相隔三十码,老人眼看着它的尾巴出了水,比一把大镰刀的刀刃还要长,在深蓝色的海水上呈现出非常浅淡的紫色。那尾巴向后倾斜,鱼在海面下游的时候,老人能看见它那巨大的躯体和周身的紫色条纹。它背鳍朝下,巨大的胸鳍张得大大的。

鱼这回兜圈子,老人看到了它的眼睛,还有两条灰色的鲫鱼在它周围游来游去,时而吸附在它身上,时而倏地逃窜开去,时而在它的阴影里悠闲地游弋。那两条鲫鱼都不止三英尺长,游得快起来全身急速甩动,像鳗鱼一样。

老人这会儿冒起汗来,不光是因为太阳的缘故,还有别的原因。每当那鱼镇静自若地转回来,老人都能收回一段钓线,他深信不疑,等鱼再兜上两个圈子,他就有机会把鱼叉插进鱼身了。

可我得把它拉过来,拉近,再拉近,他想。千万不能把鱼

————————

① 这里指古巴。

叉插进它的脑袋,一定要插进它的心脏。

"老家伙,你可要镇静,使足劲儿。"他说。

鱼又兜了一圈,露出了脊背,不过离小船还是远了点儿。再兜一圈,离得还是太远,但这回它出水更高了些,老人心里有数,等再收回一些钓线,就能把它拉到船边。

他早就准备好了鱼叉,系在鱼叉上的那卷很轻的绳子放在一个圆形的篮子里,另一端紧紧地系在船头的缆桩上。

大鱼正兜了一圈回来,看上去沉静而美丽,只有尾巴在动。老人使出全身力气想把它拉到近前。有那么一会儿,鱼朝他这边倾斜了一点儿,然后又挺直身子,接着兜起圈子来。

"我拉动它了,"老人说,"我刚才拉动它了。"

他又感到一阵头晕,不过还是用尽全力拉住大鱼。我拉动它了,他想。也许这回我就能把它拉过来了。手啊,你拉呀,他想。腿啊,你可得站稳了。头啊,你得给我坚持住,给我坚持住,你可从来没有掉过链子。这回我就要把它拉过来了。

可是,还没等大鱼靠近小船,他就使出浑身力气拼命拉,那鱼被拉得倾斜过来一点儿,但随即就竖直身子游开去。

"鱼啊,"老人说,"鱼啊,反正你是死定了。难道你非得把我也害死不可?"

这样的话我可就一无所获了,他想。他嘴里干得说不出话来,可这时候也够不着水喝。我这回一定得把它拉到船边来,他想。它再多兜几个圈子,我可就撑不住了。你能行,他对自己说,你永远都能行。

下一轮较量的时候,他差一点儿就制服那条鱼了。可鱼还是直起身子慢慢游走了。

鱼啊,你害死我了,老人想。不过你有这个权利。兄弟啊,我还从来没有见过比你更大、更漂亮、更沉静,或者更高贵的东西。来吧,把我杀死吧,我不在乎谁死在谁手里。

你的脑子有点儿迷糊了,他想。你必须保持头脑清醒,要懂得怎样承受痛苦,像个男子汉一样,或者像条鱼那样,他想。

"头啊,清醒清醒吧。"他说话的声音连自己都听不见,"清醒起来吧。"

鱼又兜了两个圈子,还是老样子。

真不知道这是怎么回事儿,老人想。每次他都感觉自己要垮掉了。真是不明白。可我还要再试一次。

他又试了一次,当他把鱼拉转过来的时候,感觉自己都要垮了。那鱼挺直身子,又慢慢游走了,大大的尾巴在海面上摇摇摆摆。

我还要再试一次,他对自己许诺,尽管他的双手这时候已经力不从心,眼睛一忽看得见,一忽看不见。

他又试了一下,还是老样子。就这么着吧,他想,感觉自己还没开始发力就已经败下阵了;可我还要再尝试一次。

他承受着所有的痛楚,使出余下的全部气力,还有早已丧失的自尊,用来对抗鱼的痛苦挣扎。鱼朝他身边游了过来,在一旁优雅而缓慢地游着,嘴几乎碰到了小船的船壳外板。它开始从船边游过,身子那么长,那么高,又那么宽,银光闪闪,布满紫色条纹,在水里似乎是一眼望不到头。

老人丢下钓线,一脚踩住,把鱼叉举得尽可能高,用足力气,再加上刚刚鼓起的劲儿,拼命向鱼的一侧刺去,鱼叉正落在大胸鳍后面,它的胸鳍高高耸起,和老人的胸腔一般高。老人感到铁叉已经扎了进去,就把身子倚在上面,好扎得更深,然后把全身的重量都压了上去。

那鱼开始折腾起来,尽管已经死到临头,它还是从海水里高高地跃起,它那惊人的长度和宽度,它的力量和美,全都展露无遗。它仿佛悬在空中,就在小船和老人的正上方。接着,它又哗啦一声跌落下来,溅起的浪花泼洒在老人的全身和整条小船上。

老人感到头晕恶心,双眼也模糊不清。但他还是放开了鱼叉上的绳子,让它慢慢地从擦破了皮的双手中送出去,等他可以看清东西的时候,他看见那鱼仰面朝天,翻起了银色的肚皮。鱼叉的柄从鱼的肩部斜伸出来,从它心脏里流出的鲜血让海水都变了颜色,起先是暗黑色,像是一英里多深的蓝色海水里的鱼群,然后又像云朵一样飘散开来。那鱼呈银白色,一动不动,只是随波漂荡。

老人趁自己眼睛好使的那一瞬间仔细瞧了瞧。然后他把鱼叉上的绳子在船头的缆桩上绕了两圈,把头搁在双手上。

"让我的头脑保持清醒吧,"他靠在船头的木板上说,"我这个老头儿真是累坏了,可我杀死了这条鱼,它是我的兄弟,现在我有苦差事要干啦。"

我得准备好绳套和绳索,好把它绑在船边,他想。即使我们有两个人,往船里灌满水把鱼拉上船,再把船里的水舀出去,这条小船也绝对装不下它。我得把一切都准备妥当,然后再把它拖过来,捆得结结实实,再竖起桅杆,扬帆起航回家去。

他开始动手把鱼拖到船边,好把一根绳子穿进鱼鳃,从鱼嘴里拉出来,然后把它的脑袋牢牢地捆在船头的一边。我要瞧瞧它,他想,碰碰它,摸摸它。它是我的财富,他想。可我想摸摸它倒不是因为这个。我感觉刚才触到了它的心脏,他想,就在我第二次把鱼叉捅进去的时候。现在我得把它拖过来,绑得牢牢的,用一个绳套拴住它的尾巴,再用一个绳套捆在中间,把它绑在小船的一侧。

"动手干吧,老头儿,"他说着,喝了一丁点儿水,"搏斗结束了,现在得做苦工了。"

他抬头看看天,又瞧瞧船外的鱼。他仔细瞅了瞅太阳。这会儿刚刚过了晌午,他想。信风刮起来了。钓线都用不着了。等回到家,我和那男孩把它们捻接起来。

"鱼啊,来吧。"他说。可鱼并不靠拢过来,而是躺在海水里翻腾,于是老人将小船靠了上去。

等他和鱼并排在一起,把鱼头靠在船头边上,他简直无法相信那鱼竟然如此之大。他把鱼叉上的绳子从缆桩上解下来,穿进鱼鳃,又从鱼嘴里扯出来,在它那长剑一般的嘴上绕了一圈,又穿过另一个鱼鳃,也在鱼嘴上绕了一圈,随后将这两股绳子打了个结,紧紧地系在船头的缆桩上。接着,他割下一段绳子,走到船尾去缚住鱼尾巴。鱼已经从原先的紫色和银色相间完全变成了银色,身上的条纹则呈现出和尾巴一样的淡紫。那些条纹比一个人张开五指的手还要宽,鱼的眼睛十分冷漠,看上去像是潜望镜里的镜片,又像是游行队伍里的圣徒。

"要杀死它只有用这个法子。"老人说。他喝过水之后感觉好些了,他知道自己能挺得住,头脑也清楚起来。看样子它不止有一千五百磅重,他想。也许还要重得多呢。开膛破肚之后净重也有原来的三分之二,按三角钱一磅来计算的话能有多少钱?

"得用支铅笔来算才行,"他说,"我的脑子还不够清楚。不过,我觉得了不起的迪马吉奥今天会为我感到骄傲的。我没长骨刺,可双手和后背实在疼得厉害。"真不知道骨刺是什么玩意儿,他想。也许我们长了骨刺自己还不知道呢。

他把鱼牢牢地系在船头、船尾和中间的坐板上。这鱼可真大,小船旁边像是绑上了一条比自己还要大得多的船。他割下一段钓线,把鱼的下巴和长嘴捆在一起,免得嘴巴张开,这样船就能尽可能利落地向前行进。然后他竖起桅杆,撑起那根用作手钩的木棒和下桁,张起带补丁的船帆,自己半躺在船尾,向西南方向驶去。

他不需要靠指南针来辨别西南方向,仅凭信风吹在身上的感觉和船帆的动向就能知道。我还是放下一根细钓线的好,系上勺形假饵,钓点儿什么东西吃吃,润润喉咙。可他找不到勺形假饵,而且沙丁鱼也都已经烂掉了。所以,他趁小船经过那片黄色马尾藻的时候,用鱼钩钩上一簇,抖了抖,里面的小虾纷纷掉落在船板上。小虾有十几只,像盲潜蚤一样活蹦乱跳。老人用大拇指和食指掐去虾头,连壳带尾一起嚼着吃了下去。虾很小,可他知道这很有营养,而且味道也不错。

老人的瓶子里还剩下两口水,吃完虾他喝了半口。在重重障碍之下,小船还算行驶得不错,他把舵柄夹在胳膊下面掌着舵。他能看得到那条鱼,只要看看自己的手,感觉后背抵在船尾,就能知道这是真真切切发生的事儿,不是一场梦。他曾经感觉大祸临头,以为是在梦中。等看到鱼跃出水面,在半空中静止片刻才落下来,他才确信这极不寻常,简直令他难以置信。后来,他就看得不大清楚了,不过现在他的眼睛又和往常一样好使了。

此时此刻,知道鱼已经到手,他的双手和后背所感觉到的并不是梦。我的手很快就能恢复,他想。我让手里的血都流光了,盐水能治愈它们。真正的海湾里深色的海水是世上最好不过的良药。我所要做的就是保持头脑清醒。这两只手已经尽了自己的本分,而且我们行驶的状态也很好。鱼的嘴巴紧闭着,尾巴直上直下地颠簸,我们就像兄弟一样并肩航行。接着他的头脑有点儿不大清楚了,他想,现在是这鱼在带我回家,还是我带着鱼回家呢?要是我把它拖在船后面,那就毫无疑问了。或者,如果这鱼失去了全部尊严,让我放在小船里,也不会有什么问题。可现在它是和小船并排绑在一起前进的,老人想,只要它乐意,就算是它在带我回家吧。我只不过是靠耍花招才胜过了它,而且它也不想伤害我。

他们航行得很顺利,老人把双手浸在海水里,尽量保持头脑清醒。天空中的积云堆叠得很高,上方还有相当多的卷云,由此老人知道这风会刮上整整一夜。老人不时地看看那条鱼,以确信这是真的。一个小时后,第一条鲨鱼发动了袭击。

这条鲨鱼的出现并不是一个偶然。当那一大片暗沉沉的血渐渐下沉,扩散到一英里深的海水里的时候,它就从深处游了上来。鲨鱼莽莽撞撞地一下子冲过来,划破了蓝色的水面,豁然出现在太阳底下。它随即又落入海水,捕捉到血腥味,然后就顺着小船和鱼的踪迹一路追踪而来。

鲨鱼有时候嗅不到这股气味,但它总能再次找到,也许只是一丝痕迹,它就会游得飞快,紧追上去。那是一条很大的灰鲭鲨,生就的游泳高手,能和海里速度最快的鱼游得一样快,除了嘴以外,它的一切都显得无比美丽。背部和剑鱼一样蓝,肚子是银白色的,鱼皮光滑漂亮。它的外形和剑鱼十分相像,除了那张大嘴。眼下它正紧闭着大嘴,在水面之下迅速地游着,高耸的背鳍像刀子一般划破水面,没有丝毫摇摆。在它那紧紧闭合的双唇里，八排牙齿全都朝里倾斜，这和大多数鲨鱼的牙齿不同，不是那种常见的金字塔形，而是像爪子一样蜷曲起来的人的手指。那些牙齿几乎和老人的手指一般长，两侧都有刀片一样锋利的切口。这种鱼天生就把海里所有的鱼作为捕食对象，它们游得那么快，体格那么强健，而且还全副武装，这样一来就所向无敌了。此时，它闻到了新鲜的血腥味，于是加快速度，蓝色的背鳍破水前进。

老人一看见它游过来，就知道这是一条毫无畏惧、肆意妄为的鲨鱼。他一面注视着鲨鱼游到近前，一面准备好鱼叉，系紧绳子。绳子短了点儿，因为他割下了一段用来绑鱼。

老人此时头脑清醒好使，下定决心搏击一番，但却不抱什么希望。真是好景不长啊，他想。他盯着那条紧逼而来的鲨鱼，顺便朝那条大鱼望了一眼。这简直像是做梦一样，他想。我没法阻止它攻击我，但我也许能制服它。尖齿鲨①，他想，让你妈见鬼去吧。

鲨鱼飞速靠近船尾，向大鱼发起袭击，老人看着它张开了嘴，看着它那怪异的眼睛，看着它牙齿发出咔嚓一声，朝着鱼尾巴上方的肉扑咬过去。鲨鱼的头从水里钻了出来，后背也正露出海面，老人听见大鱼的皮肉被撕裂的声响，把鱼叉猛地向下扎进鲨鱼的脑袋，正刺在两眼之间那条线和从鼻子直通脑后那条线的交点上。这两条线其实并不存在。真实存在的只有沉重而尖锐的蓝色鲨鱼脑袋，大大的眼睛，还有那嘎吱作响、伸向前去吞噬一切的大嘴。可那是鱼脑所在的位置，老人

———————————————

① 原文为 Dentuso，西班牙语，意思是"牙齿锋利的"。这是当地对灰鲭鲨的俗称。

直刺上去。他使出全身力气,用鲜血模糊的双手把鱼叉结结实实地刺了进去。他这一刺并没有抱多大希望,却带着十足的决心和恶狠狠的劲头儿。

鲨鱼翻了个身,老人看出它的眼睛已经没有生气了,接着鲨鱼又翻了个身,缠上了两圈绳子。老人知道它死定了,可它还不肯听天由命。它肚皮朝上,扑打着尾巴,嘴巴嘎吱作响,像一艘快艇似的破浪前进,尾巴在海上溅起白色的浪花。它身体的四分之三都露在水面上,绳子绷得紧紧的,颤抖个不停,最后啪的一声断了。鲨鱼静静地躺在海面上,老人瞧着它,不一会儿它就慢慢沉了下去。

"它咬掉了约莫四十磅肉。"老人大声说。它把我的鱼叉和所有的绳子也带走了,他想,况且我这条鱼又在淌血,别的鲨鱼也会来袭击的。

大鱼被咬得残缺不全,他都不忍心再看上一眼。鱼被袭击的时候,他感觉就像是自己受到袭击一般。

好景不长啊,他想。我现在真希望这是一场梦,希望根本没有钓上这条鱼,而是独个儿躺在床上铺的旧报纸上。

不过,攻击我这条鱼的鲨鱼被我干掉了,他想。它是我见过的最大的尖齿鲨。天知道,我可见识过不少大鱼。

"但人不是为失败而生的,"他说,"一个人可以被毁灭,但不能被打败。"我很痛心,把这鱼给杀了,他想。现在倒霉的时候就要来了,可我连鱼叉都没有。尖齿鲨很残忍,而且也很能干,很强壮,很聪明。不过我比它更聪明。也许并不是这样,他想。也许只不过是我的武器比它的强。

"别想啦,老家伙,"他大声说,"顺着这条航线走吧,事到临头再对付吧。"

不过还是得琢磨琢磨,他想。因为我只剩下这件事儿可干了。这个,还有棒球。不知道了不起的迪马吉奥会不会欣赏我一举击中鲨鱼的脑袋。这也没什么大不了的,他想,谁都能行。但是,你以为我这两只受伤的手跟得了骨刺一样麻烦吗?我没法搞明白。我的脚后跟从来没出过毛病,只有一次在游泳的时候踩着一条虹鱼,被它刺了一下,腿的下半截都麻痹了,疼得受不了。

"想点儿高兴的事儿吧,老家伙,"他说,"你每过一分钟就离家更近一点儿。丢了四十磅鱼肉,你的船走起来能更轻快。"

他心里很明白如果驶进海流中间会发生什么事情。可是眼下一点儿办法也没有。

"不,有办法,"他大声说,"我可以把刀子绑在一支船桨的柄上。"

于是他把舵柄夹在胳膊下面,一只脚踩住帆脚索,就这么做了。

"这下好了,"他大声说,"我还是个老头儿,但可不是手无寸铁了。"

这时候,风更加强劲了,船航行得很顺利。他只看着鱼的前半部分,心里又燃起了一点儿希望。

不抱希望才愚蠢呢,他想。还有,我把这当成了一桩罪过。别去想什么罪过了,他想。眼下不说罪过,麻烦就已经够多的了,况且我对这个一无所知。

我根本就不懂什么罪过,也说不准自己是不是相信。也许杀了这条鱼是一桩罪过。我看是的,尽管是为了养活自己,让好多人有鱼吃。不过这样说来,干什么都是一种罪过。别再想什么罪过了。现在已经晚了，再说还有人专门拿薪水干这个呢，让他们去费心吧。你天生是个渔夫，就跟鱼生来是鱼一样。圣彼得罗①是个渔夫，跟了不起的迪马吉奥的父亲一样。

不过，他喜欢把所有和自己相关的事情琢磨来琢磨去，没有书报可读，也没有收音机，他就想得很多，而且还继续琢磨罪过这个问题。你杀死那条鱼不光是为了养活自己和卖给别人吃。你杀死它还是为了自尊，因为你是个渔夫。它活着的时候你敬爱它，它死了之后你也一样敬爱它。如果你敬爱它，那么杀死它就不算是罪过。要么是更大的罪过？

"你想得太多了，老家伙。"他大声说。

但是，杀死那条尖齿鲨你倒是乐在其中，他想。它跟你一样，靠吃活鱼为生。它不是食腐动物，也不像某些鲨鱼那样，游来游去只是为了填饱肚子。它美丽而崇高，无所畏惧。

"我杀了它是出于自卫，"老人大声说，"而且我干得很干净利落。"

再说，他想，从某种意义上来说，一物降一物。捕鱼能让我以此为生，也能要我的命。那男孩能让我活下去，他想。我可千万不能过于自欺欺人啊。

他把身子探出船舷，从鱼身上被鲨鱼咬过的地方撕下一块来。他嚼着鱼肉，感觉肉质很好，味道鲜美，坚实而多汁，像牲畜的肉，但颜色不红。鱼肉里也没有什么筋，他知道这在市场上能卖出顶高的价钱。可他没有办法不让鱼的气味散到水里去，老人心里清楚就要大难临头了。

---

① 耶稣刚开始传道的时候在加利利海边所收的最早的四个门徒之一。

微风不断地吹着,稍稍转向东北方向,他知道这意味着风力不会减弱。老人朝前面张望,看不见任何船帆,也看不见船身,或者是船上冒出的烟。只有飞鱼从船头一跃而起,向两边滑落,还有一簇簇黄色的马尾藻。他甚至连一只鸟也看不见。

　　他已经驾船航行了两个钟头,在船尾歇息着,时不时嚼上一点儿大马林鱼肉,尽量养精蓄锐,就在这时,他看到了两条鲨鱼中率先露面的那一条。

　　"Ay."他大声叫起来。这个字眼是无法翻译的,也许不过是一种声音,像是一个人感觉钉子穿过自己的双手钉进木头里的时候不由自主发出来的。

　　"加拉诺鲨①。"他大声说。他看见第二个鱼鳍紧跟着第一个钻出海水。从那褐色的三角形鱼鳍和甩来甩去的尾巴来看,他认出这是铲鼻鲨。这两条鲨鱼嗅到血腥味顿时兴奋起来,它们都饿傻了,兴奋得一会儿跟丢了,一会儿又嗅到了,不过始终都在逼近。

　　老人系紧帆脚索,卡住舵柄,然后拿起绑上了刀子的船桨,尽量轻地举起来,因为双手疼得不听使唤了。接着,他张开手,轻轻地握住船桨,双手松弛下来。他又紧紧地攥起手,让它们忍着疼痛不畏缩,一面看着鲨鱼游过来。他能看见鲨鱼那又宽又扁、像铲子一样尖利的脑袋,还有尖端呈白色的宽阔的胸鳍。这两条可恶的鲨鱼,臭气熏人,它们既是食腐动物,也是杀手,一旦饿极了,连船桨和船舵都会咬。就是这种鲨鱼,趁海龟在水面上睡觉的时候咬掉它们的腿和鳍状肢。赶上饥饿的时候,它们还会在水里袭击人,即使人身上没有鱼

---

　　① 原文为 Galano,西班牙语,铲鼻鲨的俗称。

血或者黏液的腥味。

"Ay，"老人说，"加拉诺鲨，来吧，加拉诺鲨。"

它们来了，不过它们过来的方式和灰鲭鲨不同。有一条鲨鱼转身钻到小船底下，不见了踪影，等它开始撕扯大鱼的时候，老人感到小船都在晃动。另一条用细长的黄眼睛盯着老人，随即飞快地游过来，半圆形的嘴张得大大的，朝着鱼身上被咬过的地方咬了下去。它那褐色的头顶以及脑袋和脊髓相连接的背部有一道清晰的纹路，老人把绑在船桨上的刀子朝那个交叉点刺进去，又拔出来，再刺进它那黄色的猫一样的眼睛。鲨鱼放开了大鱼，身子朝下溜，临死还吞下了咬下来的鱼肉。

另一条鲨鱼还在糟蹋大鱼，弄得小船依旧摇摆不定，老人放松了帆脚索，让小船横过来，露出船底的鲨鱼。他一看见那条鲨鱼，就探过身朝它刺去。他刺中的只是鱼身，鱼皮生硬，刀子几乎戳不进去。这下子震得他的双手和肩膀生疼。不过，那鲨鱼很快就浮上来，脑袋露出了水面，老人趁它的鼻子刚钻出水面挨上大鱼，对准它那扁平脑袋的正中间扎了下去。老人拔出刀刃，再朝同一个地方扎过去。它还是用嘴紧咬着大鱼不放，老人一刀戳进它的左眼，可它还是不肯走。

"还没够吗？"老人说着，把刀刃戳进鲨鱼的脊椎和脑袋之间。这一下倒是很容易，他感觉鲨鱼的软骨断裂开了。老人将船桨倒过来，把桨片插进鲨鱼的两颚之间，想撬开它的嘴。他旋转了一下桨片，鲨鱼松开嘴溜走了，他说："走吧，加拉诺鲨。溜到一英里深的地方去吧。去看你的朋友，或者见你妈去吧。"

老人擦擦刀刃，放下船桨。然后他找到帆脚索，船帆鼓起来了,他驾着小船顺着原来的航线向前行驶。

"它们准把这鱼咬掉了四分之一,而且都是上好的肉,"他大声说,"我真希望这是一场梦,希望我压根儿没有钓上它来。鱼啊,真抱歉。这下子一切都糟透了。"他住了口,再也不想看一眼那条鱼。它的血都流尽了,又经受着海浪拍打,看上去像镜子的银白色背衬,身上的条纹依然可见。

"鱼啊,我本来就不该出海到这么远的地方,"他说,"对你对我都不好。鱼啊,真抱歉。"

算啦,他自言自语道,还是留神看看绑在刀上的绳子有没有断,再把手保养好,因为还会有鲨鱼来袭击。

"要是有块磨刀石就好了,"老人查看了一下绑在桨柄上的绳子,说,"我真该带一块来。"你该带的东西多着哪,他想。可你就是没带,老家伙。眼下可不是想自己缺什么的时候。还是想想用手头儿的东西能派什么用场吧。

"你给了我好多忠告,"他大声说,"我都听烦了。"

他把舵柄夹在胳膊下面,小船行进的时候,他把双手浸在海水里。

"天知道最后那条鲨鱼咬掉了多少鱼肉,"他说,"不过小船现在轻多了。"他不愿去想残缺不全的鱼肚子。他知道,鲨鱼每次猛撞上去,都会撕去一块肉,而且大鱼在海里给所有的鲨鱼留下了一道有公路那么宽的踪迹。

这条鱼可以够一个人过整整一冬,他想。别想这个啦。还是歇息歇息,让手好起来,保住剩下的鱼肉吧。和水里的血腥味比起来,我手上的根本不算什么。再说,手也不怎么流血了。手割破了没什么大不了的。出点儿血也许能让左手不再抽筋。

我现在能想点儿什么呢？他暗自琢磨。没什么可想的。我什么也不能想，就等着别的鲨鱼来吧。真希望这是一场梦，他想。可谁知道呢？说不定有个好结果呢。

接着是一条独自赶上来的铲鼻鲨。它那架势像是一头猪直奔食槽，要是猪能有那么大的嘴，可以让你把脑袋伸进去的话。老人任凭它袭击大鱼，紧接着把绑在船桨上的刀子刺进它的脑袋。但是鲨鱼翻滚着向后猛地一退，刀刃啪的一声断了。

老人稳定下来掌着舵，甚至不去看那条大鲨鱼在水里慢慢地下沉，开始还是原来那么大，后来越来越小，只有丁点儿大了。这种情景总让老人看得入迷，可这次他连看也不看一眼。

"现在我还有那把手钩，"他说，"可也没什么用。还有两把船桨，舵柄和那根短棍。"

这下子它们算是把我打垮了，他想，我太老了，没法用棍子打死鲨鱼了。不过只要手里还有短棍和舵柄，我就要试试看。

他又把双手浸在水里。这时候已经接近傍晚，除了大海和天空他什么也看不见。空中的风比刚才更大了，他盼望不久就能看见陆地。

"老家伙，你累了，"他说，"你从骨子里累了。"

直到太阳快落下之前，鲨鱼才再次来袭击。

老人看见几片棕色的鱼鳍正顺着大鱼在水里留下的宽阔的踪迹游过来。它们甚至没有东闻西嗅寻找气味，就并排直奔小船而来。

他卡住舵柄，系紧帆脚索，伸手到船尾下去拿棍子。这是从一支断桨上锯下来的桨柄,大约两英尺半长。手柄很短,只有用一只手紧握着才好发力,他用右手好好攥住,时松时紧,注视着两条鲨鱼过来。两条都是加拉诺鲨。

我得等第一条紧紧咬住大鱼时,再打它的鼻尖或者直接打它的头顶,他想。

两条鲨鱼一齐紧逼而来,他一看见离他最近的一条张开嘴,咬住了大鱼银色的体侧,就高高举起棍子,重重地落下去,打在鲨鱼宽阔的脑袋顶上。棍子敲上去的时候,他觉得像是打在坚韧的橡胶上。但他也感到了坚硬的骨头,趁鲨鱼从大鱼身上往下溜的时候,他又狠狠地打在鲨鱼的鼻尖上。

另一条鲨鱼不断游进游出,这时候又张大嘴逼了上来。鲨鱼猛撞在大鱼身上,咬紧了嘴巴,老人可以看见一块块白花花的鱼肉从它的嘴角漏出来。他抡起棍子打过去,但只敲在头上,鲨鱼看看他,把咬在嘴里的肉撕扯下来。趁它溜走把肉吞下去的当儿,老人再一次抡起棍子朝它打去,却只打在橡胶一般厚实坚韧的地方。

"来吧,加拉诺鲨,"老人说,"再来吧。"

鲨鱼冲了上来,老人趁它合上嘴的时候给了它一下子。他把棍子举得高得不能再高了,结结实实地打在鲨鱼身上。这回他感觉打中了脑袋根部的骨头,接着又朝同一部位打了一下,鲨鱼有气无力地撕下嘴里叼的鱼肉,从大鱼身上出溜下去。

老人提防着它再游回来,可是两条鲨鱼都没再露面。随后他发现其中一条在海面上兜圈子,却没看见另一条鲨鱼的鳍。

我不能指望干掉它们了,他想。年轻力壮的时候倒是能办到。不过,我把它们俩都伤得不轻,没有一条身上好受。要是我用两只手抡起一根棒球棒,准能把第一条鲨鱼打死。就是现在也能行,他想。

他不想再看那条鱼。知道有一半都给毁了。就在他跟鲨鱼搏斗的时候,太阳已经落下去了。

"天就要黑了,"他自言自语道,"到时候我就能看见哈瓦那的灯光了。要是朝东走得太远,就能看见一片新开辟的海滩上的灯光。"

现在离陆地不会太远了,他想。但愿没人太为我担心。当然啦,只有那男孩会担心。不过,我相信他会对我有信心。好多上了岁数的渔夫也会为我担心,还有不少别的人也会的,他想。我住在一个人心善良的镇子里啊。

他没法再跟鱼说话了,因为鱼已经破损得不成样子。接着他又想起了什么。

"半条鱼,"他说,"你原来是一整条。很抱歉,我出海太远了。我把咱们俩都毁了。不过,咱们杀死了好多条鲨鱼呢,你和我一起,还打垮了好多条。你杀死过多少啊,鱼老弟?你头上的长矛可不是白长的啊。"

他喜欢想这条鱼,想着它如果能自由游弋,会怎样对付一条鲨鱼。我应该砍下鱼嘴,用来跟鲨鱼搏斗,他想。但我没有斧头,后来连刀也没有了。

不过,我要是砍下了鱼嘴,就能把它绑在桨柄上,那该是多好的武器啊。这样我们也许就能一块儿跟它们斗了。要是夜里来了鲨鱼,该怎么办?能有什么办法?

"跟它们斗,"他说,"我要跟它们一直斗到死。"

可是,现在一片漆黑,不见光亮,也没有灯火,只有风在吹,船帆稳稳地把小船拖向前去,他觉得说不定自己已经死了。他把双手合在一起,手掌相互摩挲着。这双手没有死,只要一张一合,就能感到活生生的疼痛。他的后背靠在船尾,他知道自己没有死,这是他的肩膀感觉到的。

我许过愿,如果逮住了这条鱼,要念那么多遍祈祷文,他想。可我现在太累了,没法念。我还是把麻袋拿来披在肩上吧。

他躺在船尾掌着舵,等待天空出现亮光。我还有半条鱼,他想。也许我走运,能把前半条带回去呢。我总该有点儿运气吧。不会的,他说,你出海太远了,你的好运气都给毁了。

"别犯傻了,"他大声说,"还是清醒着点儿,掌好舵吧。兴许你还能交上好大的运气呢。"

"要是有地方卖的话,我倒想买些运气。"他说。

我能拿什么来买呢?他问自己。用一支搞丢了的鱼叉、一把折断的刀子,还有一双损坏的手能买来吗?

"也许你能行,"他说,"你试着用连续出海八十四天换来好运气,人家差一点儿就卖给你了。"

绝对不能胡思乱想,他暗自琢磨。好运这玩意儿,出现的形式多种多样,谁能认得准啊?可不管是什么样的好运,不管付出什么代价,我都想要一点儿。但愿我能看到灯火的亮光,他想。我希望得到的东西太多了,眼下只希求一样。他尽量坐得舒服些掌着舵,知道自己没有死,因为身上还在疼。

他看见城市灯光的倒影,肯定是在夜里十点钟左右。起初只是依稀可见,就像月亮升起之前的微弱天光。随后,隔着随风力变大而汹涌起来的海洋,那光亮也越来越清晰。他驶进光影里,心想,要不了多久就能到达海流的边缘了。

这下事情就要过去了,他想。不过,它们可能还会来袭击我。一个人在黑暗中手无寸铁，怎么对付它们呢？

这时候，他浑身僵硬、酸痛，在夜晚的寒气里，身上的伤口和所有用力过度的地方都让他感到疼痛。但愿不用再搏斗了，他想，真希望不用再搏斗了。

但是，到了半夜，他又上阵了，而且这次他心里明白，搏斗也是徒劳。鲨鱼成群结队地游了过来，直扑向大鱼，他只能看见鱼鳍在水面上划出的一道道线痕，还有它们身上的磷光。他用棍子朝鲨鱼的头直打过去，听到几张鱼嘴咬啮的声响，还有它们在船底下咬住大鱼，让小船来回摇晃的声音。他只能凭感觉和听觉拼死拼活地一顿棍棒打下去，觉得棍子被什么东西抓住了，就这么丢了武器。

他把舵柄猛地从舵上扭下来，用它乱打乱砍一气，双手紧攥着，一次又一次地猛砸下去。但是此时鲨鱼已经来到了船头，一个接着一个，或者成群扑上来，撕咬下一块块鱼肉，它们转身再来的时候，鱼肉在水面下闪着亮光。

最后，有条鲨鱼朝鱼头扑来，他知道这下子全完了。他抡起舵柄砸向鲨鱼头，正打在它的嘴上，那嘴卡在沉甸甸的鱼头上，撕咬不下。他又接二连三地抡起舵柄。他听见舵柄断了，就用断裂的手柄刺向鲨鱼。他感到手柄刺了进去，知道它很尖利，就接着再刺。鲨鱼松开嘴，翻滚着游走了。这是来犯的鲨鱼群中的最后一条。已经没有什么可让它们吃的了。

老人这时候差点儿喘不过气来，感觉嘴里有股怪味儿，那是一股铜腥味，甜腻腻的，他一时有些害怕，不过那味道并不太重。

他往海里啐了一口，说："吃吧，加拉诺鲨，做个梦吧，梦见你杀了一个人。"

他知道自己终于被击垮了，无法挽回，他回到船尾，发现舵柄的一头尽管参差不齐，还是能塞进舵孔，让他凑合着掌舵。他把麻袋围在肩膀上，驾着小船起航了。他很轻松地驾着船，没有任何想法和感觉。此时，他已经超脱了一切，只是尽心尽力地把小船驶回家去。夜里，有些鲨鱼来袭击大鱼的残骸，就像人从餐桌上捡面包屑一样。老人毫不理睬，除了掌舵以外，什么都不在意。他只注意到，没有了船边的重负，小船行驶得那么轻快，那么平稳。

船还是好好的，他想。除了船舵，它还算是完好无损。船舵是很容易更换的。

他感觉自己已经到了海流中间，可以看见沿岸的海滩村落里的灯光。他知道现在到了什么地方，回家已经毫不费力了。

不管怎么说，风是我们的朋友，他想。接着他又想，那是有时候。还有大海，海里有我们的朋友，也有我们的敌人。还有床，他想。床是我的朋友。就是床，他想。床是一件很不错的东西。你给打垮了，反倒轻松了，他想。我从来不知道竟会这么轻松。是什么把你给打垮了呢，他想。

"没有什么把我打垮，"他大声说，"都是因为我出海太远了。"

等他驶进小港，露台饭店的灯光已经熄灭，他知道大家都上床歇息了。先前的微风越刮越大，此时已经非常强劲。不过，海港里静悄悄的，他驾船来到岩石下面的一小片沙石滩。没人帮忙，他只好一个人把船尽可能往上拖，随后跨出来，把小船紧紧地系在一块岩石上。

他取下桅杆，卷起船帆捆好，然后扛着桅杆开始往岸上爬。这会儿他才知道自己有多么累。他停下来站了一会儿，回头望望，借着街灯反射的光亮，他看见那条鱼的大尾巴直竖着，好长一段拖在船尾后面。他看到鱼的脊骨裸露出来，呈一条白线，脑袋漆黑一团，伸出长长的嘴，头尾之间却光秃秃的，什么也没有。

他又开始往上爬，到了顶上一下子摔倒在地，他躺了一会儿，桅杆横压在肩上。他努力想要站起身来，但这太难了，就扛着桅杆坐在那儿，朝大路那边望去。一只猫从路对面走过，忙活着自己的事儿，老人定睛看了看它，又把目光投向大路。

他终于放下桅杆，站了起来。他拿起桅杆扛在肩上，顺着大路走去，一路上坐下歇了五次，才走回自己的小棚屋。

进了棚屋，他把桅杆靠在墙上，摸黑找到一个水瓶，喝了口水。随后他躺在床上，把毯子拉过来盖住肩膀，又盖住后背和双腿，他脸朝下趴在报纸上，胳膊伸直，掌心朝上。

早上，男孩朝门里张望的时候，他正睡着。风刮得太猛烈了，漂流船都不会出海，男孩便睡了个晚觉，接着跟每天早上一样，来到老人的棚屋。男孩看见老人在呼吸，又看看老人那双手，禁不住哭了起来。他悄悄地走出去弄来一些咖啡，一路上哭个不停。

好多渔夫都围着那条小船，看绑在船旁边的东西，其中一个卷起裤腿站在水里，正用一根钓线量死鱼的残骸。

男孩没有走下去。他刚才已经去过了，有个渔夫在替他看管这条小船。

"他怎么样啊？"一个渔夫大声喊道。

"在睡觉。"男孩喊着说。他不在乎别人看见自己在哭。"谁也别去打扰他。"

"从鼻子到尾巴有十八英尺长。"正在量鱼的渔夫叫道。

"这个我相信。"男孩说。

他走进露台饭店,要了一罐咖啡。

"要滚烫的,多加点儿牛奶和糖。"

"还要什么?"

"不要了。等会儿我看他能吃点儿什么。"

"多大的鱼啊,"饭店老板说,"从来没见过这么大的鱼。你昨天捕到的那两条也不错。"

"我的鱼,见鬼去吧。"男孩说着又哭了起来。

"你想喝点儿什么吗?"老板问。

"不要了,"男孩说,"告诉他们别去打扰圣地亚哥,我这就回去。"

"跟他说我有多么难过。"

"谢谢。"男孩说。

男孩拎着那罐热咖啡走到老人的棚屋,坐在老人身边等他醒来。有一回老人看上去正要醒来,却又沉沉地睡去了,男孩于是就穿过大路去借些木柴来热咖啡。

老人终于醒了。

"别坐起来,"男孩说,"把这个喝了。"他往杯子里倒了些咖啡。

老人接过去喝了。

"它们把我打垮了,马诺林,"他说,"它们真的打垮了我。"

"没把你打垮。那条鱼可没有。"

"对,没错儿。那是后来的事儿。"

"佩德里克在照看小船和打鱼的家什。鱼头你打算怎么办?"

"让佩德里克剁碎了当诱饵用吧。"

"鱼的长嘴呢?"

"你要的话就留下吧。"

"我要,"男孩说,"现在咱们得商量一下别的打算了。"

"他们找过我吗?"

"当然啦。海岸警卫队和飞机都出动了。"

"海那么大,船那么小,不容易看见。"老人说。他发现,能和一个人说话是件多么愉快的事儿,用不着自言自语,或是对着大海说话了。"我惦记着你呢,"他说,"你们捕到了什么?"

"头一天一条,第二天一条,第三天两条。"

"很棒啊。"

"现在咱们又能一起捕鱼了。"

"不行啊。我运气不好。我再也交不上好运了。"

"让运气见鬼去吧,"男孩说,"我会带来好运的。"

"你家里人会怎么说呢?"

"我才不管呢。我昨天捕到两条。不过从现在起咱们俩一起捕鱼,我要学的东西还多着呢。"

"我们得弄一支好使的鱼镖备在船上。你可以用旧福特车上的弹簧片做刀刃。可以拿到瓜纳瓦科亚①去打磨。应该磨得非常锋利,不用回火,要不会断的。我的刀就断了。"

"我再去弄把刀来,把弹簧片也磨好。这大风要刮多少天啊?"

"也许三天,也许还不止。"

～～～～～～～～

① 哈瓦那东部的一个小城。

"我会把一切都准备好，"男孩说，"你把手养好，老爷子。"

"我知道该怎么保养。夜里我吐出来一些奇怪的东西，感觉胸腔里有什么东西坏了。"

"这也得养好，"男孩说，"躺下吧，老爷子，我去给你拿件干净衬衫。再带点儿吃的。"

"把我出海时候的报纸随便拿一份来吧。"老人说。

"你得赶快好起来，因为我还有好多东西要学呢，你什么都教给我。你吃了多少苦啊？"

"多得很。"老人说。

"我去把吃的和报纸拿来，"男孩说，"好好休息，老爷子。我从药店里给你拿些治手的药。"

"别忘了告诉佩德里克，鱼头归他了。"

"不会忘的。我记着呢。"

男孩出了门，顺着磨损的珊瑚石路走着走着，又哭了起来。

那天下午，露台饭店来了一群游客，有位女士望着下面的海水，发现在空啤酒罐和死梭子鱼中间有条又大又长的白色鱼脊骨，末端耸立着一个巨大的尾巴，东风在海港以外不断掀起大浪，那尾巴也随着潮水起伏摇摆。

"那是什么？"她指着大鱼长长的脊骨问一名侍者，现在这鱼骨只是一堆废物，等着潮水把它冲走。

"*Tiburon*①，"侍者说，"*Eshark*②。"他本想说说事情的来

---

① 西班牙语，意为"鲨鱼"。

② 侍者用英语说"鲨鱼"（shark）这个单词时的发音。

龙去脉。

"我不知道鲨鱼有这么漂亮、形状这么优美的尾巴。"

"我也是。"她的男伴说。

在路另一头的棚屋里,老人又睡着了。他还是脸朝下趴着,男孩坐在一旁守着他。老人正梦见狮子。

李育超　译

弗朗西斯·麦考博
稍纵即逝的幸福生活

午饭时分,他们全都坐在就餐帐篷的双层绿帆布帐顶下,装作什么都没发生过。

"你要酸橙汁还是柠檬汽水?"麦考博问。

"我要一杯兼烈酒①。"罗伯特·威尔逊回答道。

"我也要杯兼烈酒。我需要喝点儿什么。"麦考博的妻子说。

"我觉得这玩意儿正合适,"麦考博附和道,"让他调三杯兼烈酒来。"

服务生已经在调酒了,他从帆布冷藏袋里掏出一个个酒瓶,有风吹过给帐篷遮阴的树丛,瓶子在风中滴滴答答地淌下水来。

"我该给他们多少?"麦考博问。

"顶多一英镑,"威尔逊告诉他说,"你不想惯坏他们吧。"

"他们的头儿会分给大家吗?"

"那是当然。"

半个钟头之前,弗朗西斯·麦考博被一群人手抬肩扛,其

---

① 兼烈酒,一种用杜松子酒或伏特加兑酸橙汁的鸡尾酒。

中有厨子啦,私仆啦,剥兽皮的啦,搬运工啦,一路神气活现地从营地边缘来到自己的帐篷跟前。扛枪的没有加入游行的行列。当地的土著仆役们在他的帐篷门前把他放下来,他和所有的人一一握手,接受众人的祝贺,随后他走进帐篷,坐在床上,一直等到他妻子走进来。妻子进来的时候没跟他说话,他呢,马上走到帐篷外面,在便携式脸盆里洗了洗手和脸,然后走进就餐帐篷,坐在一张舒适的帆布椅子上,感受着习习微风和绿树的荫蔽。

"你打到了一头狮子,"罗伯特·威尔逊说,"还是头顶棒的狮子。"

麦考博太太飞快地扫了威尔逊一眼,她是个非常标致,保养得极好的漂亮女人,她凭着美貌和社会地位,五年前曾经用自己的几张照片为一种她从来没用过的化妆品做广告,拿到了五千美元的酬金。她嫁给弗朗西斯·麦考博已经有十一年了。

"那头狮子很棒,对不?"麦考博说。这会儿他的妻子正看着他。她打量着这两个男人,就好像从来没见过他们一样。

这一位,名字叫作威尔逊,是个打猎的白人①,她心里清楚这个人她确实没见过。威尔逊约莫中等身材,浅棕色的头发,浓密的硬茬胡子,红通通的脸膛,一双蓝眼睛目光十分冷漠,眼角有浅浅的白色皱纹,微笑的时候,皱纹加深,一副兴高采烈的样子。此时,他正对她微笑着,她的目光从他的面孔移到他那披着宽松短上衣的溜肩上,他的上衣没有左胸袋,那里有四个襻,里面塞着四颗大子弹,她把目光投向他那双棕色的

---

① 这里所说的猎人,是指以陪同有钱人打猎为职业的人。

大手、旧了的宽松长裤和脏兮兮的皮靴，又转回到他那红通通的脸上。她注意到他那被阳光晒红的脸上有一圈白色，那是他的斯坦逊毡帽①留下的痕迹，那顶帽子现在正挂在帐篷支柱的一个木钉上。

"来吧，为打到狮子干杯。"罗伯特·威尔逊说。他又朝她微微一笑，而她没有一丝笑意，用古怪的目光望着她的丈夫。

弗朗西斯·麦考博个子很高，要是不挑剔骨骼的长短，他算得上身材匀称。他皮肤黑黝黝的，头发剪得跟个桨手一样短，嘴唇很薄，在人们看来称得上帅气。他穿着和威尔逊一样的猎装，只不过他的是新崭崭的。他有三十五岁，身体很健康，擅长各种场地球类运动，也有钓到好多大鱼的纪录，可就在刚才，他在大庭广众之下的表现无异于一个胆小鬼。

"为打到狮子干杯，"他说，"你刚才那么做，我真是感激不尽。"

他的妻子玛格丽特把目光从他身上移开，又投向威尔逊。

"咱们别再说那头狮子了。"她说。

威尔逊转过脸去看着她，脸上没有笑意，现在她反倒冲着他微笑了。

"今天真是非常奇怪，"她说，"中午你难道不该戴上帽子吗？哪怕是待在帆布帐篷里。要知道，这可是你告诉我的。"

"是可以戴上。"威尔逊说。

"你要知道，威尔逊先生，你的脸总是红通通的。"她说着，又微微一笑。

---

① 美国西部牛仔戴的一种阔边高顶毡帽。

"因为喝了酒。"威尔逊说。

"我看不见得,"她说,"弗朗西斯喝酒挺厉害,可他的脸从来都没红过。"

"今天算是红了。"麦考博试图说个笑话。

"没有,"玛格丽特说,"今天是我的脸红啦。不过,威尔逊先生的脸一向都是红红的。"

"准是种族特征,"威尔逊说,"嗨,你不是想拿我的美貌当个话题吧?"

"我不过是刚开个头儿。"

"咱们别说这个了。"威尔逊说。

"说说话也变得这么费劲了。"玛格丽特回敬道。

"别傻了,玛戈特①。"她丈夫说。

"说话没什么难的啊,"威尔逊说,"打到了一头顶棒的狮子。"

玛戈特望着他们两个,在他们俩看来,她都要哭出来了。这种情景威尔逊已经见了好长一段时间,他感到惴惴不安。麦考博早已经满不在乎了。

"我希望这根本没有发生,哦,我真希望这没有发生过。"她一边说着,一边朝自己的帐篷走去。她没有哭出声来,但他们可以看见,她的肩膀在她穿着的那件玫瑰红的防晒衬衫下瑟瑟发抖。

"女人动不动就使性子,"威尔逊对高个子男人说,"没什么大不了的,就是神经紧张,再加上这样那样的事情。"

"这可说不准,"威尔逊说,"我觉得我得为这个忍一辈

---

① 玛戈特是玛格丽特的昵称。

子了。"

"真是胡说。咱们来杯烈酒吧。"威尔逊说,"把整件事儿都忘了吧,反正也不值一提。"

"咱们也许能试试,"麦考博说,"不过我不会忘记你为我所做的一切。"

"算不了什么,"威尔逊说,"别尽说废话。"

他们坐在树荫里,野营帐篷就安扎在几棵枝繁叶茂的刺槐树底下,树后面有一处悬崖,地面上到处都是卵石,草地一直延伸到一条小河旁,河底也铺满了卵石,河对岸是一片森林。两个人喝着冰凉爽口的加了酸橙汁的杜松子酒,彼此都回避着对方的眼睛。威尔逊心里明白,仆人们现在全都知道了,当他看见麦考博的贴身仆人一边把碟子摆上桌,一边用好奇的目光打量主人,就用斯瓦西里语①厉声斥责了他。那个仆人面无表情地转身走了。

"你跟他说了什么?"

"没什么,告诉他手脚麻利点儿,要不我就让他结结实实地挨上十五下。"

"挨什么? 鞭子吗?"

"这么干是不合法的,"威尔逊说,"你可以扣他们的工钱。"

"可你还是能让他们挨鞭子?"

"哦,没错儿。要是他们决定去告的话,就可能闹出一场风波。他们一般不会那样,宁可挨鞭子也不愿意扣钱。"

① 斯瓦西里语,属于尼日尔—刚果语族,是非洲语言中使用人口最多的一种。

"真奇怪!"麦考博说。

"说实话,一点儿也不奇怪,"威尔逊说,"你会怎么选?是让人用桦树条狠抽一顿,还是拿不到工钱?"

话一出口,他就感到十分尴尬,还没等麦考博回答,他就接着说:"咱们每个人天天都免不了挨揍,你知道,从某种意义上来说。"

这话还不如不说呢。"老天啊,"他想,"我成了外交家了,难道不是吗?"

"是啊,我们在挨揍,"麦考博说,眼睛还是没有看他,"关于狮子的事儿,我感到非常难受。不能再传出去了。我的意思是说,别让任何人听到这件事儿了,好吗?"

"你是说,我会不会在马萨加俱乐部提起这件事儿?"威尔逊冷冷地看着他。他没有料到麦考博会这么讲。他想,这家伙不但是个该死的胆小鬼,而且是个不折不扣的混蛋。在今天之前我还挺喜欢他呢。不过,谁能摸得透一个美国佬呢?

"不会的,"威尔逊说,"我是个职业猎手。我们从来不谈论主顾的事儿。你尽管放心。不过,要求我们别说三道四,在我们看来是不像话的。"

他现在打定主意了,索性闹翻了倒自在得多。这下他就能独个儿吃饭,还可以一边吃东西,一边看书。让他们自己就餐吧。这样的话,他只有在打猎过程中才会见到他们,进行非常正式的交往——法国人是怎么说的?致以崇高的敬意——这总比不得不经历这种无聊的感情纠葛要从容自如。他要是出言不逊,干脆就此闹翻。这样一来,他就能一边吃饭,一边看书,而且还能照旧喝他们的威士忌。这个说法的言外之意是打猎过程中双方关系处得不大好。当你碰到另外一个白种猎人,问他:"怎么样啊?"他回答说:"哦,我还在喝他们的威士忌。"由此你就会知道情况简直糟透了。

"对不起。"麦考博说,用他那张美国人的面孔对着威尔逊,这张脸就是人到中年也还会停留在青春期的模样,威尔逊注意到他的头发短短的,像个水手,眼睛很漂亮,不过目光有些躲躲闪闪,鼻子很端正,嘴唇薄薄的,下巴很好看。"对不起,这个我没意识到。很多事情我都不大在行。"

那该怎么办呢?威尔逊想。他已经准备好和他痛痛快快地决裂了,可这个死乞白赖的家伙在侮辱了他之后又向他赔礼道歉了。他又试探了一下。"别担心我说出去,"他说,"我得谋个生路啊。你要知道,在非洲,没有一个妇女打不中狮子,没有一个白种男人会逃跑。"

"我跑得像个兔子。"麦考博说。

遇上一个说话这种腔调的男人,你有什么办法呢,威尔逊不知所措了。

威尔逊用他那机枪手惯常的毫无表情的蓝眼睛望着麦考博,麦考博则对他报以微笑。如果你没有注意到他感情受伤害的时候眼睛里流露出的表情,会觉得他的微笑还是很讨人喜欢的。

"兴许我能在捕猎野牛的时候找补回来,"他说,"咱们下回去打野牛,好吗?"

"要是你愿意,明天早晨就去也行。"威尔逊对他说。也许刚才他想错了。这当然也是顺理成章的。对于一个美国人,你根本拿不准他有什么路数。他又完全和麦考博站在一起了。要是能忘掉今天早晨发生的事儿就好了。不过,自然是忘不了的。这个早晨真是糟透了。

"你太太来了。"他说。她正从自己的帐篷那边走过来，看上去神清气爽，兴高采烈，样子很可爱。她有一张标准的鹅蛋脸，极其完美，你会以为她是个蠢女人。但她并不愚蠢，威尔逊想，不，她不愚蠢。

"漂亮的红脸膛威尔逊先生，你好啊。弗朗西斯，亲爱的宝贝，你感觉好点儿了吗？"

"哦，好多了。"麦考博回答道。

"我把这件事儿整个儿撇开了，"她说着坐到桌子旁边，"弗朗西斯擅长不擅长打狮子，那有什么大不了的呢？那又不是他的行当。那是威尔逊先生的专长。威尔逊先生打猎真是令人难忘。你什么都打，对吧？"

"哦，什么都打，"威尔逊说，"差不多什么都打。"她们是世界上最苛刻的女人，他想，她们最苛刻，最冷酷，最霸道，也最迷人，她们一强硬起来，她们的男人就得服软，要不就会精神崩溃。要么，她们挑中的都是她们能够驾驭的男人？在结婚的年纪她们不可能懂得这么多啊，他想。他很庆幸自己此前有过同美国女人打交道的经历，因为这是个很漂亮的美国女人。

"我们明天早晨要去打野牛。"威尔逊告诉她。

"我也去。"她说。

"算了，你别去了。"

"哦，不行，我要去。弗朗西斯，我可以去吗？"

"干吗不待在帐篷里啊？"

"说什么也没用，"她说，"今天这种场面我可不愿意错过。"

她刚才走开那会儿，威尔逊一直在想，她躲到一边去哭的时候,感觉是个好端端的女人。她好像很通情达理,为他和她自己感到痛心,而且知道事情到底是怎么回事儿。她去了二十分钟,现在回到这儿来,简直无异于加上了一层美国女人那种冷酷无情的外壳。她们是最该死的女人。确实是最该死的。

"我们明天再为你上演一出好戏。"弗朗西斯·麦考博说。

"你别去了。"威尔逊说。

"你这话可不对头,"她对他说,"我多么希望看你再表演一次啊。今天早晨,你可真让人开心。我是说,如果把什么东西的脑袋打个稀巴烂叫人开心的话。"

"吃午饭啦,"威尔逊说,"你很高兴,是不是?"

"干吗不高兴呢?我到这儿来可不是自寻烦闷啊。"

"哦,过得并不烦闷吧?"威尔逊说。他可以看见河里的卵石和河对面那高高的堤岸,上面长着树木;他想起了早晨发生的事儿。

"哦,一点儿也不烦闷,"她说,"好玩儿极了。还有明天。你不知道我有多么盼望明天。"

"给你上的是大羚羊肉。"威尔逊说。

"是不是长得像母牛,跳起来像兔子的那种大家伙?"

"我想你说的是。"威尔逊说。

"味道真鲜美。"麦考博说。

"是你打到的吗,弗朗西斯?"她问。

"是啊。"

"它们不危险,对吗?"

"除非扑到你身上。"威尔逊告诉她。

"我真高兴啊。"

"玛戈特,干吗不把你那凶巴巴的劲头收敛一点儿。"麦考博一边说,一边切开羚羊肉排,在叉着一块肉的弧形叉子上加了一点儿土豆泥、肉汁和胡萝卜。

"我觉得我能办得到,"她说,"既然你把话说得这么委婉。"

"等到了晚上,咱们喝香槟酒,庆祝打到这头狮子,"威尔逊说,"中午喝太热了一点儿。"

"哦,狮子,"玛戈特说,"我都已经忘了。"

这么看来,罗伯特·威尔逊心里暗想,她是在作弄他呢,不是吗?要不然,你以为她是想演一出好戏吗?一个女人发现自己的丈夫是个让人唾弃的胆小鬼,她会有什么举动?她的心真够狠的,不过女人的心都够狠的。当然,她们要占主导地位,要占主导地位有时候就得狠心才行。话又说回来了,她们的毒辣手段我也已经见识够了。

"再来点儿羚羊肉吧。"他彬彬有礼地对她说。

那天下午,时候已经不早了,威尔逊和麦考博连同当地土著司机,还有两个扛枪的人,一起开车出去。麦考博太太待在野营帐篷里。她说,这会儿天太热,没法出去,明天一大早再跟他们一起去。汽车出发的时候,威尔逊看见她站在那棵大树下,穿着淡玫瑰红的卡其布衬衫,她的模样与其说是漂亮,倒不如说是美丽,她的黑发从额头梳向脑后,在脖颈上低低地挽成一个髻,她的面容带着清新的气息,他想,就仿佛是从英国来的。她朝他们挥挥手,这时候,汽车正越过一片长得很高的草地,拐了个弯,穿过树林,开进一座座果木丛生的小山中间。

在果树丛中,他们发现一群黑斑羚,就下了车,蹑手蹑脚地靠近一头老公羊,它那对长长的角叉得很开;相隔足足两百码,麦考博一枪就把它撂倒了,这一枪真是让人赞不绝口,那群羚羊惊得弹跳着疯狂奔逃,它们高高地扬起腿来,一跳老远,从彼此的背上一跃而过,像是飘浮一般,令人难以置信,如同一个人有时候在梦中的飞奔一般。

"这一枪棒极了,"威尔逊说,"它们目标很小啊。"

"脑袋值得保留吗?"麦考博问。

"很了不得,"威尔逊告诉他,"你的枪法这么准,应该不会遇上麻烦。"

"你觉得咱们明天能找到野牛吗?"

"可能性很大啊。野牛一大清早出来吃草,要是走运的话,咱们有可能在原野上碰见它们。"

"我想甩掉狮子那档子事儿,"麦考博说,"让你妻子看见你做出这样的事儿来,可不怎么痛快。"

我倒是觉得,更叫人不痛快的是居然能干出这样的事儿来,不管妻子看没看见,或者是干了这种事还要拿出来说。不过他回应道:"我压根儿不再去想了。不管是谁,头一回遇见狮子都可能会心慌的。这件事儿已经过去了。"

但是,那天晚上,弗朗西斯·麦考博在篝火旁吃过晚饭,上床之前又喝了杯威士忌苏打,躺在罩着蚊帐的帆布床上,听着夜晚的种种声响,这件事还没有完全过去。既没有完全结束,也不是正要开始,而是和发生的时候一样确确实实存在着,有些情景给他留下了不可磨灭的印记,而且还更加深刻了,他感到非常苦恼和羞愧。不过,比羞愧更甚的是,他感到内心有一种寒冷、空洞的恐惧。这种恐惧此时依然存在,像是一个冷冰冰、黏糊糊的空洞，占据他原来的自信心留下的一片虚空，这让他感到厌恶。那件事还在缠绕着他。

事情是从昨天夜里开始的，他醒来的时候，听见河上游什么地方有狮子在吼叫，吼声非常深沉，末了有点儿像是咕噜咕噜的咳嗽声，听起来仿佛就在帐篷外面。弗朗西斯·麦考博夜里醒来听到这声音，感到非常害怕。他能听见妻子平静的呼吸，这说明她正在睡梦中。他没有人可以诉说自己的恐惧，也没有人跟他一起担惊受怕，只有独自躺着；他不知道索马里有句成语，说一个勇敢的人总是会受到狮子的三次惊吓，那是他第一次看见狮子的脚印，第一次听到狮子吼叫和第一次与狮子面对面的时候。后来，在太阳出来之前，他们在就餐帐篷里就着马灯的光亮吃早饭，那头狮子又吼叫起来了，弗朗西斯以为它就在野营帐篷边上。

"听声音是个老家伙，"罗伯特·威尔逊说着，从自己的鲱鱼和咖啡上方抬起头来，"听它在咳嗽呢。"

"离得很近吗？"

"在河上游一英里左右。"

"咱们能看见吗？"

"咱们去瞧瞧。"

"它的吼叫声能传得这么远吗？听上去就像在帐篷里。"

"能传得好远呢，"罗伯特·威尔逊说，"能传得这么远，也真是奇怪。但愿可以射到它。那帮仆人说，这附近有一头非常大的家伙。"

"我要开枪的话，"麦考博问，"该往哪儿打才能让它动弹不得？"

"打它两个肩膀中间，"威尔逊说，"要是你能打准，就打它的脖子。朝骨头上打,把它撂倒。"

"但愿我能瞄准。"麦考博说。

"你枪法很棒,"威尔逊对他说,"要不慌不忙,瞄准了它。头一枪是最重要的。"

"距离多远呢?"

"说不准。这要看狮子的情况。在它靠近到你可以瞄准之前,千万不要开枪。"

"不到一百码?"麦考博问。

威尔逊飞快地瞟了他一眼。

"一百码就差不多了。也许得更近一些才能对付它。千万别在大大超过这个距离的情况下开枪。一百码是个适当的距离。这样的话,你想要打哪儿就能打哪儿。你太太来了。"

"早啊,"她说,"咱们去找那头狮子吗?"

"等你吃过早饭吧,"威尔逊说,"你感觉怎么样?"

"好极了,"她说,"我很兴奋。"

"我去看看是不是全都准备好了。"威尔逊起身正要走开,狮子又吼了起来。

"吵闹的家伙,"威尔逊说,"我们会让你吼不成的。"

"怎么啦,弗朗西斯?"他的妻子问道。

"没什么。"麦考博说。

"哦,得了吧,"她说,"你为什么心烦意乱啊?"

"没什么。"他说。

"告诉我吧,"她看着他说,"你感觉不舒服吗?"

"都是那该死的吼声,"他说,"要知道,它叫了整整一夜。"

"你干吗不叫醒我?"她说,"我倒喜欢听这声音。"

"我得去干掉这个该死的家伙。"麦考博的话音里带有几分苦恼。

"哦,你到这儿来,不就是为了这个吗?"

"没错儿。不过我很紧张,一听到这家伙吼叫,我就心神不定。"

"那好吧,就像威尔逊说的那样,干掉它,让它吼不成。"

"话说得不错,亲爱的,"弗朗西斯·麦考博说,"听起来很容易,对吧?"

"你不是害怕吧?"

"当然不害怕。可我听它吼了一整夜,神经很紧张。"

"你会很漂亮地干掉它,"她说,"我知道你会的。我都等不及了,真想马上看到。"

"你吃完早餐,咱们就出发。"

"天还没亮呢,"她说,"这个时候可不大合适。"

就在这时候,狮子从胸腔深处发出一声呻吟一般的低吼,一下子变成了粗哑的喉音,声音震颤得越来越厉害,似乎把空气都震动了,最后又是一声叹息般的吼叫和发自胸腔深处的沉重的咕噜声。

"听上去好像就在这儿一样。"麦考博的妻子说。

"天哪,"麦考博说,"我讨厌这该死的吼叫声。"

"真是不得了。"

"不得了。简直太可怕了。"

这时候,罗伯特·威尔逊一副乐呵呵的样子,带着他那杆短短的式样很难看的点505吉布斯走了过来,枪口大得吓人。

"来吧,"他说,"给你扛枪的人把你的斯普林菲尔德和那支大枪都带上了。所有的东西都在车里。你有实心弹吗?"

"有。"

"我准备好了。"麦考博太太说。

"一定得让它不再乱吼乱叫，"威尔逊说，"你坐前面。太太可以跟我坐后面。"

他们上了汽车，天刚拂晓，在灰蒙蒙的晨光中，他们穿过树林，朝河上游驶去。麦考博拉开自己那杆来复枪的枪栓，看了看金属弹壳的子弹，又推上枪栓，关上保险。他看到自己的手在颤抖。他摸了摸口袋里的备用子弹，又把手伸到短上衣前胸处，摸了一下带圈里的子弹。这辆汽车没有门，车身像个盒子，他朝后排转过脸去，见威尔逊坐在他妻子身边，两个人兴奋得咧嘴直乐，威尔逊向前探过身子，低声说：

"瞧，鸟儿都飞下去了。这就是说，那个老家伙已经把它的猎物丢开了。"

麦考博可以看到，在河对岸，有的秃鹫正在树梢上方盘旋，有的一下子陡然直飞而下。

"它有可能到这边来喝水，"威尔逊低声说，"在去睡觉之前。留神注意着它。"

他们沿着高高的河岸慢慢向前开，在这里，河水深深地漫上了布满卵石的河床，他们的车子从大树中间蜿蜒穿过。麦考博望着对岸，他突然感到威尔逊抓住了他的胳膊，车停住了。

"它在那儿，"麦考博听到低低的说话声，"前方靠右。下车去打它。真是头顶棒的狮子。"

麦考博此时也看到了那头狮子。它几乎是侧立在那里，扬起大大的脑袋朝着他们这个方向。清晨的微风向他们迎面吹来，撩起了狮子那深色的鬃毛；这头狮子看上去巨大无比，它站在岸坡上,在灰蒙蒙的晨光中形成一个侧面剪影,它肩膀浑厚,圆桶一般的身躯显得油光水滑。

"它有多远?"麦考博一边问,一边举起枪。

"约莫七十五码。下车去打吧。"

"为什么不能在这儿开枪?"

"不能在车上开枪打狮子,"他听到威尔逊在他耳边说,"下车去。它不会整天待在那儿。"

麦考博从前座边上的弧形缺口跨出来,站在踏板上,接着跨到地面上。那头狮子还站在那儿,威风凛凛、镇定自若地朝这边望过来,它只能用眼睛的一侧看到的东西像头超级巨大的河马。没有人的气息被吹到它那里,它望着这边,大大的脑袋微微左右摇摆。它望着这东西,并不害怕,不过在走下河岸去喝水之前,有这么一个东西在对面,它有几分犹豫,这时候,它看到从那东西里下来一个人影儿,就转过沉重的大脑袋,大摇大摆地朝有树木遮蔽的地方走去,这当儿,只听啪的一声,它感到一颗点30-06的220谷①的实心子弹一下子打进自己的肋腹,打穿了胃,让它感到火烧火燎的疼痛,直想呕吐。它小跑起来,脚步沉重,步子迈得很大,因为肚子受了重伤,它摇摇晃晃,穿过树丛,跑向高高的草丛和可以隐蔽的地方。又是啪的一声枪响,子弹从它身旁擦过,撕裂了空气。接着又是啪的一声,它感到子弹打中了它的下肋,一直穿了进去,它嘴里突然涌出泡沫状的热乎乎的血,它朝高高的草丛飞跑过去,这样就能蜷缩在那里,不让人看见,等他们带着那件会啪啪作响的东西走得足够近了,它就能扑向带着那件东西的人,把他

---

① 谷是英美最小的重量单位,1谷等于64.8毫克。

咬死。

麦考博跨出汽车的时候,压根儿没有去想狮子会有什么感受。他只知道自己的手在哆嗦,他离开汽车的时候,两条腿几乎都挪不动了,大腿僵硬,不过他能感觉到肌肉的颤动。他举起枪,瞄准狮子的脑袋和肩膀连接的地方,然后扣动了扳机。虽然他拼命扳动,感觉手指头都要断了,却没有一点儿声息。他这才想到枪上了保险,于是他放下枪,拉开保险,动作僵硬地向前迈了一步;此刻,那头狮子看到他的轮廓从汽车的轮廓里分离出来,就转身小跑而去,麦考博开枪的时候,听到砰的一声,这就是说,子弹打中了,可狮子还在跑。麦考博又开了一枪,大家看到那颗子弹在小跑的狮子前面扬起了一股尘土。他想起应该向下瞄准目标,就又开了一枪,大家都听见子弹打中了,狮子飞跑起来,没等他推上枪栓,就钻进了高高的草丛。

麦考博站在那儿,胃里很不舒服,他双手握着那杆斯普林菲尔德枪,还保持着准备射击的架势,颤抖个不停,他的妻子和罗伯特·威尔逊站在他身旁。他身边还有两个扛枪的人,在用瓦卡姆巴语①说着什么。

"我打中了,"麦考博说,"中了两枪。"

"你是打中它了,打中了它身子靠前的什么地方。"威尔逊干巴巴地说道。两个扛枪的人脸色显得非常阴沉,这会儿一声不吭。

"你本来有可能把它打死的,"威尔逊接着说,"咱们得等会儿才能进去找它。"

---

① 瓦卡姆巴语,东非班图人的一种语言。

"为什么这么说?"

"咱们得等它不行了,再顺着它留下的痕迹去找。"

"哦。"麦考博应了一声。

"它是一头顶棒的狮子,"威尔逊兴高采烈地说,"可它跑进了一个不大好办的地方。"

"为什么不好办?"

"你得走到它身边才能看到它。"

"哦。"麦考博说。

"好了,"威尔逊说,"太太可以坐在车里。咱们去看看血迹。"

"玛戈特,你待在这儿吧。"麦考博对他妻子说。他的嘴很干,说话都费劲儿。

"为什么?"

"威尔逊说的。"

"我们去看看,"威尔逊说,"你待在这儿。你在这儿能看得更清楚。"

"好吧。"

威尔逊用斯瓦西里语对司机说了些什么。司机点点头说:"好的,先生。"

接下来,他们走下陡峭的河岸,横穿过小河,一路上抓着突出的树根,曲曲折折地在卵石上攀爬,来到河对岸,一直走到麦考博开第一枪的时候狮子逃跑的地方。野草低矮的地面上有深红色的血迹,扛枪的人用草茎指点着给他们看,那血迹一直延伸到河岸边的树林后面。

"咱们怎么办?"麦考博问。

"没别的办法,"威尔逊说,"咱们没法儿把车开过来。河岸太陡了。等它的身体变得僵硬一点儿之后,咱们两个进去找它。"

"不能放火烧草吗?"麦考博问。

"草太青。"

"不能让人把它赶出来吗?"

威尔逊用揣摩的眼光看看他。"当然,咱们能这么办。"他说,"不过,这么做有点儿像是让人去送命。你瞧,咱们明知道这头狮子受了伤。你可以驱赶没受伤的狮子——它听见吵闹声就会逃跑——但是,一头受了伤的狮子会扑上来。你发现不了它,直到你走到它身边才会看见。它会平趴在地上,把自己隐蔽起来,你会认为那儿连只兔子也藏不下。你不能派手下人到那儿去冒这样的险。准有人会被狮子伤着。"

"那些扛枪的人呢?"

"哦,他们会跟咱们俩一起去。这是他们分内的事儿。你知道,他们签了合同就是干这个的。不过他们看上去不太乐意,是不是?"

"我不想进到那里面去。"麦考博说。他还没有意识到自己说了什么,话就脱口而出了。

"我也不想进去,"威尔逊非常干脆地说,"可是真的没有别的办法。"紧接着,他又一转念,扫了麦考博一眼,突然发现他正哆里哆嗦,脸上挂着一副可怜相。

"当然啦,你没必要进去,"他说,"你知道,雇我来就是干这个的。正因为这个给我的价钱才这么高。"

"你是说,你一个人进去? 难道不能把它丢在那儿?"

罗伯特·威尔逊的全部工作就是对付狮子以及和狮子相关的种种问题,他一直没有怎么去想麦考博,只是注意到这个人有点儿神经紧张,此时此刻,他突然感觉自己像是在旅馆里进错了房门,撞见了一件让人羞臊的事儿。

"你说这话是什么意思?"

"把它丢下不管难道不行吗?"

"你是说,咱们假装根本没有打中它?"

"不,就是把它抛开,不去理睬了。"

"这可不行。"

"为什么不行?"

"首先,它肯定会吃苦头。再者,也许会有别人碰上它。"

"我明白了。"

"不过你不一定非得去对付它。"

"我倒是愿意,"麦考博说,"我就是有点儿心慌,你知道。"

"咱们俩进去,我走在前面,"威尔逊说,"让康戈佬①带路。你跟在我后面,靠边一点儿。咱们有可能听见它的吼叫声。一看到它,咱们俩就一起开枪。什么也别担心。我会让人一直紧跟在你身后。其实,要说起来,也许你还是不去的好。也许不去要好得多。你干吗不到河对岸去跟太太待在一起,让我去了结这件事儿?"

"我,我想去。"

"好吧,"威尔逊说,"不过,你要是不想去的话,就别去了。你知道,这是我分内的事儿。"

"我想去。"麦考博说。

他们坐在一棵树下抽起烟来。

----

① 康戈佬,非洲班图族的一支,生活在下刚果南面。

"你要不要回去跟太太说一声,我们在这儿等着?"威尔逊问。

"不用。"

"那我走回去,告诉她得耐心点儿。"

"好啊。"麦考博说。他坐在那儿,胳肢窝里不停地出汗,感觉嘴里干干的,胃里空空的,他想鼓起勇气告诉威尔逊,不打算和他一起去干掉那头狮子了。他没能搞明白,威尔逊其实很恼火,恨自己没有早一点儿注意到他的状态,没有趁早打发他回到妻子那儿去。他正坐着,威尔逊走了过来。"我把你的大枪拿来了,"他说,"拿着,咱们已经让它消停一阵子了,我觉得。走吧。"

麦考博接过那杆大枪,威尔逊说:

"你要始终跟在我后面,靠右约莫五码,一切照我说的做。"接着,他用斯瓦西里语跟那两个扛枪的人说了几句话,两个人脸色阴沉沉的。

"咱们走吧。"他说。

"我能喝点儿水吗?"麦考博问。威尔逊跟那个皮带上挂着水壶、年长一点儿的扛枪人说了句话,那个人解下水壶,拧开盖子,递给麦考博,麦考博接过来,感觉这水壶似乎很沉的样子,毡制的水壶套在他手里毛毛糙糙的。他举起水壶喝水,眼睛望着面前那高高的草丛和草丛后面树顶平平的丛林。一阵微风朝他们吹过来,野草在风中微微起伏。他看看那个扛枪的人,他看得出来,那个人也在经受恐惧的煎熬。

草丛里约莫三十五码的地方,那头大狮子平趴在地上。它的耳朵倒向后面,唯一的动作就是微微地上下摇动那条长长的带有一簇黑毛的尾巴。它一跑到这个隐蔽所,就准备拼个你死我活。它那圆滚滚的肚子被打穿了,枪伤让它很不好受,还有一枪打穿了它的肺,害得它每呼吸一下,嘴里就冒出稀薄的、带有泡沫的血,这样一来,它就越来越衰弱了。它的两肋湿漉漉、热乎乎,苍蝇停在它黄褐色的皮毛被实心子弹打穿的小洞上;那双黄色的大眼睛带着仇恨眯了起来,直视前方,只有呼吸引起疼痛的时候才眨一下;它的爪子刨进松软干燥的泥土里。它所有的疼痛、难受、仇恨,还有它余下的所有力量,全都绷得紧紧的,完完全全聚集起来,准备突然猛扑上去。它能听见有几个人在说话,它积聚全部的力量,只等那些人走进草丛,就狠命一扑。它听着那些人的说话声,尾巴绷紧了,上下摇动,他们一踏进草丛边缘,它就发出一声咳嗽似的咕噜声,猛扑上去。那个年长些的扛着枪的康戈人循着血迹在前面领路;威尔逊留神观察草丛里的动静,他那杆大枪已经准备停当;另一个扛枪的人向前张望,留心听着声响;麦考博紧挨着威尔逊,他那杆来复枪也做好了射击准备。他们刚走进草丛,麦考博就听见被血哽住的咳嗽似的咕噜声,看见草丛里有东西唰的一声扑了出来。接下来,他只知道自己撒腿就跑,一阵惊慌失措,发疯一般逃到空地上,又朝小河边跑去。

他听见一声"咔嚓——轰隆",那是威尔逊的大来复枪,接着又是一声震耳欲聋的"咔嚓——轰隆"!他一转身,看到了那头狮子,现在它那副模样真是可怕,半个脑袋几乎没有了,正朝站在高高的草丛边缘的威尔逊爬过去,那个红脸汉正给他那支难看的短枪推上枪栓,小心瞄准,接着枪口里又发出一声爆裂的"咔嚓——轰隆",那头拖着沉重、庞大的黄色身躯缓慢爬行的狮子一下子僵硬了,那颗巨大的、残缺不全的脑袋也向前栽了下去;麦考博独自一人站在自己刚才跑过的空地上,手里拿着一支装着子弹的来复枪,两个黑人和一个白人回过头来,轻蔑地望着他,他知道狮子死了。他朝威尔逊走了过去,他那高高的个子明摆着简直就是丢人现眼,威尔逊看着他说:

"照相吗?"

"不要。"他说。

除此之外谁也没有开口说话,直到走到汽车跟前,威尔逊才说:

"真是一头顶棒的狮子。手下人会把皮剥下来,咱们还是在这儿待在阴凉里吧。"

麦考博的妻子没有看他,他也没有看自己的妻子;他们俩并排坐在后面,威尔逊坐在前面的座位上。麦考博有一次伸出手去,握住了妻子的一只手,眼睛却没有望过去,妻子把手从他手里抽了出来。他的目光越过那条河,落在对岸扛枪的人正在剥狮子皮的地方,他心里明白,妻子刚才可以看得到整个过程。他们坐在那儿,他的妻子向前凑过去,把一只手放在威尔逊的肩膀上。威尔逊扭过头来,她从低低的座位上向前探过身去,在他的嘴唇上亲了亲。

"噢,啊呀。"威尔逊说着,那张天生红通通的脸变得更红了。

"罗伯特·威尔逊先生,"她说,"漂亮的红脸膛罗伯特·威尔逊先生。"

然后她在麦考博身边坐下来,扭头张望河对岸狮子躺着的地方,狮子那两条剥掉了皮的前腿朝天伸着,露出白色的肌肉和肌腱,还有鼓鼓的白肚子,几个黑人正在刮皮上的肉。最后,扛枪的人把又湿又沉的狮子皮抬了过来,上车前先把皮子卷好,然后带着狮子皮爬到汽车后面,车随即就发动了。回营地的路上,所有的人都一声不吭。

这就是狮子的故事。麦考博不知道那头狮子在发动袭击之前是什么感觉,也不知道它在发动袭击的时候,一颗初速为每小时两百英里的点505子弹以难以置信的猛击打在它的嘴上,它又是什么感觉。当狮子经受了致命的第二次枪击,后半身被打得不成样子,还朝那个摧毁了自己的东西,那个发出砰砰的爆炸声的东西爬过去,那到底是一种什么样的力量在支撑着它,麦考博也不知道。威尔逊对此是有所感触,他只用一句话来表达:"顶顶棒的狮子。"但是麦考博不知道威尔逊对这些事情的看法。他也不知道自己的妻子有什么感觉,只知道她跟他闹翻了。

妻子以前也跟他闹翻过,不过从来没有持续很长时间。他很有钱,而且还会更有钱,他知道,如今她永远也不会离开自己。这是他确确实实心里有数的几件事情之一。他很清楚这个,他还了解摩托车——这是最早时候的事儿——他对汽车、打野鸭、捕鱼都在行,知道鳟鱼、鲑鱼、大海鱼,他还了解书本里的性知识,他读过很多书,读过太多的书,知道所有的场地球类运动,他熟悉狗,不怎么熟悉马,他知道紧紧抓住自己的钱不放手,知道自己那个圈子里其他人干的大多数事情,还知道妻子不会离开自己。他的妻子一直是个大美人儿,在非洲也仍然是个大美人儿,不过,在美国,她要是想离开他,过上更阔绰的日子,她这位大美人就不怎么够格儿了,这一点儿她自己心知肚明,他也清楚。她已经错过了离开他的机会,这个他知道。如果他和女人打交道颇有一手的话,她也许会开始感到不安,担心他另外娶一位年轻漂亮的妻子;不过,她对他太了解了,根本不担心他产生这个念头。再说,他的忍耐力很强,如果说这不是他的致命弱点,那似乎就是他最大的优点了。

总之,大家认为他们是比较幸福的一对,属于那种经常被谣传要分道扬镳,但从来没有真的各奔东西的夫妻,正如一个社会生活专栏作家所说的那样,他们深入到非洲内陆打猎,并不仅仅给他们那令人羡慕不已的永恒爱情增加了一层冒险色彩。在人们眼里看来,在马丁·约翰逊①夫妇多次将它搬上银幕之前,这是一片黑暗的大陆。他们在那里捕猎狮子,还有野牛啦,大象啦,还为自然历史博物馆收集标本。那位专栏作家过去至少有三次报道过他们濒于分手,事实也的确如此。不过,他们总是言归于好。他们的结合有着坚实的基础。玛戈特长得太漂亮了,麦考博难以割舍,麦考博太有钱了,玛戈特也不愿意离开他。

弗朗西斯·麦考博不去想那头狮子之后,睡着过一会儿,醒了一阵接着又睡着了,这时候约莫凌晨三点钟,他在梦中突然被那头居高临下、脑袋血淋淋的狮子惊醒了,他听了听动静,心怦怦直跳,发现妻子不在帐篷里的另一张帆布床上。他心里牵挂着这件事儿,两个钟头躺在那儿睡不着。

过了两个钟头,妻子走进帐篷,撩起蚊帐,舒舒服服地爬上了床。

"你去哪儿了?"麦考博在黑暗中问道。

"嗨,"她说,"你醒着呢?"

---

① 马丁·约翰逊(Martin Elmer Johnson,1884—1937),美国电影摄制者,夫妇二人专在非洲拍摄原始生活。

"你去哪儿了?"

"不过就是出去呼吸一下新鲜空气。"

"你干的好事儿,真见鬼。"

"你要我说什么呢,亲爱的?"

"你去哪儿了?"

"出去呼吸新鲜空气。"

"这倒是一个新鲜的说法。你这个泼妇。"

"喔,你是个胆小鬼。"

"就算是吧,"他说,"那又怎么样?"

"对我来说没什么。不过,求你别跟我说话了,亲爱的,我困得很。"

"你以为我什么都能忍受。"

"我知道你会的,宝贝儿。"

"噢,我受不了。"

"好了,亲爱的,咱们别聊了,我困极了。"

"这种事不能再发生了。你答应过不这么干了。"

"哦,这回我又来了。"她柔情蜜意地说。

"你说过,咱们这次要是出来旅行,这种事情绝不会发生。你答应过。"

"没错儿,亲爱的。我是这么打算的。可是,这次旅行昨天给弄糟了。咱们没有必要非得谈这个,不是吗?"

"你一有机会就迫不及待,是不是?"

"求你别跟我说话了,亲爱的,我困得很。"

"我就要说。"

"那么,我要睡了,你别介意啊。"接下去,她真的睡着了。

天还没亮,他们三个人就全坐在桌子旁边吃早餐了,弗朗西斯·麦考博发现,在他讨厌的所有人当中,他最最讨厌的是罗伯特·威尔逊。

"睡得好吗?"威尔逊一边装烟斗,一边用沙哑的声音问道。

"你呢?"

"好极了。"这个白种猎人告诉他。

你这个混蛋,麦考博暗想,你这个厚颜无耻的混蛋。

看来她进去的时候把他给弄醒了,威尔逊想,他用毫无表情的冷漠眼神看着他们俩。那么,他干吗不让他妻子待在应该待的地方呢?他把我当成了什么,一尊该死的石膏圣徒像吗?谁叫他不让自己的妻子待在她应该待的地方呢?这是他自己的过错。

"你觉得咱们能找得到野牛吗?"玛戈特一边问,一边推开一碟子杏儿。

"有可能啊,"威尔逊冲她微笑着说,"你干吗不待在营地?"

"我才不干呢。"她告诉他。

"干吗不吩咐她待在营地里?"威尔逊对麦考博说。

"你吩咐她吧。"麦考博冷冷地说。

"别说什么吩咐不吩咐的了,"玛戈特转向麦考博,高高兴兴地说,"也别犯傻了,弗朗西斯。"

"你准备好出发了吗?"麦考博问。

"随时都能,"威尔逊对他说,"你想让你太太去吗?"

"我想不想有什么不一样吗?"

去他妈的,罗伯特·威尔逊心里暗想。真他妈的见鬼了。看来事情闹成了这个样子。唉,那就只有这样了。

"没什么不一样的。"他说。

"你真的不想跟她一起待在营地里,让我去打野牛吗?"麦考博问。

"这可不行,"威尔逊说,"我要是你,就不这么胡说八道。"

"我没胡说。我感到厌恶。"

"厌恶,这不是个好词儿。"

"弗朗西斯,请你说话尽量通情达理点儿行不行?"他妻子说。

"我说话太他妈的通情达理了,"麦考博说,"你吃过这么脏的东西吗?"

"吃的东西有什么不对劲儿吗?"威尔逊平静地问。

"也不比别的更不对劲儿。"

"我会让你镇定下来的,你这个爆筒子,"威尔逊心平气和地说,"伺候吃饭的仆人有一个懂一点儿英语。"

"让他见鬼去吧。"

威尔逊站起身来,一边抽着烟斗,一边踱开去,用斯瓦西里语跟一个站在那儿等他的扛枪人说了几句话。麦考博和妻子坐在桌旁。麦考博盯着自己的咖啡杯。

"你要是大吵大闹,我就离开你,亲爱的。"玛戈特平静地说。

"不,你不会的。"

"你可以试试看。"

"你不会离开我的。"

"没错儿,"她说,"我不会离开你,可你得规矩点儿。"

"我规矩点儿?这话说得真妙。我规矩点儿。"

"没错儿。你得规矩点儿。"

"你自己怎么不试着规矩点儿?"

"我试了好久啦。好长好长时间了。"

"我讨厌那个红脸膛的混蛋,"麦考博说,"我一看见他就恼火。"

"他真的是个大好人。"

"噢,别说啦。"麦考博几乎大嚷起来。这时候,汽车开过来了,停在就餐帐篷前,司机和两个扛枪的人下了车。威尔逊走过来,看着坐在桌边的夫妻俩。

"去打猎吗?"

"去,"麦考博说着站起身来,"去啊。"

"最好带件毛衣。车上会冷的。"威尔逊说。

"我去拿上皮夹克。"玛戈特说。

"那个仆人拿来了。"威尔逊告诉她。他和司机上了前座,弗朗西斯·麦考博和妻子默不作声地坐在后排。

但愿这个愚蠢的可怜虫不会突发奇想,从后面打烂我的脑袋,威尔逊暗自想道。打猎带个女人真麻烦。

在灰蒙蒙的晨光里,汽车吱吱嘎嘎地开下布满卵石的河滩,涉水过河,又斜向攀上陡岸,早在前一天威尔逊就吩咐铲出一条路来,这样他们就能开到对岸这个树木丛生、连绵起伏,如同猎苑一般的地方。

真是个美好的早晨,威尔逊想。露水很重,车轮从野草和低矮的灌木丛中碾过的时候,他能闻到被压碎的蕨类植物的叶子散发出的气味。那种气味像是马鞭草,汽车穿行在这片人迹罕至、猎苑一般的地方,他喜欢这种清晨的露水味道,还有碾碎了的蕨叶气味,也喜欢看在清晨的雾气中显得黑魆魆的树干。此时此刻,他已经不再去想后座上那两位了,一心只想着野牛。他要找的野牛白天待在泥泞的沼泽地里,根本不可能打到,不过,到了晚上,它们就会出来,到这一带的空地上找东西吃,要是他能用汽车把野牛和沼泽隔开,麦考博就有了大好时机,可以在空旷的地方打到它们。他可不想和麦考博一起在树荫稠密的隐蔽地点打野牛。他根本就不愿意跟麦考博一起打野牛或是别的什么,可他是个职业猎手,这辈子曾经和一些异乎寻常的人一道打过猎。如果他们今天能打到野牛,那就只剩下犀牛了,这个可怜的家伙经历了自己的危险游戏,事情可能就好办了。他不会再跟那个女人有什么来往,麦考博也就不会为此耿耿于怀了。看样子他准是经受过不少这样的事儿。可怜的家伙。他肯定有办法忘掉。唉,这个可怜的小子,纯粹是他自找的。

他,罗伯特·威尔逊,在游猎途中总是带一张双人帆布床,好接纳可能碰上的艳遇。他曾经陪同一些主顾打猎,那是一伙来自不同国家的人,放荡不羁,花天酒地,那些女人要是不和他这个白种猎人在那张帆布床上睡过觉,就感觉自己的钱花得不值当。他和他们分别之后,很瞧不起那些人,尽管有几个人他当时还算喜欢,不过他是靠这些人过活的;只要他们雇用了他,他就得遵从他们的准则。

在所有方面,他都得遵从他们的准则,但射猎除外。打猎他有一套自己的准则,他们要么遵守这些准则,要么另外雇人陪他们打猎。他也知道,他们都为这个而尊重他。不过,这位麦考博是个古怪的家伙。他要不怪才见鬼呢。还有他那位妻子。唉,那位妻子。没错儿,那位妻子。嗯,那位妻子。得了,他已经把这一切都抛开了。他回身扫了他们一眼。麦考博坐在那儿铁板着脸,怒气冲冲的样子。玛戈特冲他微微一笑。今天她看上去好像更年轻,更天真无邪,也更娇嫩,不是那种矫揉造作的漂亮。天知道她心里在琢磨什么,威尔逊想。昨天晚上她说话不多。想到这个见到她还是很愉快的。

汽车爬上一个缓坡,穿过树林,然后驶进一片长满野草,像是大草原一样的空地,沿着边缘在树荫的遮蔽下向前开,司机放慢了速度,威尔逊放眼张望,仔细观察这片草原尽头的轮廓。他吩咐停车,用双筒望远镜细细察看这片空地。随后他示意司机继续开车,汽车慢慢开动了,司机一路上避开一个个疣猪洞,绕过一座座蚂蚁建起的土堡。接着,威尔逊眺望了一下那片空地,突然转过身来说:

"天啊,它们在那儿呢!"

汽车一跃向前,威尔逊用斯瓦西里语急促地对司机说了句什么,麦考博顺着他指的方向望过去,看见三条体态庞大的黑野兽,身体又长又笨重,简直是个大圆筒,如同黑乎乎的大油槽车一般,正顺着开阔的草原尽头的边缘疾驰而过。它们飞奔起来,脖子僵直,身体也紧绷绷的,狂跑的时候伸出了脑袋,他可以看到那向上翘起的宽阔的黑犄角;它们的脑袋则一动不动。

"那是三头老公牛,"威尔逊说,"咱们先切断它们的后路,让它们不能跑进沼泽。"

汽车以每小时四十五英里的速度疯狂地穿越那片空地,野牛在麦考博眼里变得越来越大,最后他终于可以清楚地看见一头庞大的公牛,它那灰色的、没有毛的躯体长满了疥癣,脖子和肩膀浑然一体,黑色的犄角闪闪发亮,它稍稍落后一点儿,几头野牛迈着稳健的步伐,排成一队,以横冲直撞的架势向前飞奔;紧接着,汽车摇晃了一下,好像是刚刚跃过一条路,他们快要赶上了,麦考博都能看见向前猛冲的公牛那庞大的身躯,皮上的毛稀稀落落,满是尘土,宽阔的犄角张得大大的,口鼻向外突出,鼻孔很大;他举起来复枪,威尔逊大喊道:"别在车上射击,你这蠢货!"麦考博并不感到害怕,只是很厌恶威尔逊;这时候刹车已经踩下,汽车还在滑行,向一侧斜了过去,还没等停稳,威尔逊就从一边下了车,他从另一边下了车,脚踏在仍在快速移动的地面上,打了个趔趄,他紧接着就朝那头正在逃跑的野牛开枪射击,听到一颗颗子弹噼噼啪啪地打在野牛身上,野牛步伐稳健地逃开去,他对着那头野牛把子弹全打光了,这才想起要直冲着肩膀开枪,他正在笨手笨脚地装子弹,这会儿工夫看见那头野牛倒了下去。它跪在地上,大脑袋向后一甩,麦考博看见另外两头还在飞奔,就朝领头的那头开了一枪,打中了。他又开了一枪,没打中目标,这时只听一声"咔嚓——轰隆",威尔逊开枪了,他眼见那头领先的野牛鼻子向前栽倒在地上。

"干掉另一头,"威尔逊说,"你快开枪啊!"

但是那头野牛以稳健的步伐飞快地跑着,他没能打中,子弹扬起一股尘土;威尔逊也没打中,尘土像云雾一般升腾起来,威尔逊喊了一声:"来吧,它离得太远了!"说着一把抓住他的胳膊,两人又上了车,麦考博和威尔逊紧紧抓住汽车的两侧,汽车在崎岖不平的路面上摇摇晃晃地飞驰向前,逼近那头公牛,它还是稳步如飞,脖子沉沉下垂,一个劲儿向前直冲。

他们赶到野牛身后的时候,麦考博正在装子弹,把弹壳丢到地上,不料枪给卡住了,他排除了故障,这时眼看就要赶上那头野牛了,威尔逊大喊一声"停车",汽车一个侧滑,差点儿翻倒,麦考博险些向前栽去,但还是站住了脚,他猛地一推枪栓,尽可能靠前瞄准那头飞奔而去的野牛的圆滚滚的黑色后背,他开了一枪,紧接着又瞄准开了一枪,然后一枪接着一枪,子弹颗颗都打中了,可他看不出对野牛有什么影响。接下来,威尔逊也开枪了,轰隆声儿乎把他的耳朵都震聋了,他能看出那头野牛脚步摇晃起来。麦考博仔细瞄准,又开了一枪,野牛倒下来,跪在了地上。

"好极了,"威尔逊说,"干得不错。一共三头。"

麦考博像喝醉了一样兴高采烈。

"你开了几枪?"他问。

"只开了三枪,"威尔逊说,"你打死了第一头公牛。最大的那头。我帮你干掉了另外两头。我怕它们逃到隐蔽的地方去。是你把它们打死的。我不过是帮你扫尾罢了。你的枪法真他妈的棒。"

"咱们上车吧,"麦考博说,"我想喝点儿什么。"

"先得把那头公牛干掉。"威尔逊对他说。那头野牛跪在地上,他们走近的时候,野牛暴怒地摇晃着脑袋,瞪着凹陷的小眼睛,大声吼叫。

"当心,别让它站起来,"威尔逊提醒道,接着又说,"稍微靠侧面一点儿,打它的脖子,耳朵靠后的地方。"

麦考博仔细瞄准它那巨大的、狂怒之下来回扭动的脖子,朝正中开了一枪。枪声刚落,它的脑袋就向前垂了下去。

"好了,"威尔逊说,"打中了脊骨。它们的模样倒是很好看,是不是?"

"咱们去喝点儿东西。"麦考博说。他这辈子还从来没有感觉这么痛快过。

麦考博的妻子坐在车里,脸色煞白。"你太棒了,亲爱的,"她对麦考博说,"车开得真是惊险刺激。"

"颠簸得厉害吗?"威尔逊问。

"真吓人,我这辈子从来没有这么心惊胆战。"

"咱们都来喝点儿。"麦考博说。

"那敢情好,"威尔逊说,"先给你太太吧。"她接过酒瓶喝了口纯威士忌,咽下去的时候打了个冷战。她把酒瓶递给麦考博,麦考博又给了威尔逊。

"真是惊险刺激啊,"她说,"把我折腾得头疼得要死。我不知道还能从车上朝野牛开枪呢。"

"没有人从车上开枪。"威尔逊冷冷地说。

"我是说开车追赶野牛。"

"一般不这么干。"威尔逊说,"可咱们这么做我觉得也算是堂堂正正的。开车越过原野去打猎,地上到处都是洞穴什么的,这比步行冒的风险更大。咱们每次开枪,野牛要是想攻击咱们的话也能办得到啊。每次都给它机会了。不过,这件事别跟任何人提起。如果按你说的意思,这是不合法的。"

"照我看这好像很不公道,"玛戈特说,"开车追赶那些走投无路的大家伙。"

"是吗?"威尔逊问道。

"要是他们在内罗毕听说这样的事儿,结果会怎样?"

"首先我的执照会被吊销。其次还会闹得很不愉快。"威尔逊说着,举起酒瓶喝了一口,"我就失业了。"

"真的吗?"

"真的。"

"嗨,"麦考博说,"这下她抓住你的把柄了。"这一整天他头一回露出笑容。

"你的口才可真漂亮,弗朗西斯。"玛格丽特·麦考博说。威尔逊看着他们俩,心想,如果一个粗俗家伙娶了个下贱女人,他们的孩子得是什么样?可他嘴里说的却是,"咱们丢了一个扛枪的人,你们发现了吗?"

"天哪,没有啊。"麦考博说。

"他来了,"威尔逊说,"他没事儿。准是在咱们丢下第一头野牛的地方摔下去了。"

那个中年的扛枪人一瘸一拐地走了过来,戴着一顶针织帽,穿着卡其布短上衣、短裤和橡胶凉鞋,脸色阴沉沉的,很气愤的样子。他走过来,用斯瓦西里语对威尔逊大声说了些什么,所有的人都看见那个白种猎人的脸色一下子变了。

"他说什么?"玛戈特问。

"他说第一头公牛站了起来,走到灌木丛里去了。"威尔逊用呆板的声音回答道。

"哦。"麦考博淡淡地应了一声。

"这么说事情又要跟那头狮子一样了?"玛戈特充满期待地问道。

"跟那头狮子的情况一点儿都不一样,"威尔逊对她说,"你还想再喝点儿吗,麦考博?"

"好吧,谢谢。"麦考博说。他以为自己会再次产生原先对狮子的那种感觉,但却没有。他这辈子头一回完全没有感觉到恐惧。他不但不害怕,反而感到兴致勃勃。

"咱们去看看第二头野牛吧。"威尔逊说,"我去告诉司机把车停在树荫里。"

"你们去干什么?"玛格丽特·麦考博问。

"看看那头野牛。"威尔逊说。

"我也去。"

"走吧。"

他们一行三人来到第二头野牛躺着的空地上,庞大的身躯黑乎乎的,脑袋向前搁在草地上,大大的犄角叉得很开。

"它的脑袋真叫棒,"威尔逊说,"犄角伸展开来有将近五十英寸呢。"

麦考博非常高兴地打量着野牛。

"难看死了,"玛戈特说,"咱们能不能到树荫里去啊?"

"当然可以。"威尔逊说,"瞧,"他用手指着对麦考博说,"看见那片灌木丛了吗?"

"第一头公牛就是走进那里面去了。扛枪的人说,他摔下去的时候,那头牛躺在地上。那人看见咱们拼命追赶,另外两头公牛飞快地逃跑。他抬头一看,看见那头牛站了起来,正望着他呢。扛枪的人吓得没命地跑,那头牛慢慢地走进灌木丛里去了。"

"现在咱们能进去找吗?"麦考博急切地问。

威尔逊用审视的目光看着他。他要不是个古怪的家伙才见鬼呢,威尔逊想。昨天他给吓坏了,今天又彻头彻尾成了个天不怕地不怕的人了。

"不行,咱们让它待会儿吧。"

"咱们还是到树荫里吧。"玛戈特说。她脸色苍白,看样子不大舒服。

汽车停在一棵孤零零的、枝繁叶茂的树下,他们走过去上了车。

"它有可能已经死在那儿了,"威尔逊说,"等会儿咱们去看看。"

麦考博感到一种以前从未体验过的、不可思议的狂喜。

"天哪,那是一场追猎,"他说,"我从来没有过这种感觉。这难道不是棒极了吗,玛戈特?"

"我感到讨厌。"

"为什么?"

"我感到讨厌,"她尖酸刻薄地说道,"我不喜欢。"

"告诉你,我觉得我再也不会害怕什么东西了,"麦考博对威尔逊说,"打咱们头一次看见野牛开始追赶的时候起,我就一下子变了。像是堤坝决口一样。那是一种极度的兴奋。"

"胆子一下子大了起来,"威尔逊说,"在人身上什么奇怪的事情都会发生。"

麦考博的脸泛着亮光。"告诉你,我变了,"他说,"我感到完全不一样了。"

他妻子一言不发,神情古怪地看着他。她向后靠坐在座位上,麦考博向前探着身子和威尔逊说话,威尔逊侧过身来,在前座的靠背上方跟他交谈。

"听我说,我想再试着打一头狮子。"麦考博说,"我现在真的不怕狮子了。说到头来,它们能把你怎么样呢?"

"就是这个道理,"威尔逊说,"人能做出的最可怕的事情莫过于置你于死地。怎么说的来着?那是莎士比亚说的。看我还记得吗。哦,说得真是太好啦。有段时间我经常对自己引用这几句。咱们来听听。'说真的,我并不在意死亡;人只能死一次;我们都欠上帝一次死亡;不论怎么个死法,今年死了明年就不再会有。'真精彩,嗯?"

他把自己信守的人生格言说了出来，感到很尴尬，不过，他以前见过男子长大成人的情景，他总是为之感动。这跟他们的二十一岁生日不是一回事儿。

　　通过这次奇怪的打猎经历，这次事先没有机会忐忑不安的仓促上阵，麦考博变得成熟了，不管事情是怎么发生的，但确确实实发生了。现在再来看这个家伙，威尔逊想。他们有些人在很长一段时间里始终是个孩子，威尔逊暗想，有的人一辈子都是。到了五十岁人还是一团孩子气。十足的美国大孩子。真是奇怪得要命。不过他现在开始喜欢这个麦考博了。真是个奇怪透顶的家伙。也许他从此不会再戴绿帽子了。这家伙兴许害怕了一辈子。不知道是怎么造成的。可现在都过去了。刚才根本没时间去害怕野牛。就是这么回事儿，加上他正在恼怒之下。还有汽车的关系。汽车使这一切显得不那么陌生。现在他成了一个天不怕地不怕的人啦。他在战争中见过同样的情形。比丧失童真的变化更大。恐惧一下子就消失了，像动手术割除一般。别的东西滋生出来，取代了恐惧。这是一个男人最重要的东西。有了这东西，他才成为一个男人。女人也明白这一点。那就是毫不畏惧。

　　玛格丽特·麦考博缩在座位的角落里，瞧着他们两个。威尔逊毫无变化。在她眼里，威尔逊和她昨天见到的一模一样，当时她头一回发现他有多么大的本事。可现在，她发现弗朗西斯·麦考博变了。

　　"对于将要发生的事情，你有一种快活的感觉吗？"麦考博问，他还在探究自己新得到的财富。

　　"你不该提起这个，"威尔逊盯着他的脸，说，"还是说说自己感到恐慌要时髦得多。提醒你一下，你还会感到恐慌的，次数还多着哪。"

"不过,对于将要干的事儿,你有一种快活的感觉吗?"

"有啊,"威尔逊说,"是有这种感觉。别老是说个没完没了。翻来覆去地说就没意思了。不管什么事儿,要是唠叨个没完就没劲了。"

"你们俩全是胡扯,"玛戈特说,"你们不过是坐着汽车追赶几头走投无路的动物罢了,说起话来就跟英雄好汉一样。"

"对不起,"威尔逊说,"我太夸夸其谈了。"她已经为这个感到担心了,他暗想。

"要是你不明白我们在谈些什么,干吗还要插嘴呢?"麦考博问妻子。

"你变得真是太勇敢了,突然之间勇敢起来了。"妻子轻蔑地说,不过她对自己的轻蔑心里没底。她对某种东西感到害怕。

麦考博哈哈大笑起来,那是一种自然流露出来的发自内心的欢笑。"你知道我变得勇敢了,"他说,"我真的变了。"

"是不是有点儿晚了。"玛戈特尖酸地说。好多年来,她尽了自己最大的努力,眼下他们之间的关系弄成这个样子并不是一个人的过错。

"对我来说并不晚啊。"麦考博说。

玛戈特默不作声,靠后缩在座位的角落里。

"你觉得咱们让它待得够长了吗?"麦考博高高兴兴地问威尔逊。

"咱们可以去瞧瞧,"威尔逊说,"你还有实心子弹剩下吗?"

"扛枪的人还有。"

威尔逊用斯瓦西里语喊了一声，那个年纪大点儿的扛枪人正在给一头野牛的脑袋剥皮，他站起身来，从口袋里掏出一盒实心子弹，走过来递给麦考博。麦考博往弹仓里装满子弹，把剩下的放进口袋。

"你还是用那杆斯普林菲尔德来射击的好，"威尔逊说，"你用惯了。咱们把曼利切留在车上，给你太太。你的扛枪人可以背上你那杆大枪。我用这支该死的火铳。这会儿我跟你说说野牛吧。"他把这话留到最后才说，是因为他不想让麦考博担忧。"野牛跑过来的时候，总是高昂着脑袋，直冲过来。它犄角上的突起部分保护着它的脑子，怎么都打不进去。子弹只能从它的鼻子里直打进去。除此以外，就只能从它的胸脯射进去，要是你在侧面的话，就打它的脖子或者肩膀。它们被打中一次之后，要干掉它们就大费周折了。别胡思乱想，尝试什么花招。朝最得心应手的地方开枪。他们已经把牛头上的皮剥下来了。咱们现在就出发？"

他招呼那两个扛枪的人，两人擦擦手，走了过来，年纪稍大的那个上了车的后排。

"我只带上康戈佬，"威尔逊说，"剩下那个留在这儿把鸟赶开。"

车慢慢地穿过空地，朝那片像小岛一般的灌木丛开去，那是一道绿意盎然的狭长地带，顺着穿过开阔洼地的干涸河道向前延伸。麦考博感觉自己的心怦怦直跳，他嘴里又开始发干，不过这次是兴奋，不是恐惧。

"它是从这儿进去的。"威尔逊说。他又用斯瓦西里语对扛枪的人说，"你找找血迹。"

汽车停了下来，和灌木丛平行。麦考博、威尔逊和那个扛枪的人下了车。麦考博回头瞧了瞧他的妻子,她身边搁着那杆来复枪,正朝他看着。他向她挥挥手,她没有挥手作答。

前面的灌木丛长得密密匝匝,地面很干燥。人到中年的扛枪人大汗淋漓,威尔逊把帽子压到眼睛上方,他那红红的脖子正在麦考博面前。那个扛枪的人突然用斯瓦西里语对威尔逊说了句什么,跑向前去。

"它已经死在那儿了。"威尔逊说,"干得好。"他转身抓住麦考博的手,两人握着手,相视咧嘴大笑,就在这当儿,那个扛枪的人发疯似的大叫起来,他们看见他像只螃蟹一样飞快地斜着身子从灌木丛里跑出来,紧接着那头公牛也出来了,鼻子向前伸着,紧闭着嘴,鲜血淋漓,大脑袋直挺挺的,猛冲过来,野牛望着他们,凹陷的小眼睛血红血红的。威尔逊一人当先,跪在地上射击,麦考博开枪的时候,根本听不见自己的枪声,因为威尔逊的枪响声太大了,他只看见牛角那大大的突起部分像石板一样碎片纷飞,野牛的脑袋猛地向后一仰,他朝那大大的鼻孔又开了一枪,只见野牛的犄角摇晃了一下,碎片四处飞溅;此时,他看不见威尔逊,野牛那庞大的身躯眼看就扑到他身上了,他的来复枪差不多和拱着鼻子直冲上来的牛脑袋处在一个水平线,麦考博仔细瞄准,又开了一枪,他能够看清楚那双恶狠狠的小眼睛,还眼见那颗脑袋开始往下耷拉,他感到有一道白热炫目的闪电在头脑里突然爆开,这就是他的全部感觉。

刚才,威尔逊闪到一边,猫腰瞄准野牛的肩膀开枪,麦考博站得稳稳当当,朝野牛的鼻子开枪,每次都偏高一点儿,打中了沉重的犄角,就像打中了石板瓦屋顶一样,飞溅出无数碎片和碎屑。汽车里的麦考博太太,眼看野牛的犄角就要撞上自己的丈夫,就用那支6.5口径的曼利切向野牛开了一枪,正打中了麦考博的颅底骨靠上约莫两英寸的地方,稍稍偏向一侧。

弗朗西斯·麦考博躺在地上,脸朝下,在不到两码远的地方,侧躺着那头野牛。麦考博的妻子俯身跪在他一边,身旁是威尔逊。

"我不会把他翻过来的。"威尔逊说。

那个女人歇斯底里地痛哭起来。

"要是我,就回到车上去了。"威尔逊说,"那支来复枪在哪儿?"

她摇摇头,脸都扭曲变形了。那个扛枪的人捡起了来复枪。

"摆在老地方。"威尔逊说。接着,他又吩咐道:"去把阿布杜拉找来,让他见证事发的情况。"

他跪下去,从口袋里掏出一条手帕,盖在躺在原地的弗朗西斯·麦考博的头上,麦考博的头发剪得像水手一样短。血渗进了干燥疏松的泥土里。

威尔逊站起身来,看看侧躺在地上的野牛,那野牛四条腿伸得笔直,肚子上的毛稀稀落落,爬满了虱蝇。"顶顶棒的一头野牛,"他情不自禁地估量起来,"两只角之间最大的距离足有五十英寸,或者更长。五十英寸还出头儿呢。"他叫来司机,吩咐他给尸体盖上毯子,守在旁边。然后,他走到汽车跟前,那个女人正缩在角落哭泣。

"干得真漂亮,"他用干巴巴的声调说,"他反正也会离开你的。"

"别说啦。"她说。

"当然,这是一场意外,"他说,"我知道。"

"别说啦。"她说。

"别担心,"他说,"免不了会有一连串不愉快的事情,不过我会让人拍些照片,讯问的时候会非常有用的。扛枪的人和司机也能作证。你不会有任何麻烦的。"

"别说啦。"她说。

"还有好多事儿要办呢,"他说,"我得派辆卡车到湖边去发电报,要一架飞机把咱们三个送到内罗毕。你干吗不索性毒死他呢? 在英国他们就是这么干的。"

"别说啦,别说啦,别说啦。"女人连声嚷道。

威尔逊用那双没有表情的蓝眼睛望着她。

"我的事儿算是办完了,"他说,"我刚才有点儿火。我都开始喜欢你丈夫了。"

"哦,请你别再说了,"她说,"求求你,请别再说了。"

"这样多好,"威尔逊说,"说声'请',会好得多。现在我不吭声了。"

李育超　译

乞力马扎罗山上的雪

　　乞力马扎罗是一座海拔一万九千七百一十英尺的高山，常年积雪覆盖，据说是非洲最高的山。乞力马扎罗的西峰叫作马塞人①的"Ngàje Ngài"，意思是上帝的寓所。西峰近旁有一具豹子的尸体，早已风干冻僵。这豹子到这么高的地方来寻找什么，从来没人能说得清楚。

　　"奇怪的是一点儿也不疼，"他说，"这时候你就知道开始坏死了。"

　　"真的吗？"

　　"千真万确。不过我非常抱歉，这股味儿准让你受不了。"

　　"别这么说！求你了。"

　　"你看那几只鸟儿，"他说，"到底是这儿的风景还是我这股味儿把它们给引来的？"

　　在一棵金合欢宽大的树荫下，男人躺在一张帆布床上，他从树荫朝那片阳光炫目的平原望过去，有三只令人厌恶的大鸟蹲踞在那里，天空中还有十几只在飞翔，它们倏忽掠过的时

　　①　肯尼亚和坦桑尼亚的一个游牧狩猎民族。

候,投下转瞬即逝的影子。

"从卡车抛锚那天起,它们就在那儿盘旋,"他说,"今天是它们头一次落到地面上。开始我还仔仔细细地观察它们是怎么飞的,兴许写短篇小说的时候能用上。现在想起来真好笑。"

"我希望你别这样。"她说。

"我不过是说说罢了,"他说,"说说话我会感觉不那么难受,可我不想让你心烦。"

"你知道这不会让我心烦的,"她说,"我这么焦躁都是因为自己无能为力。我想,在飞机到来之前,咱们也许能想办法放松一点儿。"

"或者等到飞机根本来不了的时候。"

"求你告诉我,我能做点儿什么吧。我总能做点儿什么吧。"

"你可以把我这条腿锯下来,这样兴许就不会坏死了,不过我也怀疑这有没有用。也许你可以把我打死。现在你枪法不错。我教过你打枪,不是吗?"

"求你别这么说了。我能给你读点儿什么吗?"

"读什么呢?"

"书包里随便一本没读过的书都行。"

"我听不进去,"他说,"说话最容易。咱们吵架吧,这样时间过得就快了。"

"我不吵架。我从来都不想吵架。咱们别再争吵了。不管咱们到了多么烦躁的地步。说不定他们今天会再开来一辆卡车。也说不定飞机会来的。"

"我不想动了。"男人说,"现在转移已经没有什么意义,只不过能让你心里好受点儿罢了。"

"你这样是懦弱的表现。"

"你难道就不能让一个男人尽可能平静地死去,非得恶语相加吗?你骂我有什么用呢?"

"你不会死的。"

"别傻了。我就要死啦。不信你问问那些讨厌鬼。"他朝那三只丑陋的大鸟蹲踞的地方望过去,它们光秃秃的头缩在耸起的羽毛里。第四只盘旋而下,快跑几步,然后摇摇摆摆地缓步走向另外几只。

"每个营地周围都有这些鸟儿。你从来没有注意罢了。你要是不放弃,就不会死的。"

"你是从哪儿读到的?真是个不折不扣的大傻瓜。"

"你不妨想想别人。"

"看在上帝的分上,"他说,"这可一直是我的行当。"

他躺在那儿,静静地待了一会儿,目光越过那片灼热而炫目的平原,一直望到灌木丛的边缘。在黄色的背景之上,几只野羊显得那么小,那么白,他还看见一群野马,映衬着绿色的灌木丛,看上去白花花一片。这是个舒适宜人的营地,依山傍水,大树遮阴,近旁有一个几乎已经干涸的水坑,早晨有沙松鸡在那里飞来飞去。

"你不想让我给你读点儿什么吗?"她问道。她坐在帆布床旁边的一张帆布椅上。"一阵微风吹来了。"

"不用,谢谢。"

"也许卡车会来的。"

"我根本不在乎卡车来不来。"

"我在乎。"

"你在乎的好多东西我都满不在乎。"

"没有那么多,哈利。"

"喝点儿酒怎么样?"

"喝酒对你是有害的。布莱克的书里说,应该滴酒不沾。你不该喝酒。"

"莫洛!"他喊了起来。

"是,先生。"

"把威士忌苏打给我拿来。"

"是,先生。"

"你不该喝酒,"她说,"我说你放弃自己,就是这个意思。书上说喝酒对你是有害的。我知道对你是有害的。"

"不,"他说,"喝酒对我有好处。"

这下一切都完了,他想。这下他永远也没有机会让一切有个了结了。一切就这样在为喝一杯酒的争吵中结束了。自从他的右腿开始生坏疽以来,他就不再感觉疼痛了,随着疼痛的消失,恐惧也消失了,眼下他只感到极度的厌倦和愤怒,因为事情的结局居然会是这样。这样一个结局正在临近,他并不感到多么奇怪。多少年来,这个结局一直在困扰着他;但是现在它本身已经没有任何意义了。奇怪的是,当你厌烦透了,就能轻而易举地达到这个结局。

有些创作素材,他原本打算等到自己的感悟足够深刻之后再动笔,这样可以写得更好,现在他再也无法写出来了。这样一来,他也用不着在尝试写下来的时候经受失败了。也许你永远也不能把这些东西写出来,这就是你一再拖延,迟迟没有动笔的原因。得了,现在,他永远也无法弄个究竟了。

"我真希望咱们压根儿就没到这儿来。"女人说。她看着他端着酒杯,咬起了嘴唇。"在巴黎你怎么也不会出这样的事儿。你老是说你喜欢巴黎。咱们本来可以待在巴黎,或者到别的随便什么地方去。我愿意去任何地方。我说过,不管你上哪儿我都愿意去。要是你想打猎,咱们本来可以去匈牙利,而且可以待得舒舒服服。"

"你有的是该死的钱。"他说。

"这么说可不公平,"她说,"我的钱从来就是你的钱,没有什么分别。我撇下了一切,你想去哪儿,我就跟到哪儿,你想干什么我就干什么。不过我真希望咱们压根儿没到这儿来。"

"你说过你喜欢这儿。"

"我是说过,那时候你一切都好好的。可我现在憎恨这个地方。我不明白干吗非得让你的腿出事儿。咱们干了什么,竟然摊上这样的事儿?"

"我想,我的错误在于,开头把腿擦破了,忘了上碘酒,后来也满不在乎,因为我从来没有感染过。再往后伤口严重起来,别的抗菌剂都用完了,大概就是用了药性很弱的石炭酸溶液,才导致了微血管麻痹,于是就开始生坏疽了。"他看着她说,"还有别的吗?"

"我不是这个意思。"

"要是咱们雇了一个能干的机械工,而不是那个半瓶子醋的吉库尤人①司机,他也许就会检查一下汽油,绝不会把卡车的轴承烧毁。"

"我不是这个意思。"

---

① 吉库尤人,非洲班图人的一支。

"要是你没有离开你自己的圈子，没有抛开你在威斯特伯里、萨拉托加和棕榈滩的那些该死的老相识，偏偏选上了我……"

"哦，那时候我爱上了你。你这么说不公平。我现在也爱着你。我永远都会爱你。你不爱我吗？"

"不，"男人说，"我不这么觉得。我从来都没有这么觉得。"

"哈利，你在说些什么啊？你昏了头了。"

"不，我已经没有头可以发昏了。"

"别喝了，"她说，"亲爱的，求你别再喝了。咱们必须尽一切努力。"

"你去努力吧，"他说，"我累了。"

此时，他的脑海里浮现出卡拉加奇①的一座火车站，他背着背包站在那儿，辛普朗—东方快车②的前灯划破了黑暗——那是在撤退之后他正要离开色雷斯的一幕③。这情景他打算留待将来当作写作素材，他准备写下来的还有那天早晨吃早餐的时候，他们从窗口向外眺望保加利亚境内那白雪皑皑的群山，南森的女秘书问那个老头儿，山上是不是雪，老头儿看了看说，不，那不是雪。现在还没到下雪的时候呢。女秘书把老头儿的话讲给另外几个姑娘听：你们看，不是雪。那

① 卡拉加奇，土耳其西北部、位于欧洲部分的一个城市。
② 一九一九年，辛普朗隧道（Simplon Tunnel）贯通，允许列车使用南行路线经过米兰、威尼斯以至的里雅斯特，称为辛普朗—东方快车（Simplon-Orient Express），并在此后成为重要路线。
③ 色雷斯，爱琴海北岸的一个地区，分属希腊、土耳其和保加利亚。

不是雪,她们都纷纷说道,那不是雪,我看错了。但是,当他实施交换人口计划①,把她们送到山里去的时候,才发现那确确实实是雪,那年冬天,她们一路踏着积雪前行,直到死去。

那年圣诞节,在高厄塔耳山上,雪也下了整整一个礼拜。他们那年住在伐木人的房子里,一口正方形的大瓷灶足足占了半间屋子,他们睡在用山毛榉树叶填充的垫子上,这时那个逃兵跑进屋来,双脚在雪地里跑得血淋淋的。他说宪兵就在他身后紧追不舍,于是他们给他穿上羊毛袜子,还缠着宪兵东拉西扯,直到雪掩盖了逃兵留下的脚印。

在施伦斯②度过的那个圣诞节,雪是那样晶莹闪耀,你从酒吧望出去,眼睛被刺得发疼,看着人们从教堂走回自己的家里去。他们肩上背着沉重的滑雪板,就是从那儿走上那条被雪橇磨得光溜溜的尿黄色的河滨大道,河边是松林覆盖的陡峭的群山;他们就是在那儿从马德琳纳酒店上面那道冰川上滑下去的,那是一次超乎寻常的滑行,雪看上去像蛋糕上的糖霜一样平滑,像粉末一样轻柔,他记得,急速冲下去的时候是那么悄无声息,仿佛你是一只飞鸟坠落而下。

他们整整一个星期被大雪困在马德琳纳酒店,暴风雪天气里,他们凑着灯光玩牌,四周烟雾弥漫。整个期间,伦特先生输得越多,赌注也跟着越下越大。最后他输得精光,滑雪学校的钱,那一季的全部收益都输掉了,接着连本钱也输进去

---

① 一九二三年七月,希腊与土耳其签署《洛桑条约》。条约中除了解决两国间有关领土争议外,更重要的是强迫性的人口交换。上万安纳托利亚的希腊人迁居希腊马其顿,取代从这里迁出的土耳其人和其他穆斯林。而保加利亚地处希腊和土耳其之间。

② 施伦斯,列支敦士登的一个城市。

了。他能看见长鼻子的伦特先生,抓起牌就翻开来说:"不看。"那段时间老是赌博。不下雪也赌,雪下得太大也赌。他想着自己这一生有多少时间消磨在赌博上。

不过,关于这些,他连一行字也不曾写过,他也没有描述过那个寒冷而晴朗的圣诞节,平原那头显现出连绵的群山,那天,巴克飞越防线去轰炸那列运送奥地利军官去休假的火车,军官们四散奔逃的时候,巴克用机枪扫射一气。他记得,后来巴克走进食堂,开始说起这件事儿。屋子里一片鸦雀无声,随后有个人说:"你这个丧尽天良的杀人混蛋。"

他们当时杀死的那些奥地利人,就是后来跟他一起滑雪的奥地利人。不,不是那几个奥地利人。汉斯,住在"国王—猎人"旅馆,整整一年都和他一道滑雪,他们一起到锯木厂上面的小山谷去打野兔的时候,还谈起了帕苏比奥的战斗,还有向波蒂卡和阿萨洛纳发动的进攻,这些他连一个字都没有写过。还有科尔诺山,西特科蒙姆,阿尔西陀①,他也不曾记述下来。

有多少个冬天他是在福拉尔贝格和阿尔贝格②度过的?有四个冬天,想到这儿,他记起了那个卖狐狸的人,那是他们步行到布卢登茨去买礼物的时候遇上的,他还想起了甘醇的樱桃酒特有的樱桃核的味道,还有在覆盖冰面的雪粉上飞快滑行的情景,你一面唱着"嗨!嗬!罗利在吆喝!"一面滑过最后一段坡道,笔直地从前方那道陡峭的雪坡飞冲而下,接着在果园里连转三个弯道,冲出果园,越过那道沟渠,再滑上小

---

① 本段中提到的地点均位于意大利。
② 福拉尔贝格是奥地利西部的一个州,阿尔贝格是奥地利西部蒂罗尔州的一个乡村,著名的滑雪胜地。

酒馆后面那条结满冰的大路。你敲打一下滑雪板上的皮靴固定器,好松开来,然后你踢掉滑雪板,把它靠在小酒馆的木板墙上,灯光从窗口透出来,里面烟雾缭绕,新醅的酒香散发出温暖的气息,一群人在拉着手风琴。

"在巴黎的时候我们住在哪儿?"他问坐在自己身边一张帆布椅里的女人。眼下,这是在非洲。

"在克利翁酒店。这个你知道。"

"我为什么会知道?"

"我们向来都住在那儿。"

"不,并不总是在那儿。"

"我们在那儿,还有圣日耳曼街区的亨利四世大厦都住过。你说过你喜欢待在那儿。"

"喜欢是个大粪堆,"哈利说,"我呢,就是一只爬上粪堆去打鸣的公鸡。"

"如果你一定会离开人世,"她说,"难道非得把留在身后的一切全都扼杀掉?我的意思是说,你难道非得把一切都带走不可?你难道一定要把你的马,你的妻子全都杀死,把你的马鞍和你的铠甲全都烧毁?"

"没错儿,"他说,"你那些该死的钱就是我的铠甲。就是我的快马和我的铠甲。"

"别这么说。"

"好吧。我不说了。我不想刺伤你。"

"现在这么说,有点儿晚啦。"

"那好,我继续伤害你。这样更有趣。这是我和你在一起真正喜欢干的事儿,仅此一桩,可现在做不了。"

"不,这不是实话。你喜欢干的事情多得很,只要是你愿意做的,我都做了。"

"哦,看在上帝的分上,别再夸夸其谈好不好?"

他看看她,发现她哭了。

"听我说,"他说,"你以为这么做有意思吗？我不知道自己为什么会这么做。我想,这是试图用毁灭一切换来自己的生存。我们开始说话的时候我还是好好的。我本来无意挑起事端,现在我真像个傻瓜一样荒唐可笑,对你狠心也狠到家了。亲爱的,我说的话你不要在意。我爱你,真的。你知道我爱你。我从来没有像爱你一样爱过任何别的人。"

这句他赖以谋生的说惯了的谎话不知不觉从嘴里溜了出来。

"你对我真好。"

"你这个坏女人。"他说,"你这个有钱的坏女人。这是诗。现在我整个人充满了诗歌。腐烂和诗歌。腐烂的诗歌。"

"别说了,哈利。你为什么非得变得像个魔鬼一样?"

"我不想留下任何东西,"男人说,"我不想把什么东西留在身后。"

现在已是傍晚时分,他刚才睡着了。太阳隐没在山后面,整个平原成了一片阴影,有些小动物正在营地近旁觅食,脑袋急促地一点一点,尾巴来回摆动,他发现这些小动物已经从灌木丛里跑出来很远了。

那几只鸟儿此时不再落在地上等着了,全都沉沉地栖息在树上,它们的同类还有很多。他的贴身男仆正站在床边。

"太太打猎去了,"男仆说,"先生要点儿什么吗?"

"不要什么。"

她打猎去了,想搞点儿肉回来,她知道他喜欢看打猎,有意跑得远远的,这样就不会惊扰他视野里的这一小片平原了。她总是那么体贴入微,他想。但凡是她知道的,在书上读过的,或者听说过的,她都考虑得很周到。

当他走进她的生活那时候,自己整个人已经完蛋了,这不是她的错。一个女人怎么能知道你说的话并不是真心实意的呢?怎么能知道你说的话只是习惯成自然,只是为了相安无事呢?自从他对自己说的话不再当真以后,和女人相处的时候,和过去实话实说相比,说谎要来得更加卓有成效。

他撒谎并不大都是因为自己没有真话可说。他有过属于自己的生活,那段生活已经完结,于是他重新开始一种生活,跟截然不同的人交往,手头儿有更多的钱,进出于从前去过的那些最好的地方,还有些没去过的地方。

你强迫自己不去思考,这真是不可思议。你的内心非常坚强,他们大部分人都垮了,你却没有垮掉,你抱定了一种态度,那就是,既然再也做不了自己过去的工作,那就抛开好了。可是,你在心里说,你要写写那些人,写写那些非常有钱的人;你在心里说,你其实并不是他们中的一员,而是他们那个圈子里的一个密探;你说你会离开那个圈子,把它当作自己的写作素材,由一个熟悉这个圈子的人来形诸笔墨,这可是破天荒的头一回。可他永远也不会去写,因为一天天怠于写作,一天天贪图安逸,扮演一个为自己所鄙视的角色,就这样消磨了自己的才华,松懈了自己进行创作的意志,最后索性什么都不干了。他放弃工作之后,他现在认识的人都感觉一下子轻松自在多了。在他生命中的美好时光里,非洲是他感到最愉快的地方,他到这儿来就是为了重新开始。他们这次狩猎旅行尽量把舒适度降到最低。没有吃苦头,但也没有追求奢华,他曾经以为这样就能重新锻炼自己,这样他就能去掉心灵上的脂肪,正如一个拳击手为了消耗体内的脂肪,特地到山里去干活和训练。

她曾经非常喜欢这次旅行。她说过她喜欢。凡是激动人心的事情,能因此改变一下环境,结识新的人,领略令人赏心悦目的事物,她都喜欢。而且他也曾产生了一种幻觉,以为工作的意志力又回到了自己身上。如果现在一切就这样了结,他知道事实就是如此,他可决不能变得像某些蛇一样,因为脊背断了就啃咬自己。这不是她的错。如果不是她,也会有别的女人。如果他以谎言为生,也应该试着以谎言而死。他听到山那边传来一声枪响。

她枪打得很不错,这个好心的阔娘儿们,她悉心呵护他的才华,也毁掉了他的才华。一派胡言。是他自己毁了自己的才华。为什么要责怪这个女人,就因为她把他供养得好好的?他把自己的才华弃之不用,背叛了自己,还有自己的信仰,他因为酗酒过度而磨钝了自己敏锐的洞察力,此外还有懒散,怠惰,势利,傲慢和偏见,这种种缘故使他毁灭了自己的才华。这算是什么?一份旧书目录?他到底有什么才华?就算是有才华,他也没有施展,而是用来做交易。他的才华从来都不在于自己做过什么,而是有可能做成什么。他选择不再从事笔墨生涯,而是靠别的东西谋生。说来也奇怪,难道不是吗,每当他另有所爱,这个女人总是比上一个更有钱。不过,当他不再真心相爱,当他只是撒谎的时候,就像对现在这个女人一样,她比所有跟他相处过的女人都有钱,她有的是钱,她有过丈夫和孩子,也有过情人,但她对那些情人并不满意,对他则倾心相爱,把他当作一位作家,一个男子汉,一个伴侣,而且当作一份引以为豪的财产来爱他,奇怪的是,当他根本就不爱她,生活在谎言中的时候,和过去真心相爱的时候相比,他竟然能够给予她更多的情感,就为了她的钱。

我们所做的一切都是天生注定的,他想。不论你以何种方式生活,那就是你的才华所在。他一生都在出卖自己的生命,不是这种形式,就是那种形式,当你不倾注感情的时候,就得为钱付出更多。他发现了这一点,但他决不会写出来,现在也不会。不,他不会写的,尽管这非常值得一写。

此时,她又进入了他的视野,正穿过空地朝营地走来。她穿着马裤,提着来复枪。两个男仆扛着一只野羊跟在她身后。她依然是个标致的女人,他想,身材也很动人。她对床笫之欢很在行,也很迷恋,她并不漂亮,但他喜欢她的面庞,她读过许许多多的书,喜欢骑马和射击,当然,她喝酒也没有节制。她还是个比较年轻的女人的时候,丈夫就死了,有一段时间,她把心思全都倾注在两个刚刚长大的孩子身上,再就是养马、读书和喝酒,但孩子并不需要她,有她在身边反倒不自在。她喜欢在晚餐之前的黄昏时分读书,一边读书一边喝威士忌苏打。等到吃晚饭的时候,她已经有了几分醉意,餐桌上再喝上一瓶葡萄酒,往往能让她醉得昏昏欲睡。

这是在她有情人之前。有了那些情人之后,她就不再喝那么多酒了,因为她没有必要再让自己醉入梦乡。但那些情人让她感到厌烦。她嫁给过一个男人,那个男人从来没有让她厌烦过,可这些人让她烦透了。

后来,她的一个孩子死于飞机失事,从那以后,她不想要什么情人了,喝酒也麻醉不了自己,她必须开始另一种生活。突然之间,一个人独处让她感到极度的惶恐不安。但她想和一个自己所尊敬的人在一起。

事情的开始很简单。她喜欢读他写的东西,她一向羡慕他过的那种生活。她以为他是完全按照自己的意愿做事。她为了得到他而采取的种种步骤,还有她最后爱上他的那种方式,都构成了一个司空见惯的过程,在这个过程中她为自己塑造了一种全新的生活,而他则付出了自己过去的生活残存下来的东西。

他换取的是安全,还有安逸,这是不可否认的,还有什么呢?他不知道。不管他想要什么,她都会给他买来。这个他知道。而且她还是个非常温柔的女人。跟任何人一样,他愿意与她同床共枕;他尤其是愿意和她在一起,因为她很有钱,因为她非常可人,很有欣赏力,因为她从不大吵大闹。可现在,她重新塑造的生活行将结束,因为两星期前他的膝盖被一根荆棘刺破了,而他没有给伤口涂上碘酒,当时他们正一步步靠近一群羚羊,想拍下照片,那群羚羊站立着,昂着头,眯着眼睛四处张望,鼻孔翕动着嗅来嗅去,耳朵张得大大的,只等一听见风吹草动就冲进灌木丛里。没等他拍下照片,羚羊就跑掉了。

现在她回到这儿来了。

他在帆布床上转过头来看着她,说了声"嗨"。

"我打了一头野羊,"她对他说,"能给你炖出美味的肉汤喝,我让他们给你做点儿土豆泥加奶粉。你感觉怎么样啊?"

"好多了。"

"这样难道不是好极了吗？听我说，我就想着你也许会好起来的。我走的时候你睡着了。"

"我睡了个好觉。你走得远吗？"

"不远，就在山后面。打这头野羊，我的枪法很漂亮。"

"你的枪法很棒，你知道。"

"我喜欢打枪。我已经喜欢上非洲了。真的。要是你平安无事，这就是我玩得最开心的一次了。你不知道跟你一起射猎是多么有趣儿。我已经喜欢上这个地方了。"

"我也喜欢这个地方。"

"亲爱的，你不知道，看到你感觉好起来让我有多么惊喜。刚才你那么难受，我简直受不了。你别再那样跟我说话了，好吗？能答应我吗？"

"我不再那样了，"他说，"我都不记得自己说了些什么。"

"你不会非得把我给毁了，对吧？我不过是个中年女人，我爱你，你想做什么我都愿意。我已经被毁过两三次了。你不会想再把我毁掉一次吧，对吗？"

"我倒是想在床上再把你毁几次。"他说。

"好啊。那种毁灭感觉好极了。咱们就是为这种毁灭而生的。飞机明天就会来啦。"

"你怎么知道？"

"我敢肯定。一定会来的。仆人已经把木柴都准备好了，还准备了生浓烟用的野草。今天我又去看了一下。那儿有足够的地方让飞机着陆，咱们在两头准备好两堆草生起浓烟。"

"你凭什么认为飞机明天会来呢？"

"我有把握肯定会来。现在已经延误了。等到了城里，他们就能治好你的腿，然后咱们就能好好毁灭一下。不要再说那些无聊的话了。"

"咱们喝点儿酒怎么样？太阳落山啦。"

"你觉得自己能喝吗？"

"我想来一杯。"

"那我们就一起喝一杯吧。莫洛，拿来两杯威士忌苏打!"她唤道。

"你最好穿上防蚊靴。"他提醒她。

"等我洗完澡吧……"

他们喝着酒，天色渐渐暗了下来，天黑之前暗沉沉的一片，没法瞄准射击，这时候，一只鬣狗穿过空地绕到山那边去了。

"那个杂种每天晚上都从那儿跑过去，"男人说，"一连两个星期，每天晚上都是这样。"

"就是它每天晚上发出那种声音。虽然这是一种让人厌恶的动物，可我不在乎。"

两个人喝着酒，此时他没有痛感，只是因为老是一个姿势躺着有些不舒服，仆人生起了一堆篝火，光影在帐篷上跳跃着，他感到屈从于这种舒适生活的那种心甘情愿的感觉又回来了。她对他实在太好了。今天下午，他对她那么狠心，而且也太不公平了。她是个好女人，的的确确是个不可思议的女人。可就在这时候，他突然想起自己就要死了。

这个念头突然袭来，不像是流水，也不像是疾风，而是一股突如其来的无影无踪的臭气，奇怪的是，那只鬣狗顺着这股臭气的边缘无声无息地溜了过来。

"怎么啦,哈利?"她问道。

"没什么,"他说,"你最好还是挪到另一边,待在上风处。"

"莫洛给你换药了吗?"

"换过了。我刚敷上硼酸膏。"

"感觉怎么样?"

"有点儿发颤。"

"我进去洗澡了,"她说,"一会儿就出来。我跟你一起吃晚饭,然后把帆布床抬进去。"

就这样,他自言自语地说,咱们结束争吵了,真不错。他从来没有怎么和这个女人争吵过,可是,和那些他真心相爱的女人在一起,他却总是不依不饶,争吵不休,最后,由于争吵的一点点侵蚀,他们拥有的感情也一点点消磨掉了。他爱得越深,所求也越多,这样就把一切都耗尽了。

他想起那次,自己孤零零一个人待在君士坦丁堡,从巴黎出走之前,他们吵了一场。他没日没夜地眠花宿柳,但事后还是无法排遣寂寞,反而更加寂寞难耐。他于是给她,他的第一个情人,那个离他而去的女人,写了封信,告诉她自己如何始终难以割舍……有一次,他在摄政院外面看见一个女人,还以为是她,他一下子几乎失去了知觉,心慌意乱,他还告诉她,自己常常在林荫道上尾随一个模样和她有几分相像的女人,生怕看清楚根本不是她,生怕失去了心里涌起的那种感觉。他告诉她,和他睡过的每一个女人如何使他对她更加念念不忘,还有,他如何对她所做的一切都毫不在意,因为他明白自己根本摆脱不掉对她的爱恋。他在夜总会写下这封信,头脑十分冷静、清醒,他把信寄往纽约,央求她把回信寄到他在巴黎的办公室。这样似乎比较稳妥。那天晚上,他想她想得厉害,心里空荡荡的,直想呕吐,他在街上游逛,一直过了马克西姆酒店,勾搭上一个姑娘,带她去吃晚饭。后来他又带她到一个地方去跳舞,她跳得很糟,于是他就丢下她,搭上了一个热辣风骚的亚美尼亚姑娘,那姑娘的肚子贴在他身上拼命摇摆,滚烫滚烫的,几乎都要把他灼伤了。他是从一个英国炮兵中尉手里把她抢来的,为此还大吵了一架。那个炮兵把他叫到外面,两人摸黑在鹅卵石路面上大打出手。他朝那个炮兵下巴的一边狠狠打了两拳,可炮兵并没有倒下,这下他知道免不了一场打斗了。炮兵先打中了他的身体,接着又打中了他的眼角。他又一次挥动左拳,落在炮兵身上,炮兵朝他扑上去,抓住他的上衣,扯下了一只袖子,他朝炮兵耳朵后面狠狠揍了两拳,就在炮兵把他推开的当儿,他用右拳猛地把对方击倒在地。炮兵倒下的时候,头先磕在地上,他带着那个姑娘撒腿就跑,因为他们听见宪兵过来了。他们上了一辆出租车,沿着博斯普鲁斯海峡①驶向雷米利西撒,兜了一圈,在清冷的夜色中回到城里。两人上了床,她给人的感觉过于成熟,就像她的外貌一样,不过,她肌肤柔滑,像玫瑰花瓣,像糖浆,腹部平滑,乳房硕大,屁股下面都不需要垫枕头。在她醒来之前,他就离开了,省得看见第一线天光的照射下她那粗俗邋遢的模样。他出现在彼拉宫殿②的时候,青着一个眼圈,手里提着上衣,因为一只袖子丢了。

---

① 博斯普鲁斯海峡又称伊斯坦布尔海峡。它北连黑海,南通马尔马拉海和地中海,把土耳其分隔成亚洲和欧洲两部分。
② 彼拉宫殿,位于伊斯坦布尔的一家酒店。

当天晚上，他前往安纳托利亚①，他记得，后来在那次旅行中，整天都穿行在长满罂粟的田野里，当地人种植罂粟是为了提炼鸦片，他记得这让人有一种奇异的感觉，要想走到他们曾经跟那些刚从君士坦丁堡来的军官一起发动进攻的地方，似乎不论哪个方向都不对头，那些该死的军官一窍不通，炮弹都打到队伍里去了，那个英国观察员哭得像个孩子似的。

就在那天，他第一次看见死人穿着白色芭蕾舞裙和带绒球的向上翘起的鞋子。土耳其人不断涌上前来，一浪接着一浪，他看着那些穿裙子的男人在奔跑，军官们朝他们中间开枪射击，接着军官们也开始四散奔逃，他和那个英国观察员跑得肺都疼了，嘴里满是一股铜腥味，他们在几块岩石后面停下来，土耳其人依然如同波浪一般涌上来。后来他看到的情形简直连想也不曾想过，再后来，他眼中所见还要可怕得多。所以，那次他回到巴黎，根本就不能谈起这些事情，连提一提都受不了。在咖啡馆里，他从一个美国诗人身边经过，那位诗人面前碟子成堆，土豆一样的脸上露出一副蠢相，正在跟一个自称名叫特里斯坦·查拉②的人谈论达达运动③。特里斯坦·查拉老是戴着单片眼镜，还经常闹头疼。他回到公寓，跟他重新开始爱恋的妻子待在一起，争吵过去了，气恼也过去了，他

① 安纳托利亚，土耳其的亚洲部分。

② 特里斯坦·查拉(Tristan Tzara, 1896—1963)出生于罗马尼亚，法国前卫诗人、散文家和表演艺术家，达达运动的创始人和核心人物之一。

③ 达达主义艺术运动是一九一六年至一九二三年间出现于法国、德国和瑞士的一种无政府主义的艺术运动，试图通过废除传统的文化和美学形式发现真正的现实。达达主义由一群年轻的艺术家和反战人士领导，他们通过反美学的作品和抗议活动表达了他们对资产阶级价值观和第一次世界大战的绝望。

很高兴自己又回到了家里,就在这期间,办公室转来了他的信件。一天早晨,答复他那封信的回信放在托盘里送了进来,当他看到信封上的笔迹,一时间浑身冰凉,企图把那封信偷偷塞到另一封下面。可他的妻子问道:"亲爱的,那封信是谁写来的?"于是,刚刚开始的平静生活就此结束。

他想起跟所有女人在一起的美好时光,还有争吵。她们总是选择最佳场合跟他吵架。为什么她们总是在他心情最愉快的时候挑起争吵呢?关于这些,他从来没有写下过只言片语,起初是因为不想伤害任何人,后来是感觉就是不写这些,要写的东西似乎也已经足够多了。不过,他一直认为他最终还是会写的。要写的东西太多了。他目睹过世界的风云变幻,不仅仅是重大事件,虽然他也目睹过许多事件,留心观察过那些人,但他也看到过更微妙的变化,而且记得人们在不同时期是何种表现。他曾经置身于这一切,观察过这一切,把这一切写下来是他的责任,可他现在再也不能动笔去写了。

"你觉得怎么样?"她问道。她刚刚洗过澡从帐篷里出来。

"挺好的。"

"现在能吃点儿东西吗?"他看见莫洛跟在她身后,拿着折叠桌,另一个仆人拿着碟子。

"我要写东西。"他说。

"你应该喝点儿肉汤补充体力。"

"我今天晚上就要死了,"他说,"用不着补充什么体力啦。"

"别说得这么可怕,哈利,求你了。"她说。

"你干吗不用鼻子闻闻？我都已经烂了半截,现在都烂到大腿了。我干吗还要喝肉汤,这不是开玩笑吗? 莫洛,拿威士忌苏打来。"

"求你把肉汤喝了吧。"她轻轻地说。

"好吧。"

肉汤太烫了,他只好盛在杯子里,等凉下来再喝,然后他一口气喝下去,一点儿也没哽着。

"你是个好女人,"他说,"别再管我了。"

她的面庞正对着他,这张脸曾出现在《激励》和《城市与乡村》杂志上,为许许多多的人所熟知和喜爱,只是因为沉溺于饮酒而略有减损,因为贪恋床笫之欢而稍有逊色,可《城市与乡村》从未展示过她那美丽的胸脯和漂亮的大腿,还有她那纤巧的手,抚摸在身上是那么轻柔,他望过去,看着她那为人所熟知的动人微笑,感到死亡的阴影又一次临近了。这一次不是横冲直撞,而是一股气息,如同一缕让烛光摇曳,让火焰腾起的微风。

"等会儿他们可以把我的蚊帐拿出来,挂在树上,再生一堆篝火。今天晚上我不进帐篷了。来回搬动不值得。晚上天气晴朗,不会下雨。"

这么说,你就这样死了,在你听不见的悄声低语中死去。这下好了,再也不会发生争吵了。这一点他可以相信。这可是从来没有过的经历,他不会毁掉的。也许他会这么干。你把一切都毁了。不过,也许这次他不会。

"你会听写吗?"

"我没学过。"她对他说。

"没关系。"

一切仿佛是经过了压缩，这样一来，只要手法得当，只消用一段文字就能涵盖全部，当然，尽管如此，还是没有时间了。

湖畔的山上有一座木屋，缝隙用灰泥抹成白色。门边的柱子上挂着一个铃铛，是召唤人们进去吃饭用的。房子后面是田野，田野后面是森林。一排钻天杨从木屋一直延伸到码头。另一排白杨树沿着这一带绵延伸展。森林边缘有条路一直通到山上，他曾在路边采摘过黑莓。后来，那座木屋被烧毁了，原来挂在壁炉上方的鹿脚架上的那些猎枪也都被烧掉了，枪筒连同熔化在弹夹里的铅弹，还有枪托，也都一起烧坏了，搁在一堆灰上，那堆灰原来是给那个做肥皂用的大铁锅熬碱水用的，你问祖父能不能把它们拿去玩，他说，不行。于是你明白那些枪还是属于祖父的，他再也没有买过别的枪，而且也不再打猎了。现在，那座房子在原来的地方用木料重建了起来，漆成了白色，从门廊上你可以看见白杨树和更远一些的湖水；可那里再也没挂过别的枪。枪筒原先挂在木屋墙上的鹿脚架上，现在搁在那堆灰上，再也没人去碰过。

战后，我们在黑森林①里租下了一条捕鲑鱼的溪流，步行到那里有两条路。其中一条是从特里贝格走下山谷，就可以看见那条白色的道路边上有一条林荫覆盖的山路，绕过那条山路，再走上一条山坡小道，翻山越岭，经过一个个小农场，农场上矗立着黑森林特有的高大屋舍，这样就能一直走到小道和溪流相交的地方。我们就在那儿开始捕鱼。

另一条路是攀上陡峭的树林边缘，翻过山顶，穿过松林，

① 德国最大的森林山脉，位于德国西南部的巴登—符腾堡州。

然后来到一片草地边上,再越过草地,就能来到桥畔。溪流旁桦树成行,水流不大,窄窄的,清澈而湍急,在桦树的根部冲出一个个小水坑。特里贝格旅店的老板这一季生意不错。这真叫人开心,我们所有的人都成了很好的朋友。第二年赶上通货膨胀,老板头一年赚的钱还不够买开店用的必需品,于是他上吊死了。

这些你可以口述出来,但是,你无法口头描述护墙广场①——卖花人在街头给花儿着色,颜料淌得路面上到处都是,那里是公共汽车的起始点,老头子,还有女人们,老是喝葡萄酒和劣质的渣酿白兰地,一个个醉醺醺的,孩子们冻得直淌鼻涕,"业余爱好者咖啡馆"里充满了汗臭、贫穷和醉酒的气息,还有"风笛"舞厅的妓女们,就住在舞厅楼上。那个看门的女人正在自己的小隔间里款待一个共和国自卫队员,一把椅子上放着他那顶用马鬃装饰的头盔。过道那头的人家,丈夫是个自行车赛手,那天早晨,女人在奶品店打开《汽车》报,看到他在巴黎环城比赛中名列第三,真是乐开了花,那是他头一次参加大型比赛。她的脸变得红扑扑的,开怀大笑,接着跑到楼上,手里拿着那张淡黄色的体育报哭了起来。他,哈利,有一回必须一大早赶飞机,"风笛"舞厅老板娘的丈夫开了一辆出租车来敲门叫醒他,动身前,两个人在酒吧镀锌的桌边喝了一杯白葡萄酒。那个时候,他熟悉周围的每个邻居,因为他们都是穷人。

那一带有两类人:酒徒和运动健将。酒徒靠酗酒消磨贫困,运动健将则在锻炼中忘却贫困。他们是巴黎公社社员的

---

① 巴黎最古老的集市。

后裔,对他们来说,理解政治并不是什么难事儿。他们知道是谁开枪打死了他们的父辈和兄弟,还有他们的亲朋好友,当凡尔赛的军队开进巴黎,继公社之后占领了这座城市,只要是被他们发现手上长有老茧,或者戴着便帽,或是带有劳动者的任何其他标志,一律格杀勿论。就是在这样的贫困之下,在这样一个地区,临着街对面的马肉铺和一家酿酒合作社,他开始了自己的写作生涯。在巴黎,再也没有任何别的地方让他如此热爱,枝叶茂盛的树木,下面漆成棕色的用白色灰泥涂抹的老房子,圆形广场上那长长的绿色公共汽车,路面上给花染色用的紫色颜料,从山上向塞纳河急转而下的莱蒙昂红衣主教大街,还有另一边那狭窄而拥挤的莫菲塔德街。除此以外,还有通往万神殿的大街和另一条他经常骑车而过的街道,那是整个地区唯一一条铺上沥青的道路,车轮驶过,感觉十分平滑,街道两旁是高耸而狭窄的房子,还有那家建得高高的下等旅馆,保尔·魏尔伦①就死在那里。他们住的公寓只有两个房间,他在那家旅馆的顶楼每月付六十法郎租了一个房间进行创作,从那儿可以看见鳞次栉比的屋顶和烟囱以及巴黎所有的山。

从公寓里,你只能看到那个卖木柴和煤炭的人开的店铺。他也卖酒,那种劣质葡萄酒。马肉铺子外面有个金黄色的马头,橱窗里挂着金黄色和红色的马肉,还有那家漆成绿色的合作社,他们就在那儿买酒喝,很不错的葡萄酒,价钱也便宜。再有就是灰泥墙和邻居们的窗户。夜里,每当有人醉卧在街

---

① 诗人保尔·魏尔伦(Paul Verlaine,1844—1896)是法国象征派诗歌的一位"诗人之王"。

头,呻吟不止,表现出典型的法国式醉态,邻居们就会打开窗子,开始咕咕哝哝抱怨个没完。

"警察上哪儿去了?那家伙老是在你不需要的时候出现在这儿。他准是在跟哪个看门女人睡觉呢。去找执法官来。"直到有人从窗口泼下一桶水,呻吟声才停下来。"咋回事儿?泼了水,啊,真是聪明。"于是窗户都关上了。玛丽,他的女仆,对一天八小时工作制颇有怨言,她说:"要是一个男人干到六点钟,回家路上只会喝得微醉,花钱也不会太多。可要是只干到五点钟,那他每天都会喝得烂醉如泥,一个子儿也剩不下。缩短工时的受害者是工人的老婆。"

"要不要再喝点儿肉汤?"女人此时问他。

"不要了。太谢谢你了。味道真好。"

"再喝一点儿吧。"

"我想喝杯威士忌苏打。"

"喝酒对你可不大好。"

"是啊,酒对我没有好处。科尔·波特①作词谱曲。你为这个跟我生气呢。"

"你知道我喜欢你喝酒。"

"哦,没错儿,你生气不过是因为酒对我没有好处。"

等她走开了,我就能得到想要的一切,他想。不是我想要的一切,而是我所有的一切。唉,他累了,累极了。他想睡上一会儿。他静静地躺着,死神不在那里。它准是在另一条街上溜达呢。死神成双结对地骑着自行车,悄无声息地在人行

---

① 科尔·波特(1891—1964),美国作曲家。

道上逛来逛去。

不，他从来没有写过巴黎。没有写过他所喜爱的那个巴黎。但是，除此以外，他从来没有写过的东西又是怎样的呢？

广阔的牧场，银灰色的艾草丛，灌溉渠里那湍急而清澈的流水，还有浓绿的苜蓿，又是怎样呢？那条小路蜿蜒而上通向群山，夏天里，牛群胆子小得像鹿一样。秋天，你把它们赶下山来的时候，吆喝声、没完没了的喧闹声响成一片，牛群缓慢地行进，扬起一片尘土。暮色之中，陡峭的山峰从群山后面清晰地耸现出来，沐浴着月光骑马沿着那条小路下山，山谷那边一片皎洁。此时，他想起在黑暗中穿过森林下山的时候，眼前一抹黑，只能抓着马尾巴一路摸索，这些故事他都想写下来。

还有那个干杂活儿的傻小子，那回把他一个人留在牧场，告诉他别让任何人拿走一点儿干草，那个从福克斯来的老坏蛋，路过的时候停下来想弄点饲料，傻小子以前给他干活儿的时候，老家伙曾经揍过他。孩子不让他拿，老家伙就说要再揍他一顿。老家伙正要闯进牲口栏，孩子从厨房拿来了来复枪，把他打死了。他们回到牧场的时候，老头儿已经死了一个星期，在牲口栏里冻僵了，还被狗吃掉了一部分。你把残留的尸体裹在毯子里，用绳子捆在雪橇上，让那孩子帮你拖着，两个人乘着滑雪板，拉着雪橇上路，走了六十英里，把那孩子带到城里交给警方。那孩子万万没想到自己会被逮捕。他满以为自己是在尽职尽责，而你是他的朋友，他会为此得到报偿呢。还是他帮着把那个老家伙拖到城里来的，这样谁都会知道这个老家伙一向有多么坏，他是怎么企图偷饲料，那饲料可不是他的啊。行政司法官给那孩子戴上手铐的时候，那孩子简直无法相信,开始放声大哭。这是他准备留到将来再写的一个故事。从那儿他至少得知了二十个有趣的故事,可他一个也没有写。为什么呢?

"你告诉他们为什么。"他说。

"什么为什么,亲爱的?"

"没有什么为什么。"

自从有了他,她现在喝酒不那么厉害了。不过,只要他活着,就绝不会写她,此时他很清楚这一点。他也不会写她们中的任何一个。有钱人都很愚蠢,纵酒无度,要么就没完没了地玩十五子游戏①。他们都很蠢,而且老是唠唠叨叨让人厌烦。他想起可怜的朱利安,还有他对有钱人怀有的那种毫无来由的敬畏感,朱利安曾在一个短篇小说的开头这样写道:"豪门巨富不同于你我。"有人回敬朱利安说,是啊,他们比咱们有钱。可是,对朱利安来说,这并不是滑稽之谈。在他眼里,有钱人是一个特殊的富有魅力的族类,当他发现事实并非如此,他就一蹶不振了,正如任何其他事情让他一蹶不振一样②。

他一向鄙视那些一蹶不振的人。你没有必要吃这一套,因为你明白这是怎么一回事儿。他可以战胜一切,他想,因为如果他不在乎,就什么也刺伤不了他。

好吧,现在他连死也毫不在意。让他一直感到恐惧的是疼痛。他能像任何人一样忍受疼痛,除非这疼痛持续的时间

---

① 也称巴加门(backgammon),一种双方各有十五枚棋子,掷骰子决定行棋格数的游戏。

② 这里所说的朱利安,指的是美国小说家 F. S. 菲茨杰拉德。语见菲茨杰拉德的小说《富有的男孩》(*The Rich Boy*)。

太长,把他拖得疲惫不堪。可是在这里,有什么东西让他感到痛楚极了,就在他觉得快要被撕裂的时候,那疼痛却消失了。

他记得,那是在很久以前,那天晚上,爆破军官威廉逊钻过铁丝网爬回阵地的时候,被一名德国巡逻兵扔过来的手榴弹打中了,他尖声叫着,央求大家把他打死。他是个胖子,尽管热衷于各种花里胡哨的表演,但却非常勇敢,是个很不错的军官。可那天晚上,他陷在铁丝网里,一颗照明弹的闪光把他照亮了,只见他的肠子流了出来,落在铁丝网上,当他们把他抬进来的时候,他还活着,他们不得不把他的肠子割断。打死我,哈利。看在上帝的分上,打死我吧。有一回,他们曾经争论过是否上帝带给你的一切都是可以忍受的,有人认为,经过一段时间,疼痛会自行消失。可是,他始终清楚地记得,那天晚上,威廉逊的痛苦并没有消失,后来他把一直留着准备自己用的吗啡片全都给威廉逊吃了下去,也没有立刻奏效。

不过,他此时的痛苦倒是能够轻而易举地承受,如果就这样下去,情况不会恶化,那就没什么可担忧的了。可是,他希望能有更合适的人与自己相伴。

他稍稍想了想自己的意中人。

不,他暗想,你不论干什么,时间都拖得太长,而且也为时过晚,你不能指望人们一切如故。所有的人都走了。宴毕席终,各自散去,现在只剩下你和女主人。

我对一步步接近死亡感到厌倦了,正如对别的东西一样,他想。

"真叫人烦。"他情不自禁地大声说。

"你说什么,亲爱的?"

"你不管做什么,都做得太久了。"

他望着篝火前她的那张脸。她斜靠在椅子里,火光映照在她那线条动人的脸上,他看得出她困了。这时候,他听见那只鬣狗在篝火的光圈外面发出一声嚎叫。

"我一直在写东西,"他说,"我都累了。"

"你觉得自己能睡得着吗?"

"肯定能。你怎么还不进去?"

"我想坐在这儿陪你。"

"你有没有一种奇怪的感觉?"他问她。

"没有啊,我只是有点儿困。"

"可我感觉到了。"

他又一次感到死神在临近。

"你知道,我唯一没有失去的东西,就是好奇心。"他对她说。

"你从来没有失去过什么。你是我所认识的最完美的一个人了。"

"天哪,"他说,"女人懂得简直太少啦。你这么说凭的是什么? 你的直觉?"

因为,正是在这个时候,死神来了,头就靠在帆布床的床脚上,他能嗅出死神的气息。

"千万不要相信死神就是镰刀和骷髅①,"他说,"死神也许是两个骑着自行车的警察,悠闲自在,或者是一只鸟儿。也有可能像鬣狗一样有个大鼻子。"

———————

① 西方的死神形如骷髅,披着黑斗篷,手持镰刀。

死神已经向他靠拢过来，不过它已经没有任何形状，只是占据了空间。

"让它走开。"

死神非但不走开，反而靠得更近了。

"你呼出的气味真难闻，"他冲着它说，"你这个臭杂种。"

死神仍旧一步步挨近他，此刻他对着它说不出话来，而当死神发现他无法开口说话，就又靠近了一点儿，他试图不出声就把它赶走，可它却爬到他身上来了，把全部重量压在他胸口上，死神趴在那儿，这样一来，他动弹不得，也说不出话，只听见女人说，"先生睡着了，把床轻轻抬起来，抬到帐篷里去吧。"

他无法开口告诉她把死神赶走，此时，死神趴在他身上，愈发沉重，使他难以呼吸。接着，就在他们抬起帆布床的时候，一切突然又归于正常，胸口的重压也消失了。

现在已是早晨，天亮了好一会儿了，他听见了飞机的声音。飞机显得很小，绕了好大一圈，仆人们跑出来，用煤油点起火，堆上野草，这样平地两端就燃起了两堆大火，清晨的微风把烟吹向帐篷，飞机又盘旋了两圈，这次降低了高度，接着开始平飞，稳稳当当地着陆了，老康普顿朝他走来，穿着宽松长裤，上身是一件花呢夹克，头上戴一项棕色毡帽。

"怎么啦，老伙计？"康普顿问道。

"腿坏了，"他对他说，"你吃点儿早饭吗？"

"谢谢。我喝点儿茶就行了。告诉你，这是一架'天社蛾'，我没能搞到那架'夫人'。只能坐一个人。你的卡车正在路上。"

海伦把康普顿拉到一旁，正在和他说着什么。康普顿走了回来,看样子好像从来没有这么高兴过。

"我们这就把你抬进去,"他说,"我还得回来接你太太。恐怕得在阿鲁沙①停一下加油。咱们最好马上就走。"

"喝点儿茶吗?"

"你知道,我其实不怎么想喝。"

仆人们抬起帆布床,绕过绿色的帐篷,然后顺着岩石往下走,来到那片平地,走过那两堆烧得正旺的篝火——风吹火烈,草已经烧尽了,他们一直来到那架小飞机跟前。他好不容易才被抬进飞机,一进去就躺在皮椅里,那条腿直挺挺地伸到康普顿的座位旁边。康普顿发动了马达,上了飞机。他朝海伦和仆人们挥挥手,马达的咔嗒声转为人们惯常所熟悉的轰鸣,他们摇摇摆摆地转着圈子,康普顿留神躲开那些野猪洞,飞机在两堆篝火之间的平地上吼叫着,颠簸着,随着最后一颠腾空而起,他看见他们全都站在下面招手,山边的帐篷显得扁扁的,平原延伸开来,树木一簇簇的,灌木丛看上去也成了扁平的,一条条野兽出没的小道平坦地通向干涸的水坑,他还发现一处自己从来不知道的水源。斑马呢,现在只能看到小小的拱起的后背,角马则像长长的手指,它们越过平原的时候,仿佛是大头的黑点子在爬行,飞机的影子向它们逼近的时候,它们一下子四散奔逃,看上去非常渺小,动作也看不出是在疾驰飞奔。此刻,你极目望去,平原一片灰黄,面前是老康普顿那穿着花呢夹克的背影,还有那顶棕色的毡帽。接下来,他们飞越了最先经过的连绵群山,角马正蜿蜒而上,接着他们又飞过崇山峻岭,陡峭的深谷里生长着绿意蓬勃的森林,山坡上是

---

① 坦桑尼亚的一个城市。

152

坚实挺拔的竹丛,随后他们又掠过一片浓密的森林塑成的峰峦和山谷。群山渐渐变得低矮平缓,接下来又是一片紫棕色的平原,此时天热了起来,飞机热气腾腾地颠簸着,康普顿回身瞧了瞧,看他在飞行中情况怎么样。前面又是黑沉沉的群山。

接着,他们并没有前往阿鲁沙,而是向左转,他估摸着,飞机的燃料显然是够用了。他俯视下方,只见一片粉红色的云像从空中筛落一般掠过地面,在空中则像突如其来的暴风雪降临时的第一阵飞雪。他知道那是从南方飞来的蝗虫。接下来,他们开始向上攀升,似乎是朝东方飞去,再后来,天色一片晦暗,他们遇上了暴风雨,大雨如注,他们仿佛是在穿过一道瀑布,穿出雨幕之后,康普顿转过头来,咧嘴一笑,用手指向前方,他眼前的景象广阔无垠,如同整个世界,在阳光下显得那么宏大,那么伟岸,而且白得令人难以置信,那就是乞力马扎罗的方形山巅。这下他明白了,那正是他要去的地方。

恰恰在这个时候,鬣狗在夜里停止了呜咽,开始发出一种奇怪的声音,几乎像是人的哭泣。女人听着这声音,心神不安地辗转反侧。她并没有醒来。她梦见自己在长岛的家里,那是她女儿第一次参加社交活动的前一天晚上。她的父亲似乎也在场,而且一直表现得很粗鲁。随后,鬣狗的声音大了起来,她被吵醒了,一时间不知道自己身在何处,心里很害怕。她拿过手电筒,照着另一张帆布床,哈利睡着以后,他们把床抬了进来。她能看见,他的身体在蚊帐里,可他却把那条腿伸了出来,在床沿上耷拉着,敷药的纱布全都掉落下来,让她不忍卒睹。

"莫洛,"她喊道,"莫洛! 莫洛!"

接着她又叫道:"哈利,哈利!"然后,她又提高了嗓音,"哈利! 求求你,噢,哈利!"

没有回答,也听不见他的呼吸。

帐篷外面,鬣狗还在发出那种奇怪的叫声,就是那种叫声把她惊醒的。可她此时根本听不见,因为她的心在怦怦直跳。

李育超 译

雨中的猫

旅馆里只住有两个美国人。他们打房间里进进出出,在楼梯上碰见的人,一个也不认识。他们的房间在二楼,面朝大海,也正对着公园和战争纪念碑。公园里有高大的棕榈树和绿色长椅。天气好的时候,常常可以看见一个带着画架的艺术家。艺术家们都对棕榈树的长势,还有旅馆面朝公园和大海那面的鲜艳色彩情有独钟。意大利人还大老远跑来瞻仰战争纪念碑。纪念碑是青铜铸成的,在雨里闪闪发亮。雨在下着。雨水从棕榈树上滴落下来。石子路上积了一汪汪的水。在雨中,海水呈一条长长的线,猛冲上来,又顺着海滩退回去,一会儿又在雨中滚滚而来,形成一条长长的线。停在纪念碑旁边那个广场上的汽车都开走了。广场对面的咖啡店门口站着一个侍者,正对着空荡荡的广场张望。

那位美国太太站在窗口往外看。就在他们的窗子底下,一只猫蜷缩在一张滴水的绿色桌子下面。猫极力缩起身子,好不让雨淋着。

"我要下去把那只猫捉来。"美国太太说。

"我来吧。"丈夫在床上自告奋勇说。

"不,还是我去吧。外面那只可怜的小猫想躲在桌子下面避雨呢。"

丈夫于是继续看书,身子靠在床脚的两个枕头上。

"别淋湿了。"他说。

太太下了楼,她经过办公室的时候,旅馆老板站起来向她鞠了个躬。他的写字台在办公室的最里边。他是个老头儿,个子很高。

"下雨啦①。"太太说。她对这个旅馆老板颇有好感。

"是啊,是啊,太太,真是坏天气②。天气真糟糕。"

他站在昏暗的房间那头的写字台后面。这位太太很喜欢他。她喜欢他听到任何抱怨的时候所表现出的那种郑重其事的态度。她喜欢他那种尊贵的气度。她喜欢他乐意为她效劳的姿态。她喜欢他作为旅馆老板的自我感觉。她也喜欢他那上了年纪、沉沉下垂的脸和一双大手。

她心里怀着对旅馆老板的好感,打开门,向外张望。雨下得更大了。有个穿着橡胶雨披的男人正穿过空荡荡的广场朝咖啡馆走去。那只猫大概在右边。也许她可以顺着屋檐底下走过去。她正站在门口时,身后张开了一把伞。那是给他们收拾房间的女侍。

"您可不能淋湿了。"她面带微笑,用意大利语说。当然,这是旅馆老板吩咐她来的。

女侍撑着伞为她遮雨,她沿着石子路一直走到他们房间的窗子下面。那张桌子就在那儿,被雨水冲刷成鲜亮的绿色,可猫却不见了。她一下子感到大失所望。女侍抬头看着她。

"您丢了什么东西吗,太太?③"

"刚才这儿有只猫。"年轻的美国太太说。

①②③　原文为意大利语。

"猫?"

"是的,有只猫。①"

"猫?"女侍扑哧一笑,"雨里有只猫?"

"是呀,"她说,"在桌子底下。"她接着又说:"噢,我真想要那只猫。我想要只小猫。"

她一说英语,女侍的脸顿时绷紧了。

"走吧,太太,"她说,"我们得回到里面去了。你会淋湿的。"

"我看也是。"年轻的美国太太说。

她们沿着石子路往回走,进了门。女侍留在外面把伞收拢起来。美国太太经过办公室的时候,老板在写字台后面朝她欠欠身子。太太心里感到有些闷闷不乐。这个老板让她感觉自己非常渺小,同时又很重要。她一时觉得自己是个极其重要的角色。她上了楼梯,打开房门,乔治正在床上看书。

"捉到那只猫了吗?"他放下书,问道。

"它跑了。"

"天知道跑到哪儿去了。"他把眼睛从书本上移开,说道。

她在床上坐了下来。

"我太想要那只猫了,"她说,"我也不知道为什么这么想要它。我真想要那只可怜的小猫。做一只可怜的小猫待在雨里,可不是什么好玩的事儿。"

乔治又看起书来。

她走过去,坐在梳妆台的镜子前,拿起手镜来照照自己。她仔细端详着自己的侧影,先看看这边,又看看那边。接着又

---

① 原文为意大利语。

仔细打量自己的头颈后面。

"要是我把头发留长,你觉得好吗?"她问道,又瞧了瞧自己的侧影。

乔治抬眼看了看她的后脖子,头发剪得短短的,像个男孩。

"我喜欢你这样子。"

"我已经厌烦了,"她说,"看上去像个男孩子,我厌烦极了。"

乔治在床上换了个姿势。从她开始说话起,他的眼睛一直没有离开过她。

"你看起来漂亮极了。"他说。

她把镜子放在梳妆台上,走到窗边,向外张望。天渐渐黑了。

"我想把头发往后梳得又紧又光滑,在后面挽个大髻,可以让自己感觉得到。"她说,"我想有只小猫,坐在我腿上,我摸摸它,它就喵喵叫。"

"是吗?"乔治在床上说。

"我还想用自己的银器坐在桌边吃饭,我还想点上蜡烛。我希望现在是春天,我想对着镜子梳头。我想有只小猫,还想有几件新衣服。"

"哦,别说了,找点儿东西看吧。"乔治说着,又开始看书了。

他的妻子朝窗外张望着。此时天已经很黑了,雨还在敲打着棕榈树。

"不管怎么说,我都想要只猫。"她说,"我想要只猫。现在就想要。要是我不能留长发,不能有什么开心的事儿,总可以有只猫吧。"

乔治根本没听她说话。他在读自己那本书。妻子朝窗外望去,广场上已经亮灯了。

有人敲门。

"请进①。"乔治说着,从书上抬起眼睛。

门口站着的是那个女侍,她紧紧抱着一只大玳瑁猫,那猫顺着她的身子纵身一跃而下。

"打搅了,"她说,"老板让我把这只猫给太太送来。"

李育超　译

---

① 原文为意大利语。

白象似的群山

　　埃布罗河①河谷的那一边,白色的群山绵延起伏。这一边没有任何荫蔽,没有一棵树,车站就在两条铁路中间,顶着日头。紧挨着车站一侧有座房子,投下一片热烘烘的阴影,一道用竹节穿成的门帘,挂在酒吧敞开的门口挡苍蝇。房子外面的阴凉里,那个美国人和那个跟他一道来的姑娘坐在一张桌子旁边。天热极了,从巴塞罗那来的快车还有五十分钟才能到站。列车在这个中转站停靠两分钟,然后继续开往马德里。

　　"我们喝点儿什么?"姑娘问。她已经摘下了帽子,放在桌上。

　　"天真热啊。"男人说。

　　"我们喝啤酒吧。"

　　"来两杯啤酒。②"男人朝门帘里面喊道。

　　"大杯?"一个女人在门口问。

　　"对。要两大杯。"

　　那女人拿来了两杯啤酒和两个毡垫。她把杯垫和啤酒杯

---

① 埃布罗河,流经西班牙东北部,注入地中海。
② 原文为西班牙语。

放在桌子上,看看那男人,又看看那姑娘。姑娘正在眺望群山的轮廓。山峦在阳光下呈白色,乡野则是灰褐色的一片干涸景象。

"它们看上去像是一群白象。"她说。

"我从来没见过。"男人喝着啤酒说。

"是啊,你是不可能见过的。"

"我兴许见到过呢,"男人说,"单凭你说我不可能见过,并不说明什么问题。"

姑娘看了看珠帘。"那上面画了什么东西,"她说,"上面写的是什么?"

"茴香酒①。是一种饮料。"

"咱们能尝尝吗?"

男人透过帘子喊了一声"喂"。那女人从酒吧里走了出来。

"总共四雷阿尔②。"

"给我们来两杯茴香酒。"

"掺水吗?"

"你想要掺水的吗?"

"我不知道,"姑娘说,"掺了水好喝吗?"

"还不错。"

"你们要掺水吗?"女人问。

"好吧,要掺水的。"

"这酒甜丝丝的,有股甘草味儿。"姑娘说着,放下了

---

① 原文为西班牙语。

② 雷阿尔,旧时西班牙及其南美属地的货币单位。

酒杯。

"一切都是如此。"

"没错儿,"姑娘说,"一切都甜丝丝的,有股甘草味儿。特别是你等待了好久的所有东西。"

"好了,别来这套了。"

"是你先提起来的,"姑娘说,"我刚才倒觉得挺有趣儿,挺开心的。"

"那好吧,咱们想办法开开心。"

"行啊。我正试着让自己开心呢。我说这些山看上去像是一群白象。这个比喻难道不是很妙吗?"

"是很妙。"

"我还想尝尝这种没喝过的饮料。我们做的事儿也就是这些,东看看,西看看,尝试一下没有喝过的饮料。"

"我看也是。"

姑娘放眼眺望对面的群山。

"这些山真美啊,"她说,"其实看上去并不像是一群白象。我刚才只是想说,山的表面透过树木呈现出白色。"

"咱们再来一杯?"

"好啊。"

热风掀起珠帘,打在桌子上。

"这啤酒凉丝丝的,真不错。"男人说。

"味道好极了。"姑娘应道。

"那种手术真的非常简便,吉格,"男人说,"甚至连手术都算不上。"

姑娘只是看着桌腿下的地面。

"我知道你不会在乎的,吉格。真的没什么大不了。只要注入空气就行了。"

姑娘一声不响。

"我会陪你去的,我会一直待在你身边。他们只要注入空气,然后就万事大吉了。"

"那以后我们怎么办?"

"以后我们就没事儿了。就像从前一样。"

"你怎么会这样想呢?"

"眼下让咱们烦心的事儿就这一件。只有这一件事儿让我们不开心。"

姑娘看着珠帘,伸出手去抓起两串珠子。

"你觉得这样一来我们一切都能好好的,两个人开开心心过下去。"

"我知道我们会幸福的。你没必要担心。据我所知,很多人都做过。"

"这个我也知道,"姑娘说,"而且后来他们都过得很幸福。"

"好了,"男人说,"要是你不想做,就别勉强。要是你当初不想做,我也不会勉强你的。不过,我知道这种手术简单得很。"

"你真的希望我去做?"

"我觉得这是最妥善的办法。不过,如果你不是真心愿意,我也不想让你勉强。"

"要是我做了,你就会高兴起来,事情又会回到从前那样,你会爱我,是吗?"

"我现在就爱着你啊。你知道我是爱你的。"

"我知道。不过,要是我去做了,我再说什么东西看上去像是一群白象这类的话,你就会喜欢听了?"

"我会非常喜欢听你说这些话。我现在就喜欢听啊,只不过我的心思不在那上面。你知道我心烦意乱的时候是什么样子。"

"要是我做了,你就不会再心烦意乱了?"

"那样我就不会为这事儿烦心了,其实这手术简单极了。"

"那我就去做吧。因为我对自己并不在意。"

"你这话是什么意思?"

"我对自己毫不在乎。"

"嗳,我可是在乎你的。"

"哦,没错儿。可我对自己毫不在乎。我会去做手术,然后一切都会好起来。"

"如果你是这么想的,我可不愿意让你去做手术。"

姑娘站起身来,走到车站尽头。对面,在铁路那边,是埃布罗河两岸的农田和树木。远处,在河对岸,是连绵的群山。一片云影掠过农田,透过树丛,她看到了大河。

"我们本来可以尽情欣赏这一切,"她说,"我们本来可以享受生活中的一切,可我们却让这一天天变得越来越不可能。"

"你说什么?"

"我说我们本来可以享受生活中的一切。"

"我们现在可以享受生活中的一切啊。"

"不,我们做不到。"

"我们可以拥有整个世界。"

"不,我们做不到。"

"我们可以到任何地方去。"

"不,我们做不到。世界已经不再属于我们了。"

"是属于我们的。"

"不,不是这样。他们一旦把它拿走,你就永远失去它了。"

"可他们还没把它拿走啊。"

"我们等着瞧吧。"

"好了,回到阴凉里来吧,"他说,"你千万别这么想。"

"我没有什么想法,"她说,"我就是知道事情是怎么回事儿。"

"我不希望你做任何自己不想做的事儿……"

"或者是对我没好处的事儿,"她说,"这个我知道。我们再来杯啤酒好吗?"

"好吧。不过,你得明白……"

"我心里明白,"姑娘说,"我们别再说了好不好?"

他们坐在桌子旁边,姑娘望着对面山谷干涸的那一侧的连绵群山,男人的眼睛瞧着她,还有桌子。

"你得明白,"他说,"要是你不想做,我是不愿意让你勉强的。如果这对你来说很重要的话,我心甘情愿负责到底。"

"难道这对你来说不重要吗?咱们总可以对付着过下去吧。"

"当然重要。不过,除了你我不想要任何人。不管什么人都不想要。再说,我知道手术非常简便。"

"是啊,你知道手术非常简便。"

"随你怎么说吧,可我知道确实是这样。"

"你现在能为我做点儿什么吗?"

"为你做什么我都愿意。"

"那就请你,拜托你,恳求你,求你,求你,求求你,求求你,别再说了,好吗?"

他没吭声,只是望着车站那边靠墙堆放的旅行包,上面贴着他们曾经在那儿过夜的每一家旅馆的标签。

"可我并不想让你去做,"他说,"这对我来说无所谓。"

"我可要尖叫起来啦。"

那女人端着两杯啤酒穿过帘子来到屋外,把酒杯放在湿漉漉的毡垫上。

"还有五分钟火车就到站了。"她说。

"她说什么?"姑娘问。

"火车还有五分钟就到站了。"

姑娘冲着那女人粲然一笑,表示感谢。

"我还是先把行李拿到车站那边去吧。"男人说。姑娘对他微笑了一下。

"好吧,然后回来,我们把啤酒喝了。"

他拎起两个沉甸甸的旅行包,绕过车站,把它们送到另一边的铁轨那里。他顺着铁轨望过去,还看不见火车。他又走回来,穿过酒吧,候车的人都正在那儿喝酒。他在吧台上喝了一杯茴香酒,一边打量着周围的人。人们都在心平气和地等着火车进站。他穿过珠帘来到外面。她正坐在桌边,朝他微微一笑。

"你感觉好点儿了吗?"他问。

"我感觉好极了,"她说,"我什么事儿也没有,感觉好极了。"

李育超 译

越 野 滑 雪

缆车又颠了一下,停了。没法朝前开了,大雪给风刮得严严实实地积在车道上。冲刷高山裸露表层的狂风把向风一面的雪刮成一层冰壳。尼克正在行李车厢里给滑雪板上蜡,把靴尖塞进滑雪板上的铁夹,牢牢扣上夹子。他从车厢边缘跳下,落脚在硬邦邦的冰壳上,来一个弹跳旋转,蹲下身子,把滑雪杖拖在背后,一溜烟滑下山坡。

乔治在下面的雪坡上一落一起,再一落就不见了人影。尼克顺着陡起陡伏的山坡滑下去时,那股冲势加上猛然下滑的劲儿把他弄得浑然忘却一切,只觉得身子里有一股飞翔、下坠的奇妙感。他挺起身,稍稍来个上滑姿势,一下子又往下滑,往下滑,冲下最后一个陡峭的长坡,越滑越快,越滑越快,雪坡似乎在他脚下消失了。身子下蹲得几乎倒坐在滑雪板上,尽量把重心放低,只见飞雪犹如沙暴,他知道速度太快了。但他稳住了。他决不失手摔倒。随即一搭被风刮进坑里的软雪把他绊倒,滑雪板一阵磕磕绊绊,他接连翻了几个筋斗,觉得活像只挨了枪子的兔子,然后停住,两腿交叉,滑雪板朝天翘起,鼻子和耳朵里满是雪。

乔治站在坡下稍远的地方,正噼噼啪啪地拍掉风衣上的雪。

"你的姿势真美妙,迈克,"他对尼克大声叫道,"那搭烂糟糟的雪真该死。把我也这样绊了一跤。"

"在峡谷滑雪是什么味儿?"尼克仰天躺着,踢蹬着滑雪板,挣扎着站起来。

"你得靠左边滑。因为谷底有堵栅栏,所以飞速冲下去后得来个大旋身①。"

"等一会儿我们一起去滑。"

"不,你赶快先去。我想看你滑下峡谷。"

尼克·亚当斯赶过背部宽阔、金发上还蒙着一点儿雪的乔治身边向上攀登,他的滑雪板开始有点打滑,随后一下子猛冲下去,把晶莹的雪糁儿擦得嘶嘶响,随着他在起伏不定的峡谷里时上时下,看起来像是在浮上来又沉下去。他坚持靠左边滑,末了,在冲向栅栏时,紧紧并拢双膝,像拧紧螺旋似的旋转身子,把滑雪板向右来个急转弯,扬起滚滚白雪,然后慢慢减速,跟山坡和铁丝栅栏平行地站住了。

他抬头看看山上。乔治正屈起双膝,用特勒马克姿势②滑下山来;一条腿在前面弯着,另一条腿在后面拖着,两支滑雪杖像虫子的细腿那样荡着,杖尖触到地面,掀起阵阵白雪,最后,这整个一腿下跪、一腿拖随的身子来个漂亮的右转弯,蹲着滑行,双腿一前一后,飞快移动,身子探出,防止旋转,两支滑雪杖像两个光点,把弧线衬托得更加突出,一切都笼罩在漫天飞舞的白雪中。

"我就怕大旋身,"乔治说,"雪太深了。你做的姿势真

① 滑雪时用大旋身来掉转下坡方向,在高速滑行时通常靠身体前倾改变重心,滑雪板保持平行,然后转弯刹住。
② 下滑时把一条滑雪板稍稍超前另一条的一种姿势,以其起源于挪威西南部特勒马克郡而得名。

美妙。"

"我的一条腿做不来特勒马克。"尼克说。

尼克用滑雪板把铁丝栅栏的最高一股铁丝压下,乔治纵身越过去。尼克跟他来到大路上。他们沿路屈膝滑行,进入一片松林。路面结着光亮的冰层,被拖运原木的马儿拉的犁弄脏了,染得一搭橙红,一搭烟黄。两人一直沿着路边那片雪地滑行。大路陡地往下倾斜通往小河,然后笔直上坡。他们透过林子,看得见一座饱经风吹雨打、屋檐较低的长形的房子。从林子里看,这房子显得泛黄。走近了,看出窗框漆成绿色。油漆在剥落。尼克用一支滑雪杖把滑雪板上的夹靴夹敲松,双脚一踢,让滑雪板掉下。

"我们还是把滑雪板带上去的好。"他说。

他肩起滑雪板,把靴跟的铁钉扎进冰封的立脚点,一步步爬上陡峭的山路。他听见乔治紧跟在后,一边喘息,一边把靴跟扎进冰雪。他们把滑雪板竖靠在客栈的墙上,相互拍掉彼此裤子上的雪,把靴子蹬蹬干净才走进去。

客栈里黑咕隆咚的。有只大瓷火炉在屋角亮着火光。天花板很低。屋内两边那些酒渍斑斑的暗黑色桌子后面摆着光溜溜的长椅。两个瑞士人坐在炉边,一边抽着烟斗,一边喝着小杯浑浊的新酒。尼克和乔治脱去夹克衫,在炉子另一边靠墙坐下。有个人在隔壁房里停止了歌唱,一个围着蓝围裙的姑娘走出门来看看他们想要什么喝的。

"来瓶西昂①酒,"尼克说,"行不行,吉奇②?"

---

① 西昂位于瑞士西南部,为瓦莱州首府,盛产名酒。
② 吉奇是乔治的爱称。

"行啊，"乔治说，"你对酒比我内行。我什么酒都爱喝。"

姑娘走出去了。

"没一项玩意儿真正比得上滑雪，对吧？"尼克说，"你滑了老长一段路，头一回歇下来时就会有这么个感觉。"

"嘿，"乔治说，"这是妙不可言的。"

姑娘拿酒进来，他们一时拔不出瓶塞。最后还是尼克打开了。姑娘出去了，他们听见她在隔壁房里唱德语歌。

"酒里有些瓶塞渣子没关系。"尼克说。

"不知她有没有糕点。"

"我们问问看。"

姑娘走进屋，尼克注意到她围裙鼓鼓地遮着大肚子。不知她最初进来时我怎么会没看见，他想。

"你唱的什么歌？"他问她。

"歌剧，德国歌剧。"她不愿谈论这个话题，"你们要吃的话，我们有苹果馅卷饼。"

"她不太客气，是不？"乔治说。

"啊，算了。她不认识我们，没准儿当我们要拿她唱歌开玩笑呢。她大概是从北边讲德语的地区来的，待在这里脾气躁，再说，没结婚肚子里就有了这孩子，所以脾气躁，碰不得。"

"你怎么知道她没结婚？"

"没戴戒指。真见鬼，这一带的姑娘都是弄大了肚子才结婚的。"

门开了，一帮子从大路那头来的伐木工人走进来，在屋里把靴子上的雪跺掉，身上直冒水汽。那女招待给这帮人送来了三公升新酒，他们分坐两桌，光抽烟，不作声，脱下了帽，有的背靠着墙,有的趴在桌上。屋外,拉运木雪橇的马儿偶尔一仰脖子,铃铛就清脆地叮当作响。

乔治和尼克都高高兴兴的。他们两人很合得来。他们知道回去还有一段路程可滑呢。

"你几时得回学校去?"尼克问。

"今晚,"乔治回答,"我得赶十点四十分从蒙特勒①开出的车。"

"我真希望你能留下过夜,我们明天上百合花峰去滑雪。"

"我得上学啊,"乔治说,"哎呀,尼克,难道你不希望我们能就这么在一起闲逛吗?带上滑雪板,乘上火车,到一个地方滑个痛快,滑好上路,找客栈投宿,再一直越过奥伯兰山脉②,直奔瓦莱州,穿过恩加丁谷地③,随身背包里只带上修理工具匣和替换毛衣和睡衣,甭管学校啊什么的。"

"对,就这样穿过黑森林区④。哎呀,都是好地方啊。"

"就是你今年夏天钓鱼的地方吧?"

"是啊。"

他们吃着苹果馅卷饼,喝干了剩酒。

乔治倒身靠着墙,闭上眼。

"喝了酒我总是这样感觉。"他说。

"感觉不好?"尼克问。

---

① 蒙特勒,瑞士日内瓦湖东北岸的疗养胜地。
② 奥伯兰山脉,位于日内瓦湖东南。
③ 恩加丁谷地,在瑞士东端,从西南向东北延伸,分上恩加丁谷和下恩加丁谷两部分。
④ 黑森林区,在德国西南端。

"不。感觉好,只是怪。"

"我明白。"尼克说。

"当然。"乔治说。

"我们再来一瓶好吗?"尼克问。

"我不想喝了。"乔治说。

他们坐在那儿,尼克双肘撑在桌上,乔治往墙上颓然一靠。

"海伦快生孩子了吧?"乔治说,身子离开墙凑到桌上。

"是啊。"

"几时?"

"明年夏末。"

"你高兴吗?"

"是啊。眼前。"

"你打算回美国去吗?"

"看来要回去吧。"

"你想要回去吗?"

"不。"

"海伦呢?"

"不。"

乔治默默坐着。他望着那空酒瓶和那些空酒杯。

"真要命不是?"他说。

"不。还说不上。"尼克说。

"为什么?"

"我不知道。"尼克说。

"你们今后在美国还会一块儿滑雪吗?"乔治说。

"我不知道。"尼克说。

"那些山不怎么样。"乔治说。

"对,"尼克说,"岩石太多。树木也太多,而且都太远。"

"是啊,"乔治说,"加利福尼亚就是这样。"

"是啊,"尼克说,"我到过的地方处处都这样。"

"是啊,"乔治说,"都是这样。"

瑞士人站起身,付了账,走出去了。

"我们是瑞士人就好了。"乔治说。

"他们都有大脖子的毛病。"尼克说。

"我不信。"乔治说。

"我也不信。"尼克说。

两人哈哈大笑。

"也许我们再也没机会滑雪了,尼克。"乔治说。

"我们一定得滑,"尼克说,"要是不能滑就没意思了。"

"我们要去滑,没错。"乔治说。

"我们一定得滑。"尼克附和说。

"希望我们能就此说定了。"乔治说。

尼克站起身。他把风衣扣紧。他朝乔治弯下身子,拿起靠墙放着的两支滑雪杖。他把一支滑雪杖戳在地板上。

"说定了可一点也靠不住。"他说。

他们开了门,走出去。天气很冷。雪结得硬邦邦的。大路一直爬上山坡通到松林里。

他们把刚才靠在客栈墙上的滑雪板拿起来。尼克戴上手套。乔治已经扛着滑雪板上路了。这下子他们可要一起跑回家了。

陈良廷 译

173

一天的等待

我们还没起床,他就走进屋来关上窗户,我看着他像是病了。他浑身发抖,脸色煞白,走路慢吞吞的,仿佛只要动一动身上就疼。

"怎么啦,沙茨?"

"我头疼。"

"你还是回到床上去吧。"

"不,没事儿。"

"到床上去吧,我穿好衣服就去看你。"

可是,等我下了楼,他已经穿好衣服,坐在火炉边,看起来这个九岁的男孩病得不轻,一副可怜巴巴的样子。我把手搁在他的脑门上,感觉出他在发烧。

"你上楼去休息吧,"我说,"你病了。"

"我没事儿。"他说。

医生来给他量了体温。

"多少度?"我问。

"一百零二度。"

楼下,医生给留下了三种药,是三种不同颜色的胶囊,附有服用方法。一种是退热的,一种是通便的,还有一种是控制体内酸性的。他解释说,流感病菌只能在酸性环境下存活。

他似乎对流感无所不知，还说只要发烧不超过一百零四度就没什么可担心的。这只是轻度流感，只要能避免感染肺炎，就没有危险。

回到房间，我把孩子的体温记下来，还写下了服用各种胶囊的时间。

"想让我念书给你听吗?"

"好吧，你要念就念吧。"孩子说。他脸色苍白，眼睛下面有两个黑黑的眼圈。他一动不动地躺在床上，似乎对正在发生的事情漠不关心。

我大声读起霍华德·派尔①的《海盗传说》；不过，我看得出来，他根本没有留心听我在读什么。

"你感觉怎么样，沙茨?"我问他。

"还是老样子，到现在为止。"

我坐在床脚，读给自己听，等着给他吃另外一种药。正常情况下，在这种时候他会睡着，可我抬眼一看，他的眼睛正盯着床脚，神情非常古怪。

"你干吗不试着睡一会儿? 该吃药的时候我会叫醒你的。"

"我倒是愿意醒着。"

过了一会儿，他对我说:"你不用在这儿陪着我，爸爸，要是这让你烦心的话。"

"这并没让我烦心啊。"

"我不是这个意思，我是说，要是这会让你烦心的话，你

---

① 霍华德·派尔(Howard Pyle，1853—1911)，美国著名插画家、作家，作品大多取材于中世纪的神话故事或殖民地时期的历史。

不用在这儿陪着我。"

我感觉他大概有点儿神志不清,等到十一点钟,我给他吃了医生开的胶囊,就到外面去了一阵子。

阳光很好,但天气寒冷,一场雨夹雪在地面上冻结起来,因此,光秃秃的树木、灌木丛、砍下的柴枝,还有所有的草地和空地,全都像是银装素裹一般。我带上那条爱尔兰长毛小猎狗,顺着道路,沿着一条结冰的小溪向前走去,不过,在光滑的路面上站也好,走也好,都不那么容易,那条红毛狗一步一滑,我也重重地摔了两跤,有一次枪都掉了下来,在冰面上出溜了好远。

高高的土堤下面,有一窝鹌鹑躲在低垂的灌木丛中,被我们惊飞了,它们正要飞过土堤上方,我趁它们还没有从视线里消失,打死了两只。有些鹌鹑栖息在树上,但大多数都散落在灌木丛中,你得在覆盖着冰层的、小丘一般的灌木丛上蹦跶几下,才能惊起一群。当你还在结了冰的、颠来颠去的灌木丛上东倒西歪,试图保持平衡的时候,开枪打鹌鹑可真不容易,我打中了两只,有五只没打着,转回到房子附近,发现那里也有一群,不免兴致勃勃,高兴的是,改天还能找到这么多鹌鹑。

进了屋,家里人说孩子不让任何人到他的房间里去。

"你们不能进来,"他说,"千万不能传染上我的病。"

我上楼去看他,发现他分毫不差保持着我离开时候的姿势,脸色苍白,不过因为发烧,靠近颧骨的地方脸颊绯红,他跟先前一样,眼睛怔怔地盯着床脚。

我给他量了量体温。

"多少度?"

"大概一百度吧。"我说,其实是一百零二度四分。

"是一百零二度。"他说。

"谁说的？"

"医生说的。"

"你的体温没什么大不了，"我说，"用不着担心。"

"我不担心，"他说，"可我就是禁不住去想。"

"别想了，"我说，"放松点儿。"

"我是在放松啊。"他说话的时候眼睛直直地朝前看。显然他有什么心事，一直在紧绷着自己。

"就着水把药吞下去。"

"你觉得吃药会有什么用吗？"

"当然有啦。"

我坐下来，打开那本《海盗传说》，开始读给他听，可我看得出来他心不在焉，就停了下来。

"你觉得我什么时候会死？"他问。

"什么？"

"大概再过多久我就会死啊？"

"你不会死的。你怎么啦？"

"哦，真的，我就要死了。我听见他说有一百零二度。"

"发烧到一百零二度是不会死人的。这么说真是太傻了。"

"我知道会死的。在法国的学校里，同学告诉我说，到了四十四度人就活不成了。可我都已经有一百零二度了。"

原来从早晨九点钟开始，他就一直在等死，等了整整一天。

"可怜的沙茨，"我说，"可怜的宝贝儿沙茨。这好比是英里和公里。你是不会死的。你说的是另一种体温表。按那种

177

体温表三十七度是正常。用这种体温表九十八度才是正常啊。"

"你敢肯定?"

"绝对错不了,"我说,"这类似于英里和公里。告诉你,这就跟我们开车走七十英里相当于多少公里一个样。"

"哦。"他只说了这么一声。

不过,他紧盯着床脚的目光开始慢慢放松。他也终于不再紧绷着自己了,最后,到了第二天,他变得非常懒散,动不动就为一点儿无关紧要的小事哭上一场。

李育超 译

在密歇根北部

　　吉姆·吉尔摩从加拿大来到霍顿湾。他买下了霍顿老人的铁匠铺。吉姆又矮又黑，留着夸张的小胡子，有一双大手。他是钉马蹄铁的好手，即使穿着工匠皮围裙，看上去也不怎么像是铁匠。他住在铁匠铺的楼上，在 D.J. 史密斯家庭饭馆打伙食。

　　莉姿·寇茨在史密斯饭馆打工。史密斯太太是个高大肥胖却干净的女人，她说莉姿是她见过的最整洁的姑娘。莉姿的腿好看，总是戴着干净的方格花布围裙，吉姆注意到她的头发利落地扎在脑后。他喜欢她的面孔，因为她总是一脸喜悦，但他从来不惦念她。

　　莉姿非常喜欢吉姆。她喜欢他从铁匠铺走过来的样子，还经常到厨房门口，巴望他在路上出现。她喜欢他的小胡子。她喜欢他微笑时牙齿如此的洁白。她非常喜欢他看上去根本不像一个铁匠。她喜欢 D.J. 史密斯和史密斯太太那样喜欢吉姆。有一天，她发现她喜欢他胳膊上的汗毛那种黑色的样子，当他在室外的水盆前清洗时，露出没有被晒黑的皮肤，显得那么的白。这种喜欢让她感觉异样。

　　霍顿湾位于博因市和夏利沃之间，小镇的干道上只有五家民宅。史密斯家、斯特劳德家、迪尔沃斯家、霍顿家和梵胡森家,街上有一个杂货店和一个有假高门脸的邮局,有时也许会有一辆马车拴在门前。这些房子建造在一大片榆树林中,大路上有很多沙子。这里是农业乡村,四周都是成材的树木。高地方向的大路旁是循道卫理教堂,而朝相反方向下去则是镇学校。铁匠铺被漆成红色,面朝着学校。

一条陡峭的沙土大路穿过成材的树林,顺山坡向下延伸到湖湾。从史密斯家的后门远眺,能将连绵至湖边以及湾区一带的树林尽收眼底。春天和夏天的时候,这是一幅非常美丽的画面,湖湾湛蓝而明亮,从夏利沃和密歇根湖方向吹来的微风,通常在湾岬以外的湖面上掀起白色的浪花。从史密斯家的后门望去,莉姿能看见湖上的矿石驳船朝着博因市方向行驶。当她盯着驳船看时,它们似乎纹丝不动,可当她进屋,擦干一些碗碟后再出来时,那些驳船已经驶过湾岬不见了。

现在,莉姿每时每刻都想着吉姆·吉尔摩。而他似乎并不怎么注意她。他跟 D. J. 史密斯聊铁匠铺里的事情、共和党和詹姆斯·G. 布莱恩①。晚上,他坐在前厅里的油灯旁,读《托莱多刀锋》②和大急流城③的报纸,或者与 D. J. 史密斯一起,拿着杰克诱饵灯,到湖湾叉鱼。那年秋天,他和史密斯与查理·怀曼三人一行,驾驶四轮马车,带着帐篷、食物、斧头、步枪,还有两条狗,远行至范德比尔特以外的松林平原猎鹿。启程前,莉姿和史密斯太太为他们准备路上吃的,整整忙碌了

① 詹姆斯·G. 布莱恩(James G. Blaine, 1830—1893),美国共和党领袖,曾两任美国国务卿。

② 《托莱多刀锋》(The Toledo Blade),创立于 1835 年,是美国俄亥俄州托莱多市的日报,托莱多市坐落在伊利湖西头,北临密歇根州。

③ 大急流城(Grand Rapids),美国密歇根州的第二大城市,在十九世纪末伐木业巅峰期,成为"家具城"。

四天。莉姿很想特意为吉姆做点儿好吃的带上,可最终还是没有做,因为她不敢问史密斯太太要鸡蛋和面粉,如果她自己买,又担心烤制的时候被史密斯太太看见。其实史密斯太太知道了也没有关系,可莉姿还是害怕。

吉姆远行猎鹿的时候,莉姿时刻都在思念他。他不在的日子真难熬。她因为思念他而睡不好觉,同时,她发现思念他也挺有乐趣。要是她让自己放肆地去想,感觉更好。他们回来前的那天夜里,她彻夜无眠,应该说是她觉得自己没有睡觉,因为一个不眠的梦与事实上有没有睡觉,都搅和在一起而无法分辨了。看见马车从大路上过来时,她感觉虚弱,有点儿倒胃难受。她恨不得马上见到吉姆,好像只要他来了,一切就都会好起来一样。马车在外面的那棵大榆树下停住,史密斯太太和莉姿迎了出去。男人们都生出了大胡子,马车的后箱里载着三只死鹿,细腿僵硬地露出马车边栏的上方。史密斯太太亲吻了 D. J. ,他拥抱了她。吉姆说:"哈罗,莉姿。"他露齿而笑。莉姿不知道吉姆回来以后究竟会怎么样,可她确信一定会有什么事情发生。但什么都还没有发生。只是男人们回来了,仅此而已。吉姆把麻包从一只死鹿的身上扒下来,莉姿看着那些死鹿。有一只大雄鹿。它太僵硬,很难从马车上抬出来。

"是你打死它的吗,吉姆?"莉姿问。

"是呀。它不是一个美丽的造物吗?"吉姆把那只鹿扛在肩上,朝熏肉小屋走去。

那天晚上查理·怀曼留在史密斯饭馆吃晚饭。因为天色太晚而没有回夏利沃。男人们将自己洗净一番,便在前厅等待晚餐。

"那只瓦罐里是不是还剩点儿东西,吉米①?"D.J.史密斯问,吉姆走出去,来到停放在农仓里的马车前,取下男人们打猎时带着的那只威士忌瓦罐。这是一只四加仑的大瓦罐,罐里还有不少酒,在罐底咣当作响。吉姆在回屋的路上喝了一大口。抱着这么大的瓦罐对嘴喝,可不是一件易事,一些威士忌酒在他的前襟上。当吉姆抱着罐子进屋时,两个男人都笑了。D.J.史密斯要酒杯,莉姿把酒杯拿给他们。D.J.斟满了三只酒杯。

"来,这一杯敬你,D.J.。"查理·怀曼说。

"那头该死的大雄鹿,吉米。"D.J.说。

"这一杯为我们没打中的所有的鹿,D.J.。"吉姆说着,一口喝光那一杯。

"配得上一个男人的口味。"

"这个季节没有什么像这玩意儿包治百病啦。"

"再来一杯,孩子们?"

"这就对啦,D.J.。"

"干啦,孩子们。"

"为明年干杯。"

吉姆开始飘然若仙。他喜好威士忌的滋味和感觉。他为回来感到高兴,舒适的床铺、热饭,还有自己的店铺。他又喝了一杯。男人们进餐厅吃晚饭时,都感觉喝高了,但没有半分失态。莉姿把饭菜都摆放好了,便在桌子旁坐下,与史密斯家人一起吃了饭。这是一顿丰盛的晚餐。男人们严肃地吃着。吃完饭,他们又回到前厅里坐下,莉姿和史密斯太太一起收拾

① 吉米(Jimmy)是吉姆(Jim)的昵称。

干净。然后,史密斯太太便上楼了,史密斯很快就从前厅出来,也上楼了。吉姆和查理依然坐在前厅。莉姿坐在厨房里,在靠近火炉的地方假装看书,心里想着吉姆。她还不想睡觉,因为知道吉姆会从前厅出来的,她想看着他离开,这样她就能看到他抬头时的模样,她想带着这个记忆睡觉。

她想他想得很厉害,然后,吉姆出来了。他双眼炯炯,头发有一点儿乱。莉姿低头盯着她的书。吉姆走到她坐的椅子背后,站在那里,她能感觉到他的呼吸,他用胳膊搂住她。她的乳房摸上去丰满、结实,乳头在他的手下坚挺起来。莉姿害怕极了。没有任何人抚摸过她,但她心想,"他终于到我这里来了。他真的来了。"

她绷紧全身,因为她害怕极了,不知道除此之外还能做什么,然后,吉姆把她紧紧地搂靠在椅子背上,吻她。这是如此一种剧烈、疼痛、伤害的感觉,她觉得无法忍受。她能透过椅子背而感觉到吉姆,她无法忍受,接着,她的身体内有什么东西点击了一下,她的感觉变得温暖了一点儿,柔软了一些。吉姆使劲儿地把她搂在椅子背上,她现在要这样了,吉姆轻声说,"走,散步去。"

莉姿从厨房墙壁的销子上取下外衣,他们出了房门。吉姆用胳膊搂着她,每走几步,他们就会停下来,紧贴着对方的身体,吉姆吻她。没有月亮,他们走在沙子深齐脚踝的沙路上,穿过树林,下了坡,来到湾边码头的那个仓库。湖水拍打着木桩,湾区岬地一片漆黑。天很凉,可是莉姿因为与吉姆在一起而浑身发烫。他们坐在仓库的掩蔽处,吉姆把莉姿拉近他的身体。她害怕了。吉姆的一只手伸进了她的衣服里,抚摸她的乳房,另一只手放在她的膝头间。她非常害怕,不知道他接下来还会做什么,但是她紧紧地依偎着他。然后,那只让她感觉很大的手离开了她的膝头,摸到她的大腿上,并且开始往上移动。

"别,吉姆。"莉姿说。吉姆的手继续上滑。

"你不能,吉姆。你不能。"可无论是吉姆,还是吉姆的大手都丝毫不理会她。

她身下的木板很硬。吉姆把她的裙子撸上去,要对她做什么。她害怕了,可她还是想要。她必须要,虽然这令她感到害怕。

"你不能这样,吉姆。你不能。"

"我必须。我就是要。你知道我们要。"

"不,我们不必,吉姆。我们不要。哦,这不对。哦,怎么这么大,疼得很。你不能。哦,吉姆。吉姆。哦。"

码头上的铁杉木板坚硬、粗糙、冰冷,吉姆沉重地压在她的身上,他已经伤了她。莉姿推他,她非常不舒服,浑身酸痛。吉姆睡着了。一动不动。她好不容易从他的身体下面抽出身来,坐起来拉直了裙子和外衣,想办法整理头发。吉姆微张着嘴睡觉。莉姿弯腰,吻了他的脸颊。他依然睡着。她把他的头稍微抬起一点儿,摇了一摇。他头歪向一边,吞咽了一下。莉姿开始哭泣。她走到码头的边缘,低头看着湖水。一阵薄雾从湖湾飘来。她感到寒冷、凄惨,她曾经感觉到的那一切都消失了。她走回吉姆躺着的地方,再一次摇动他,看他究竟怎样了。她哭着。

"吉姆,"她说,"吉姆。求求你,吉姆。"

吉姆动弹了一下,身体蜷缩得更紧了一点儿。莉姿脱下她的外衣,弯腰把外衣给他盖上。她仔细而利落地把外衣裹在他身上披好。然后,她穿过码头,走上陡峭的沙路,回去睡觉了。一阵来自湖湾的寒冷雾气穿过树林袭上来。

于晓红 译

祖国对你说什么?*

　　山路路面坚硬平坦,清早时刻还没尘土飞扬。下面是长着橡树和栗树的丘陵,山下远方是大海。另一边是雪山。

　　我们从山路开过林区下山。路边堆着一袋袋木炭,我们在树丛间看见烧炭人的小屋。这天是星期天,路面蜿蜒起伏,山路地势高,路面不断往下倾斜,穿过一个个灌木林带,穿过一个个村庄。

　　一个个村子外面都有一片片葡萄地。遍地棕色,葡萄藤又粗又密。房屋都是白的,街上的男人穿着盛装,在玩滚木球。有些屋墙边种着梨树,枝丫分叉,挨着粉墙。梨树喷洒过杀虫药,屋墙给喷雾沾上一层金属粉的青绿色。村子周围都有一小块一小块的开垦地,种着葡萄,还有树木。

　　离斯培西亚①二十公里的山上一个村子里,广场上有一群人,一个年轻人提着一只手提箱,走到汽车前,要求我们带他到斯培西亚去。

　　"车上只有两个座位,都坐满了。"我说。我们这辆车是老式福特小轿车。

---

　　*　原文是意大利语。

　　①　意大利西北部港市,海军基地。

"我就搭在门外好了①。"

"你会不舒服的。"

"没关系。我必须到斯培西亚去。"

"咱们要带上他吗?"我问盖伊。

"看来他走定了。"盖伊说。那年轻人把一件行李递进车窗里。

"照应一下。"他说。两个人把他的手提箱捆在车后我们的手提箱上面。他跟大伙儿一一握手,说对一个法西斯党员、一个像他这样经常出门的人来说不会不舒服的,说着就爬上车子左侧的踏脚板,右臂伸进敞开的车窗,钩住车身。

"你可以开了。"他说。人群向他招手。他空着的手也向大家招招。

"他说什么?"盖伊问我。

"说咱们可以开了。"

"他倒真好啊!"盖伊说。

这条路顺河而去。河对面是高山。太阳把草上的霜都晒干了。天气晴朗而寒冷,凉风吹进敞开的挡风玻璃。

"你看他在车外味道怎么样?"盖伊抬眼看着路面。他那边的视线给我们这位乘客挡住了。这年轻人活像船头雕饰似的矗出车侧。他竖起了衣领,压低了帽檐,看上去鼻子在风中受冻了。

"也许他快受不了啦,"盖伊说,"那边正好是个不中用的轮胎。"

"啊,要是我们轮胎放炮他就会离开咱们的,"我说,"他

① 老式汽车车门外有踏脚板可以站立。

不愿弄脏行装。"

"那好,我不管他,"盖伊说——"只是怕碰到车子拐弯他那样探出身子。"

树林过了;路同河分道,上坡了;引擎的水箱开锅了;年轻人看看蒸汽和锈水,神色恼怒疑虑;盖伊两脚踩着高速挡的加速器踏板,弄得引擎嘎嘎响,上啊上啊,来来回回折腾,上去了,终于稳住了。嘎嘎声也停了,刚安静下来,水箱里又咕嘟咕嘟冒泡了。我们就在斯培西亚和大海上方最后一段路的高处。下坡路都是急转弯,几乎没有大转弯。每回拐弯,我们这位乘客身子就吊在车外,差点把头重脚轻的车子拽得翻车。

"你没法叫他别这样,"我跟盖伊说,"这是自卫本能意识。"

"十足的意大利意识。"

"十十足足的意大利意识。"

我们绕着弯下山,开过积得厚厚的尘土,橄榄树上也积着尘土。斯培西亚就在山下,沿海扩展开去。城外道路变得平坦了。我们这位乘客把头伸进车窗。

"我要停车。"

"停车。"我跟盖伊说。

我们在路边慢慢减速。年轻人下了车,走到车后,解开手提箱。

"我在这儿下车,你们就不会因载客惹上麻烦了。"他说,"我的包。"

我把包递给他。他伸手去掏兜儿。

"我该给你们多少?"

"一个子儿也不要。"

"干吗不要?"

"我不知道。"我说。

"那谢谢了。"年轻人说,从前在意大利,碰到人家递给你一份时刻表,或是向你指路,一般都说"谢谢你",或"多谢你了",或"万分感谢你",他却不这样说。他只是泛泛道"谢",盖伊发动车子时,他还多疑地盯着我们。我对他挥挥手。他架子太大,不屑答理。我们就继续开到斯培西亚去了。

"这个年轻人在意大利要走的路可长着呢。"我跟盖伊说。

"得了吧,"盖伊说,"他跟咱们走了二十公里啦。"

斯培西亚就餐记

我们开进斯培西亚找个地方吃饭。街道宽阔,房屋轩敞,都是黄的。我们顺着电车轨道开进市中心。屋墙上都刷着墨索里尼瞪着眼珠的画像,还有手写的 Vivas① 这字,两个黑漆的 V 字墨迹沿墙一路往下滴。小路通往海港。天气晴朗,人们全出来过星期日。铺石路面洒过水,尘土地面上一片片湿迹。我们紧靠着街沿开车,避开电车。

"咱们到那儿简单吃一顿吧。"盖伊说。

我们在两家饭店的招牌对面停车。我们站在街对面,我正在买报。两家饭店并排挨着。有一家店门口站着个女人冲我们笑着,我们就过了马路进去。

里面黑沉沉,店堂后面一张桌旁坐着三个姑娘和一个老

---

① 意大利语:万岁。

太婆。我们对面一张桌旁坐着一个水手。他坐在那儿不吃不喝。再往后一张桌子有个穿套蓝衣服的青年在写字。他的头发晶光油亮，衣冠楚楚，仪表堂堂。

亮光照进门口，照进橱窗，那儿有个玻璃柜，里面陈列着蔬菜、水果、牛排和猪排。一个姑娘上来请我们点菜，另一个姑娘就站在门口。我们注意到她的家常便服里什么也没穿。我们看菜单时请我们点菜的那姑娘就伸出胳臂搂住盖伊的脖子。店里一共有三个姑娘，大家轮流去站在门口。店堂后面桌旁那个老太婆跟她们说话，她们才重新坐下陪着她。

店堂里面只有通到厨房里的一道门。门口挂着门帘。请我们点菜的那姑娘端了通心面从厨房里进来。她把通心面放在桌上，还带来一瓶红酒，然后在桌边坐下。

"得，"我跟盖伊说，"你要找个地方简单吃一顿。"

"这事不简单了。复杂了。"

"你们说什么？"那姑娘问，"你们是德国人吗？"

"南德人，"我说，"南德人是和善可亲的人。"

"不明白。"她说。

"这地方究竟怎么搞的？"盖伊问，"我非得让她胳臂搂住我脖子不可吗？"

"那可不，"我说，"墨索里尼不是取缔妓院了吗？这是家饭店。"

那姑娘穿件连衣裙。她探过身去靠着桌子，双手抱胸，面带笑容。她半边脸的笑容好看，半边脸的笑容不好看，她就把半边好看的笑容冲着我们。不知怎的，正如温热的蜡会变得柔润一样，她半边鼻子也变得柔润了，那半边好看的笑容也就魅力倍增。话虽这么说，她的鼻子看上去并不像温热的蜡，而是非常冷峻、坚定,只是略见柔润而已。"你喜欢我吗?"她问盖伊。

"他很喜欢你,"我说,"可是他说不来意大利话。"

"我会说德国话①。"她说,一边捋捋盖伊的头发。

"用你的本国话跟这女人说说吧,盖伊。"

"你们从哪儿来?"女人问。

"波茨坦。"

"你们现在要在这里待一会儿吗?"

"在斯培西亚这块宝地吗?"我问。

"跟她说咱们一定得走,"盖伊说,"跟她说咱们病重,身边又没钱。"

"我朋友生性厌恶女人,"我说,"是个厌恶女人的老派德国人。"

"跟他说我爱他。"

我跟他说了。

"闭上你的嘴,咱们离开这儿好不好?"盖伊说。这女人另一条胳臂也搂住他脖子了。"跟他说他是我的。"她说。我跟他说了。

"你让咱们离开这儿好不好?"

"你们吵架了,"女人说,"你们并不互爱。"

"我们是德国人,"我自傲地说,"老派的南德人。"

"跟他说他是个俊小子。"女人说。盖伊三十八岁了,对自己被当成一个法国的流动推销员倒也有几分得意。"你是个俊小子。"我说。

$\wwwwwwww$

① 原文是德语。

"谁说的?"盖伊问,"你还是她?"

"她说的。我只是你的翻译罢了。你要我陪你出门不是做你的翻译吗?"

"她说的就好了,"盖伊说,"我就没想要非得在这儿跟你也分手。"

"真没想到。斯培西亚是个好地方。"

"斯培西亚,"女人说,"你们在谈斯培西亚。"

"好地方啊。"我说。

"这是我家乡,"她说,"斯培西亚是我老家,意大利是我祖国。"

"她说意大利是她祖国。"

"跟她说看来意大利是她祖国。"盖伊说。

"你们有什么甜食?"我问。

"水果,"她说,"我们有香蕉。"

"香蕉倒不错,"盖伊说,"香蕉有皮。"

"哦,他吃香蕉。"女人说。她搂住盖伊。

"她说什么?"他把脸转开说。

"她很高兴,因为你吃香蕉。"

"跟她说我不吃香蕉。"

"先生说他不吃香蕉。"

"哦,"女人扫兴地说,"他不吃香蕉。"

"跟她说我每天早上洗个凉水澡。"盖伊说。

"先生每天早上洗个凉水澡。"

"不明白。"女人说。

我们对面那个活道具般的水手一动也不动。这地方的人谁也不去注意他。

"我们要结账了。"我说。

"啊呀,别。你们一定得留下。"

"听我说,"仪表堂堂的青年在他写字的餐桌边说,"让他们走吧。这两个人一文不值。"

女人拉住我手。"你不留下?你不叫他留下?"

"我们得走了,"我说,"我们得到比萨①去,办得到的话,今晚到翡冷翠②去。我们到夜里就可以在那里玩乐了。现在是白天。白天我们必须赶路。"

"待一小会儿也好嘛。"

"白天必须赶路。"

"听我说,"仪表堂堂的青年说,"别跟这两个多费口舌了。老实说,他们一文不值,我有数。"

"来账单。"我说。她从老太婆那儿拿来了账单就回去,坐在桌边。另一个姑娘从厨房里出来。她径直走过店堂,站在门口。

"别跟这两个多费口舌了,"仪表堂堂的青年厌烦地说,"来吃吧。他们一文不值。"

我们付了账,站起身。那几个姑娘,老太婆和仪表堂堂的青年一起坐在桌边。活道具般的水手双手蒙住头坐着。我们吃饭时始终没人跟他说话。那姑娘把老太婆算给她的找头送给我们,又回到桌边自己的座位上去。我们在桌上留下小费就出去了。我们坐在汽车里,准备发动时,那姑娘出来,站在门口。我们开车了,我对她招招手。她没招手,只是站在那儿目送我们。

---

① 意大利西北部古城,以斜塔闻名于世。
② 即意大利中部城市佛罗伦萨。

雨　后

　　我们开过热那亚郊区时雨下大了,尽管我们跟在电车和卡车后面开得很慢,泥浆还是溅到人行道上,所以行人看见我们开来都走进门口去。在热那亚市郊工业区竞技场码头,有一条双车道的宽阔大街,我们顺着街心开车,免得泥浆溅在下班回家的人们身上。我们左边就是地中海。大海奔腾,海浪飞溅,海风把浪花吹到车上。我们开进意大利时,路过一条原来宽阔多石而干涸的河床,现在滚滚浊水一直漫到两岸。褐色的河水搅浑了海水,海浪碎成浪花时才变淡变清,黄褐色的水透着亮,被大风刮开的浪头冲过了马路。

　　一辆大汽车飞驶而过,溅起一片泥浆水,溅到我们的挡风玻璃和引擎的水箱上。自动挡风玻璃清洗器来回摆动,在玻璃上抹上薄薄一层。我们停了车,在塞斯特里饭店吃饭。饭店里没有暖气,我们没脱衣帽。我们透过橱窗看得见外面的汽车。车身溅满泥浆,就停在几条拖上岸不让海浪冲到的小船边。在这家饭店里,你还看得见自己呼出来的热气。

　　意大利通心面味道很好,酒倒有股明矾味,我们在酒里掺了水。后来跑堂的端来了牛排和炸土豆。饭店远头坐着一男一女。男的是中年人,女的还年轻,穿身黑衣服。吃饭时她一直在湿冷的空气中呼出热气。男人看着热气,摇摇头。他们光吃不说话,男人在餐桌下拉她一只手。她长得好看,两人似乎很伤心。他们随身带了一个旅行包。

　　我们带着报纸,我对盖伊大声念着上海战斗的报道。饭后,他留下跟跑堂的打听一个饭店里并不存在的地方,我用一块抹布擦净了挡风玻璃、车灯和执照牌。盖伊回到车上来,我们就把车倒出去,发动引擎。跑堂的带了他走过马路,走进一幢旧屋子。屋子里的人起了疑心,跑堂的跟盖伊留下让人家看看什么东西都没偷走。

"虽然我不知道怎么回事,因为我不是个修水管的,他们就以为我偷什么东西了。"盖伊说。

我们开到城外一个海岬,海风袭击了汽车,差点儿把车子刮翻。

"幸亏风是从海上刮来的。"盖伊说。

"说起来,"我说,"海风就是在这一带什么地方把雪莱刮到海里淹死的。"

"那是在靠近维亚瑞吉奥①的地方,"盖伊说,"你还记得咱们到这地方的目的吗?"

"记得,"我说,"可是咱们没达到啊。"

"咱们今晚可没戏唱了。"

"咱们能开过文蒂米格利亚②就好了。"

"咱们瞧着办吧。我不喜欢在这海岸上开夜车。"这时正是刚过午后不久,太阳出来了。下面,大海蓝湛湛的,挟着白帽浪滚滚流向萨沃纳③。后面,岬角外,褐色的河水和蓝色的海水汇合在一起。在我们前方,一艘远洋货轮正向海岸驶来。

"你还看得见热那亚吗?"盖伊问。

"啊,看得见。"

"开到下一个大海岬就遮掉看不见了。"

~~~~~~~~~~

① 意大利北部渔业中心,沿第勒尼安海,雪莱淹死后葬此。
② 意大利西北部城市。
③ 意大利西北部港市。

"咱们暂时还可以看见它好一阵子。我还看得见它外面的波托菲诺海岬①呢。"

我们终于看不见热那亚了。我们开出来时,我回头看看,只见大海;下面,海湾里,海滨停满了渔船;上面,山坡上,一个城镇,海岸线远处又有几个海岬。

"现在看不见了。"我对盖伊说。

"哦,现在早就看不见了。"

"可是咱们没找到出路前还不能肯定。"

有一块路标,上面有个 S 形弯道的图标和注意环岬弯道的字样。这条路环绕着海岬,海风刮进挡风玻璃的裂缝。海岬下面,海边有一片平地,海风把泥浆吹干了,车轮开过扬起一阵尘土。在平坦的路上,车子经过一个骑自行车的法西斯分子,他背上枪套里有一把沉甸甸的左轮手枪。他霸住路中心骑车,我们开到外档来让他。我们开过时他抬头看看我们。前面有个铁路闸口,我们朝闸口开去,闸门刚下来。

我们等开闸时,那法西斯分子骑车赶上了。火车开过了,盖伊发动引擎。

"等一等,"骑自行车那人在我们汽车后面大喝一声说,"你们的牌照脏了。"

我掏出一块抹布。吃午饭时牌照已经擦过了。

"你看得清了。"我说。

"你这么认为吗?"

"看啊。"

"我看不清。脏了。"

---

① 地中海上一个渔港,意大利西北部利古里亚区的小城。

我用抹布擦了擦。

"怎么样?"

"二十五里拉。"

"什么?"我说,"你看得清了。只是路上这么样才弄脏的。"

"你不喜欢意大利的道路?"

"路脏。"

"五十里拉。"他朝路上啐了一口,"你车子脏,你人也脏。"

"好吧。开张收条给我,签上你名字。"

他掏出一本收据簿,一式两份,中间还打眼,一份交给罚款人,另一份填好留作存根。不过罚款单上填什么,下面可没有复写副本留底。

"给我五十里拉。"

他用擦不掉笔迹的铅笔写了字就撕下条子,把条子交给我。我看了一下。

"这是一张二十五里拉的收据。"

"搞错了。"他说着就把二十五里拉的收据换成五十里拉的。

"还有另一份。在你留底那份填上五十。"

他赔了一副甜甜的意大利笑容,在存根上写了些字,捏在手里,我看不见。

"趁你牌照没弄脏,走吧。"他说。

天黑后我们开了两个小时,当晚在蒙托内①住宿。那里

_____

① 意大利北部城市,濒临蒙托内河。

看上去舒适可爱,干净利落。我们从文蒂米格利亚,开到比萨和佛罗伦萨,过了罗马涅①,开到里米尼②,回来开过弗利③,伊莫拉④,博洛尼亚⑤,帕尔马⑥,皮亚琴察⑦和热那亚,又开到文蒂米格利亚。整个路程只走了十天。当然,在这么短促的旅途中,我们没有机会看看当地或老百姓的情况怎么样。

陈良廷 译

---

① 意大利历史地区,在意大利北部,东临亚得里亚海,现包括在艾米利亚—罗马涅区内。
② 意大利北部城市,位于圣马力诺东北的马雷基亚河。
③ 意大利北部城市,位于亚平宁山脉东北麓,临蒙托内河。
④ 意大利北部城市,罗马古城。
⑤ 一译波伦亚,意大利北部城市,艾米利亚—罗马涅区首府。
⑥ 意大利北部城市,位于波河平原南侧。
⑦ 意大利北部城市,位于波河南岸。

印第安人营地

在湖畔,另外一条桨船靠岸。两个印第安人站立等候。

尼克和他的父亲坐进船艄,印第安人将船推离岸边,其中一个跳上船来摇桨。乔治叔叔坐进刚从营地来的那条桨船的船艄里。年轻的印第安人将那条营地桨船推启,然后跳上船,为乔治叔叔摇桨。

两条船在黑暗中行驶着。迷雾中,根据另外一条船的桨架声,尼克听出它已经远远地超在他们的前头。两个印第安人急促地摇桨。父亲的臂膀搂着尼克,使他感觉放松。水面上很冷。为他们摇船的印第安人奋力摇桨,可另外那条船在迷雾中一直遥遥领先。

"我们去哪里,爸?"尼克问。

"去那边的印第安人营地。那里有一位病重的印第安女士。"

"哦。"尼克说。

在湖滨的一边,他们发现另外那条船已经停放在沙滩上了。乔治叔叔正在黑暗中吸雪茄。年轻的印第安人把小船拖到离水很远的沙滩上。乔治叔叔给两个印第安人都发了雪茄。

跟着那个提一盏灯笼的年轻印第安人,他们走上沙滩,穿过浸透露水的草地。然后进入树林,沿一条小路走上了用于伐木的大路,大路迂回绕进了山里。伐木大路两旁的木材都已被砍伐,因此路途敞亮多了。年轻的印第安人停下来,吹灭了他的灯笼,他们一行沿大路走着。

来到一个拐弯处,一条狗跑出来狂吠。前方出现了来自窝棚的灯光,那里住着剥树皮①的印第安人。又有几条狗朝他们冲来。两个印第安人把狗轰回窝棚。灯光从最靠近大路的那个窝棚的窗户里泄出。一个老女人手提一盏油灯,站在门口。

窝棚内,一位年轻的印第安女人躺在木头双层床的下铺。她正在分娩中,已经有两天了。营地里所有的老女人都来帮助她。男人们早就挪到大路的高处,坐在黑暗中,在听不见分娩女人的声音的地方抽烟。尼克和两个印第安人跟着父亲和乔治叔叔进入窝棚时,女人正在尖叫。她躺在双层床的下铺,被子盖着她硕大的肚皮。她的头转向一旁。上铺上躺着她的丈夫。三天前,他的斧头伤着了自己的脚。他正拿着烟斗抽烟。屋里的气味非常难闻。

尼克的父亲指示在炉子上烧热水,水正烧着的时候,他跟尼克说话。

"这位夫人正在生孩子,尼克。"他说。

"我知道。"尼克说。

"你不知道,"父亲说,"听我说。她现在经历的这个过程叫作分娩。婴儿要出世,她也想让婴儿出生。她身体的每一

---

① 剥树皮(bark peeling)是早期伐木业中的一道工序,苦力们用简陋的工具将砍伐的树木就地剥皮、除去不成材的旁枝,加工成圆木以便运输。

块肌肉都在运作,目的是将婴儿生出来。她尖叫的时候,就是这个过程的运作。"

"我明白了。"尼克说。

正在这个时候,女人尖声喊叫。

"哦,爸爸,你就不能给她点儿什么,让她别大喊大叫吗?"尼克问。

"不。我没有任何麻醉剂,"父亲说,"可她的喊叫不重要。我听不见,因为这个不重要。"

躺在上铺的丈夫翻了个身,脸冲着墙。

厨房里的那个女人向医生示意,水已经烧热了。尼克的父亲走进厨房,将大水壶里的半壶水倒进一只水盆。他解开一只手帕包裹,将里面的一些东西放入水壶里的热水中。

"一定要把它们煮开。"他说,开始用从营地带来的一块肥皂在热水盆里洗手。尼克看着父亲用肥皂反复地搓擦双手。父亲一边非常仔细而彻底地洗手,一边说话。

"你看,尼克,婴儿出生时应该是头先出来,可有时并非如此。若不是头先出来,就给每个人都造成许多麻烦。也许,我不得不给这位夫人做手术。再过一会儿,我们就知分晓了。"

他把手洗得满意了,就进屋开始工作。

"把被子拉下来,劳驾,乔治?"他说,"我最好别碰着它。"

后来,当他开始手术的时候,乔治叔叔和三个印第安男人同时按服那女人,不让她动。她咬了乔治叔叔的胳膊,乔治叔叔说,"该死的土佬婊子!"刚才为乔治叔叔摇船的那个年轻的印第安人冲着他笑。尼克为父亲端着水盆。这一切需要很长的时间。父亲拎出婴儿来拍打,让他开始呼吸,然后便把他交给那个老女人。

"看,是个男孩,尼克,"他说,"作为实习生,你感觉如何?"

尼克说:"还行。"他一直扭着头,不愿看父亲在做什么。

"好。这个归那儿。"父亲说着,把什么东西放进了水盆里。

尼克没有看那是什么。

"现在,"父亲说,"是需要缝几针的时候了。你看不看,尼克,随便你。我要把我切的刀口缝合起来。"

尼克没有看。他的好奇心早就荡然无存。

父亲缝完后,挺直了腰板。乔治叔叔和三个印第安男人也站了起来。尼克端着水盆去了厨房。

乔治叔叔看着自己的胳膊。那个年轻的印第安人回味着刚才的情景,笑了。

"我会在上面放点儿双氧水,乔治。"医生说。他朝印第安女人弯着腰。现在她安静下来,闭着眼睛。脸色看上去非常苍白。她不知道婴儿怎么样了,什么都不知道。

"早上我会回来看看,"医生一边说,一边站起来,"从圣伊尼亚斯①来的护士将在中午前到达,她会带来我们所需的一切。"

他感觉得意并且健谈,就像橄榄球运动员比赛后在更衣室里那样的兴奋。

"这一例可以上医学杂志了,乔治,"他说,"用一把口袋

---

① 圣伊尼亚斯(St. Ignace)位于美国密歇根州的北部休伦湖畔,离故事发生的地方还有相当远的距离。

折叠刀做剖腹产,九英尺长的锥形鱼线缝针。"

乔治叔叔靠墙站着,看着自己的胳膊。

"啊,你真是一个了不起的人,行了吧。"他说。

"该看一看骄傲的父亲怎么样了。在这种微不足道的小事上,他们往往是最糟糕的承受者,"医生说,"可我不得不承认他很平静地面对了这一切。"

医生将盖在那个印第安人头上的毛毯拉开。他那缩回来的手是湿乎乎的。医生手提油灯,脚踩下铺,朝上铺张望。那个印第安人脸朝着墙躺着。脖子上有一条长及双耳的刀口。血液流到被他的身体压塌陷的地方,积成一潭。他的头枕在左臂上。一把打开的折叠刮胡刀,刀刃朝上,躺在毛毯里。

"把尼克带到窝棚外面去,乔治。"医生说。

这已经没有必要了。尼克站在厨房的门口时,父亲正一手提灯,一手将印第安男人的头翻转过来,他刚好把上铺的一切看得清清楚楚。

当他们沿着伐木大路走回湖边时,天刚破晓。

"我非常抱歉把你带来了,尼基①。"父亲说,他手术后兴奋已经荡然无存。"让你遭受了如此糟糕的经历。"

"女士们生孩子总是这么难吗?"尼克问。

"不,这是非常、非常例外的一例。"

"那人为什么要自杀,爸爸?"

"我不知道,尼克。他无法忍受,我猜。"

"许多男人自杀吗,爸爸?"

"不是很多,尼克。"

---

① 尼基(Nickie)是尼克(Nick)的昵称。

"那很多女人呢?"

"几乎不。"

"她们从来不自杀吗?"

"哦,不。她们有时也自杀。"

"爸爸?"

"嗯。"

"乔治叔叔到哪里去了?"

"他会没事的。"

"死很难吗,爸爸?"

"不,我认为相当容易,尼克。这要看情况。"

他们坐在船上,尼克坐在船艄,父亲摇桨。太阳已经升上了山顶。一条鲈鱼跳出水面,落回湖里时砸出一圈水波。尼克把手伸进湖水里。在清晨刺骨的寒冷中,湖水令他感觉温暖。

坐在由父亲摇桨的船艄里,行驶在清早的湖面上,他感觉十分肯定,他永远不会死的。

于晓红 译

美国太太的金丝雀

火车飞驶过一长排红石头房子,房子有个花园,四棵茂密的棕榈树,树荫下有桌子。另一边是大海。接着有一条路堑穿过红石和泥土间,大海就只是偶尔跃入眼帘了,而且远在下面,紧靠岩礁。

"我在巴勒莫①买下它的,我们在岸上的时间只有一个小时,那天是星期天早上。这人要求付美元,我就给了他一块半美元。它唱得可好听呢。"美国太太说。

火车上好热,卧铺车厢里好热。窗子敞开也没有风吹进来。美国太太把百叶窗拉下,就此再也看不见大海了,连偶尔也看不见了。另一边是玻璃,外面是过道,对面是一扇开着的窗,窗外是灰不溜秋的树木,一条精光溜滑的路,一片片平展展的葡萄田,后面有玄武石丘陵。

许多高高的烟囱冒着烟——火车开进马赛,减低速度,沿着一条铁轨,穿越许多条其他铁轨,进了站。火车在马赛站停靠二十五分钟,美国太太买了一份《每日邮报》、半瓶埃维矿泉水。她沿着站台走了一小段路,不过她紧挨着火车踏级那

———————

① 意大利西西里首府,位于西西里岛西北部。

一面,因为在戛纳①,火车停靠十二分钟,没发出开车信号就开了,她好容易才及时上了车。美国太太耳朵有点儿背,她生怕发出了开车信号自己听不见。

火车离开了马赛站,不但调车场和工厂的烟都落在后面,回头一看,连马赛城和背靠石头丘陵的海港,以及水面上的夕阳余晖都落在后面。天快黑时,火车开过田野一所着火的农舍。沿路停着一排汽车,农舍里搬出来的被褥衣物都摊在田野上。许多人在观看火烧房子。天黑后,火车到了阿维尼翁②。旅客上上下下。准备回巴黎的法国人在报摊上买当天的法国报纸。站台上有黑人士兵。他们穿着棕色军装,个子高大,紧挨着电灯光下,脸庞照得亮堂堂。他们的脸很黑,个子高得没法逼视。火车离开阿维尼翁站,黑人还站在那儿。有个矮小的白人中士跟他们在一起。

卧铺车厢里,乘务员把壁间三张床铺拉下来,铺开准备让旅客睡觉。夜里,美国太太躺着,睡不着觉,因为火车是快车,开得很快,她就怕夜里的车速快。美国太太的床靠着窗。从巴勒莫买来的金丝雀,笼子上盖着块布,挂在去洗手间的过道上通风处。车厢外亮着盏蓝灯,火车通宵开得飞快,美国太太醒着,等待撞车。

早上,火车开近巴黎了,美国太太从洗手间里出来,尽管没睡,气色还是很好,一看就是个半老的美国妇女,她拿下鸟笼上的布,把笼子挂在阳光下,就回到餐车里去用早餐。她再回到卧铺车厢时,床铺已经推回壁间,弄成座位,在敞开的窗

① 法国东南部港市,旅游胜地。
② 法国南部沃克吕兹省首府。

子照进来的阳光里,金丝雀在抖动羽毛,火车离巴黎更近了。

"它爱太阳,"美国太太说,"它一会儿就要唱了。"

金丝雀抖动羽毛,啄啄毛。"我一向爱鸟,"美国太太说,"我把它带给我的小女儿。瞧——它在唱了。"

金丝雀唧唧喳喳唱了,竖起喉间的羽毛,接着凑下嘴又啄羽毛了。火车开过一条河,开过一片精心护养的森林。火车开过许多巴黎郊外的城镇。镇上都有电车,迎面只见墙上有贝佳妮、杜博涅和潘诺等名酒的大幅广告画。看来火车开过这一切时似乎是在早餐前。我有好几分钟没听那个美国太太同我妻子说话。

"你丈夫也是美国人吧?"那位太太问。

"是的,"我妻子说,"我们俩都是美国人。"

"我还以为你们是英国人呢。"

"哦,不是。"

"也许因为我用背带的缘故。"我说。我原想开口说吊带,后来为了保持我的英国特色,才改了口说背带①。美国太太没听见。她耳朵真是背极了;她看人家嘴唇动来辨别说话的意义,我没朝她看。我望着窗外呢。她径自同我妻子说话。

"我很高兴你们是美国人。美国男人都是好丈夫。"美国太太说着,"不瞒你说,所以我们才离开大陆。我女儿在沃韦②爱上一个男人。"她停了一下,"他们疯狂地爱上了。"她又停了一下,"我当然把她带走了。"

"她断念了没有?"我妻子问。

---

① 英国男子长裤上常系用背带(braces),此字在美国称为吊带(suspenders)。

② 瑞士西部城镇,在日内瓦湖东岸,洛桑和蒙特勒之间。

"我看没有，"美国太太说，"她根本不吃也不睡。我想尽办法，可是她似乎对什么都不感兴趣。她对世事不闻不问。我不能把她嫁给外国人啊。"她顿了一下，"有个人，是个很好的朋友，有一回告诉我，'外国人做不了美国姑娘的好丈夫。'"

"对，"我妻子说，"我看做不了。"

美国太太称赞我妻子的旅装，原来这位美国太太二十年来也是一直在圣昂诺路这家裁缝店买衣服的。店里有她的身架尺寸，有个熟悉她、知道她口味的店员替她挑选衣服，寄到美国去。衣服寄到纽约她所在住宅区附近的邮局，关税一点儿也不算高，因为邮局当场打开来看，式样总是很朴素，没有金边，也没有装饰品，看不出衣服是贵重服装。现在的店员名叫泰雷兹，从前一个叫阿梅莉。二十年来一共就只用过这两个。裁缝也始终是一个。可是，价钱倒上涨了。不过，外汇兑换还是相等。现在店里也有她女儿的身架尺寸了。她成人了，现在尺寸不大有变化的可能了。

火车这会儿进入巴黎了。防御工事都夷为平地了，不过野草还没长出来。铁轨上停着许多节车厢——棕色木头的餐车、棕色木头的卧铺车，要是那列车还在当晚五点钟发车的话，这些车厢就都要拉到意大利去；这些车厢上都标着巴黎—罗马，还有定时来往市区和郊区间的车皮，车顶上安着座位，座位上和车顶上都是人，过去如此，现在还是如此。火车经过粉墙和许多房屋的窗子。早餐什么都没得吃。

"美国人做丈夫最好。"美国太太跟我妻子说。我正往下拿行李包。"美国男人是世界上唯一值得嫁的人。"

"你离开沃韦有多久了？"我妻子问。

"到今年秋天就两年了。不瞒你说，我就是把金丝雀带去给她的。"

"你女儿爱上的人是瑞士人吗?"

"是的,"美国太太说,"他出身沃韦一个很好的门第。他就要当工程师了。他们在沃韦相遇。他们经常一起散步走远路。"

"我熟悉沃韦,"我妻子说,"我们在那儿度过蜜月。"

"真的吗? 那一定很美。当然,她爱上他,我也没意见。"

"那是个很可爱的地方。"我妻子说。

"是啊,"美国太太说,"可不是吗? 你们住在哪儿?"

"我们住在三冠饭店。"我妻子说。

"那是家高级的老饭店。"美国太太说。

"是啊,"我妻子说,"我们租了间很讲究的房间,秋天里这地方真可爱。"

"你们秋天在那儿?"

"是的。"我妻子说。

火车开过三节出事的车皮。车皮都四分五裂了,车顶也凹了进去。

"瞧,"我说,"出过事了。"

美国太太瞧了瞧,看见最后一节车。"我整夜就担心出这事,"她说,"我往往有可怕的预感。我今后夜里决不乘坐快车了。一定还有别班开得不这么快的舒服火车。"

这时火车开进里昂车站的暗处,停下了,乘务员走到窗口前。我从窗口递下行李包,我们下车来到暗沉沉的站台上,美国太太就找了科克斯旅行社①三个人员中的一个,那人说,

---

① 科克斯旅行社是世界著名旅行社,全称为托马斯·科克斯旅行社。

"等一下，太太，我要查一下你的姓名。"

乘务员提着一只箱子，堆在行李上，我妻子跟美国太太告了别，我也跟她告了别，科克斯旅行社的人在一叠打字纸中的一页上找到她的姓名，又把那叠纸放回口袋里了。

我们跟随提着箱子的乘务员走到火车旁的一长溜水泥站台上。站台尽头有扇门，一个人收了车票。

我们回到巴黎去办理分居手续。

陈良廷 译

追 车 比 赛

　　威廉·坎贝尔从匹茨堡①那时起,就一直跟着一个杂耍班子投入追车比赛了。在追车比赛中,赛车手之间隔开相等的距离相继出发,骑着自行车比赛。他们骑得很快,因为比赛往往只限于短程,如果骑得慢,另一个保持车速的赛车手就会把出发时彼此相等的差距拉平。一个赛车手只要被人赶上超过,就得退出比赛,下车离开跑道。如果比赛中没人被赶上,距离拉得最长的就是优胜者。在大多数追车比赛中,如果只有两个赛车手的话,其中一个跑不到六英里就被追上了。杂耍班子在堪萨斯城②就赶上了威廉·坎贝尔。

　　威廉·坎贝尔原来希望在杂耍班子到达太平洋沿岸前略略领先于他们。只要他作为打头阵的人,领先到达,就付给他钱。但当杂耍班子赶上他时,他已经睡觉了。杂耍班子经理走进他房里时,他就睡在床上,经理走后,他打定主意索性赖在床上了。堪萨斯城很冷,他不忙着出去。他不喜欢堪萨斯城。他伸手到床下拿了瓶酒喝。喝了肚子好受些。杂耍班子经理特纳先生刚才不肯喝。

---

① 美国东北部重要工业城市,宾夕法尼亚州西部俄亥俄河的港口。
② 美国密苏里州西北部工商业城市,位于密苏里河岸,同河西堪萨斯州的堪萨斯城以及东边一些城市合并为大堪萨斯城。

威廉·坎贝尔同特纳先生的会见本来就有点儿怪。特纳先生敲了门。坎贝尔说:"进来!"特纳先生进屋,看见一张椅子上放着衣服,一只敞开的手提箱,床边一张椅子上搁着一瓶酒,有个人盖着被蒙头蒙脸躺在床上。

"坎贝尔先生。"特纳先生说。

"你不能解雇我。"威廉·坎贝尔在被窝里说。被窝里暖和,一片雪白,密不通风。"你不能因为我下了车就解雇我。"

"你醉了。"特纳先生说。

"嗯,对。"威廉·坎贝尔直接贴着被单说话,嘴唇挨到被单布料子。

"你是个糊涂虫。"特纳先生说。他关掉电灯。电灯通宵都亮着。眼下是上午十点了。"你是个酒糊涂。你几时进城的?"

"我昨晚进城的。"威廉·坎贝尔贴着被单说。他发现自己喜欢隔着被单说话。"你隔着被单说过话没有?"

"别逗了。你并不逗。"

"我不是在逗。我只是隔着被单说话。"

"你是隔着被单说话,没错。"

"你可以走了,特纳先生,"坎贝尔说,"我不再为你工作了。"

"这你反正知道了。"

"我知道的事多着呢。"威廉·坎贝尔说。他拉下被单,瞧着特纳先生。"我知道的事多得很,所以根本不屑看你。你想要听听我知道的事吗?"

"不要。"

"好,"威廉·坎贝尔说,"因为我其实什么事都不知道。

我只是说说罢了。"他又拉上被单蒙住脸。"我喜欢在被单下说话。"他说。特纳先生站在他床边。他是个中年人,大肚子,秃脑瓜,他有好多事情要做呢。"你应当在这里歇一阵子,比利①,治疗一下,"他说,"如果你想要治疗,我会去安排的。"

"我不要治疗,"威廉·坎贝尔说,"我根本不要治疗。我完全过得快快活活。我一辈子都过得快快活活的。"

"你这样有多久了?"

"什么话啊!"威廉·坎贝尔隔着被单呼吸。

"你喝醉有多久了,比利?"

"难道我没做好我的工作吗?"

"哪儿呀。我只是问你喝醉有多久了,比利。"

"我不知道。可是我的狼回来了。"他用舌头舔舔被单,"我的狼回来一星期了。"

"见你的鬼。"

"哦,是的。我的宝贝狼。我每次喝酒它都走到屋外。它受不了酒精味儿。可怜的小家伙。"他在被单上用舌头画圈儿。"它是条可爱的狼。就像一贯那样。"威廉·坎贝尔闭上眼,深深吸口气。

"你得治疗一下,比利。"特纳先生说,"你不会反对基利②的。效果不坏。"

"基利,"威廉·坎贝尔说,"离开伦敦不远啊③。"他闭上

---

① 比利是威廉的爱称。
② 基利在此处指基利疗法,是美国著名医生莱斯利·基利(1832—1900)在1879年起致力研究并推广的一种专治吸毒与酒精中毒患者的疗法。
③ 威廉·坎贝尔把基利误作地名,所以说离开伦敦不远。

眼,又睁开眼,眼睫贴着被单眨巴眨巴。"我就爱被单。"他说。他瞧着特纳先生。

"听着,你当我喝醉了。"

"你是喝醉了。"

"不,我没醉。"

"你喝醉了,你还得了震颤性谵妄症。"

"不。"威廉·坎贝尔把被单裹住脑袋。"宝贝被单。"他说。他轻轻贴着被单呼吸。"漂亮的被单,你爱我吧,被单?这都包括在房租里了。就跟在日本一样。不,"他说,"听着,比利,亲爱的滑头比利,我有一件意想不到的事跟你讲。我没喝醉。我乍看起来胡话连篇。"

"不。"特纳先生说。

"瞧一瞧。"威廉·坎贝尔在被单下拉起睡衣的右袖,然后伸出右前臂。"瞧这。"前臂上,从手腕到肘拐儿,在深蓝色的小孔周围都是蓝色的小圈。小圈几乎一个挨着一个。"那是新鲜玩意儿,"威廉·坎贝尔说,"我现在偶尔喝一点儿,把那狼赶出屋外。"

"他们有治疗这病的办法。""滑头比利"特纳说。

"不,"威廉·坎贝尔说,"他们什么病的治疗办法都没有。"

"你不能就此这样罢休,比利。"特纳说。他坐在床上。

"小心我的被单。"威廉·坎贝尔说。

"你这样的年龄可不能就此罢休,因为走投无路就此老往身子里注满那玩意儿。"

"有明文禁止。你就是这个意思吧。"

"不,我意思是说你得斗到底。"

比利·坎贝尔用嘴唇和舌头亲亲被单。"宝贝被单,"他说,"我可以吻这被单,同时还能透过被单看外面。"

"别再胡扯被单了。你不能光是迷上那玩意儿,比利。"

威廉·坎贝尔闭上眼。他开始感到有点儿恶心了。他知道在用某种办法把它压下去之前,要是没有什么可以缓解的,那么这股恶心就会不断加剧。就在这个节骨眼上,他建议特纳先生喝一杯。特纳先生谢绝了。威廉·坎贝尔就从酒瓶里倒一杯喝下去。这是个临时措施。特纳先生眼巴巴看着他。特纳先生在这间屋里待的时间比原定的长多了,他有好多事要做;虽然他日常同吸毒的人打交道,可是他对毒品深恶痛绝,他很喜欢威廉·坎贝尔;他不想扔下对方。他为威廉感到难受,觉得治疗一下有好处。他知道堪萨斯城治疗条件好。可是他不得不走了。他站起身。

"听着,比利,"威廉·坎贝尔说,"我要告诉你些事儿。你叫作'滑头比利'。因为你会滑。我只叫比利。因为我根本不会滑。我不会滑,比利。我不会滑。只是卡住了。我每试一回,总是卡住。"他闭上眼睛。"我不会滑,比利。如果你不会滑可真要命。"

"是啊。""滑头比利"特纳说。

"什么是啊?"威廉·坎贝尔瞧着他。

"你那么说啊。"

"不,"威廉·坎贝尔说,"我没说。这一定搞错了。"

"你刚才说滑。"

"不。不会谈到滑的。不过,听着,比利,我告诉你一个秘密。别离开被单,比利。避开女人,避开马,还有,还有——"他停一下,"——鹰,比利。如果你爱马,就会得到马——如果你爱鹰,就会得到鹰——"他停下了,把脑袋蒙在被单下。

"我得走了。""滑头比利"特纳说。

"如果你爱女人,就会得到梅毒,"威廉·坎贝尔说,"如果你爱马——"

"是啊,这你说过了。"

"说过什么?"

"说马和鹰。"

"嗯,是的。如果你爱被单。"他隔着被单呼出气,鼻子在被单上摩着。"我不知道被单的事,"他说,"我只是刚开始爱上被单。"

"我得走了,"特纳先生说,"我的事多着呢。"

"那好吧,"威廉·坎贝尔说,"大家都得走。"

"我还是走的好。"

"好,你走吧。"

"你没事吧,比利?"

"我这辈子从没这么快活过。"

"你真没事吧?"

"我很好。你走吧。我要在这里躺一会儿。到中午光景我就起来。"

但等中午特纳先生来到威廉·坎贝尔屋里,威廉·坎贝尔还在睡,特纳先生这人知道人生什么事最宝贵,就没吵醒他。

陈良廷 译

一个很短的小故事

在帕多瓦①一个炎热的夜晚,他们将他抬到楼房顶上,他能眺望镇子的上方。烟囱雨燕在天空飞。没过多久,天就黑了,探照灯的光柱出现了。其他人都拿着酒瓶,下了楼顶。他和露姿可以听见他们在下面阳台上的动静。露姿坐在床上。夜炎热,而她凉爽、清新。

露姿连续值夜班已经有三个月了。他们都乐意她这样做。当他们要给他做手术时,露姿为他做了术前准备;他们开了一个文字玩笑:要朋友还是要灌肠②。他被麻醉时,抱着一个坚定的信念,那就是千万不要在药效发作、催人胡说八道的时刻乱说什么。可以用拐杖的时候,他总是自己量体温,这样露姿就不必起床为他忙碌了。这里的病人寥寥无几,他们都知道这些。他们都喜欢露姿。当他沿着走廊回病房时,心里想的是露姿躺在他床上的情景。

他回前线之前,他们进入那个大教堂一同祷告。教堂里

---

① 帕多瓦(Padua,意大利语:Padova)是位于意大利北部政区威尼托的帕多瓦省的首府,也是经济和交通要冲。这个文化古城地处威尼斯西方40公里,维琴察东南方29公里。

② 原文是 friend or enema,enema 是灌肠,为当时术前准备的程序,它的拼写近似 enemy,而谚语是 friend or enemy(要朋友还是要敌人)。

幽暗而宁静,还有其他人也在祷告。他们想结婚,但没有足够的时间发结婚预告①,两人谁都没有出生证。虽然他们感觉已经结婚了,但还是想让每个人都知道他们的关系,似乎这样就不会失去他们心目中的婚姻。

露姿给他写了很多信,他一封都没有收到;直到停战以后,十五封信一同来到前线,他根据时间顺序,将信编排好,一口气读完。信里写的都是关于医院的事情,她多么的爱他,没有他的日子有多么难以想象,她夜里想他是多么的难熬。

停战后,他们一致认为他应该回国,找一份工作,这样他们可以结婚。露姿要等他找到一份好工作后才会回家,他要到纽约来接她下船。两人都清楚,他不能再喝酒了,他也不愿意在美国再见到他的朋友们或任何老相识。只是找一份工作,结婚。在从帕多瓦到米兰的火车上,两人因为她不愿意马上回家而争吵。在米兰火车站必须说再见的时候,他们用亲吻道别,可他们还没有吵完架。他为如此离别而感到难受。

他从热那亚②起航前往美国。露姿回到波代诺内③开设医院。那里寂寞而多雨,镇子里驻扎了一个营的敢死特种兵④。那年冬天,他们就这样生活在泥泞而多雨的镇子上,营里的少校与露姿做了爱,而之前她从来不认识任何意大利人,

① 结婚预告(banns)是基督教教会专为结婚者发布的公共告示。目的在于避免不合教规的婚姻,诸如近亲、重婚、逼婚等。
② 热那亚(意大利语:Genova)是意大利北部的重要港口城市。
③ 波代诺内(Pordenone)是位于意大利东北部波代诺内省的省府所在地。家具生产是这里的重要产业。
④ 原文是意大利语,敢死特种兵是第一次世界大战中意大利精锐强攻部队采用的名字,衍生于意大利语动词Ardire,意思是大胆,或者勇气。

终于,她写信回美国,说他们过去的那段关系只是男孩与女孩之间的一段恋爱罢了。她很抱歉,她知道他恐怕无法理解这些,只求有一天他可能会原谅她,感激她;而且她预料,对方会请求在春天完婚。她一如既往地爱他,只是她现在才意识到,那不过是男孩与女孩间的爱罢了。她希望他有一个伟大的事业,并且绝对地相信他。她知道她这样做对双方都是最好的考虑。

少校没有在春天娶她,也没有在任何时候娶她。露姿写给芝加哥的那封信,之后也没有得到任何回答。不久以后,当他与卢普区①百货店的一位销售女郎乘坐出租车,穿过林肯公园②的时候,他从她身上感染了淋病。

于晓红 译

---

① 卢普区(The Loop)是美国芝加哥的传统中央商务区。西面和北面至芝加哥河,东临密歇根湖,南达罗斯福路,这里高楼林立,地价昂贵。芝加哥的街道命名系统就是以卢普区的州街和麦迪逊街的交叉口为基点。
② 林肯公园(Lincoln Park)位于芝加哥市的北部。

今天是星期五*

夜里十一点,三个罗马士兵在一家酒馆里。葡萄酒大木桶沿墙码放。木柜台后面的是犹太卖酒人。三个士兵都有点醉意醺醺。

罗马士兵甲:你尝这红的了吗?

士兵乙:没,我才不尝它呢。

士兵甲:你最好尝尝。

士兵乙:好吧,乔治,我们再走一圈儿红的。

犹太卖酒人:来啦,先生们。你们会喜欢的。(他将一只从大木桶吸满酒的陶罐子放好。)这酒很不错呢。

士兵甲:你来一杯吧。(他转身对着侧身靠在一只酒桶上的第三个罗马士兵说。)你怎么啦?

士兵丙:我胃痛。

士兵乙:你一直在喝水。

士兵甲:试点儿红的嘛。

士兵丙:我喝不了那该死的玩意儿。它让我胃酸。

士兵甲:你在这里待得太久了。

* 根据《圣经》记载,耶稣于公元33年犹太历尼散月十四日(星期五)上午九时左右被钉在十字架上,于下午三时左右死去,三天后复活。在酒馆里,士兵们接下来的谈话就是围绕被钉十字架上的耶稣进行的。

士兵丙：见鬼，难道我不知道吗？

士兵甲：喂，乔治，你能不能给这位先生弄点儿什么治胃病的玩意儿？

犹太卖酒人：我这儿正有呢。

（第三个罗马士兵尝了一口卖酒人为他调制的那杯药。）

士兵丙：唉，你都放了什么哟，骆驼干？

卖酒人：你一口喝掉它，中尉。保证马上就好。

士兵丙：好吧，反正我不可能感觉比现在更糟糕了。

士兵甲：碰一次运气吧。那天，我就是被乔治弄好的。

卖酒人：你的样子很糟糕，中尉。我知道什么能治好糟糕的胃病。

（第三个罗马士兵一口气把那杯药喝了下去。）

士兵丙：耶稣基督啊。（他做了个鬼脸。）

士兵乙：那个虚张声势的！

士兵甲：嗯，我不知道。他今天在上面看上去挺自在的。

士兵乙：他为什么不从十字架上下来？

士兵甲：他不愿从十字架上下来。那不是他的节目内容。

士兵乙：谁能说出一个不肯从十字架上下来的家伙，让我听一听。

士兵甲：唉，见鬼，你对这个一无所知。去问乔治。他不想从十字架上下来吗，乔治？

卖酒人：我告诉你们，先生们，我当时不在场。对这样的事情，我根本就不感兴趣。

士兵乙：听着，我见多了这一类人——在这里，还有好多其他的地方。在任何时候，你要是能给我找出一个不肯从十字架上下来的人，实情实景的时候——我是说，实情实景的时

221

候——我就立马跟他一块儿爬上去。

士兵甲：我认为他今天在上面看上去挺自在的。

士兵丙：他是没事一样。

士兵乙：你们这帮家伙根本不明白我说的意思。我不是说他好不好。我的意思是，实情实景的时候。当他们真的开始钉他的那时刻，假如可以不再被钉，没有任何一个人还心甘情愿地被钉的。

士兵甲：难道你就听不明白吗，乔治？

卖酒人：不，我对此毫无兴趣，中尉。

士兵甲：我对他的反应感到吃惊。

士兵丙：我不喜欢的就是钉钉子的时候。你知道，那时候一定让人非常难受。

士兵乙：那还不是太糟糕的呢，当他们把被钉在十字架上的人竖立起来的时候。（他用他的一双手摆出升高的动作。）当重量开始拉着身体下垂时，那才是最遭罪的时候。

士兵丙：可让他们那些人吃透了苦头。

士兵甲：难道我没有见过他们？我见多了。我告诉你，他今天在上面看着挺自在的。

（第二个罗马士兵冲着犹太卖酒人笑。）

士兵乙：你可一贯是个基督狂喔，老小伙。

士兵甲：当然，接着逗他玩吧。可我跟你说事儿的时候，你得听着。他今天在上面看着挺自在的。

士兵乙：再来点儿葡萄酒怎么样？

（卖酒人满怀希望地抬起头来看着他们。第三个罗马士兵垂头坐着。他看上去很糟糕。）

士兵丙：我不要喝了。

士兵乙:只要两杯,乔治。

(卖酒人端上一罐葡萄酒,比最后那只酒罐小一号。他身体前倾,靠在木柜台上。)

士兵甲:你见过他的姑娘?

士兵乙:我当时不是站在那姑娘身边来着?

士兵甲:她的模样好看呢。

士兵乙:我在他之前就认识那姑娘了。(他对卖酒人眨眼睛。)

士兵甲:我以前在镇上见过她。

士兵乙:她过去很有姿色。可那家伙从来就没有给她带来过什么好运。

士兵甲:哦,他不幸。可我觉得他今天在上面看着挺自在的。

士兵乙:他那帮子人后来都怎么样了?

士兵甲:唉,他们都销声匿迹了。只有那些女人们厮守着他。

士兵乙:他们都是一群胆小鬼。他们看见他被钉上去,都不想跟他有什么相干。

士兵甲:只有女人们厮守了,没错。

士兵乙:的确,女人们被困住了,没错。

士兵甲:你看见我把那根旧长矛悄悄地插在他身上了吗?

士兵乙:干这种好事,总有一天会让你惹麻烦的。

士兵甲:至少我能帮他这个忙。我告诉你,我觉得他今天在上面看着挺自在的。

犹太卖酒人:先生们,你们知道我必须关门了。

士兵甲:我们要再喝一圈。

士兵乙:有什么用？这玩意儿不会给你解决什么问题。快,咱们走吧。

士兵甲:只是再喝一杯。

士兵丙:(他离开大酒桶,站直身子。)不,走吧。咱们走吧。我今天晚上感觉像地狱。

士兵甲:再喝一杯嘛。

士兵乙:不,走吧。我们必须得走啦。晚安,乔治。酒钱记在账上。

卖酒人:晚安,先生们。(他看上去有点担忧。)你们就一点儿钱都不给我留下吗,中尉？

士兵乙:见鬼啦,乔治! 星期三才是发饷的日子嘛。

卖酒人:好吧,中尉。晚安,先生们。

(三个罗马士兵出门上了街。)

(在外面的大街上。)

士兵乙:乔治是个犹太佬,就像所有那些人一样。

士兵甲:哦,乔治是个好人。

士兵乙:今晚每个人在你的眼里都是好人。

士兵丙:走吧,咱们回兵营吧。我今天晚上感觉像地狱。

士兵乙:你在那里待得太久了。

士兵丙:不,不完全对。我感觉像地狱。

士兵乙:你在那里待得太久了。仅此而已。

闭幕

于晓红 译

平庸的故事

如此，他吃了一只橘子，慢慢地吐出籽。室外，雪正在转雨。室内，电取暖炉似乎毫不生热，他从写字台后站起来，坐在取暖炉上。感觉多么良好啊！此时此地，终于，有了生活。

他伸出手，又拿了一只橘子。远在巴黎，马斯卡尔特①在第二个回合中就击败了狂人丹尼·弗拉西②。再说远方的米索布达米亚③，那里已经下了二十一英尺的大雪。跨洋过海，在遥远的澳大利亚，英国的板球运动员们磨刀霍霍，正在削尖他们的三柱门的柱桩。那里有浪漫。

艺术与文学的拥护者们已经发现了《论坛》④，他如此读到。它是指南针、哲学家，也是勤于思考的少数人的良友。获奖短篇小说——这些作品的作者们将写出我们的明日畅销书吗？

你会欣赏这些温暖的、有乡土气息的美国故事；在开阔的牧场上、拥挤的租用公寓里，还有舒适的民宅中，现实生活的

---

① 马斯卡尔特（Edouard Mascart，1902—1987），法国羽量级（featherweight）拳击运动员。

② 丹尼·弗拉西（Danny Frush Jr，1895—1961），英国出生的著名羽量级拳击运动员，犹太人，后移居美国。

③ 米索布达米亚（Mesopotamia），大致位于现今的伊拉克，是幼发拉底河和底格里斯河两河之间的美索不达米亚平原上产生和发展的古文明。

④ 《论坛》（*The Forum*）是美国二十年代的文学与艺术通俗杂志。

点点滴滴;所有这些都带着一股健康的幽默暗流。

我一定要读一读,他心想。

他继续读着。我们的后代的后代——他们会怎么样?他们是谁?必须为我们在太阳底下找到一席之地而开拓新途径。达到这个目的要靠战争呢,还是能靠和平的方式完成?

或者,我们都得移居加拿大吗?

我们最根深蒂固的信念——将被科学动摇吗?我们的文明——比更古老的万物的秩序低级吗?

同时,在遥远的尤卡坦①湿淋淋的丛林中,响起了伐木工举起斧头、砍伐树胶桉树的伐木声。

我们想要伟大之人——或者说,我们需要他们有文化教养吗?比如说乔伊斯②。比如说柯立芝③总统。我们的学院学生必须以什么样的明星奖章为追求目标呢?我们有杰克·布里顿④。我们有亨利·梵戴克博士⑤。我们能够将二者调和为

---

① 尤卡坦州(Yucatán)是墨西哥的一个州,位于尤卡坦半岛北部,北临墨西哥湾。历史上曾包括坎佩切州和金塔纳罗奥州,是最大原住民——玛雅人的家园,境内有玛雅文化乌斯马尔的遗址。

② 詹姆斯·乔伊斯(James Augustine Aloysius Joyce,1882—1941),爱尔兰作家和诗人,20世纪最重要的作家之一。代表作包括短篇小说集《都柏林人》(1914),长篇小说《一个青年艺术家的画像》(1916)、《尤利西斯》(1922)以及《芬尼根的苏醒》(1939)。

③ 小约翰·卡尔文·柯立芝(John Calvin Coolidge,Jr.,1872—1933),美国第30任总统,共和党人。1920年大选时作为沃伦·哈定的竞选伙伴成功当选第29任美国副总统。

④ 杰克·布里顿(Jack Britton,1885—1962),美国次中量级拳手,三次获世界冠军。1905年转职业拳击,在二十五年的职业生涯中,取得赢104场的辉煌战绩。

⑤ 亨利·梵戴克(Henry Jackson van Dyke,1852—1933),美国作家、教育家,也是牧师。

一吗？比如说小斯特里布林①。

如果我们的女儿们一定要尝试她们自己的探测②，那又会怎么样呢？南希·霍桑③注定要在生活的海洋中做自己的探测。勇敢而理智地面对每一位十八岁的姑娘都会遇到的难题。

真是一部辉煌的小册子。

你是一位十八岁的姑娘吗？比如说圣女贞德④。比如说萧伯纳⑤。再比如说贝特茜·罗斯⑥。

想一想发生在一九二五年的这些事情——清教徒⑦的历史上是否存在有伤风化的一页呢？淘气公主⑧是否有双重性

---

① 小斯特里布林（Young Stribling，1904—1933），美国重量级职业拳手。

② 指《探测》（Soundings），英国小说家、散文家亚瑟·汉密尔顿·吉布斯（Arthur Hamilton Gibbs，1888—1964）于 1925 年发表的浪漫小说。

③ 南希·霍桑（Nancy Hawthorne）是上述小说《探测》中的主人公。南希是一位十八岁的年轻女子，南希到法国游历，不仅闯荡花花世界，也探索自己的内心情感和情爱生活。小说充满了大量激情情爱的暗示、细节、画面，以及紧张情节。小说于 1925 年初版时，便成为畅销书。

④ 圣女贞德（Jeanne d'Arc，1412—1431），法国的军事家、天主教圣人，民族英雄。在英法百年战争（1337—1453）中，她带领法国军队对抗英军的入侵，最后被捕，壮烈牺牲。

⑤ 萧伯纳（George Bernard Shaw，1856—1950），爱尔兰剧作家，1925 年获诺贝尔文学奖。

⑥ 贝特茜·罗斯（Betsy Ross，1752—1836）被广泛认为是制造第一面美国国旗的人。然而，历史证据不够充分。

⑦ 清教徒（Puritan）始于十六世纪，指要求清除英国国教会中天主教残余的改革派，信奉加尔文主义，认为《圣经》才是唯一至高权威。清教先驱者产生于玛丽一世统治后期，流亡于欧洲大陆的英国新教团体中，后部分移居至美洲。

⑧ 淘气公主（Pocahontas，1595—1617）是波瓦坦（一个阿尔冈昆部落）的公主，美洲原住民酋长波瓦坦皇帝（Emperor Powhatan）的女儿，她美丽泼辣，勇敢大气，打破世俗与新移民白人结婚，衍生了一个极浪漫的传奇。

呢？她是否有四维的世界呢？

那么现代绘画——诗歌——艺术呢？是与否。比如说毕加索。

流浪者有行为规则吗？让你的思想登上探险的旅程吧。

到处都是浪漫。《论坛》的作家们命中要害，充满了幽默与智慧的魅力。而且他们从来不耍小聪明，不玩弄冗长文辞。

让思维享受丰富的生命，受新理念的激发与鼓舞，被非凡的浪漫陶醉。他放下小册子。

与此同时，在特里亚纳①，在家中渐渐变暗的房间里，曼努埃尔·加西亚·梅耶拉②平躺在床上，左右肺上都插着导流管，正遭受肺炎导致的溺水般窒息。所有安达卢西亚③的报纸，都因为他的死而增设了特刊，而且这样的纪念形式将持续数日。男人和男孩子们购买了他的全幅彩色版画画像，希望以此而记住他，没想到他们盯着画像看的同时，已经失去了他在他们记忆中的生动形象。斗牛士们因为他的死而大松了一口气，因为他平时在斗牛场上的一贯表现，对于他们来说都是偶尔才能显露的技能。他们跟在他的灵柩后面，在雨中为他送行，总共有一百四十七位斗牛士随行来到他下葬的墓地，

①　特里亚纳（Triana）是西班牙塞维利亚市的一个街区，由于与市中心有瓜达尔基维尔河之隔，这里的居民认为自己的文化与传统与塞维利亚的其他地方完全不同，他们擅长弗拉明戈歌舞，陶艺等艺术。

②　曼努埃尔·加西亚·梅耶拉（Manuel Garcia Maera，1896—1924），皮肤黝黑，身材精悍，异常英勇，号称"为征服而生"，他在斗牛事业辉煌的时候死于肺结核。海明威在《午后之死》中对他有所描述。

③　安达卢西亚（Andalucía）是组成西班牙的17个自治区之一，位于西班牙南方，首府为塞尔维亚。

将他埋在何塞利托①的墓旁。葬礼后,每个人都冒雨坐在咖啡馆的室外餐桌旁;那天,有许多男人买了梅耶拉的彩色画像,他们把画像卷起来,放进衣服口袋里。

于晓红 译

①　何塞利托(Joselito,全名为 José Gómez Ortega, 或者 Gallito,意思是小公鸡,1895—1920)是西班牙最优秀的斗牛士剑手之一。

我 躺 下*

　　那天夜间，我们躺在房中的地板上，我听着蚕在吃桑叶。蚕吃着一层层搁板上的桑叶，整夜你都听得见它们在吃，还有蚕粪掉在桑叶间的声音。我本人并不想入睡，因为长期以来我一直怀着这个想法：如果我在黑暗中闭上眼，忘乎所以，我的灵魂就会出窍。自从夜间挨了炸以来，我这样已经有好久了，只感到灵魂出了窍，飞走了再回来。我尽量不去想这事，可是从此每到夜间，就在我快要睡着那时刻，灵魂就开始出窍，我得花好大的心力才制止得了。尽管如今我相当有把握灵魂不会真的出窍，然而那年夏天，我是不愿做这试验的。

　　我躺着睡不着的时候自有种种消遣的方法。我会想到小时候一直去钓鳟鱼的一条小溪，会在心里想象仔仔细细地沿河一路钓鱼的情景；凡是那些原木的下面，凡是河畔的每个转弯处、深潭和清澈的浅滩，我都一一钓个明白，有时钓到鳟鱼，有时钓不到。晌午我停手不钓，吃午饭；有时在横搁在小溪上的一根原木上吃；有时在高坡上一棵树下吃，而我一向吃得很慢，边吃边看着身子下面的溪水。我的鱼饵往往用光，因为我

<hr style="border-style:dashed" />

　　* 引自《圣经·诗篇》第3篇第5节《晨祷》，全句为："我躺下酣睡，我睡醒起来，主都在扶持我。"

出发时只在一只烟草罐里带上十条蚯蚓。每当我用光了,就得再找些蚯蚓,但在雪松遮住太阳的河坡上有时很难挖,因为坡上没有草,只有光秃秃的湿土,我常常找不到蚯蚓。虽然我总是能找到些什么来当鱼饵,可是有一回在沼泽地里就是找不到,只好把钓到的一条鳟鱼切碎了来当鱼饵。

有时我在沼泽草地里、草丛间、羊齿植物下找到些虫子,就用来当鱼饵。其中有甲虫、有腿如草茎的虫子、有躲在腐烂原木里的金龟子幼虫;白色金龟子幼虫长着棕色尖脑袋,钓钩上挂不住,一到凉水里就不见影儿了,还有藏在原木下的扁虱,有时在那里能找到蚯蚓,可一掀起原木,蚯蚓就溜进地里去了。有一回我用过一根旧原木下的一条蝾螈当鱼饵。这条蝾螈很小,轻巧灵活,颜色可爱。那些纤小的脚竭力紧紧抓住钓钩,打这一回以后,我虽常找到蝾螈,但再也没用过。我也不用蟋蟀,就因为蟋蟀在钓钩上乱蹦跶。

有时小溪流经一片开阔的草地,我在干燥的草丛里逮蚱蜢来当鱼饵,有时逮到了蚱蜢,把它们扔进水里,看它们随波逐流,一会儿在水里游,一会儿在水面上打转,待到一条鳟鱼跃起才不见影踪。有时在夜间,我会在四五条小溪上钓鱼;先尽量从源头开始钓,然后一路顺流钓下去。碰到钓得太快,时间还没过完,我就会在那条小溪上再钓一遍,从它流入大湖处开始,再溯流而上,想法把顺流时漏钓的鳟鱼一一钓上。有几个晚上,我还在脑子里编造一些小溪,有几条非常带劲儿,就像醒着在做梦一般。有几条小溪我至今还记得,自以为曾在那里钓过鱼,却是跟我真正熟悉的那些搅浑了。我给它们一一起了名字,有时乘火车到那儿去,有时徒步走上好几英里路到那儿去呢。

不过有几天夜间我没法钓鱼,在那几天夜间我完全清醒,便反反复复地祈祷,竭力为我所有认识的人祈祷。这样的祈祷要花好多时间,因为,如果你尽量回想你所有认识的人,一直回溯到你记忆中最早的往事——对我来说,那是在我出世的那幢住房的顶楼,从一根橡子上吊下的一个铁皮匣里放着我父母的结婚蛋糕,在这顶楼里,还有我父亲小时候收集的一瓶瓶蛇和其他动物的标本,浸泡在酒精里,而酒精在瓶里蒸发了一部分,有些蛇和动物的背部露了出来,发了白——如果你回想得这么远,自然会想起一大批人来。如果你为他们每个人祈祷,为每个人念上一篇《圣母经》和一篇《天主经》,就得花上好长时间,到头来都天亮了,那时如果你是在一个白天能入睡的地方,就能睡上一觉了。

在那些夜晚,我总尽量回想自己经历过的事,从我去打仗的前不久开始,一件件事情回想起来。我发现最早只能回想到我祖父住房的那个顶楼。于是我再从那里开始照此思路想下去,想到我打仗为止。

我记得,我们在祖父死后搬出那幢住房,搬进我母亲设计建造的新住房。有许多搬不走的东西都在后院里烧掉了,我记得顶楼上的那些瓶子给扔进火堆里,如何受了热爆裂开来,酒精使火焰往上蹿。还记得那些蛇标本在后院火堆里焚烧。不过后院里没人,只有东西。我连烧东西的是什么人都不记得了,就这么一直想下去,想到了什么人才不想,并为他们祈祷。

关于那新住房,我记得母亲如何经常搞大扫除,把屋子收拾得干干净净。有一回父亲出门去打猎了,她把地下室来个彻底的大扫除,把凡是不该留在那里的东西统统烧掉。等父亲回到家,下了轻便马车,拴上马,那堆火还在屋外的路上烧着。我出去迎接他。他把猎枪递给我,瞧着火堆。"这是怎么回事?"他问。

"亲爱的,我在地下室里大扫除呢。"母亲在门廊上说。她站在那儿,对他笑脸相迎。父亲瞧着火堆,对着什么东西踢了一脚。接着弯下腰,从灰堆里捡出什么东西。"尼克,拿把耙子来。"他跟我说。我到地下室拿来了一把耙子,父亲就仔仔细细地在灰堆里扒。他扒出了一些石斧、剥兽皮的石刀和做箭头的工具,还有一些陶片和不少箭头。这些东西全给烧焦了,残缺了。父亲仔仔细细地把这些东西全扒出来,摊在路边草地上。他那把装在皮套里的猎枪和狩猎袋都在草地上,那是刚才下马车时扔在那儿的。

"把枪和袋子拿到屋里去,尼克,给我拿张纸来。"他说。这时母亲早已进了屋。我拿了猎枪,枪太沉,在我腿上碰碰撞撞,还拿起那两个狩猎袋,就朝屋里走。"一回拿一件,"父亲说,"别想一口气就拿得那么多。"我放下狩猎袋,把猎枪拿进屋,从父亲诊所里那堆报纸上拿了一份。父亲就把所有烧焦和烧残的石器摊在报纸上,然后包起来。"最好的箭头全都粉碎了。"他说。他拿了纸包走进屋去,我留在屋外草地上守着那两个狩猎袋。过了一会儿,我才把它们拿进屋去。想起这件事,只想起这两个人,所以我要为他们俩祈祷。

可是有几天夜间,我连祷文都记不起来了。我只能念到"在地上如同行在天上"①,于是只好再从头念起,但念到这里

---

① 据《圣经·路加福音》旧译本第 11 章第 2 节,主训人的祷告全句为"我们在天上的父,愿人都尊你的名为圣。愿你的国降临。愿你的旨意行在地上如同行在天上"。而现行《圣经》英译本、中译本都无"愿你的旨意……"此句。

绝对没法再念下去了。我只得承认自己记不得了，那晚便放弃做祈祷，试试想些别的事。所以有几天夜间我就尽量回想世上所有走兽的名称，然后回想飞禽的名称，然后是鱼类，然后是国家和城市，然后是各种各样食品以及我所记得的芝加哥的街名，等到我根本什么都想不起来了，我就光是听着。我不记得有哪一夜我会听不到什么声音。如果我能够有亮光就不怕入睡了，因为我知道只有在黑暗中我的灵魂才会出窍。所以，好多天夜间我当然都躺在有亮光的地方，这样才入睡，因为我几乎老是觉得累，经常很困。我相信也有好多回我是不知不觉地入睡的——但是我有知有觉时从没入睡过，而在这一夜，我听着蚕在吃桑叶。在夜间，蚕吃桑叶你能听得一清二楚，我就睁着眼睛躺着，听蚕吃桑叶。

屋里另外还有一个人，他也醒着。我听到他没睡着有好一会儿了。他不能像我这样安安静静地躺着，因为他也许没有那么多睡不着的经验。我们正躺在铺在稻草上面的毯子上，他一动稻草就窸窣作响，不过蚕倒并不被我们弄出的声音所惊动，照样吃着。屋外，离前线七公里的后方有些夜间的声响，但是跟屋里暗处的细小声响不同。屋里另外那个人尽量安安静静地躺着。后来他又动了。我也动了一下，这样让他知道我也醒着。他在芝加哥待了十年。一九一四年他回家探亲时，人家把他征去当了兵，把他拨给我做勤务兵，因为他会讲英语。我听见他在听，就在毯子上又动了一下。

"你睡不着吗，中尉先生？"他问。

"是啊。"

"我也睡不着。"

"怎么回事啊？"

"我不知道。我睡不着。"

"你身体舒服吗?"

"当然。我感觉蛮好。就是睡不着。"

"想要聊一会儿吗?"我问。

"好哇。可在这鬼地方有什么好谈的。"

"这地方挺不错嘛。"我说。

"当然,"他说,"真是没说的。"

"跟我谈谈芝加哥的事吧。"我说。

"啊呀,"他说,"我都跟你谈过一回了。"

"跟我谈谈你结婚的经过吧。"

"这事我跟你谈过了。"

"星期一你收到的信是——是她的吗?"

"当然。她一直给我写信。她那地方可赚大钱呢。"

"那你回去倒有个好去处了。"

"当然。她经营得不错。她在赚大钱呢。"

"你看我们谈话会把大家吵醒吗?"我问。

"不会。他们听不见。反正他们睡得像猪。我就不同,"他说,"我神经紧张。"

"悄声说吧,"我说,"要抽口烟吗?"

我们熟练地在黑暗中抽烟。

"你烟抽得不多,中尉先生。"

"不多。我快要戒掉了。"

"说起来,"他说,"烟对你可没一点好处,而且我看你戒了也不会想着抽了。你有没有听说过瞎子不抽烟是因为他看不见香烟在冒烟?"

"我不信。"

"我本人也觉得这全是扯淡，"他说，"我只是从别处听来的。你也知道，听说总是听说。"

我们俩都默不作声了，我听着蚕在吃桑叶。

"你听见那些该死的蚕吗？"他问，"你听得见它们在咀嚼。"

"真怪。"我说。

"我说，中尉先生，真有什么心事让你睡不着吗？我从没见你睡着过。自从我跟了你以来，你夜里就没睡过。"

"我不知道，约翰，"我说，"今年开春以来，我健康状况就一直不妙，一到夜里就让我心烦。"

"就跟我一样，"他说，"我本来就不该卷入这场战争。我神经太紧张了。"

"也许会好转的。"

"我说，中尉先生，你究竟干吗卷进这场战争啊？"

"我不知道，约翰。当时，我就想参加。"

"想参加，"他说，"这理由太不像话了。"

"我们不该大声说话。"我说。

"他们睡得像猪，"他说，"反正他们也听不懂英语。他们屁也不懂。等仗打完了，我们回到美国，你打算干什么？"

"我要在报馆里找份工作。"

"在芝加哥？"

"没准。"

"你可曾看过布里斯班①这家伙写的东西？我妻子把它

---

① 阿瑟·布里斯班(1864—1936)，美国记者、报纸编辑，曾在赫斯特报系的报刊上发表专栏"今天"及"本周"，赢得几百万读者。

剪下来寄给我了。"

"当然看过。"

"你跟他相识吗?"

"不,可我看见过他。"

"我倒想结识这家伙。他是个好作家。我妻子看不懂英语报纸,可她还像我在家时那样照旧订报,并把社论和体育版剪下来寄给我。"

"你的孩子怎么样?"

"孩子们都很好。有个女孩儿现在念四年级了。不瞒你说,中尉先生,要是我没孩子现在也不会当你的勤务兵了。他们就会把我一直留在前线了。"

"很高兴你有孩子。"

"我也很高兴。都是好孩子,可我要个男孩。三个女儿,没有儿子。这可是最最要紧的啊。"

"你干吗不想法睡一觉?"

"不行,我现在睡不着。我现在毫无睡意,中尉先生。我说,我倒担心你不睡觉。"

"没事儿,约翰。"

"想想看,你这么个小伙子倒睡不着。"

"我会睡的。过一会儿就行。"

"你一定要睡。一个人不睡觉挺不住啊。你犯什么愁吧? 你有什么心事吗?"

"没有,约翰,我想我没有。"

"你应当结婚,中尉先生。结了婚就不会犯愁了。"

"我不知道。"

"你应当结婚。干吗不挑个有很多钱的意大利好姑娘呢？你要挑谁都能弄到手嘛。你又年轻,又得过几枚勋章,人又长得帅。你还挂过两三次彩呢。"

"我的意大利话说得不够好。"

"你说得不错嘛。真见鬼,要说得来这种话干什么？你用不着跟她们说话。是跟她结婚啊。"

"我会考虑的。"

"你认识些姑娘,是吧?"

"当然认识。"

"那好,你就娶最有钱的那一个。在这里,凭她们受的教养,都可以做你的好妻子的。"

"我会考虑的。"

"不要考虑了,中尉先生。干吧。"

"行啊。"

"男人应当结婚。你决不会后悔的。人人都应当结婚。"

"行啊,"我说,"我们想法睡一会儿吧。"

"行啊,中尉先生。我再试试看。可你别忘了我说的话。"

"我不会忘记的,"我说,"现在我们睡一会儿吧,约翰。"

"行啊,"他说,"希望你也睡,中尉先生。"

我听见他在稻草垫上的毯子上翻身,后来就声息全无了,我倾听他均匀地呼吸着。接着他打起呼噜来了。我听他打了好一阵子呼噜才不再听下去,便一心听蚕吃桑叶了。它们不停地吃着,蚕粪掉在桑叶间。我有一件新鲜事好想了,就躺在黑暗中睁大了眼睛,回想我平生认识的所有姑娘,她们会做什么类型的妻子。这件事想想很有味儿,一时间勾销了钓鳟鱼的事,干扰了祈祷。然而到头来我还是回到钓鳟鱼的事上,因为我发现我能记住所有的溪流,而且这些溪流总有些新鲜事好想想,可是姑娘呢,想了她们两三回以后就印象模糊了,脑子里记不起来了,终于都变得模糊,都变成差不多一个样了,我索性几乎统统不去想她们了。不过祈祷我还是不断在做,夜间我常常为约翰做祈祷,在十月攻势前,跟他同年入伍的士兵都调离了现役。很高兴他不在我身边了,因为他会成为我的一大心事。几个月后,他到米兰的医院来探望我,知道我依然没结婚,觉得大失所望,而我也知道他要是知道我至今还没结婚会很难受。他即将回美国去,对结婚深信不疑,相信一结了婚就万事大吉了。

陈良廷 **译**

暴 风 劫

　　其实并没为了什么事,没什么值得拔拳相见的事,后来我们一下子就打起来了,我滑了一跤,他把我按下,跪在我胸膛上,双手扼住我,像是想要扼死我,我一直想从兜里掏出刀子来,捅他一下好脱身。大家都喝得醉醺醺,不会从我身上拉开他。他一边扼住我,一边把我脑袋往地板上撞,我掏出刀子,将它打开;我在他胳臂上划了一刀,他放了我。如果他要抓住我也抓不成了。于是他就地一滚,紧紧握住那条胳臂,哭了起来,我说:

　　"你到底干吗要扼住我?"

　　我差点儿杀了他。我一星期不能下咽。他把我喉咙扼得痛极了。

　　得了,我离开那里,那里有不少人跟他是一伙的,有些人还出来追我,我拐了个弯,顺着码头走去,我遇到一个家伙,他说街上有个人给杀了。我说,"谁杀了他?"他说,"我不知道谁杀了他,不过他确实已经死了。"这时天黑了,街上都积水,没有灯火,窗子都碎了,小船都漂到了镇上,树木也刮断了,一切都给刮掉了,我找到一条小筏子,划去找回我停在曼戈礁里面的小船,小船居然太平无事,只是灌满了水。我就把水戽掉,再用水泵抽掉水,天上有月亮,不过云倒不少,风暴仍然不

240

小,我一路顺着风划;天亮时我已出了东港。

老兄,那风暴真够厉害的。我是第一个把船开出去的,那么大的水真从没见过。大水像碱水那样白,从东港滚滚涌到西南礁,叫人连海岸都分不清。海滩中间给风刮出一大条沟。树木都给刮掉了,一条沟从斜里穿过,里面的水雪白,水上面样样都有;树枝啊、整棵树啊、死鸟啊,都漂浮着;岩礁里面,世界上所有的鹈鹕和各种各样飞禽都有。它们一定是知道暴风要来临了才躲到岩礁里面的。

我在西南礁歇了一天,没人来追我。我是第一个开出船的,我看见有根桅杆漂着,我知道一定有船翻了,就动身去找。我找到出事的船,是条三桅纵帆船,我刚好看见船上桅杆残柱露出水面。船沉在水里太深了,我什么也没从船里捞出来。所以我继续寻找别的东西。我有这一切的优先权,我知道不管有什么东西我都应当拿到手。我继续在那条三桅纵帆船下沉地方的沙洲开来开去,什么东西都没找到,我继续开了一大段路。我朝流沙滩那儿开去,可什么也没找到,我又继续开。后来我看见吕蓓卡灯塔,我看见各种各样飞禽聚集在什么东西上面,我朝前开去看看究竟是什么,原来确实有一大群鸟。

我看得见一根像桅杆的东西矗出水面,等我开过去,那些鸟都飞到空中,围着我不走。水面很清澈,露出一根桅杆般的东西,我走近一看,水里黑乎乎一团,像有个长长的黑影,我开过去,水里原来是一艘大客轮;就躺在水底下,大得不得了。我这条船就在它上面漂流而过。大客轮侧卧着,船尾深深朝下。舷窗全都紧闭,我看得见窗玻璃在水底闪闪发光,还有整个船身;我这辈子见到过最大的一艘船就躺在那儿,我先顺着长里开一回,开过了再抛下锚,我原先把小筏子搁在小船的前甲板上,这会儿就把它推下水中,就在飞鸟簇拥下划了过去。

我有一副水底观察镜,就是用来采海绵时戴的那一种,我的手发抖,所以拿不大住。你顺着船身开过去就看得见所有的舷窗全都紧闭。不过靠近水底的下面部位一定有什么地方打开了,因为一直有一片片东西漂出来。你说不上这是什么东西。只是碎片。鸟群争的就是这个。你从来没见过那么多鸟。它们全围着我狂叫。

我一切都看得清清楚楚。我可以细细看看船身,它在水底下看上去有一英里长。船就躺在一片洁白的沙滩上,照它侧身躺着的样子看来,斜里露出水面的桅杆是一种前桅,或是什么帆的滑车索具。船头在水下不深。我可以站在船头那船名字母的上面,而脑袋正好露出水面。可是最近一个舷窗也在十二英尺深的水下。我用鱼叉杆刚好够到,我想用鱼叉杆打破舷窗,就是打不破。玻璃太结实了。所以我划回小船,拿了一个扳钳,把扳钳捆在鱼叉杆头上,可我还是打不破。我就在那儿透过水底观察镜往下观看那艘装有一切的大客轮,我是头一个接近客轮的,可我进不去。这艘船里面一定有值五百万美元的东西呢。

我一想到这艘船值多少钱,不由颤抖了。在舷窗里是个壁橱,我看得见有什么东西,就是隔着水底观察镜辨不清是什么。我拿着鱼叉杆派不上什么用处,我就脱掉衣服,站着,深深吸了两口气,手里拿着扳钳,往下游去,潜到船尾那边,我在舷窗边上还能坚持一会儿,看得见里边,里边有个女人,头发披散开来在水中漂浮。我清清楚楚看见她在浮着,我用扳钳两次猛击玻璃,耳边听见当当声,就是砸不开,我只得上来。

我紧紧抓住小筏子,缓过气来,就爬进小筏子,又深深吸了两口气,再潜下水去。我往下游,手指紧紧抓住舷窗边,抓住了再用扳钳尽力猛击玻璃。透过玻璃,我看得见那女人在水中漂浮。她的头发原先是紧紧扎住的,现在全披散在水中了。我看得见她一只手上的戒指。她恰好就靠近舷窗这边,我两次砸玻璃,连砸都砸不裂。我上来时心里就想,我不到万不得已决不轻易冒上水面换气。

我又一次下水,我砸了玻璃,只是砸砸而已,等我上来时鼻子正在流血,我站在船头上面,一双光脚踩在船名字母上,正好露出脑袋,就地歇歇,然后游到小筏子那边,吃力地爬进筏子,坐在那儿等待头痛消除,一面往水底观察镜里面瞧,可是鼻血出得很厉害,我只好把水底观察镜冲洗一下。于是我仰天躺在小筏子里,手放在鼻子下止血,我仰头躺着,抬眼一看,只见上空四下有千千万万只鸟。

鼻血止住后我再透过水底观察镜看看,于是划回小船,想找样比扳钳更沉的东西,可是一件也找不到;连个捞海绵的铁钩都没有。我又回去,海水始终一清见底,凡是漂在那片白沙滩上的东西都能看见。我寻找鲨鱼,可是一条都找不到。海水那么清澈,沙滩那么白净,你老远都该看得到鲨鱼。小筏子上有个泊船用的多爪小铁锚,我割下锚来,跳下水,带着锚往下沉。这锚一直把我往下拖,拖过了舷窗,我伸手去抓,什么都没抓住,继续往下沉啊沉的,沿着曲线形的船身滑下去。我只得放开锚。我听见砰的一下,等我再冒上水面似乎已过了一年。小筏子没锚顺着潮水给冲掉了,我向小筏子划过去,一边游,一边鼻血流到水里,我心里很高兴,幸亏水里没鲨鱼;可是我累了。

我头痛得快裂开了,我躺在小筏子上歇歇,然后又划回去。快到下午了。我又带着扳钳下水，没什么用处。那把扳钳太轻了。除非你有一把大铁锤，或者沉得能派用处的东西，否则潜下水去也没什么意思。于是我又把扳钳捆在鱼叉杆上，我从水底观察镜里看着，在舷窗玻璃上砰砰捶着，捶得扳钳震脱了，我在观察镜里看得清清楚楚，扳钳沿着船身一路滑下去，接着一下子滑开，沉到流沙里陷进去了。这下子我一事无成了。扳钳没了，小铁锚也丢了，所以只好划回小船。我太累了，没法把小筏子拉上小船，太阳已经很低了，鸟群也全飞走，离开沉船了，我径自拖着小筏子往西南礁划去，鸟群在我前后飞着。我累极了。

那天晚上，刮起风暴来了，一连刮了一星期。你没法出海到沉船那儿。他们从城里来，告诉我说被我划一刀的那家伙除了胳臂之外没什么事儿，我就回到城里，他们同我订了五百美元的约。结果倒好，因为他们有几个人都是我朋友，发誓带把斧子跟我去找，谁知等我们回到沉船那儿，希腊人早已把船炸开，全都拿空了。他们用炸药炸开保险箱。没人知道他们到手多少钱。这艘船上载着黄金，都给他们拿走了。他们把船洗劫一空。我发现沉船，可我一个子儿都得不到。

暴风确实很厉害。他们说暴风袭击时，这船就在哈瓦那港口外，不能进港，要不船东们决不会让船长冒险开进港来；他们说船长想要试一试，所以这船就只好冒着风暴开了，天黑时这船正冒着风暴行驶，企图闯过吕蓓卡和托吐加斯之间的海峡，这时撞上了流沙。也许船舵早给冲走了。也许他们连舵都没掌。不过总之他们没法知道有流沙，他们撞上流沙后，船长一定命令他们打开压舱层，这样船就可以稳住了。可是这船撞上的是流沙，他们打开压舱层时，船尾先沉下去，然后船舷尾端都陷进去了。船上有四百五十名乘客和船员,我发现这船时,他们一定都在船上。船一撞上流沙,他们一定立刻打开了压舱层,船身一压住,流沙就把船身吸下去了。后来锅炉一定爆炸了,一定是这样才使那些碎片儿漂出来。可是说来也怪,居然没有什么鲨鱼。一条鱼也没有。那片白净的沙滩上有鱼的话,我看得见。

可是现在倒有不少鱼了,是最大的一种石斑鱼。这艘船现在大部分都沉下流沙里了,这些鱼,最大一种石斑鱼就生活在船里。有的重三四百磅。几时我们倒要出海去打几条。在沉船处可以看见吕蓓卡灯塔。现在上面设了个浮标。沉船就在海湾边流沙底。这艘船只差一百码就能闯过来了;在昏天黑地的风暴中这艘船没闯过来,雨势这么猛,他们看不见吕蓓卡灯塔。当时他们不常遇到这种事。大客轮的船长不习惯那样疾驶。他们有航道,他们告诉我说,他们安了一种罗盘可以自动导航。他们碰上那阵风暴时,大概不知道自己在什么地方,不过他们差点闯过去。话又说回来,他们也许丢失了舵。总之,一旦他们进了那海湾,那么一路开到墨西哥是不会再撞上什么东西的。可是,在那场暴风雨里,他们一定是撞上了什么东西,船长才命令他们打开压舱层的。在那种暴风雨中,没人会在甲板上。人人都必定留在舱里。他们在甲板上就没命了。舱里必定有几场大乱,因为你要知道这船一头牢牢栽了进去。我看见那把扳钳沉进流沙里的。船撞上去时,船长决不会知道是流沙,除非他熟悉这片海域。他只知道不是遇上岩礁。他在船桥上一定全看见了。船一栽进去他必定就知道是怎么回事了。我就是不知道这船沉得多快。不知道大副是不是跟他在一起。你看他们是待在船桥里执行任务呢,还是在船桥外面？人们根本找不到任何尸体。一具也没有。没浮尸。有救生圈的话他们可以漂浮一大段海面呢。他们必定是在里面执行任务。得了,希腊人全都弄到手了。统统拿走了。他们一定来得很快,没错儿。他们搜刮得一干二净。鸟群先去,接着我去,然后是希腊人去,连鸟群从船上得到的东西也比我得到的多。

陈良廷 译

一个干净、光亮的地方

夜深了，顾客们都已经离开咖啡馆，只有一位老人坐在电灯下的树影里。白天，这条街尘土飞扬，可到了夜里，露水将尘土安顿下来，老人喜欢在这里坐到很晚，此刻如此宁静的夜，他即使耳聋，也能感觉到与白天的不同之处。咖啡馆里的两个跑堂知道老人有一点儿醉了，虽然他是个好顾客，但他们知道如果他喝得烂醉，也会不付钱就走掉的，所以，他们一直盯着他。

"上个星期，他自杀来着。"一个跑堂说。

"为什么？"

"他绝望了。"

"绝望什么？"

"没什么。"

"你怎么知道没什么？"

"他有很多钱。"

在靠近咖啡馆门口的地方，他们两人坐在一张靠墙很近的餐桌旁，看着全是空桌子的露台，只有老人坐在树叶在风中微动的那棵树的影子里。一个姑娘和一个士兵在街上走过。街灯照亮士兵领子上的铜制番号。姑娘没有戴头巾，匆忙地走在士兵身旁。

“哨兵准会把他揪出来的。”一个跑堂说。

“他要是得到他想要的,被揪出来又何妨?”

“他最好现在就离开大街。哨兵准会抓住他的。他们五分钟之前刚走过去。”

坐在树影底下的老人用酒杯敲打托盘。年轻些的跑堂朝老人走去。

“你想要什么?”

老人看着他。“再来一杯白兰地。”他说。

“你会醉的。”跑堂说。老人瞪着他。跑堂走开了。

“他会待一整夜的,”他对另一个跑堂说,“我已经困了。我从来没能在三点前睡觉。上个星期他就该让自己死掉的。”

跑堂从咖啡馆里的柜台里拿出白兰地酒瓶和一只托盘,阔步朝老人走去。他放下托盘,倒满一杯白兰地。

“你上个星期就该让自己死掉的。”他对耳聋的老人说。老人用手指示意。“再多来点儿。”他说。跑堂便接着往酒杯里倒酒,白兰地溢出来,沿着杯子流到一摞子托盘最上面的那只托盘里。“谢谢你。”老人说。跑堂把酒瓶拿回咖啡馆里。然后,他又跟同事一起在餐桌旁坐下。

“他现在已经醉了。”他说。

“他每夜都喝醉。”

“他到底是为什么自杀呢?”

“我怎么会知道?”

“他怎么自杀的呢?”

“拿了一根绳子上吊。”

“谁把他的绳子砍断的呢?”

"他的侄女。"

"人们为什么要救他呢?"

"为他的灵魂担忧。"

"他有多少钱?"

"他有很多钱。"

"他肯定有八十岁了。"

"我说他无论如何也有八十了。"

"我希望他回家去。我从来没能在三点前睡觉。这么晚才睡觉,都是什么鬼时间呢?"

"他熬着不睡,因为他喜欢那样。"

"他孤独。我可不孤独。我有老婆在床上等我呢。"

"他也曾经有过老婆。"

"现在他就算有老婆也没有什么用了。"

"你可说不准。有个妻子对他来说可能要好一些。"

"他有侄女照顾他。你说是那个侄女把他的绳子砍断的。"

"我知道。"

"我可不想活那么老。老人是令人讨厌的东西。"

"不一定。这个老人干干净净的。他喝酒从来不会洒。哪怕是现在,已经醉了。你看他。"

"我不想看他。我希望他回家去。他根本不为必须工作的人考虑。"

老人顺着他的酒杯的方向远眺广场,然后,又看着两个跑堂。

"再来一杯白兰地。"他说,手指着酒杯。急着回家的那个跑堂走过去。

"没了，"他说，用蠢人对喝醉的人或者外国人惯用的省略方式说话，"没了今晚。现在关门。"

"再来一杯。"老人说。

"不。没了。"跑堂开始用毛巾擦桌子边，摇了摇头。

老人站起来，缓慢地数托盘，他从衣袋里拿出一只装硬币的皮革钱包，付了酒钱，留下半个比塞塔①做小费。跑堂看着他沿街走远，这是一个非常苍老的老人，虽然步履蹒跚，但带着尊严。

"你为什么不让他待在这里喝酒呢？"不着急的那个跑堂问。他们正在给窗户上窗板。"还不到两点半呢。"

"我想回家睡觉。"

"一个小时会有什么差别？"

"对我的差别比对他的要大。"

"一个小时对谁都一样。"

"你说话就活像一个老头。他能买一瓶酒，在家里喝嘛。"

"那不一样。"

"对，不一样。"有妻子的跑堂应声同意。他并不想昧着良心说话。他只是有点儿赶时间罢了。

"那你呢？打破常规，提前到家，你就不害怕吗？"

"你想损我吗？"

"不，老兄②，只是开玩笑。"

"不。"赶时间的那个跑堂说，把金属窗板拉下来后站起身来。"我有信心。我非常有信心。"

①　比塞塔（peseta）是西班牙1869—2002年间通用的官方货币。
②　原文为西班牙语。

"你有青春、信心,还有工作,"年纪大些的跑堂说,"你拥有一切。"

　　"那你缺少什么呢?"

　　"除了工作,什么都缺。"

　　"我有的你都有嘛。"

　　"不。我从来没有信心,况且我也不年轻了。"

　　"好啦。别胡说了,锁门。"

　　"我就属于那些喜欢在咖啡馆待到很晚的人,"年纪大些的跑堂说,"就像所有那些不想睡觉的人。就像所有那些夜里需要灯光的人。"

　　"我想回家,上床。"

　　"我们是两种类型的人。"年纪大些的跑堂说。现在,他已经换好回家的衣服。"这也不只是青春和信心的问题,虽然这些东西都很美丽。每天夜里,我都不愿意打烊,没准还有人需要这咖啡馆。"

　　"老兄,有的酒馆①通宵达旦地开着呢。"

　　"你不明白。这是一个干净、令人愉快的咖啡馆。这里亮堂。光线非常好,还有呢,现在还有树叶投下的影子。"

　　"晚安。"年轻些的跑堂说。

　　"晚安。"另一个跑堂说。关电灯时,他接着自言自语。当然,是光线的缘故,而且场所也必须干净而令人愉快。你并不需要音乐。肯定地说,你不需要音乐。这个时辰开门的都是酒吧,你根本不可能带着尊严站在酒吧的柜台前。他害怕什么呢? 倒不是害怕,也不是厌恶。是他太熟悉了的空虚。

---

　　①　原文为西班牙语。

一切都是空虚,人也是空虚。关键就是这个,光线是必要的一切,再加上一定程度的干净与秩序。有的人生活在里面,从来没有感觉到过,可他明白一切,一切都是空虚,一切都是空虚①。我们在空虚的空虚,愿人皆尊空虚之名为主,愿空虚王国降临,愿空虚旨意成就在空虚,如同成就在空虚,我们日月之空虚求空虚赐予我们,又求空虚我们的空虚,如同我们空虚得罪我们的空虚,空虚我们不受空虚,拯救我们脱离空虚②。万福虚无充满虚无,虚无与你同在③。他微笑着,站在一个摆放着闪光锃亮的压力蒸馏咖啡机的柜台旁。

"您要什么?"酒保问。

"空虚。"

"又一个疯子④。"酒保说完,转过身去。

"一小杯。"跑堂说。

酒保给他倒酒。

"这里很光亮,令人愉快,只是柜台没有擦亮。"跑堂说。

酒保看着他,没有回答。夜太深了,根本无法对话。

"您还要一杯酒⑤?"酒保问。

"不了,谢谢你。"跑堂说完,便离开了。他不喜欢酒吧和

---

① 原文为西班牙语。

② 整个这一段来自《圣经》中《马太福音》第六章第九至第十三节,又叫《主祷文》(Lord's Prayer),原文如此:我们在天之父,愿人皆尊父名为主,愿父国降临,愿父旨意成就在地,如同成就在天,我们日月之饮食,求父今日赐予我们,又求饶恕我们之罪,如同我们饶恕得罪我们的人,保佑我们不受诱惑,拯救我们脱离凶恶。作者用 nada(空虚)取代了天、父、主、地、天、饮食等等关键词,一口气用了二十一个 nada。

③ 这一段来自《圣经》中的《路加福音》第一章第二十八节,又叫《圣母经》(Hail Mary),原文如此:万福马利亚,你充满圣宠,主与你同在。

④⑤ 原文为西班牙语。

252

酒馆。一个干净、光亮的咖啡馆就很不一样了。现在,没有更多的想法,他会回家,回自己的房间。他会躺在床上,终于,曙光来临,他要睡觉了。毕竟,他对自己说,可能只是失眠。肯定有许多人都患失眠。

于晓红 译

一次简单的询问

　　外面,积雪高过了窗台。阳光透过窗户洒进来,照在临时棚屋的松木板墙壁上的一张地图上。日头正高,阳光从积雪的顶上照耀。沿着临时棚屋敞开的一侧,是在雪中挖出的一条战壕,晴天时,照在墙壁上的阳光将热量反射到战壕的雪壁上,融雪渐渐将战壕拓宽。这是三月底了。少校坐在靠墙的书桌旁。他的副官坐在另外一张书桌旁。

　　少校有两个显眼的白眼圈,这是戴雪镜以防雪中太阳灼伤的结果。他脸上其余部分的皮肤都被太阳灼伤,已经晒黑了,而晒黑的皮肤又再度被灼伤。他的鼻子肿着,曾经打过水泡的地方爆起快要脱落的干皮。他一边读材料,一边用左手的手指蘸着一只小碟子里的油,涂抹在自己的脸上,他非常轻柔地用指尖涂抹着,仔细地将手指上多余的油在小碟子沿上刮掉,只留下一层油膜,当他轻轻地抹完前额和脸颊以后,便格外轻柔地用指尖儿抹他的鼻子。完事后,他站起来,拿着小油碟子,进入他睡觉的小房间。"我要小憩一下。"他对副官说。在这支部队里,副官不是军官。"你来结束案头的工作。"

　　"是,少校先生①。"副官回答。他身体向后靠在椅背上,

①　原文为意大利语。

254

打了一个哈欠。他从外衣口袋里拿出一本有报纸包皮的书，打开放在书桌上，点上了烟斗。他身体前倾，伏案阅读，烟斗冒出烟来。随后，他合上书，把书放回衣服口袋里。案头需要做的工作太多了。工作没有完成以前，他无法享受阅读。外面，太阳已经落山，营房的墙壁上已经没有阳光照射了。一个士兵进来，将一些砍得长短不齐的松树枝填进炉膛里。"轻点，皮尼，"副官对他说，"少校正在睡觉。"

皮尼是少校的勤务兵，是个脸颊黝黑的小伙子，他捅好炉膛，将松树枝小心地塞进去，关好门，回到棚屋的后面去了。副官接着做案头的工作。

"托纳尼。"少校喊道。

"少校先生？"

"派皮尼进来见我。"

"皮尼！"副官大声喊道。皮尼进来。"少校要见你。"副官说。

皮尼穿过棚屋的主房间，朝少校房间的门口走去。他敲响半敞着的房门。"少校先生？"

"进来，"副官听见少校说，"关上门。"

在房间里，少校躺在靠墙的床铺上。皮尼站在他床边。少校的头枕在一只军用背包上，他将换洗的衣服填充在背包里当枕头用。他那狭窄、晒伤、油亮的脸冲着皮尼。他的双手平放在毛毯上。

"你十九岁？"他问。

"是，少校先生。"

"你恋爱过吗？"

"您是什么意思，少校先生？"

"恋爱——与姑娘？"

"我有过一些姑娘。"

"我不是问的那个。我问的是你是否爱——爱姑娘。"

"是,少校先生。"

"你目前正与这位姑娘恋爱吗？可你没给她写过信。我读过你的所有信件。"

"我正在与她恋爱,"皮尼说,"只是我不给她写信。"

"你敢肯定是这样？"

"我肯定。"

"托纳尼,"少校保持同样的音调说,"你能听见我说话吗？"

隔壁没有回应。

"他听不见我们说话,"少校说,"那你非常肯定你爱姑娘？"

"我肯定。"

"那么,"少校迅速地看了他一眼,"你不是一个腐化分子喽？"

"我不明白您的意思,腐化分子。"

"好啦,"少校说,"你不必摆出一种优越感嘛。"

皮尼的眼睛盯着地上。少校看着他褐色的面孔,上下打量着他,还看着他的手。然后,他脸上没有笑容,只是接着说,"假如你真的不愿意——"少校停顿了一下。皮尼盯着地面看。"如果你的强烈欲望不真的是——"皮尼盯着地面看。少校将头枕回到背包上,笑了。他感到真正地松了一口气:部队里的生活太复杂了。"你是一个好小伙,"他说,"你是一个好小伙,皮尼。别那么一副有优越感的德行,要当心别人冒出来,占有了你。"

皮尼纹丝不动地站在床铺边。

"别害怕。"少校说。他的双手交叉着放在毛毯上。"我不会碰你的。假如你愿意,可以回到你的排里。但是,你最好继续做我的仆人。你战死的可能性会少一些。"

"那你要把我怎么样吗,少校先生?"

"不,"少校说,"去吧,接着做你刚才做的事。你出去的时候,留着门。"

皮尼出去了,他让门敞着。当他尴尬地穿过房间,走出门时,副官一直抬头看着他。皮尼脸色涨红,举止与刚才抱木柴进来烧火时不一样。副官的眼神跟着他的背影,他笑了。皮尼又给火炉拿了些木柴进来。少校躺在床铺上,盯着他那罩着布的钢盔和挂在墙壁一颗小钉子上的雪镜,听着皮尼穿过房间时的脚步声。这个小魔鬼,他想,我怀疑他是否跟我撒谎。

于晓红 译

向瑞士致敬

第一部　惠勒先生在蒙特勒①的肖像

　　火车站的咖啡馆里温暖而明亮。餐桌的木头桌面因为擦抹而光亮,桌上的篮子里摆放着蜡纸袋装的椒盐扭结面包圈。椅子是雕花木椅,座位因久用而磨光,但坐着舒服。墙上挂着一只木雕的挂钟,房间的末端是一个酒吧。窗外正在下雪。

　　两位站台搬运工坐在挂钟下面的那张餐桌旁,喝着当年的葡萄酒。有一位搬运工进来,说是辛普朗—东方快车②在圣莫里斯③晚点一个小时。然后,他就出去了。女招待来到惠勒先生的桌旁。

　　"快车晚点一个小时,先生,"她说,"我能为您上一杯咖

---

① 蒙特勒(Montreux),瑞士沃州的一个小镇,位于日内瓦湖的东岸。
② 辛普朗—东方快车(Simplon-Orient Express)的前身创立于1876年,实现了从巴黎到伊斯坦堡的豪华列车运行。第一次世界大战期间曾停运(1914—1918);1918年11月11日,著名的"一战"停战协议就是在东方快车上签署的。1919年,辛普朗隧道(Simplon Tunnel)贯通,正式称为辛普朗—东方快车。
③ 圣莫里斯(Saint-Maurice)是瑞士瓦莱州圣莫里斯区的核心城市,位于通往罗纳河谷上游的干道入口处。

啡吗?"

"假如你认为咖啡不会让我睡不着觉的话。"

"请问?"女招待问。

"来一杯吧。"惠勒先生说。

"谢谢您。"

她从厨房端来咖啡,惠勒先生看着窗外,站台上的灯光使他看清了纷纷而下的雪。

"除了英语,你还会说别的语言吗?"他问女招待。

"哦,是的,先生。我会讲德语、法语,还有一些方言。"

"你愿意喝一点儿什么吗?"

"哦,不,先生。咖啡馆规定不允许与顾客喝酒。"

"你不来一支雪茄?"

"哦,不,先生。我不吸烟,先生。"

"没关系。"惠勒先生说。他再次看着窗外,喝着咖啡,还点燃一支香烟。

"小姐①。"他喊道。女招待过来。

"您要点儿什么,先生?"

"你。"他说。

"您千万不要跟我开这样的玩笑。"

"我不是开玩笑。"

"那您可不能这样说话。"

"我没有时间争论,"惠勒先生说,"火车将在四十分钟后到达。假如你跟我上楼,我给你一百法郎。"

"您千万不能提这种事情,先生。我会请搬运工来跟您

---

① 原文为德语。

谈话的。"

"我不要搬运工,"惠勒先生说,"也不要警察,或者任何一位卖香烟的小伙子。我要你。"

"假如您像这样说话,就请您出去。您不能待在这里,像这样说话。"

"那么,你为什么不离开呢?假如你走开,我就无法跟你说话了。"

女招待走了。惠勒先生留意观察她是否跟搬运工们说话。她没有。

"小姐①!"他大喊。女招待过来。"请给我拿一瓶锡永②葡萄酒来。"

"好的,先生。"

惠勒先生看着她走出去,然后,她拿着葡萄酒进来,把酒放在他的桌上。他朝挂钟看了一眼。

"我给你两百法郎。"他说。

"请不要说这样的事情。"

"两百法郎是一大笔钱。"

"您不要说这样的事情!"女招待说。她的英语出现了困难。惠勒先生饶有兴味地看着她。

"两百法郎。"

"你可恶。"

"那么,你为什么不走开呢?假如你不在这里,我就无法跟你说话了。"

<hr>

① 原文为法语。
② 锡永(Sion)位于瑞士西南部,是瓦莱州的首府。

女招待离开他的餐桌,走到酒吧那边。惠勒先生喝着葡萄酒,对自己微笑了一会儿。

"小姐。"他大叫。女招待假装没有听见他。"小姐。"他又大叫。女招待走过来。

"您要点儿什么?"

"非常需要。我给你三百法郎。"

"你可恶。"

"三百瑞士法郎。"

她走开了,惠勒先生看着她的背影。一位搬运工打开门。他正是负责惠勒先生行李的搬运工。

"火车来了,先生。"他用法语说。惠勒先生站起来。

"小姐。"他大叫。女招待朝他的桌子走来。"这葡萄酒多少钱?"

"七法郎。"

惠勒先生数出八法郎,把钱留在桌子上。他穿上外衣,跟着搬运工来到大雪纷飞的站台上。

"再见,小姐①。"他说。女招待看着他离开。他很丑陋,她想,既丑陋又可恶。三百法郎,就为了一件什么都不用做的事情。这种事情我做过多少次,分文不取。而且这里根本没有地方去。假如他还有一点点脑子的话,就知道这里根本没有地方可去。没有时间,又没有地方可去。三百法郎就做那个。这些美国人都是些什么人。

站在水泥站台上,身边放着行李,看着火车轨道上透过雪照射过来的火车头灯光,惠勒先生在想,这是一个非常便宜的

① 原文为法语。

游戏。实际上,除了晚餐以外,他只花了七法郎买一瓶葡萄酒,一法郎做小费。七毛五分钱做小费会更好一些。假如小费只是七毛五分钱,他会感觉更好些。一个瑞士法郎等于五个法国法郎。惠勒先生要去的地方是巴黎。他对钱非常谨慎,对女人根本不感兴趣。他从前来过这个火车站,知道这里根本没有楼上。惠勒先生从来不会无谓地冒险。

第二部　约翰逊先生在沃韦①谈论它

　　火车站的咖啡馆里温暖而明亮;餐桌因为擦抹而光亮,有的桌上铺着红白条纹的桌布;其他桌上铺着蓝白条纹的桌布,所有的桌上都摆放着篮子,里面装着蜡纸袋装的椒盐扭结面包圈。椅子都是雕花木椅,虽然座位磨损,但舒服。墙壁上有一只挂钟,房间最远的一端有一个锌面酒吧柜台,窗外正下着雪。两位车站的搬运工,坐在挂钟下的那张餐桌旁喝当年的葡萄酒。

　　有一位搬运工进来,说辛普朗—东方快车在圣莫里斯晚点一个小时。女招待来到约翰逊先生的餐桌旁。

　　"快车晚点一个小时,先生,"她说,"我能给您上一杯咖啡吗?"

　　"假如不是太麻烦的话。"

　　"请问?"女招待问。

　　"给我来一杯吧。"

　　"谢谢您。"

---

① 沃韦(Vevey)是瑞士沃州的城市,位于日内瓦湖北岸,西距洛桑不远。

她从厨房端来咖啡,约翰逊先生看着窗外,站台上的灯光使他看清了纷纷而下的雪。

"除了英语,你还会说别的语言吗?"他问女招待。

"哦,是的。我会讲德语、法语,还有一些方言。"

"你愿意喝一点儿什么吗?"

"哦,不,先生。咖啡馆规定不允许与顾客喝酒。"

"来一支雪茄?"

"哦,不,先生,"她大笑,"我不吸烟,先生。"

"我也不吸烟,"约翰逊说,"那是一种肮脏的习惯。"

女招待走了,约翰逊点燃一支香烟,喝着咖啡。墙上的挂钟指示为十点差一刻。他的手表快了一点。火车正点十点半到达——晚点一个小时,就是十一点半到达。约翰逊朝着女招待喊。

"小姐①!"

"您要点儿什么,先生?"

"你不会跟我玩玩儿吧?"约翰逊问。女招待脸红了。

"不,先生。"

"我不是指什么剧烈的事情。你不会喜欢参加一个聚会,看一看沃韦的夜生活吧? 带上你的女朋友,假如你愿意的话。"

"我必须工作,"女招待说,"我的岗位在这里。"

"我知道,"约翰逊说,"你就不能找一个替代你? 内战的时候,人们就是这么干的呢。"

"哦,不,先生。我必须在这里,我自己,亲身。"

---

① 原文为意大利语。

"你在哪里学的英语?"

"在贝立兹语言学校①,先生。"

"跟我说说吧,"约翰逊说,"贝立兹学校的学生是不是疯野的那种? 说说搂抱亲吻都是什么样的? 油嘴滑舌的家伙多吗? 你有没有撞到过斯科特·菲茨杰拉德②?"

"对不起?"

"我是说你在大学里的日子是不是你一生中最幸福的时光? 去年秋季贝立兹都有什么校队?"

"您在开玩笑,先生?"

"只有一点点儿玩笑,"约翰逊说,"你是一个顶呱呱的好姑娘。你就不想跟我玩吗?"

"哦,不,先生,"女招待说,"您想让我给您上点儿什么?"

"是的,"约翰逊说,"你能给我拿葡萄酒单来吗?"

"好的,先生。"

约翰逊拿着葡萄酒单,走到三位搬运工坐着的餐桌旁。他们都抬头看着他。他们都是老人了。

"喝点儿酒吗③?"他问。其中一位点头并微笑。

"好的,先生④。"

"你说法语?"

"是的,先生⑤。"

---

① 贝立兹语言学校(Berlitz School)是语言学家马克西米利安·贝立兹(Maximilian Berlitz,1852—1921)创立于 1878 年的国际语言学校,至今已经发展成为庞大的全球非营利性教育机构。

② 弗朗西斯·斯科特·基·菲茨杰拉德(Francis Scott Key Fitzgerald,1896—1940),美国著名小说作家。他的代表作是《了不起的盖茨比》。

③ 原文为德语。

④⑤ 原文为法语。

"咱们喝点儿什么呢？你们知道香槟酒吧①？"

"不，先生②。"

"必须知道③。"约翰逊说，"小姐，"他喊女招待，"我们要喝香槟酒。"

"您要哪一种香槟酒，先生？"

"要最好的，"约翰逊说，"这是最好的吗④?"他问搬运工们。

"最好⑤?"最先说话的那个搬运工说。

"无论如何。"

搬运工从他的外衣口袋里拿出一副金边眼镜，看了一遍葡萄酒单。他的手指顺着四个打字机打印的葡萄酒名称和价钱下移。

"运动员牌，"他说，"运动员牌是最好的。"

"你们同意吗，先生们？"约翰逊问其他的搬运工。一位搬运工点头。另一位用法语说，"我从来没有喝过，可我经常听到别人谈论运动员牌。是个好牌子。"

"一瓶运动员。"约翰逊对女招待说。他看了一眼葡萄酒单上的价钱：十一瑞士法郎。"来两瓶运动员吧。你们不介意我跟你们坐在一起吧？"他问建议运动员牌的那位搬运工。

"请坐。舒坦地坐下，请。"那位搬运工冲着他微笑。他正在将眼镜折叠起来，放回眼镜盒里。"今天是先生的生日吗？"

"不，"约翰逊说，"不是庆祝⑥。我的妻子决定跟我

①②③⑤⑥　原文为法语。
④　约翰逊的法语中夹杂着英语。

离婚。"

"原来如此，"那位搬运工说，"我希望不是这样。"另一位搬运工摇了摇头。第三位搬运工好像有点儿耳聋。

"毫无疑问，这是人生的共同经历，"约翰逊说，"就像第一次去见牙医，或者姑娘第一次不舒服，可我还是心烦意乱。"

"这可以理解，"最年老的搬运工说，"我理解。"

"诸位先生中没有离过婚的吧？"约翰逊问。他不再耍弄外语，现在开始讲流利的法语，而且已经说了一会儿法语了。

"没有，"要运动员牌香槟酒的搬运工说，"这里的人们不怎么闹离婚。倒是有一些离婚的先生们，可是不多。"

"而我们，"约翰逊说，"就不一样喽。几乎每一个人都离婚了。"

"这是真的，"那位搬运工证实，"我在报纸上读到过。"

"我本人有点儿迟钝，"约翰逊接着说，"这是我第一次离婚。我已经三十五岁了。"

"但你还年轻①。"那位搬运工说。他向另外两位搬运工解释。"先生只有三十五岁②。"两位搬运工都点头。"他很年轻。"其中一位说。

"这真的是你第一次离婚吗？"那位搬运工问。

"绝对，"约翰逊说，"请开瓶吧，小姐。"

"是不是很贵呀？"

"一万法郎。"

"瑞士钱？"

"不，法国钱。"

~~~~~~~~~~~~~~~~

　　①② 原文为法语。

266

"哦,是的。两千瑞士法郎。反正不便宜。"

"对。"

"为什么一个人会离婚呢?"

"因为他被人家要求离的。"

"可为什么人家会要求离呢?"

"去跟别人结婚呗。"

"可这多白痴呀。"

"我同意你的说法。"约翰逊说。女招待倒了四杯酒。他们都举起酒杯。

"祝酒①。"约翰逊说。

"为了您的健康,先生②。"那位搬运工说。另两位搬运工说,"干杯③。"香槟酒的味道如同粉红色的甜苹果酒。

"在瑞士,人们总是要用另外一种语言来回答别人吗?"约翰逊问。

"不,"那位搬运工说,"法语是更有教养的语言。再说啦,这是瑞士西部④。"

"可你是讲德语的嘛?"

"是的。我来自讲德语的地区。"

"我明白了,"约翰逊说,"你说你从来没有离过婚?"

"没有。那会太花费了。再说,我从来没有结过婚。"

"喔,"约翰逊说,"那在座的这几位先生呢?"

"他们都结婚了。"

"你喜欢已婚吗?"约翰逊问其中一位搬运工。

---

① 原文为德语。

②③ 原文为法语。

④ 原文为法语。瑞士西部是法语区。

"什么?"

"你喜欢已婚状态吗?"

"是的。这是正常的①。"

"完全如此,"约翰逊说,"那你呢,先生②?"

"还行③。"另外一位搬运工说。

"而我呢④,"约翰逊说,"不行喽⑤。"

"先生要离婚了。"第一位搬运工解释道。

"哦。"第二位搬运工说。

"啊,哈。"第三位搬运工说。

"唉,"约翰逊说,"这个话题好像已经谈滥了。你们对我的遭遇不感兴趣。"他对第一位搬运工说。

"不对,感兴趣。"那位搬运工说。

"唉,让我们说点儿别的吧。"

"随你的意。"

"我们能说点儿什么呢?"

"你做运动?"

"不,"约翰逊说,"可是,我的妻子做运动。"

"那你做什么来娱乐呢?"

"我是一个作家。"

"作家能赚钱吗?"

"不。可将来有了名气以后就能赚钱啦。"

"挺有趣。"

"不,"约翰逊说,"没趣。对不起,先生们,我必须离开你们了。劳驾你们把另外一瓶酒喝掉好吗?"

①②③④⑤　原文为法语。

"可是火车要三刻钟以后才来呢。"

"我知道。"约翰逊说。女招待来了,他为葡萄酒和晚餐付了款。

"您要出门,先生?"她问。

"是的,"约翰逊说,"只是走一走。我把行李都留在这里。"

他裹上围巾,穿上外衣,戴好帽子。外面大雪纷飞。透过窗户,他回头看三位坐在餐桌旁的搬运工们。女招待正将已开瓶的酒倒入他们杯中。她把未开瓶的那瓶酒拿回到酒吧柜台里。这样能让他们每人分到将近三个瑞士法郎,约翰逊心想。他转身,走下了站台。刚才在咖啡馆里,他本以为谈论一下会减轻痛苦;可痛苦没有减轻;只是让他感觉厌恶。

第三部　一位资深会员的儿子在特利德①

特利德车站的咖啡馆里有点儿过热;光线明亮,餐桌因为擦抹而发亮。餐桌上摆放着篮子,里面盛着蜡纸袋装的椒盐扭结面包圈,还摆放着硬纸板做的啤酒杯坐垫,防止酒杯在木桌上留下潮湿的圈印。雕花木椅的座位磨损了,却十分舒服。墙上有一座挂钟,房间最远端有一个酒吧柜台,窗外下着雪。挂钟下面的餐桌旁坐着一位老人,正在喝咖啡,看晚报。一位搬运工进来,说是辛普朗—东方快车在圣莫里斯晚点一个小时。女招待来到哈里斯先生的餐桌旁。哈里斯先生刚吃完晚餐。

---

① 特利德(Territet),蒙特勒镇附近的一个小村庄,与第二篇故事里的地点沃韦一样,当时的东方快车并不在这两个小站停车。

"快车晚点一个小时,先生。我能为您上一杯咖啡吗?"

"假如你愿意的话。"

"请问——?"女招待问。

"好吧。"哈里斯先生说。

"谢谢您,先生。"女招待说。

她从厨房端上咖啡,哈里斯先生在咖啡里加了糖,用小勺将糖块压碎,他看着窗外,站台上的灯光使他看清了纷纷而下的雪。

"除了英语,你还会说其他语言吗?"他问女招待。

"哦,是的,先生。我会讲德语、法语,还有一些方言。"

"你最喜欢哪一种语言?"

"它们都非常相似,先生。我说不好更喜欢哪一种。"

"你想喝点儿什么吗,咖啡?"

"哦,不,先生,咖啡馆规定不允许与顾客喝酒。"

"你不想吸一支雪茄吧?"

"哦,不,先生,"她大笑,"我不吸烟,先生。"

"我也不吸烟,"哈里斯说,"我不赞同大卫·贝拉斯科①。"

"请问——?"

"贝拉斯科。大卫·贝拉斯科。你一眼就能认出他来,因为他总是竖着衣领。可我不认同他的观点。再说啦,他已经死了。"

"请原谅我离开一下好吗,先生?"女招待问。

"绝对没问题。"哈里斯说。他身体前倾坐在椅子上,看

---

① 大卫·贝拉斯科(David Belasco,1853—1931),美国著名的戏剧制作人、管理人、导演、剧作家。

着窗外。在房间的另外一头,那位老人正叠起报纸。他看着哈里斯,然后,拿着咖啡杯子和托盘朝哈里斯的餐桌走来。

"假如我打扰了你的话,请见谅,"他用英语说,"可我突然想到,没准儿你是国家地理学会①的会员呢。"

"请坐吧。"哈里斯说。老先生坐了下来。

"您不想再来一杯咖啡或者酒吗?"

"谢谢你。"老先生说。

"您不跟我喝一杯樱桃白兰地②?"

"也许。可你必须让我请你喝。"

"不,我坚持请您喝。"哈里斯喊女招待。老先生从外衣的内兜中拿出一只袖珍书一样的皮夹子。他取下宽橡皮筋,拿出几张活页纸,挑选了一页递给哈里斯。

"这是我的会员证书,"他说,"你认识美国的弗雷德里克·罗素吗?"

"我恐怕不认识他。"

"我相信他是非常著名的。"

"他来自什么地方? 你知道是美国的什么地方吗?"

"来自华盛顿,当然。那不是该学会的总部所在地吗?"

"我相信是的。"

"你相信是的。你不肯定吗?"

"我已经离开很久了。"哈里斯说。

① 国家地理学会(National Geographic Society),于 1888 年 1 月 27 日在美国正式创立,是非盈利科学与教育组织,现在已经成为庞大的国际多媒体机构。黄色方框是该学会产品的企业识别标志。

② 樱桃白兰地(Kirsch 或 Kirschwasser)是一种用深色酸樱桃连核一同发酵后双蒸馏制作的透明、微苦,而没有甜味的白兰地。

"那么,你不是一位会员吗?"

"不。可我的父亲是。他作为会员已经有许多年头了。"

"那么,他一定认识弗雷德里克·罗素的。罗素先生是学会里的一位官员。你会发现正是由于罗素先生的提名,我被授予了会员的资格。"

"我高兴极了。"

"我很抱歉你不是会员。可你通过父亲应该得到提名吧?"

"我想是吧,"哈里斯说,"我回去后,一定试一试。"

"我建议你试一试,"老先生说,"你阅读学会的杂志,当然喽?"

"绝对。"

"你读过有北美动物区系整页彩色插图的那一期吗?"

"是的。我在巴黎时读到过。"

"还有阿拉斯加火山全景的那一期?"

"真是奇观啊。"

"我也非常喜爱乔治·西拉斯三世①拍摄的野生动物照片。"

"真他妈的棒啊。"

"对不起?"

"我是说好极啦。西拉斯那家伙——"

"你管他叫那家伙?"

"我们是老朋友。"哈里斯说。

---

① 乔治·西拉斯三世(George Shiras Ⅲ,1859—1942),美国的律师与政治家,后半生致力于生物学研究及野生动物摄影,并编辑出版野生动物摄影集,他是最早使用闪光灯的摄影家之一。

"我明白了。你认识乔治·西拉斯三世。他一定很有趣。"

"是的。他大概是我认识的最有趣的人。"

"那你认识乔治·西拉斯二世①吗？他也有趣吗？"

"哦,他不是那么有趣。"

"我本来想象他会是非常有趣的。"

"你知道,不是有趣是荒唐。他没有那么有趣。我曾经奇怪为什么。"

"哼,嗯,"老先生说,"我还以为那个家庭里的人都会有趣呢。"

"你还记得撒哈拉沙漠的全景吗?"哈里斯问。

"撒哈拉沙漠？那几乎是十五年前的事情。"

"对。那曾经是我父亲的偏爱之一。"

"他不喜欢后来的那些吗?"

"他可能会喜欢吧。但是他非常喜爱撒哈拉全景。"

"那是很出色。可对于我来说,它的艺术价值远远超出它的科学利益。"

"我不知道,"哈里斯说,"那风刮起沙,阿拉伯人和他的骆驼都朝麦加②跪拜着。"

"根据我的记忆,那个阿拉伯人是牵着骆驼站着的。"

---

① 乔治·西拉斯二世（George Shiras, Jr., 1832—1924），曾任美国最高法院大法官,他的职业带有传奇色彩,在担任大法官之前完全没有公务经验,只是长期从事私人律师事务,从未作为法官裁判过任何案例,这种情况在美国历史上还没有第二例。

② 麦加（Meccah 或 Makkah Al-Mukarramah），伊斯兰教最神圣的城市,一年一度的朝观吸引近三百万人,所有的伊斯兰教徒一生中至少要到麦加朝拜一次。

"你说得不错，"哈里斯说，"我正在想劳伦斯上校①的书。"

"劳伦斯的书说的是阿拉伯，我相信。"

"绝对的，"哈里斯说，"正是那个阿拉伯人提醒了我。"

"他一定是一位非常有趣的年轻人。"

"我相信他是的。"

"你知道他现在在干什么吗？"

"他在英国皇家空军②。"

"他为什么要干那个？"

"他喜欢。"

"你知道他是否属于国家地理学会吗？"

"我也不知道他是不是。"

"他会是一名出色的会员的。他是学会希望吸收为会员的那种人。我会非常高兴为他提名，假如你认为他们会接纳他的话。"

"我认为他们会的。"

"我已经提名过一位沃韦的科学家，还有一位洛桑的同事，他们俩都被选中了。我相信如果我提名劳伦斯上校的话，他们会非常乐意接受的。"

---

① 托马斯·爱德华·劳伦斯（Thomas Edward Lawrence，也称"阿拉伯的劳伦斯"，Lawrence of Arabia，1888—1935），英国军官，探险家，文笔出众，酷爱摩托车，死于摩托车事故。因 1916—1918 年间的阿拉伯起义中作为英国联络官的角色而闻名。许多阿拉伯人将他看成民间英雄，推动了他们从奥斯曼帝国和欧洲的统治中获得自由的理想；同样，许多英国人将他评为最伟大的战争英雄之一。

② 英国皇家空军（Royal Air Force，RAF），创立于 1918 年 4 月 1 日，自此在英国乃至世界军事史上扮演了重要角色。

"这个主意太妙了，"哈里斯说，"您经常来这里的咖啡馆吗?"

"我晚餐后到这里来喝咖啡。"

"你在大学里工作?"

"我已经不再活跃了。"

"我只是在等火车，"哈里斯说，"我要去巴黎,然后从勒阿弗尔①乘船前往美国。"

"我从来没有去过美国。可我非常想去。也许什么时候我应该去学会参加一次会议。我将非常高兴会见你的父亲。"

"我相信他会非常高兴地见到您,可他去年死了。饮弹自尽,够奇怪的。"

"我真的非常抱歉。我敢肯定,这对科学界以及他的家庭都是同样重大的损失。"

"科学界的反应良好。"

"这是我的名片，"哈里斯说，"他名字的首字母是 E.J,而我的是 E.D,我知道他会很高兴认识您的。"

"那会是很令人愉快的。"老先生从他的袖珍夹子里拿出一张名片,递给哈里斯。名片上写着:

> 西吉斯蒙德·怀尔博士,博士学位
>
> 国家地理学会会员,华盛顿特区,美国

---

① 勒阿弗尔(Le Havre),法国北部诺曼底地区继鲁昂之后的第二大城市,位于塞纳河河口,濒临英吉利海峡。

"我会非常珍惜它的。"哈里斯说。

于晓红 译

好 狮 子

从前有一头狮子,他和其他狮子一起住在非洲。而那些狮子全是坏狮子,每天都吃斑马、牛羚和各种各样的羚羊。有时,坏狮子还吃人。他们吃斯瓦西里人、安部卢斯人、万德罗伯斯人,还特别喜欢吃印度商人。对于狮子来说,印度商人都很肥硕而香甜。

但是这只狮子,我们都喜欢他,因为他很好,而且后背上生有一对翅膀。可正因为他的翅膀,别的狮子都取笑他。

"瞧他后背上的翅膀。"他们会这么说,然后哄堂大笑。

"瞧他吃什么吧。"他们会这么说,好狮子只吃面食和小龙虾,因为他好。

坏狮子们会爆发大笑,然后再吃一个印度商人,他们的妻子就喝那个印度商人的血,就像大猫一样,用舌头吧唧、吧唧、吧唧地舔食。他们只有吼叫、狂笑和嘲笑好狮子的时候,才会暂停一下大吃大喝,他们还粗言恶语地嘲笑好狮子和他的翅膀。他们真的是一群很坏、很邪恶的狮子。

而好狮子只是端坐着,收拢后背上的翅膀,非常有礼貌地问,他是否可以来一杯金三鸡尾酒,或一杯美意鸡尾酒,他总是喝这些饮料,从来不喝印度商人的血。有一天,他拒绝吃八头马赛牛,只吃了一些意大利面条,喝了一杯西红柿汁。

这让那些邪恶的狮子们非常气愤,其中一只母狮子是他们中间最邪恶的,她的胡须上沾满了印度商人的血迹,而且永远也洗不掉,哪怕把脸在草上蹭都无济于事,她说,"你是谁啊,还以为自己比我们好得多?你从哪里来的,你这只吃面食的狮子?你到这里来究竟要干什么?"她冲着他咆哮,所有的狮子都不带笑声地吼叫着。

"我的父亲生活在一座城市里,他站在钟楼下,俯视成千上万的鸽子,他们全是他的臣民。当他们飞起来的时候,发出河水涌动般的噪音。父亲的城市里的宫殿比整个非洲的还要多,四匹巨大的铜铸骏马面朝着他,每一匹马都有一只马蹄腾空,因为他们都惧怕他。"

"在我的父亲的城市里,人们走路,或者乘船,没有真正的马敢进城,因为他们都惧怕我的父亲。"

"你的父亲是条狗。"邪恶的母狮子一边说,一边舔她的晶须。

"你是个骗子,"其中一只邪恶的狮子说,"根本不存在这样的城市。"

"递一块印度商人给我,"另一只非常邪恶的狮子说,"这头马赛牛刚死,还不够好吃呢。"

"你是一个狗屁不值的骗子,狗崽子,"最邪恶的那只母狮子说,"现在,我想我得杀了你,吃掉你,连翅膀一起吞掉。"

这可把好狮子吓坏了,因为他看见她的黄眼睛,上下摆动的尾巴,沾满血迹的晶须,还能嗅到她的口臭,非常恐怖的口臭,她从来没有刷过牙。而且她爪子里依然镶嵌着印度商人的残骨遗骸。

"不要杀我,"好狮子说,"我的父亲是一只高贵的狮子,一只深受尊重的狮子，我说的一切都是真实的。"

就在这时，邪恶的母狮子向他扑来。他展开翅膀升到空中，在邪恶的狮子群上空盘旋了一圈，看见他们都在吼叫，对他虎视眈眈。他俯视他们，心想，"这些狮子是多么野蛮啊。"

他在他们头顶上方又盘旋了一圈，故意惹他们更加大声地吼叫。然后，他降低高度，逼视那只前爪腾空、企图抓他的邪恶的母狮子。可她的爪子正好错过了他。"再见①。"他说，因为他说了一口漂亮的西班牙语，他是一只有文化的狮子。他又用标准的法语对他们大声说了一句再见。

他们都用非洲狮子的方言大声怒吼。

好狮子盘旋着上升，飞得越来越高，朝威尼斯飞去。他在广场降落，每个人都很高兴见到他。他升空飞了一会儿，亲吻了他的父亲的双颊，看见那些铜铸骏马的马蹄依然举在空中，方形大教堂看上去比一个肥皂泡还要漂亮。钟楼依然矗立在原来的地方，群鸽正在归巢过夜。

"非洲如何？"父亲问。

"非常野蛮，父亲。"好狮子回答。

"现在，我们这里的夜间有了灯光。"父亲说。

"是啊，我注意到了。"好狮子如同一个有责任感的儿子那样回答。

"让我的眼睛感觉有点儿不舒服，"父亲向他透露，"你现在要去哪里，我的儿子？"

"去哈利酒吧。"好狮子说。

"替我跟希普利亚尼打声招呼，告诉他，我会在近期过

---

① 原文为西班牙语。

去，把我的账结了。"父亲说。

"好，父亲。"好狮子说，他轻盈地飞下去，然后四爪着地，走进哈利酒吧。

希普利亚尼这里一切照旧。他所有的朋友都在。可他从非洲回来后，本身有了一些变化。

"来一杯金三鸡尾酒，男爵阁下？"希普利亚尼先生问。

然而，好狮子从非洲远道而归，非洲已经改变了他。

"有没有印度商人三明治？"他问希普利亚尼。

"没有，可我能弄到一些。"

"在你派人去弄三明治的时候，先给我来一杯非常干的马丁尼①。"他又添了一句，"用戈登牌金酒②调制。"

"很好，"希普利亚尼说，"的确很好。"

现在，这只狮子环顾四周，看着所有这些好人的面孔，知道自己回家了，而且也旅行过了。他非常高兴。

于晓红 译

---

① 马丁尼(Martini)是鸡尾酒中最常见的一种，属美国的发明，具体时间与地点不详；由金酒与味美思加冰块摇制而成，倒入漏斗形高脚杯中，加入橄榄与柠檬皮即成。金酒与味美思的比例通常为四比一；干(dry)与甜(wet)指的是味美思的含量，味美思的含量越少，马丁尼就越干，越无甜味与果味，很干的马丁尼甚至于不含味美思。
② 戈登牌金酒(Gordon's Gin)是英国品牌，畅销于英国、美国与非洲等地。

忠贞的公牛

从前有一头公牛,他的名字不叫费迪南①,他对鲜花也毫无兴趣。他只是喜欢斗,跟与自己同龄的公牛斗,也跟无论是任何年龄的公牛斗,而且他是个打架冠军。

他的牛角坚实如硬木,角尖锋利如豪猪的刺。他决斗时,牛角根疼痛,可他一点儿都不在乎。他脖子上的肌肉隆起一大坨,用西班牙语讲那叫 Morillo②,当他准备斗的时候,他的 Morillo 鼓得像一座小山。他时刻准备战斗,皮毛漆黑、油亮,眼睛清澈明亮。

碰到任何对手,他都会持极端严肃的态度去斗,正如有些人对吃东西,或者阅读,或者上教堂那样的态度。每次斗,他都本着置对方于死地的目的,而其他公牛并不害怕他,因为他们都是好血统,所以不怕。但是,他们不想惹他。他们也不想

---

① 这个典故来自于儿童文学《费迪南的故事》(*The Story of Ferdinand*, 1936),由美国著名作家蒙路·利夫(Munro Leaf,1905—1976)创作,美国艺术家罗伯特·劳森(Robert Lawson,1892—1957)绘画。故事说的是一头名字叫费迪南的公牛,他宁愿欣赏鲜花而不愿意上斗牛场,即使上了斗牛场,他也根本不理会斗牛士的挑衅,就是不战。由于该书出版于西班牙内战前夕,受到了右翼国家的禁止与左翼国家的吹捧利用。

② Morillo 来自西班牙北部的加泰隆语,指的是公牛脖子后的肌肉疙瘩,最初可能来自对摩尔人的贬称,因为摩尔人素以英勇善战的职业军人而著称,莎士比亚戏剧《奥赛罗》中的奥赛罗就是摩尔人军官。

跟他斗。

他既不是蛮霸,也不是邪恶者,可他就是喜欢斗,可能正如有人喜欢唱歌,有人要当国王或者当总统那样。他从来不加思索。斗是他的责任、义务和喜悦。

他在石头高地上斗。他在栓皮橡树下斗,他也在河畔肥沃的牧场上斗。每天,他从那条河开始,走上十五英里的路程,到高处的石头地上,他会跟任何瞟他一眼的公牛斗。然而,他从来没有怒气。

其实,这种说法不真实,其实他的内心充满了怒气。只是他不知道为什么,因为他不会思考。可他非常高贵,而且好斗。

那么,他后来怎么样了呢?那个拥有他的男主人,能够拥有这样一条大兽的任何人,一定知道他是一头多么伟大的公牛,然而主人还是担心,因为这头公牛跟别的公牛打架耗费了他许多钱。每一头公牛都值一千多元,可当他们跟这头伟大的公牛斗过以后,就只剩下大约两百元的价值了,有时掉价掉得更惨。

所以,这个男人,他当然是个好人,便决定在他牧养的所有斗牛中保留这头公牛的血脉,而不是将它送上斗牛场赴死。就这样,他选择了这头公牛当种牛。

但是这头公牛是一头奇怪的公牛。当他们将他放到育种的母牛群的牧场上时,他看见一头母牛,她年轻、漂亮,比其他母牛的身段更苗条、肌肉更健美、皮毛更亮、更可爱。既然他不能斗了,那么,他就爱上了这头母牛,而且对其他任何一条母牛都毫无兴趣。他只想跟她在一起,别的母牛对于他来说都毫无意义。

拥有这个牧场的男人希望这头公牛有所变化,或者学习,或者重新做一头公牛。但是,公牛依然是老样子,他爱他爱的唯一母牛,此外对谁都不感兴趣。他只想跟她在一起,别的母牛对于他来说毫无意义。

于是,这个男主人便将这头公牛与另外五头公牛一起送上了斗牛场①,让他被杀掉,至少这头公牛会斗,尽管他是忠贞的。他斗得非常精彩,每个人都佩服他,那个杀掉他的斗牛士最佩服他。斗牛结束时,杀死他的那个斗牛士,也被叫作斗牛士剑手,他的战衣被汗水浸透,口舌异常干燥。

"这头公牛非常勇敢②。"斗牛士剑手说,将剑递给他的持剑小厮。他递剑时剑柄朝上,剑身上依然滴答着那头勇敢公牛的血,这头公牛不会再惹任何麻烦了,他被四匹大马拉出了斗牛场。

"是的,他就是来自维拉马约侯爵牧场的那头公牛,他必须被铲除掉,因为他是忠贞的。"持剑小厮说,他是个包打听。

"也许,我们都应该忠贞。"斗牛士剑手说。

于晓红 译

~~~~~~~~

① 西班牙式斗牛:每场有三名斗牛士剑手(Matadores),每位剑手配备六名助手:两名长矛骑手(picadores)、三名小矛旗手(banderilleros),还有一名持剑小厮(mozo de espadas)。每一位剑手将负责杀死两头公牛。公牛上场后,剑手先挑逗、激怒公牛,了解公牛的习性;然后两名马背上的骑手持长矛先后入场,刺伤公牛后背上的肌肉疙瘩,造成大量失血,大大削减公牛的体力,进而使公牛因愤怒而变糊涂;三名旗手各持一对小矛依次入场,将三对小矛插入公牛脖子上的肌肉内,进一步挫伤公牛;最后剑手再次登场,一剑命中公牛。偶尔有公牛拒绝斗,实在没有办法时,只好把公牛撤下场,公牛是从一个只打算出、不打算进的小门放出来的,要撤可不容易,不仅难度大,还使得牧场主和斗牛场丢尽脸面、蒙尽耻辱。

② 原文为西班牙语。

得了条明眼狗

"我们后来又怎么样了呢?"他问她。她就都告诉了他。

"这段事我毫无印象。一点儿也记不得了。"

"游猎队临走时的情况你还记得吗?"

"应该记得。不过这会儿却想不起。我只记得有好些女人头顶水罐顺着小径到河滩上去打水,还记得有个伢子把一群鹅赶到水里,赶了一次又一次。我记得鹅全是走得那么慢吞吞的,老是刚一下去就又回了上来。当时的潮水涨得也真高,河边的低地上是黄黄的一片,航道是从远处的岛前过的。风吹个不停,没有苍蝇也没有蚊子。上面是屋顶,下面是水泥地,屋顶是用支杆撑着的,所以整天透风。白天一直都很风凉,晚上更是凉快。"

"你还记得吗,有一回正遇上低潮,有条大独桅船是侧着船身驶进来的?"

"记得,我记得有这么条船,船上的人都上了岸,从河滩上顺着小路走来,那群鹅见了他们害怕,女人也都见了他们害怕。"

"就在那一天我们打到了许许多多鱼,可是因为风浪太大,所以只好回来了。"

"这我记得。"

“你今天已经回想起不少了，”她说，“不要过于用心思了。”

“遗憾的是当时你没有能弄架飞机到桑给巴尔去，”他说，“我们当时住在那片河滩上，其实顺着河滩再往里去，里边倒是很适合飞机降落的。在那儿飞机降落、起飞，都没问题。”

“桑给巴尔我们随时都可以去。你今天就不要太用心思去回想了。要不要我找篇文章念给你听听？过期的《纽约客》杂志里倒常常有些好文章是我们当时没有注意的。”

“不，请别给我念，”他说，“就这么说话吧。谈谈当年的好时光。”

“要不要给你讲讲外边的情况？”

“外边在下雨，”他说，“这我知道。”

“雨下得很大呢，”她对他说，“这样的天气，游客是不会出门的了。风也刮得挺猛的，我们还是下楼去烤烤火吧。”

“也好。我对他们早已不感兴趣了。我只是想听听他们说话。”

“游客里有些人是够讨厌的，”她说，“不过也有些人比较高雅。依我看，到托尔契罗①来观光的游客其实应该说还是最高雅的。”

“这话也有些道理，”他说，“我倒没有想到过这一层。真的，要不是高雅到十二分的游客，到这儿来实在也没有什么可看的。”

“要不要给你来一杯酒？”她说，“你知道这护理的工作我是干不好的。我没有学过护士，也没有这份才能。不过调酒我倒是会。"

"我们就喝一杯吧。"

"你喝什么酒?"

"什么酒都行。"他说。

"我先不告诉你。我到楼下去调。"

他听见房门开了又关，听见她下楼的脚步声，心想：我一定要让她出门去作一次旅游。我一定要想个巧法儿把这事办到。找由头也得找个切合实际的。我是只能一辈子这样了，我一定得想些办法，可千万不能因此而毁了她的一生，毁了她的一切。这些时候来她倒是一直好好的，其实论她的体质也不见得怎么样。说好也好得那么勉强。只是每天能保持没有什么病痛，劲头是一点儿不粗的。

他听见她上楼来了，他听得出她手里端着两杯酒跟刚才空手下楼的脚步声是不一样的。她听见了窗玻璃上的雨声，闻到了壁炉里烧山毛榉木柴的气息。她进房里来了，他就伸手去接，手碰到酒杯握了拢来，还感觉到她来碰了杯。

"是我们来这儿以后最爱喝的那话儿，"她说，"堪培利①配戈登金酒加冰块。"

"好极了，你不学那些姑娘，好好的一句话'加冰块'她们不说，偏要说'埋几颗暗礁'。"

"我不会这么说，"她说，"我才不会这么说呢。我们都是'触过礁'的人啦。"

"既然命运已经决定，再难挽回，那我们就要自己努力挺

①　堪培利是一种意大利酒。

住，"事情他都回想起来了，"你记不记得我们是打什么时候起忌讳那种话的？"

"那是我弄到了那头狮子的时候。这头狮子雄壮不雄壮？我真想再见见它。"

"我也很想。"

"啊，对不起。"

"你记不记得我们是打什么时候起忌讳那句话的？"

"我刚才差点儿又说漏了嘴呢。"

"你知道，"他对她说，"我们能够来到这儿也真是万幸。当时的情景我还记得清清楚楚，一切都还历历在目。这句成语我倒还是第一次用，今后也要忌讳了。可当时的情景真是太美了。我现在一听到雨声，眼前就能看见雨点纷纷打在石子路上，纷纷打在运河里和湖面上，我知道刮怎样的风那树便怎样弯，在怎样的天色下那教堂和塔楼便是怎样的光景。哪儿还有对我更合适的地方呢。这儿真是再完美也没有了。我们有很好的收音机，有很好的磁带录音机，我一定要写出以前从来也写不出的好文章来。有了这录音机只要舍得花工夫，字字句句都可以改到称心为止。我可以慢慢儿干，一字一句只要嘴里这么一说，眼前也就都看见了。有什么不妥的话，倒过来一听就可以听出来，我可以再重新来过，一直修改到称心为止。亲爱的，这优点太多了，真是再理想不过了。"

"喔，菲利普……"

"瞎，"他说，"两眼一抹黑也不过就是这么两眼一抹黑。这跟落在真正的黑暗里感觉不一样。我的心眼儿里看得可挺清楚的，我的脑子也在一天天好起来了，我能回想起过去的事了，我还能充分发挥想象。你等着看吧。我今天的记忆力不是有进步了吗?"

"你的记忆力一直在不断进步。你的身体也一天天强壮起来了。"

"我身体很强壮,"他说,"我看你是不是可以……"

"可以怎么样?"

"可以出一趟门,换个环境,去休息一阵子。"

"你不需要我了吗?"

"我当然需要你啦,亲爱的。"

"那何必还要提让我出门的事呢? 我知道我对你照应不好,不过有些事别人干不了,我却干得了,而且我们彼此早就相爱了。你是爱我的,这你自己也知道,还有谁能像我们这样知心呢?"

"在黑咕隆咚中我们过得挺幸福的。"他说。

"在大白天我们过得也挺幸福的。"

"你知道,我倒很喜欢这么两眼一抹黑的。从某些方面来说这倒要比本来好。"

"别把高调唱过了头,"她说,"何苦呢,装得这样胸怀有多宽广似的。"

"你听这雨声,"他说,"这会儿潮情怎么样了?"

"退得很低了,再加给风一吹,水位就更低了。连布拉诺①都差不多可以走着去了。"

"这么说除了一个地方都不能走着去了,"他说,"鸟儿多吗?"

"多半是海鸥和燕鸥。都栖息在沙洲浅滩上,风大,飞起

---

① 威尼斯附近的一个市镇,位于岛上。

来吃不住。"

"没有水鸟吗?"

"有一些,遇上这样的大风、这样的潮位,平时不露头的沙洲浅滩都露出水面来了,水鸟都在那儿踏着沙走呢。"

"你看会不会春天就要到了?"

"我也说不上,"她说,"不过看这样子无疑还不会。"

"你的酒喝完了吗?"

"快喝完了。你为什么自己不喝?"

"我要留着慢慢儿喝。"

"喝了吧,"她说,"那会儿你一点一滴都不能喝,不是难受得要死吗?"

"不,我跟你说,"他说,"刚才你下楼去的时候,我心里在琢磨这么回事儿:我觉得你可以到巴黎去,去过巴黎再去伦敦,去看看各色人物,去痛快点儿玩玩,到你回来肯定已是春天了,那时你就可以详详细细把一切都讲给我听。"

"不行。"她说。

"我看这样做还是比较明智的,"他说,"你知道,我们这种伤脑筋的处境可并不是一天两天的事,我们得学会调整自己的生活节奏。再说我也不想把你给累垮了。你知道……"

"你说话别老是这么'你知道''你知道'的好不好?"

"你听明白了吗? 这可是我们眼前的一件要紧事儿。至于说话嘛,我注意学着点儿就是,一定不叫你听着生气。等你回来一听,说不定还会让你喜欢得发狂呢。"

"你晚上怎么办?"

"晚上好办。"

"我就知道你会说好办! 你大概连睡觉也学会了吧。"

"我会学会的。"他对她说,这才喝下了半杯酒。"这也是我计划的一部分。你知道我这计划有这样的妙处:你去好好玩儿了,我的心也就安了。这样,我生平第一次心上无愧,自然而然就睡得着了。我拿个枕头,代表我那颗无愧的心,我抱着它,就会渐渐睡着的。万一要是醒来的话,我可以去想一些上不得台面的甜丝丝、美滋滋的想头。要不就想想自己有些什么不好的地方,好好的下个决心改正。再不就想想过去的事。你知道,我就希望你去痛痛快快玩儿……"

"请你不要再说'你知道'了。"

"我一定尽量注意不说。我已经把这三个字当成了禁忌,只是一不留神,说漏嘴了。总之我不希望你就光是起一只明眼狗①的作用。"

"我才不是这么个人呢,你难道会不知道?再说,那也不能叫明眼狗,该叫'明眼'导盲狗。"

"这我知道,"他对她说,"来坐在我身边,好吗?"

她就过来挨着他坐在床上,两人都只听见紧密的雨点打在玻璃窗上,他很想别用盲人那样的动作去抚摸她的头和她可爱的脸庞,可是不这样去抚的话,他又能怎样摸到她的脸呢? 他紧紧抱住了她,亲着她的头顶。他心想:我只能改天再劝劝她了。我可千万不能胡来一气。她抚上去是那么可爱,我太爱她了,我给她造成的损失太大了,我一定要学会好好照

---

① 美国新泽西州莫里斯敦有一所导盲犬训练所,招牌叫"明眼",意思是盲人有了导盲犬可以像明眼人一样。所以正确的说法应该把这种狗叫作"明眼"导盲犬(seeing-eye dog),叫明眼狗(seeing-eyed dog)便生出了歧义,因此下文要加以纠正。又:本文的题目故意用错误的说法:明眼狗。

应她,尽可能多多照应她。我只要想着她,只一心想着她,事情总都会满意解决的。

"我再也不把'你知道''你知道'老是放在嘴上了,"他对她说,"我们就以此作为个开头吧。"

她摇了摇头,他感觉到她在哆嗦。

"你爱怎么说就只管怎么说吧。"说着她把他亲了亲。

"请不要哭,我的好姑娘。"他说。

"我可不能让你抱着个臭枕头睡觉。"她说。

"那好。就不抱臭枕头睡觉。"

他心里暗暗命令自己:煞住! 赶快煞住!

"哎,我跟你讲,"他说,"我们快下楼去,到炉边舒服的老位子上一坐,一边吃午饭,一边让我细细说给你听,我要说说你这猫儿有多好,我们这对猫儿有多幸福。"

"我们真是挺幸福的。"

"我们一切都会安排妥帖的。"

"我就是不想叫人给打发走。"

"怎么会有人把你打发走呢。"

可是,扶着扶手小心翼翼一蹚一探走下楼梯的时候,他心里却在想:我得让她去,得尽快想个法儿让她去,可绝不能伤了她的感情。因为,这事我办得是不大地道。的确不大地道。可不这么办叫我还能怎么办呢? 无法可想啊——他心里想。实在是无法可想。不过,且自走着瞧吧,也许慢慢儿地你会摸出门道来的。

蔡　慧　译

人情世故

　　那盲人把酒馆里各台"吃角子老虎"机的声音都摸得熟透了。我不知道他花了多少时日才把这些机器的声音听熟，不过这时日是肯定短不了的，因为他总是只跑一家酒馆。但是他常跑的镇子却有两个。来杰塞普镇的时候，他总要等天黑透了，才离了下等公寓，一路走来。听见大路上有汽车来了，便在路边一站，车灯照到了他，人家要么停下，让他搭个便车，要么停也不停，在结冰的大路上管自扬长而去。那得看车上人多人少，有无女客而定，因为那盲人身上的一股味儿相当难闻，特别是在冬天。不过也总有人会停下来让他搭车，因为他到底是个盲人啊。

　　大家都认识他，叫他"盲公"，在那一带对一个盲人用这样的称呼完全是友好的意思。他赖以谋生的那家酒馆店名叫"向导"。贴邻也是一家酒馆，也一样附设有赌博设备和餐厅，这家酒馆的字号叫"食指"。两家酒馆招牌都是借用的山名，办得都还不错，卖酒的柜台都还大有古风，连赌博的设备也两家大致相仿，只是在"向导"馆或许可以吃得称心些，不过"食指"馆有一道牛排却能盖过对方，送上桌来还会咝咝作响呢。而且"食指"馆通宵营业，带做早市，从天亮起直到上午十点喝酒一概不要钱。杰塞普总共只有这么两家酒馆，按说本也不必要来这一套。不过他们却向来就是这样的规矩。

"盲公"所以会选中"向导"馆,可能是因为那儿一进店门,"吃角子老虎"就在左手里靠墙一字儿排开,正对着卖酒的柜台。因而对这儿的"吃角子老虎"他容易"掌握"情况,不像"食指"馆,店堂大,空处多,"吃角子老虎"都分散在各处。这天晚上外边冷得可以,他跨进店门的时候八字须上挂着冰丝,两眼流出的黄水也冻成了小冰条;看他的脸色实在有点儿不妙。连他身上的气味都给冻住了,不过那也只是一会儿工夫的事,等店门一关上,他的气味也几乎马上就散发开来了。我是一向不大忍心对他看的,不过这天还是对他仔细看了一眼,因为我知道他总是搭便车来的,我真不明白他怎么会给冻得这样狼狈。最后我就问了他:

"你是从哪儿走过来的,'盲公'?"

"威利·索耶车子开到铁路桥下就把我扔下了。后面再也没有车子来,我就走着来了。"

"他为什么要叫你走呢?"有人问。

"说是我气味难闻。"

有人在拉"吃角子老虎"的扳手了,"盲公"马上用心听着那飞轮呼呼的转动声。结果没有得彩。"可有什么阔佬在玩?"他问我说。

"你听不见吗?"

"还听不出来。"

"一个阔佬也没有,'盲公',今儿是星期三。"

"我知道今儿是星期几。今儿是星期几还用得着你来告诉我?"

"盲公"顺着那一排"吃角子老虎"走过去,挨个儿在漏斗下的底盘里掏了一下,看看可有人家拿漏的硬币。那自然是不会有的,不过这是他照例的第一步行动。他回到卖酒的柜台前,又来到了我们这儿,阿尔·钱尼想请他喝一杯。

"不喝了,""盲公"说,"七条路八条道的,我得小心点儿哪。"

"怎么会有七条路八条道呢?"有人问他,"你还不是直通通的路一条:出了酒馆就可以一路回到公寓。"

"我走过的路才多啦,""盲公"说,"不定什么时候我恐怕还得动身,还要走这么七条路八条道的。"

有人在"吃角子老虎"上得了彩,不过彩头不大。"盲公"却还是走了过去。那台"吃角子老虎"吞吐的是两毛半的硬币,在那里玩儿的是个年轻人,当下不大情愿地给了他一枚。"盲公"摸了摸,才放进口袋。

"多谢,"他说,"管保你有去就有来。"

那年轻人说:"但愿如此啦。"然后又在"老虎"口里按下了一枚硬币,把扳手往下一拉。

他又得了个彩,这一回得了还真不少,他抄起一大把硬币,给了"盲公"一枚。

"谢谢,""盲公"说,"你运气不错啊。"

"今儿晚上我交好运了。"那个扳"吃角子老虎"的年轻人说。

"你交好运也就是我交好运。""盲公"说。那年轻人就又继续扳下去,可是这以后他就没有再得过彩,"盲公"站在旁边气味实在难闻,样子又极难看,最后那年轻人就歇手不干了,来到了卖酒的柜台前。他实际上是让"盲公"给赶跑的,可是"盲公"是没法知道的,因为年轻人并没有说什么,所以

"盲公"只是用手在"吃角子老虎"里又掏摸了一下,就站在那儿,等有新来的酒客来赌了。

轮盘桌上没有开张,骰子台上也没有开张,扑克牌桌上只有几个管赌台的坐在那里互相打闹。虽说不是周末,这样生意清淡的夜晚在镇上倒也是少见的,真是太不够刺激了。除了卖酒的柜台,整个酒馆根本没有一点生意。独有这卖酒的柜台还是个惬意的所在,其实在"盲公"进店以前这整个酒馆本来也并不讨厌。可现在大家心里却都在暗暗盘算:还是到隔壁"食指"馆去吧,要不就干脆拍拍屁股回家去。

"你想喝什么,汤姆?"掌柜的法兰克问我,"本店奉送你一杯。"

"我打算要走了。"

"那喝了一杯再走吧。"

"那就老样子掺点儿水吧。"我说。弗兰克又问那年轻人喝什么,那年轻人穿一身厚厚的俄勒冈都市装,戴一顶黑帽子,胡子刮得光光的,脸上都生了冻疮了,他要的酒也一样。那威士忌是老福雷斯特牌的。

我向他点了点头,举一举杯,两个人就都慢慢儿喝。"盲公"是在一排"吃角子老虎"的那一头。我想他心里大概也有点儿数:要是人家看见他当门站着的话,恐怕就不会有人进来了。不过他倒也不觉得有什么难为情的。

"这人的眼睛怎么会瞎的?"年轻人问我。

"我倒也不晓得。"我对他说。

"他大概是打架打瞎的吧?"那陌生后生说完,还摇了摇头。

"就是,"弗兰克说,"就是那回打了一架,从此连他说话的嗓音都变得尖声尖气了。告诉他吧,汤姆。"

"这事我可没有听说过。"

"啊,对。你是不会听说的,"弗兰克说,"怎么会听说过呢。那时你大概还没来这镇上哩。先生,那是一天晚上,也跟今晚一样冷。或许还要更冷一些。那一架打得也挺干脆。怎么开的头我没看见。反正后来他们就从'食指'馆的店门里一路打了出来。一个是黑仔,也就是现在的'盲公',那另一个小伙子叫威利·索耶,他们又是拳头揍,又是膝盖磕,抠眼睛啦,牙齿咬啦,什么都干,我看见黑仔的一只眼睛挂下来吊在面颊上。他们就是这样在结了冰的路上打,当时路上高高地堆着积雪,我们和'食指'馆两家店门里的灯光照得路上亮堂堂的。威利·索耶只顾抠那眼睛,背后有个叫霍利斯·桑兹的还替他不断助威:'快咬下来! 当颗葡萄一样咬下来!'黑仔这时也咬住了威利·索耶的脸,好大一口,猛一使劲,就咬下了一块,接着又是好大一口咬下去,两块肉都掉在了冰上,威利·索耶为了要逼他松开嘴,只顾死死往他眼窝里抠,后来只听见黑仔哇的一声惨叫,那个惨劲儿真是从来也没有听到过。比杀猪还要吓人哪。"

"盲公"这时早已悄悄出现在我们的背后,我们闻到了他的气味,都转过脸来。

"'当颗葡萄一样咬下来!'"他尖着嗓门说,两眼直对着我们,头在来回转动。"那是干掉我的左眼。他一声也不响,又干掉了我的右眼。等我什么也看不见了,就把我狠狠地踩。这他就干得不漂亮了。"说着在自己身上拍了拍。

"我那时还是蛮能打的,"他说,"可还没等我明白过来是怎么回事,一只眼睛就已经让他干掉了。要不是他抠得碰巧,有那么容易让他干掉？就这样，""盲公"的口气里并没有一点怨恨的意思，"我打架的日子从此结束了。"

"给黑仔来一杯。"我对弗兰克说。

"我叫'盲公'呢,汤姆。这名字是我自己挣来的。你们亲眼看见我怎么挣来的。咬瞎我眼睛的那人,也正就是今儿晚上把我半路赶下汽车的那个家伙。我们始终没有和好过。"

"你把他打得怎么样呢?"那个陌生后生问。

"啊,你在这一带总会看见他的,""盲公"说,"你一见他管保就认出来了。我先不说,让你见了吃一惊吧。"

"你还是别看见他的好。"我对那陌生后生说。

"你不知道,我所以时不时想见见他,这也就是一个原因,""盲公"说,"我倒真希望能好好看他一眼。"

"他变成了什么模样你是知道的,"弗兰克对他说,"你有一回走到他跟前把他的脸摸过的。"

"今儿晚上又摸了,""盲公"开心地说,"他赶我下车也就是因为这个缘故。这人一点儿也没有幽默感。我对他说,今儿晚上天这么冷,他怎么也不穿暖和些,小心冻着了脸上的肉。他根本听不懂我说的是句笑话。你们知道,威利·索耶这个家伙永远也懂不了人情世故。"

"黑仔,本店请你喝一杯,"弗兰克说,"我不能便车送你回家了,因为我就住在近段。那你今儿晚上就睡在我这店堂后面好了。"

"那就多谢你了,弗兰克。只是请你别叫我黑仔。我已经不是黑仔了。我的名字叫'盲公'。"

"喝一杯吧,'盲公'。"

"好的。""盲公"说着,把手伸了出来,接过杯子,很准确地冲着我们把酒杯一举。

　　"那个威利·索耶大概已经自个儿回家了,"他说,"那个威利·索耶也真是,连说句笑话逗个乐都不会。"

蔡　慧　译

度夏的人们

　　从霍顿斯湾镇去湖边的砾石路上,中途有一口清泉。水是从埋在路边的一个瓦沟里冒起来的,漫过瓦沟边上的裂口不断往外淌,一路穿过密密丛丛的薄荷,直流到沼泽地里。黑咕隆咚中,尼克把胳膊朝下伸进泉水,可是水冷得胳膊简直搁不住。水底的泉眼里有沙子喷出来,打在指头上好像羽毛轻轻拂过。尼克心想,我要是能全身都浸在里边该有多好。那肯定是挺过瘾的。他缩回胳膊,就在路边坐下。今天晚上是够热的。

　　顺着大路望去,透过林子,看得见比恩家那一色全白的住宅,屋下有脚桩支着,临水而立。他真不想到码头上去。大伙儿都在那儿游泳呢。有奥德加钉在凯特①身边,他觉得没意思。他看得见那汽车就在仓库旁边的路上停着。这说明奥德加和凯特在那儿。这个奥德加,只要朝凯特一瞟,那眼神就活像是条煎熟了的鱼。奥德加难道真这么不晓事?凯特是绝不会嫁给他的。她绝不会嫁给一个跟她"好"不起来的人。这种人要是想来跟她"好"的话,她心里先就恶心,一无热情,只

<hr>

　　① 奥德加为海明威早年好友卡尔·埃德加的外号。凯特为海明威另一至交小威廉·B.史密斯的妹妹,她没有接受奥德加,于1929年嫁给小说家约翰·多斯·帕索斯。详见《论写作》。

想脱身。奥德加原是能打动她的,成其好事该没问题。她不会恶心,一无热情,只想溜走,她反而会和谐地敞开心怀,舒展自在,乐意放松,容易掌握。奥德加以为那是爱情的力量起了作用。他眼睛睁得好大,眼角胀得血红。可是她受不了,不让他来碰她。事情就全坏在他的眼睛上。于是奥德加只求他们俩能跟以前一样做朋友。在沙滩上玩儿,做做泥人,坐条小船一起作竟日之游。凯特总是穿着游泳衣。奥德加就老是拿眼去瞅。

　　奥德加三十二岁,由于精索静脉曲张,动过两次手术。他模样儿难看,大家都爱当稀罕看。奥德加始终没能尝到那味儿,在他看来这可比什么都要紧。每到夏天,他的心境一年坏似一年。真是怪可怜的。奥德加为人还是挺不错的。他对待尼克一向比任何别的人都好。如今呢,尼克想要尝尝那味儿的话就尽可以尝尝了。这要是让奥德加知道了,尼克想,准会气得自杀的。我不知道他会怎么个自杀法。他没法想象奥德加会死。他也许是根本不想干那事儿。不过人家都是那么干的。这可不光是爱情的事。奥德加以为只要有了爱情就行。其实上天有眼,奥德加的确爱她爱得够。这事就是要动心,对肉体动心,然后引进自己的肉体,多说好话,冒着风险,绝对不能吓了人家,要向对方多多索取,当取即取不必先问,总之动心之外还得有一份温存,要让对方也动了心,感到幸福,不妨用调笑来消除对方的害怕。还得事后把它弄得若无其事。那可不是光凭爱情的。光凭爱情会叫人害怕。他,尼古拉斯·亚当斯,就能如愿以偿,因为他身上自有一种什么力量。这种力量也许不会持久。也许不定哪天就会失去。但愿能把这力量给予奥德加,要不,能说给奥德加听听也好。可是你不能对人无话不谈啊。对奥德加尤其如此。不，还不光是对奥德加。对谁都是这样，跑遍天下都是这样。话说得太多，这向来是他最大的毛病。他就是因为话说得太多，才坏了那么多事的。当然，对普林斯顿、耶鲁和哈佛这些大学里的童男子，还是应该尽力相助的。为什么一些州立大学里就没有一个童男子呢？也许男女同学是个原因吧。他们遇上了一心想要嫁人的姑娘，这些姑娘帮他们长成，嫁给了他们。至于奥德加、哈维、迈克以及其他许多这样的哥们，将来会怎么样呢？这他就不知道了。他到底还年纪轻、见得少。他们正是世上最好的人。他们结果怎么样？他怎么能知道。他懂事才不过十年，哪能像哈代和汉姆生①那样写作呢。他没这本事。等他到了五十岁再看吧。

他在黑咕隆咚中跪下，就着泉水喝了一口。他觉得精神一振。他相信自己会成为一个伟大的作家。他懂事，这一点人家都比不上他。谁也比不上他。只是他懂的事还不够多。将来可自会多起来的。这他有信心。泉水好冷，激得他眼睛都痛了。这一口水喝得太多了。真像吃了冰淇淋一样。喝水时鼻子没在水里，就会有这种感觉。还是游泳去吧。胡思乱想没意思。一想就没有个完。他就顺着路走去，走过左边的汽车和大仓库（一到秋天，这里有大批苹果和土豆装船运走），还走过比恩家那漆成白色的住宅（大伙儿有时点起了提灯在里面的硬木地板上跳舞）一直走上码头，来到大伙儿在游泳的地方。

① 克努特·汉姆生（1859—1952），挪威作家，因《饥饿》《大地的成长》等长篇小说获得1920年诺贝尔文学奖。

他们都在码头尽头处的水里游泳。尼克沿着那高架在水面上的粗木条码头走去时,听见长长的跳板不服气似的迸出了噔噔两响,接着是水里扑通一声。码头底下的木桩间顿时一片水声激荡。那一定是老"吉"①了,他想。不料却是凯特,正像只海豹似的冒出了水面,攀着梯子上岸来了。

"是威米奇②来了,"她朝大伙儿喊道,"一块儿来吧,威米奇。可好玩儿着哪。"

"嗨,威米奇,"奥德加说,"天哪,真有劲极了。"

"威米奇在哪儿?"那是老吉的声音,他已经游得很远了。

"威米奇这家伙是不会游泳的吧?"水面上飘过来比尔③好不深沉的男低音。

尼克感到舒畅。人家冲你这么嚷嚷,真是有劲。他蹭掉帆布鞋,撩起衬衫从头上脱下,褪下长裤跨出来。光着脚板,感觉到码头的木板条上沾着沙子。他飞快地跑上软弯弯的跳板,脚指头在跳板梢一蹬,肌肉一绷紧,就顺顺溜溜进入深水,一点不觉得已完成了一个跳水动作。临跳前他深深地吸过一大口气,现在到了水里一个劲儿往前游,弓起了背,拖着直挺挺的双脚。一会儿冒出了水面,面孔朝下漂浮了一阵。他一个翻身,睁开眼来。他对游泳一点不感兴趣,只想跳水,只要扎到水里就行。

"怎么样,威米奇?"原来老吉就在他的背后。

"感到热火朝天。"尼克说。

① "吉"(Ghee)是海明威中学同学杰克・彭特科斯特的外号,原意为印度半流体黄油。
② 尼克的外号。
③ 即凯特的哥哥小威廉・B.史密斯。

他吸了一大口气,两手抱住脚脖子,膝头弯起抵在下巴下,缓缓下沉到水里。水的上层是暖和的,可是一路往下,很快就变凉,再下去便有点冷了。接近水底时简直就相当冷了。尼克漂呀漂的慢慢漂到了水底。湖底是泥灰土的,他一伸腿,使劲在湖底上一蹬,以便冒出水来换换气,脚指头触上那泥灰土时,觉得很不是味儿。乍一出水来到黑沉沉的夜色中,有一种异样的感觉。尼克就浮在水面上歇口气,有一脚没一脚地踩踩水,觉得好不自在。奥德加和凯特两人正在码头上说话呢。

　　"有的海里会发磷光,那种水里你去游过没有,卡尔?"

　　"没有。"奥德加只要一跟凯特说话,声气就不自然。

　　要是那样的话,我们身上到处都可以擦火柴了,尼克想。他吸了一大口气,屈起膝头,两手扯紧,就沉下水去,这一回没有闭上眼睛。他慢慢下沉,先朝一边偏去,然后一头笔直扎下。可是不行。天黑了水里什么也看不见。刚才他第一次下水时闭眼是干对了。真稀奇,人的反应就有这么灵。不过也不总都是这么灵的。这一回他并没有一直沉到底,而是在中途打开身子往前游,游到上面的凉水层里,紧靠着湖面的暖水层。真正稀奇,在水下潜泳就是这么有趣,而通常那样在水面上游竟是那么乏味。不过在大海的海面上游泳却是有趣的。那是因为海水浮力大的缘故。只是海水里有股盐卤味,而且会使你觉得口渴。还是在淡水里游好些。就像这样,在这炎热的夜晚。他从码头突出的边缘底下冒出水面换气,然后攀着梯子爬上来。

　　"哎,威米奇,来个跳水表演好不好?"凯特说,"跳一个漂亮的。"他们正背靠着一个大木桩,一起坐在码头上。

"跳一个不溅水花的,威米奇。"奥德加说。

"好吧。"

尼克就水淋淋地走到跳板上,想了想这个跳水动作该怎么做。奥德加和凯特看他站在跳板的末端,夜色中一个黑黑的身影,摆好了姿势一跃而下,那是他看海獭跳水看会了的。在水里,尼克一转身往上浮去,心想,哎,要是凯特能跟我一起在这儿该有多好。他一下蹿出了水面,觉得眼睛里、耳朵里都是水。他一定是还没出水就透过气了。

"真是完美。太完美了。"凯特在码头上喊道。

尼克攀着梯子上来了。

"那两个家伙哪儿去了?"

"都老远地游到湾里去了。"奥德加说。

尼克就挨着凯特和奥德加在码头上躺下。他听得见老吉和比尔在远处的黑暗里划水。

"你真是个顶呱呱的跳水运动员,威米奇。"凯特说着,拿脚触了触他的背。被她这么一触,尼克觉得浑身一抽。

"不。"他说。

"你跳得真叫绝了,威米奇。"奥德加说。

"哪儿呀。"尼克说。他在想他的心思,在想是不是能带上个人一起潜在水下,他踩着这湖底的沙子,能屏上三分钟的气,两个人还可以一起浮上去换口气再回下来,只要懂得窍门要下去是很容易的。有一回,为了露一手,他曾经在水下喝了一瓶牛奶,还现剥现吃过一只香蕉,不过想要克服浮力留在水下还得借重点儿外力,比如湖底要是有个圆环,能让他用胳膊勾住,那就没问题了。哎哟,这怎么行,那样的姑娘先就没处找,一个姑娘家怎么干得了这个呢,她会不灌一肚子的水才怪,是凯特的话准得给淹死,凯特根本没有一点儿水下功夫,他真希望世上能有那样的姑娘,那样的姑娘他也许能找到,不过更可能永远也找不到,像他这样的水下功夫除了他还有谁有?哼,会游泳有什么,会游泳算什么本事,这样的好水性除了他还有谁有?在伊万斯顿①倒有个家伙,屏气可以屏到六分钟,可是这人神经有毛病。尼克真恨不得能做条鱼,不,那有什么好。他笑出声来。

"什么事这样好笑,威米奇?"奥德加沙哑着嗓子说,那是跟凯特亲近时的声气。

"我真恨不得能做条鱼。"尼克说。

"亏你想得出来。"奥德加说。

"可不是。"尼克说。

"别说蠢话了,威米奇。"凯特说。

"你不想做条鱼吗,布特斯坦?"他头枕着木板地、脸背着他们说。

"不想,"凯特说,"今儿晚上不想。"

尼克把背紧紧顶住了她的脚。

"奥德加,你愿意变成什么动物?"尼克说。

"变成约·皮·摩根②。"奥德加说。

"真有你的,奥德加。"凯特说。尼克感觉到奥德加一脸得意了。

"我倒想变成威米奇。"凯特说。

"你要做威米奇太太总还是可以的。"奥德加说。

〰〰〰〰〰〰〰〰

① 芝加哥以北的一个城市。

② 约翰·皮尔庞特·摩根(1837—1913),美国大金融家、铁路巨头。其子同名(1867—1943),也是金融家。

“根本不会有什么威米奇太太。”尼克说。他绷紧了背部的肌肉。原来凯特伸出了两条腿,抵在他背上,就像搁在火堆前一根原木上烤火似的。

“别把话说得太绝了。”奥德加说。

“我是铁了心的,”尼克说,“我要娶一条美人鱼。”

“那不就成了威米奇太太啦。”凯特说。

“不,成不了,”尼克说,“我不会让她做我太太的。”

“你怎么能不让她做呢?”

“我就是不让她做。我谅她也不敢。”

“美人鱼是不嫁人的。”凯特说。

“那我再称心也没有了。”尼克说。

“小心触犯了曼恩法①。”奥德加说。

“反正我们不踏进四英里的领海范围就是,”尼克说,“吃的东西可以从私酒贩卖船上弄来。你只要搞一套潜水服就可以来看我们,奥德加。布特斯坦要是想来,就带她一块儿来。我们星期四下午总在家的。”

“我们明天干什么?”奥德加说,沙哑着嗓子,又表示跟凯特亲近了。

“真该死,不谈明天的事,”尼克说,“还是谈谈我的美人鱼吧。”

“你的美人鱼已经谈够了。”

“那好,”尼克说,“你跟奥德加就谈你们的吧。我可要想想她哩。”

① 由美国国会议员曼恩(1856—1922)提出,并于1910年6月在美国国会获得通过的一项法案。法案规定各州之间禁止贩运妇女。

"你好没正经,威米奇。没正没经的,惹人讨厌。"

"你瞎说,我才老实呢。"他于是闭上了眼睛躺着,说,"别打搅我。我在想她呢。"

他就躺在那儿想他的美人鱼,凯特的足背还顶在他背上,她和奥德加在说他们的话。

奥德加和凯特在说他们的话,他可听而不闻了。他就躺着,什么都不想了,好不快活。

比尔和老吉已经在前边上了岸,顺着湖滩走到停汽车的地方,随后把车子倒到了码头上。尼克就爬起来穿好衣服。比尔和老吉坐在前座,因为游了这么长久,都很累了。尼克跟凯特和奥德加一起上了后座。大家都把身子往后一靠。比尔把车子呼地驶上了坡,拐到大路上。到了这公路干线上,尼克能看见前面车子的灯光了,每当自己的车一上坡,灯光便消失了,于是成了两眼一抹黑,一会儿赶了上去,灯光便又直眨眼了,到比尔超车而过的一刹那,眼前便只觉得模糊一片。公路是跟湖岸并行的,地势很高。来自夏勒伏瓦的大轿车,司机背后坐着俗不可耐的大阔佬,一辆辆迎面而来,擦肩而过,霸占着路面,车头灯也不减光。轰地一大串开过,像一列火车。比尔朝停在路边树下的一些汽车打起反光灯,弄得车上的人躲闪不迭。比尔没有碰上一辆超车的,只是一次有辆车子亮起了反光灯,在他们的脑后直晃,比尔便加快速度,把那辆车甩下了。后来比尔减慢了车速,猛地拐上一条穿过果园通往乡下住宅的黄沙路。汽车以低速在果园里一路上坡。凯特把嘴凑在尼克的耳边。

"记住,过个把钟头,威米奇。"她说。尼克拿大腿朝她腿上使劲顶了顶。汽车在果园高处的小山顶上绕了一圈,到那住宅前停下。

"姑妈睡了。我们得轻点儿。"凯特说。

"明天见,各位老兄,"比尔悄声说,"我们明儿早上再过去。"

"明天见,史密斯,"老吉也悄声说,"明天见,布特斯坦。"

"明天见,老吉。"凯特说。

奥德加眼下也住在这住宅里。

"明天见,各位老兄,"尼克说,"再见啦,明天①见。"

"明天见,威米奇。"奥德加在门廊上说。

尼克和老吉顺着道路走到果园里。尼克探起手来,从一棵"公爵夫人"②的枝头摘下一只苹果。苹果还青,不过他还是一口咬下,吮吸了酸酸的汁水,把渣吐掉。

"你跟'飞鸟'今天游得够长久的,老吉。"他说。

"不好算太长久,威米奇。"老吉答道。

他们出了果园,走过院门口的信箱,踩上路面结实的州公路。在公路跨过小溪处,溪谷里弥漫着一片冷雾。尼克到桥上站住了。

"走呀,威米奇。"老吉说。

"好吧。"尼克应了一声。

他们继续顺着公路上了山坡,公路拐进教堂周围的一片小林子。一路所过的人家没有一家有灯光的。霍顿斯湾镇进入了睡乡。连一辆过路的汽车都没有。

"我还不想睡呢。"尼克说。

---

① 原文为德语 Morgen。
② 苹果的一个品种,红纹,椭圆形。

"要我陪你再走走吗?"

"不用了,老吉。别费事了。"

"好吧。"

"我就跟你走到我家的小宅子为止。"尼克说。他们拨开搭钩,推开纱门,进了厨房。尼克打开冷藏柜,在里边东找西找。

"要不要来些这个,老吉?"他说。

"我要来块馅饼。"老吉说。

"我也要。"尼克说。他从冰箱顶上取了张油纸,包了几块油炸鸡和两块樱桃酱馅饼。

"我可要带着走的。"他说。老吉吃馅饼,从水桶里满满地舀了一勺水喝了。

"老吉呀,你要看书的话,只管到我房里去拿好了。"尼克说。老吉盯着尼克的那包点心直瞅。

"可别干蠢事啊,威米奇。"他说。

"没事儿,老吉。"

"那好。只是千万别干蠢事。"老吉说。他开了纱门走出去,穿过草地到小宅子去。尼克关了灯走出来,随手关好纱门,搭上钩子。他在点心外边包了张报纸,这就穿过湿漉漉的草地,翻过栅栏,顺着大榆树下的路穿过小镇,过了十字路口的最后一批"农村免费投递"信箱,来到通往夏勒伏瓦的公路上,一跨过小溪,他就抄近路穿过一片旷野,紧靠地边,绕着果园的围栏走,翻过栅栏,一头钻进林地。林地中央有四棵铁杉挨得紧紧地长在一起。地上软乎乎的尽是松针,一点露水也没有。这里的林木从不大肆砍伐,树下是一层覆被,踩上去又干燥又暖和,没有一点矮树乱丛。尼克把那包点心在一棵铁杉的树根旁放好，就躺下来等。黑咕隆咚中他看见凯特从林子里走来了，但是他一动没动。她没有看见他，抱着两条毯子，半晌没走一步。黑暗中看去，就像个孕妇挺着个奇大的肚子。尼克不觉一愣。转而一想，倒也滑稽。

"喂，布特斯坦。"他一声招呼。她连毯子都掉了。

"哎哟，威米奇。你不该这么吓唬我。我还当你没来呢。"

"布特斯坦亲爱的。"尼克说。他把她紧紧搂在怀里，只觉得她的身子都贴在自己身上，那娇柔可爱的身子整个儿都贴在自己身上了。她只顾紧紧偎在他胸前。

"我太爱你了，威米奇。"

"布特斯坦我亲爱的，我亲爱的。"尼克说。

他们铺开毯子，凯特把毯子抚抚平。

"拿毯子来冒了好大的风险啊。"凯特说。

"我知道，"尼克说，"我们脱衣服吧。"

"喔，威米奇。"

"那样更有趣。"他们就坐在毯子上脱衣服。光着身子坐在毯子上，尼克觉得有点不好意思。

"你喜欢我不穿衣服吗，威米奇？"

"哎，我们钻到毯子里去吧。"尼克说。他们于是就躺在毛糙的毯子里。贴上她冰凉的肌肤，他觉得浑身火热，他要的就是这个，过了会儿就觉得挺惬意了。

"惬意吗？"

凯特一个劲儿硬是逼着要他回答。

"这不是挺有趣吗？"

"喔，威米奇。我一直喜欢的就是这样。我一直想要的就是这样。"

他们就一起躺在毯子里。威米奇鼻子贴着她的脖子,把头一路顺着往下移,移到她双乳之间。就像抚摸钢琴琴键似的。

"你身上好一股清凉味儿。"他说。

他把嘴唇轻柔地贴在她的一只小乳房上。乳房在他双唇之间变得鲜活起来,他把舌头紧紧贴上去。他感到所有的感觉又兜上心头,便双手朝下溜去,把凯特拉过来。他身子朝下溜,她亲密无间地和他合而为一。她紧紧贴在他弧形的腹部上。她觉得那儿妙不可言。他摸索着,有点笨拙地,终于摸到了。他双手按在她乳房上,把她朝身上搂。尼克使劲地吻她的背脊。凯特的头朝前垂下。

"这样有劲吗?"他问。

"我喜欢。我喜欢。我喜欢。喔,来吧,威米奇。求求你,来吧。来吧,来吧。求求你,威米奇。求求你,求求你,威米奇。"

"这不来了吗。"尼克说。

他忽然感觉到赤条条的身子碰上毯子很不好受。

"你嫌我不好吗,威米奇?"凯特说。

"不,你挺好的。"尼克说。他此刻脑子转得飞快,清醒极了。看事情也看得清清楚楚,明明白白。"我饿了。"他说。

"但愿我们能在这儿睡到天亮。"凯特紧紧依偎着他。

"那敢情好,"尼克说,"可是不行啊。你得回屋里去。"

"我不想去。"凯特说。

尼克站起身来,一阵微风吹在他身上。他赶快穿起衬衫,穿上了就觉得好过了。他把长裤和鞋子也穿上了。

"你得穿衣服了,斯塔特①。"他说。她却把毯子蒙住了头,只管躺在那儿。

"等会儿嘛。"她说。尼克从铁杉树下拿来了点心。他把它打开。

"快,把衣服穿好,斯塔特。"他说。

"我不高兴穿。"凯特说,"我要在这儿睡到天亮。"她裹着毯子坐起身来。"把那堆衣服给我,威米奇。"

尼克把衣服给了她。

"对,我想起来了。"凯特说,"如果我在这儿露天睡觉,他们也只会当我是犯了傻,带上毯子睡到外边来了,那也没什么了不得的。"

"在外边你睡不舒服的。"尼克说。

"不舒服我会进去的。"

"我们吃点儿东西吧,吃完我得走了。"尼克说。

"我得穿件衣服。"凯特说。

他们就一起坐着吃油炸鸡,还各吃了一块樱桃酱馅饼。

尼克站起身,随即跪下吻了一下凯特。

他穿过湿漉漉的草地,回到小宅子,上楼进自己的房,走得小心翼翼的,免得踩出声来。睡在床上才惬意呢,被褥齐全,尽可以把手脚一摊,把头往枕头里一埋。睡在床上才惬意呢,又舒服,又快活,明天还要去钓鱼,还像往常那样,只要不忘记,要作一次祈祷,为家人,为自己(但愿能成为一个大作家),为凯特,为哥们儿,为奥德加,还祝愿明天钓鱼能大丰收,可奥德加这可怜的老兄,睡在那边小宅子里的这位可怜的

---

① 凯特的外号布特斯坦的变体。

老兄,他明天恐怕钓不了鱼,今儿恐怕整夜睡不着了。可是你又有什么办法,一点儿办法都没有。

蔡　慧　译

世 上 的 光 [*]

酒保看见我们进门,抬眼望望,便伸出手去把玻璃罩子盖在两碗免费菜^①上。

"给我来杯啤酒。"我说。他在龙头上放了一杯,用刮铲刮掉杯子口上的那层泡沫,然后一手握着杯子不放。我在木吧台上放下五分镍币,他才把啤酒从台面上朝我推来。

"你要什么?"他对汤姆说。

"啤酒。"

他放了一杯,刮掉泡沫,看见了钱才把酒推过来给汤姆。

"怎么啦?"汤姆问。

酒保没答理他。他径自朝我们脑袋上面看过去,冲着进门的一个男人说,"你要什么?"

"黑麦酒。"那人说。酒保摆出酒瓶和酒杯,还有一杯水。

汤姆伸过手去,揭开免费菜上面的玻璃罩。这是一碗腌猪脚,里面搁着一把能像剪子般开阖的木头家伙,末端有两把木叉,用来叉肉。

"不成。"酒保说,把玻璃罩重新盖在碗上。汤姆手里还

---

* 典出《圣经·约翰福音》第 9 章第 5 节,耶稣说,"我在世上的时候,是世上的光。"

① 西方的小饭店在三四十年代往往摆出所谓"免费菜"以招徕顾客。

拿着木叉。"放回去。"酒保说。

"见鬼去。"汤姆说。

酒保伸出一只手到吧台下,眼睁睁看着我们俩。我在木吧台上放了五毛钱,他才挺起身。

"你要什么?"他说。

"啤酒。"我说,于是他先揭开了两只碗上的罩子才去放酒。

"你们这混账猪脚是臭的。"汤姆说,把一口东西全吐在地上。酒保不言语。喝黑麦酒的那人付了账,头也不回就走了。

"你们自己才臭呐,"酒保说,"你们这帮阿飞都是臭货。"

"他说我们是阿飞。"汤米跟我说。

"听着,"我说,"我们还是走吧。"

"你们这帮阿飞快给我滚蛋。"酒保说。

"我说过我们要走的,"我说,"可不是你叫我们走才走的。"

"回头我们还来。"汤米说。

"不,你们甭来了。"酒保对他说。

"给他讲他犯了多大的错。"汤姆回过头来跟我说。

"走吧。"我说。

外面漆黑一团。

"这是什么鬼地方啊?"汤米说。

"我不知道,"我说,"我们还是上车站去吧。"

我们是从这一头进城的,现在要从另一头出城了。城里一片皮革和鞣树皮和一大堆一大堆的木屑发出的味儿。我们进城时天刚黑,这时天又黑又冷,道上水坑的边缘都在结冰了。

车站上有五个窑姐儿在等火车进站,还有六个白人和四个印第安人。屋内人头济济,火炉烧得很热,满是混浊的烟雾。我们进去时没人在讲话,票房的窗口关着。

"关上门,行不?"有人说。

我看看说这话的是谁。原来是这些白人中的一个。他穿着齐膝盖截短的长裤和伐木工人的胶皮靴,一件麦基诺格子厚呢衬衫,跟另外几个一个样,就是没戴帽,脸色发白,两手也发白,瘦瘦的。

"你到底关不关啊?"

"关,关。"我说着就把门关上。

"劳驾了。"他说。另外有个人嘿嘿笑了。

"跟厨子开过玩笑吗?"他对我说。

"没。"

"你不妨跟这位开一下玩笑。"他瞧着那个叫厨子的,说,"他可喜欢呐。"

厨子眼光避开他,把嘴唇闭得紧紧的。

"他手上抹柠檬汁呢,"这人说,"他死也不肯泡在洗碗水里。瞧这双手多白。"

有个窑姐儿放声大笑。我生平还是头一回看到个头这么大的窑姐和娘儿们。她穿着一套会变色的绸子衣服。另外有两个窑姐儿个头跟她差不离,不过这大个儿的体重准有三百五十磅。你瞧着她的时候,还不信她是真的人呢。这三个身上都穿着会变色的绸子衣服。她们并肩坐在长椅上。个头都特大。另外两个的模样就跟一般窑姐儿差不多,都是用过氧化物漂白的金发。

"瞧他的手。"那人说着朝厨子点点头。那窑姐儿又笑了,笑得浑身颤动。

厨子回过头去,连忙冲着她说,"你这一身肥肉的臭婆娘。"

她兀自哈哈大笑,身子直打战。

"噢,我的天哪。"她说。嗓音怪动听的。"噢,我的老天哪。"

另外两个窑姐儿,一对大个儿,装得安安分分,非常文静,仿佛没什么感觉似的,不过个头都很大,跟那个头最大的一个差不离。两个都足足超过两百五十磅。另外那两个却是一本正经。

男人中除了厨子和说话的那个,还有两个伐木工人,一个在听着,虽然感到有趣,却很腼腆,另一个似乎打算说些什么,还有两个是瑞典人。两个印第安人坐在长椅的另一端,还有一个靠墙站着。

打算说话的那个悄没声儿地跟我说,"包管像是躺在干草堆上。"

我听了不由大笑,把这话说给汤米听。

"凭良心说,像这种地方我还从没见识过呢,"他说,"瞧这三个娘儿们。"这时厨子开腔了。

"你们哥儿俩多大啦?"

"我九十六,他六十九。"汤米说。

"嗬!嗬!嗬!"那大个子窑姐儿笑得直打战。她的嗓音的确动听。另外几个窑姐儿可没笑。

"噢,你嘴里没句正经话吗?"厨子说,"我问你算是对你友好啊。"

"我们一个十七，一个十九。"我说。

"你这是怎么啦？"汤姆冲我说。

"没事儿的。"

"你叫我艾丽斯好了。"大个子窑姐儿说着身子又打战了。

"这是你的名字？"汤米问。

"可不，"她说，"艾丽斯。对不？"她回过头来看着坐在厨子身边的男人。

"艾丽斯。一点儿不错。"

"你正该起这种名字。"厨子说。

"这是我的真名。"艾丽斯说。

"另外几位姑娘叫什么啊？"汤姆问。

"黑兹儿和埃塞尔。"艾丽斯说。黑兹儿和埃塞尔微微一笑。她们不大机灵。

"你叫什么？"我问一个金发娘儿们。

"弗朗西丝。"她说。

"弗朗西丝什么？"

"弗朗西丝·威尔逊。你问这干吗？"

"你叫什么？"我问另一个。

"哼，别放肆。"她说。

"他无非想跟我们大伙交个朋友罢了，"头里说话的男人说，"难道你不想交个朋友吗？"

"不想，"头发用过氧化物漂白的娘儿们说，"不跟你交朋友。"

"她真是个泼辣货，"男人说，"一个地道的小泼妇。"

一个金发娘儿们瞅着另一个，摇摇头。

"天杀的乡巴佬。"她说。

艾丽斯又哈哈大笑起来,笑得浑身直打战。

"有什么可笑的,"厨子说,"你们大伙都笑,可没什么可笑的。你们两个小伙子,要上哪儿去啊?"

"你自个儿要上哪儿?"汤姆问他。

"我要上凯迪拉克①,"厨子说,"你们去过那儿吗? 我妹子住在那儿。"

"他本人也是个妹子嘛。"穿截短的长裤的那人说。

"你别说这种话行不行?"厨子说,"我们不能说说正经话吗?"

"凯迪拉克是史蒂夫·凯切尔的故乡,阿德·沃尔加斯特②也是那儿的人。"那腼腆的男人说。

"史蒂夫·凯切尔。"一个金发娘儿们尖声说,这名字仿佛在她心中扣动了扳机。"他的亲老子开枪杀了他。咳,天哪,亲老子啊。再也找不到史蒂夫·凯切尔这号人了。"

"他不是叫史坦利·凯切尔③吗?"厨子问。

"嘿,少废话!"金发娘儿们说,"你对史蒂夫了解个啥?史坦利。他才不叫史坦利呢。史蒂夫·凯切尔是空前未有的大好人、美男子。我从没见过像史蒂夫·凯切尔这么洁净、这么白皙、这么漂亮的男人。天下找不出第二个来。他行动活像老虎,是个空前未有的大好人,花钱最最豪爽。"

"你认识他吗?"男人中的一个问。

---

① 凯迪拉克,密歇根州中部一大城市,位于纵贯南北的铁道干线上。
② 阿德·沃尔加斯特,1910—1912 年美国轻量级拳击冠军。
③ 史坦利·凯切尔(1886—1910),实有其人。为 1907—1908 年次重量级拳击冠军。在一次与人争吵中被枪杀。

"我认识他吗？我认识他吗？我爱过他吗？你问我这个吗？我跟他可熟呢，就像你跟无名小鬼那样熟，我爱过他，就像你爱上帝那样深。史蒂夫·凯切尔哪，他是空前未有的大伟人、大好人、最最白皙的美男子，可他的亲老子竟把他当条狗似的一枪打死。"

"你陪他到东海岸去过吗？"

"没。在这以前我就认识他了。他是我唯一的心上人。"

头发用过氧化物漂白过的娘儿们把这些事说得像演戏似的，人人听了都对她肃然起敬，但艾丽斯又开始打战了。我坐在她身边感觉得到。

"你原该嫁给他的。"厨子说。

"我不愿损害他的前程，"头发用过氧化物漂白过的娘儿们说，"我不愿拖他的后腿。他要的可不是老婆。唉，我的上帝呀，真是个了不起的男人呐。"

"这样看待这事儿倒也不错，"厨子说，"杰克·约翰逊① 不是把他击倒过吗？"

"这是耍的诡计，"头发漂白过的娘儿们说，"这个大个子黑人偷打了一下冷拳。本来他已经把杰克·约翰逊这大个子黑杂种击倒了。那黑鬼靠侥幸才战胜他的。"

票房窗口开了，三个印第安人走到窗口去。

"史蒂夫把他击倒了，"头发漂白过的娘儿们说，"他还扭头冲着我笑呢。"

"我记得你刚才说过你当时不在东海岸。"有人说。

"我就是为了这场拳赛才出门的。史蒂夫扭头冲着我

① 杰克·约翰逊（1878—1946），美国第一个重量级黑人拳王。

笑,那个该死的黑狗崽子跳起身来,给了他一下冷拳。史蒂夫原是能打垮一百个这号黑杂种的。"

"他是个拳击大王。"那伐木工人说。

"但愿他确实是这样。"头发漂白过的娘儿们说,"但愿现在不再有他这样好的拳手了。他就像位神明,真的。那么白皙、那么洁净、那么漂亮,就像头猛虎或闪电那样出手迅速,干净利落。"

"我在拳赛电影中看到过他。"汤姆说。我们全都听得很感动。艾丽斯浑身直打战,我一瞧,只见她在哭。那几个印第安人已经走到月台上去了。

"他比天底下哪个做丈夫的都强,"头发漂白过的娘儿们说,"我们当着上帝的面结了婚,我眼下还是他的人儿,而且将一辈子都是他的,我整个儿都是他的。我不在乎自己的身子。人家可以糟蹋我的身子,可我的灵魂是属于史蒂夫·凯切尔的。天呐,他真是个男子汉。"

人人都感到不是味儿。叫人听了又伤心又尴尬。当下那个还在打战的艾丽斯开口说话了。"你闭着眼睛说瞎话,"她嗓门低低地说,"你这辈子从没跟史蒂夫·凯切尔睡过,你自己有数。"

"亏你说得出这种话来!"头发漂白过的娘儿们神气活现地说。

"我说这话就因为这是真的,"艾丽斯说,"这里只有我一个人认识史蒂夫·凯切尔,我是从曼塞罗那来的,在当地认识了他,这是真的,你也明明知道这是真的,我要有半句假话就叫天打死我。"

"叫天打死我也行。"头发漂白过的娘儿们说。

"这是真的,真的,真的,这个你明明知道。不是瞎编的,而且我还完全记得他跟我说的话。"

"他说些什么来着?"头发漂白过的娘儿们得意洋洋地问。

艾丽斯正在哭,身子颤动得连话也说不出来。"他说过:'你是个可爱的小宝贝,艾丽斯。'这确实是他亲口说的。"

"这是鬼话。"头发漂白过的娘儿们说。

"这是真话,"艾丽斯说,"他的确是这么说的。"

"这是鬼话。"头发漂白过的娘儿们神气活现地说。

"不,这是真的,真的,真的,我对天发誓,一点不假。"

"史蒂夫决不会说这种话。这不是他平素说的话。"头发漂白过的娘儿们高高兴兴地说。

"这是真的,"艾丽斯嗓音怪动听地说,"而且随便你信不信,我都觉得无所谓。"她不再哭了,总算平静了下来。

"史蒂夫不可能说这种话。"头发漂白过的娘儿们扬言说。

"他说了。"艾丽斯说着,露出了笑容。"记得当初他说这话时,我确实像他说的那样,是个可爱的小宝贝,而眼下我要比你强得多,你这个旧热水袋可干得没有一滴水啦。"

"你休想侮辱我,"头发漂白过的娘儿们说,"你这个大脓包。我记性可好呢。"

"不,"艾丽斯嗓音甜得可爱地说,"你记得的事有哪一点是真的?怕只记得你光着腚的日子和几时吸上可卡因跟吗啡吧。其他什么事你都是从报上刚看来的。我做人清白,这点你知道,即使我个头大,男人还是喜欢我,这点你也知道,而且我决不说假话,这点你也知道。"

"你管我记得哪些事?"头发漂白过的娘儿们说,"反正我记得的净是些真事,美事。"

　　艾丽斯看看她,再看看我们,脸上的受到伤害的神情消失了,她微微一笑,一张脸蛋漂亮得真是少见。她有一张漂亮的脸蛋,一身细嫩光洁的皮肤,一副动人的嗓子,她真是好得没说的,而且的确很友好。可是天呐,她个头真大。她的个头真有三个娘儿们那样大。汤姆看见我正瞧着她,就说,"快来。我们走吧。"

　　"再见。"艾丽斯说。她确实有副好嗓子。

　　"再见。"我说。

　　"你们哥儿俩往哪条道走啊?"厨子问。

　　"跟你走的不是一条道。"汤姆对他说。

陈良廷　译

先生们,祝你们快乐

　　那时节差距跟如今可大不相同,泥土从如今已被削平的丘陵上吹下来,堪萨斯城跟君士坦丁堡一模一样。说来你也许不信。没人信。可这是真的。今天下午,天下着雪,黑得早,在一个汽车商行的橱窗里,亮着灯,陈列着一辆赛车,车身完全用白银抛光,引擎盖上印有 Dans Argent 的字样。我想这两个字的意思是银舞或跳银舞的人①,但心里对这两个字的意思稍微有些莫名其妙,不过看见车也很高兴,对自己懂得一门外文也很得意。我冒雪沿街走着。沃尔夫兄弟酒馆在圣诞节和感恩节供应免费火鸡大菜,我从那里出来,朝市立医院走去,医院坐落在俯临全城烟尘、建筑和街道的一座高山上。医院的接待室里有两个救护队的外科大夫,费希尔医生和威尔科克斯医生,一个坐在桌前,另一个坐在靠墙一张椅子里。

　　费希尔医生是个瘦个子,长着沙金色头发,薄薄的嘴唇,含着笑意的眼睛,赌徒的手。威尔科克斯医生是个矮个子,黑皮肤,拿着一本附有索引的书,书名《青年医生顾问指南》,这本书里列举的病例都可以查考,说明症状和疗法。书里还有

---

　　① 小说主人公把法文 Dans Argent(银制品)中的 Dans 与英文中发音相似的跳舞 dance 和跳舞的人 dancer 混淆了。

对照索引,凭诊断也可以查到症状。费希尔医生曾建议今后再版应该再补进对照索引,那样如果凭疗法查考,就可以查到病名和症状。"以便帮助记忆。"他说。

威尔科克斯医生对这本书很敏感,可他离不开这本书。书是软皮面的,正好放入上衣口袋,他是听了他一位教授的忠告才买了这本书的,那位教授这么说过,"威尔科克斯,你没有做医生的资格,我在职权范围内尽了一切努力阻止你获得医生资格证书。既然你现在已经成为这项需要专门学问的行业中的一员,我以人道主义的名义,奉劝你去买一本《青年医生顾问指南》用用吧,威尔科克斯医生。学着用吧。"

威尔科克斯医生一言不发,不过当天就买了这本皮面指南手册。

"喂,霍勒斯。"我一走进那间接待室里,费希尔医生就打了个招呼。室内一股怪味儿,有香烟味,有碘仿味,有石炭酸味,还有热量过高的暖气管味。

"先生们。"我说。

"市场上有什么新闻没有?"费希尔医生问。他说起话来装腔作势,过分夸张,我听起来倒是语气优雅。

"沃尔夫酒馆有免费火鸡。"我答。

"你吃过了?"

"吃得很丰盛。"

"许多同事都去了?"

"全体同人。大家都去了。"

"圣诞佳节的欢乐气氛很浓?"

"不算太浓。"

"这位威尔科克斯医生也稍微吃过了。"费希尔医生说。

威尔科克斯医生抬眼看看他,再看看我。

"要喝一杯吗?"他问。

"不,谢谢。"我说。

"那好吧。"威尔科克斯医生说。

"霍勒斯,"费希尔医生说,"我叫你霍勒斯,你不在乎吧?"

"不在乎。"

"霍勒斯老弟。我们碰到个有趣透顶的病例。"

"可不。"威尔科克斯医生说。

"你认识昨天上这儿来的小伙子吗?"

"哪一个?"

"找我们做阉割手术的。"

"认识。"他进来那时我在场。他是个十六岁的小伙子。他进来时没戴帽,虽然又激动又害怕,决心倒大。他一头鬈发,体格强壮,嘴唇凸出。

"你怎么啦,孩子?"威尔科克斯医生问他。

"我要做阉割手术。"那小伙子说。

"为什么?"费希尔医生问。

"我做了祷告,我尽了一切努力,可是一点也没用。"

"什么没用?"

"那股要命的肉欲。"

"什么要命的肉欲?"

"我心里的那股子劲儿。我没法抑制那股子劲儿。我对此做了一整夜祷告。"

"到底怎么回事?"费希尔医生问。

小伙子告诉了他。"听我说,孩子,"费希尔医生说,"你没什么毛病。你有那股子劲儿是理所当然的。你没什么毛病。"

"那是坏事,"小伙子说,"是玷污清白的罪过,是触犯上帝和救世主的罪过。"

"不,"费希尔医生说,"这是天生自然的事。你有那股子劲儿也是理所当然的,日后你还会认为自己非常幸运呢。"

"啊呀,你们不明白。"小伙子说。

"听我说。"费希尔医生说,他告诉小伙子某些知识。

"不。我不听。你不能叫我听你的。"

"请听我说。"费希尔医生说。

"你简直是个十足的大傻瓜。"威尔科克斯医生跟小伙子说。

"那你们不肯做手术?"小伙子问。

"做什么手术?"

"替我阉割。"

"听我说,"费希尔医生说,"没人会替你阉割。你身上没什么毛病。你身体很好,你千万别想这事了。如果你是信教的,那就别忘了你所抱怨的不是罪恶,只是完成圣礼的途径罢了。"

"我没法抑制,"小伙子说,"我做了一整夜祷告,我白天也祷告。这是罪过,常犯的玷污清白罪。"

"咳,去你的——"威尔科克斯医生说。

"你这样说话我可不听你的,"小伙子神气十足地跟威尔科克斯医生说,"请你做这手术行不行?"他问费希尔医生。

"不行。"费希尔医生说,"我已经跟你说过了,孩子。"

"把他撵出去。"威尔科克斯医生说。

"我会出去的,"小伙子说,"别碰我。我会出去的。"

那是上一天五点钟光景的事。

"后来怎么样?"我问。

"今天凌晨一点钟,"费希尔医生说,"我们接纳了用剃刀自伤的青年。"

"阉割?"

"不是,"费希尔医生说,"他不懂阉割是什么意思。"

"他会送命的。"威尔科克斯医生说。

"为什么?"

"失血呗。"

"这位好大夫,我的同事,威尔科克斯医生当班,他在他的手册里竟找不到这种急救法。"

"你竟那样说话,真该死。"威尔科克斯医生说。

"我只是用最客气的方式说话,大夫。"费希尔医生说,一边瞧瞧自己一双手,由于他愿意替人效劳,加上对联邦法令不够尊重,这双手给他找来过麻烦。"这个霍勒斯可以替我作证,我只是用最客气的方式说这事。这个年轻人做的是切除呢,霍勒斯。"

"得了,希望你别就此挖苦我,"威尔科克斯医生说,"用不着挖苦我。"

"挖苦你,大夫,在我们的救世主的诞辰①这一天挖苦你?"

"我们的救世主②?你不是个犹太教徒吗?"威尔科克斯

---

① 救世主的诞辰指圣诞节,为基督教徒纪念耶稣基督诞生的节日,在 12 月 25 日。

② 基督教始于公元一世纪,奉耶稣为救世主。犹太教为犹太人中间流行的宗教,奉耶和华为唯一的神,所以威尔科克斯对作为犹太教徒的费希尔称耶稣为"我们的救世主"表示异议。

医生说。

"我是犹太教徒。我是犹太教徒。我老是把这点忘了。我从来没给予应有的重视。承蒙你好心提醒我。你们的救世主。对。你们的救世主,毫无疑问是你们的救世主——我还挖苦圣枝主日①。"

"你太自作聪明了。"威尔科克斯医生说。

"诊断得确切极了,大夫。我一向太自作聪明。的确是太自作聪明了。霍勒斯,要防止这点。你这人虽然没多大倾向性,不过有时我看出一点儿苗头。可这个诊断多神啊——用不着查书。"

"见你的鬼去吧。"威尔科克斯医生说。

"到时候会去的,大夫,"费希尔医生说,"到时候会去的。如果真有那么个鬼地方的话,我一定会去看看的。我甚至已经看到过一眼了。不过是偷看了一眼而已,真的。我几乎马上就掉转头看别处了。霍勒斯,你知道这位好心的大夫把那年轻人带进来时,他是怎么说的吗?他说,'唉,我请求过你给我做这手术。我请求过你多少回给我做手术了。'"

"而且,在圣诞节。"威尔科克斯医生说。

"这个节日的意义并不重要。"费希尔医生说。

"对你也许并不重要。"威尔科克斯医生说。

"你听到他说了吗,霍勒斯?"费希尔医生说,"你听到他说了吗?这位大夫发现了我的弱点,可以说是我的致命伤,他就趁机大大利用了。"

---

① 圣枝主日是纪念耶稣在受难前进入耶路撒冷的节日,在复活节前的星期日。

"你太自作聪明了。"威尔科克斯医生说。

陈良廷　译

大 转 变

"得了,"男人说,"怎么样?"

"不,"姑娘说,"我不能。"

"你意思是说你不肯。"

"我不能,"姑娘说,"我就是这个意思。"

"你意思是说你不肯。"

"好吧,"姑娘说,"你要怎样理解就怎样理解。"

"我并没有要怎样就怎样。要是这样倒好了。"

"你早就这样了。"姑娘说。

天还早,酒馆里除了酒保和这对坐在屋角桌边的男女之外,没有别人了。时当夏末,他们俩都晒得好黑,所以在巴黎他们看上去很不谐调。姑娘穿一套粗花呢服装,一身金棕色的皮肤光滑柔嫩,脑门上一头金发剪得短短的,长得很美。男人瞧着她。

"我要杀了她。"他说。

"请别。"姑娘说。她有一双好细嫩的手,男人瞧着她的手。这双手长得纤细,晒黑了,很美。

"我一定要。我对天发誓一定要。"

"杀了她,你也不会快乐。"

"你不会陷进别的事吧?不会陷进别的困境吧?"

"看来不会,"姑娘说,"你打算怎么办?"

"我跟你说过了。"

"不,我是说真的。"

"我不知道。"他说。她瞧着他,伸出手去。"可怜的菲尔。"她说。他瞧着她的手,可是他没用自己的手去碰它。

"不,谢谢。"他说。

"说声对不起也没什么用吗?"

"对。"

"跟你说明是怎么回事也没什么用?"

"我不愿听。"

"我非常爱你。"

"是啊,这点证实了。"

"你要是不明白,那我也没办法。"她说。

"我明白。麻烦就在这里。我明白。"

"你真的明白,"她说,"这下事情当然更糟。"

"可不,"他瞧着她说,"我会永远明白的。整天整夜。尤其是整夜。我会明白的。这你用不着担心。"

"对不起。"她说。

"如果是个男人——"

"别这么说。这决不是男人不男人的事。这你也清楚。你不信赖我吗?"

"真好笑。"他说,"信赖你。真的很好笑。"

"对不起,"她说,"看来我只有这句话好说。不过既然咱们相互了解,那也用不着假装不了解。"

"是啊,"他说,"我看是用不着。"

"如果你要我,我再回来。"

"不。我不要你。"

于是两人一时都一言不发。

"你不相信我爱你吧?"姑娘问。

"别胡说。"男人说。

"你真的不相信我爱你?"

"你干吗不拿出证明来?"

"你以前可不是这样的。你过去从不要求我证明什么事。那可不礼貌。"

"你真是个古怪的姑娘。"

"你不古怪。你是个好人,要我离开你,一走了之,真叫我伤心——"

"你当然得走。"

"是啊,"她说,"我得走,这你知道。"

他没说什么,她瞧着他,再伸出手去。酒保在酒柜那一头。他的脸色煞白,上衣也是白的。他认识这两口子,认为他们是一对年轻佳偶。他看到过好多对年轻佳偶分手,然后再另外结了新偶,从不白头到老。他不是在想这件事,而是在想一匹马。过半小时他就可以派人到对马路看看那匹马有没有跑赢。

"你不能对我厚道些,让我去吗?"姑娘问。

"你想我该怎么办?"

两个顾客进了门,走到酒柜前。

"好咧,先生。"酒保记下他们点的酒。

"你不能原谅我吗? 你知道这件事的话?"姑娘问。

"不。"

"你不想想咱们有过那段情分对相互了解总该有点儿关

系吧?"

"伤风败俗是面目非常可怕的妖魔,"青年辛酸地说,"下句不是得什么什么的,就是但必须擦亮眼睛看看。下句还有我们怎么怎么的,然后拥抱。"他记不得原句①了。"我没法引述了。"他说。

"别说伤风败俗了,"她说,"那样说很不礼貌。"

"堕落。"他说。

"詹姆斯,"一个顾客招呼酒保说,"你气色很好。"

"你自己气色也很好。"酒保说。

"詹姆斯老兄,"另一个顾客说,"你发胖了,詹姆斯。"

"我胖成这模样,难看死了。"酒保说。

"别忘了加进白兰地,詹姆斯。"第一个顾客说。

"忘不了,先生,"酒保说,"相信我。"

酒柜边那两个顾客朝桌边那两个看过去,然后又回头看看酒保。朝酒保这方向看顺眼。

"我还是希望你最好别用这字眼,"姑娘说,"没必要用这样的字眼。"

"那你要我怎么叫呢?"

"你用不着叫。用不着什么叫法。"

"就是这个叫法。"

"不,"她说,"咱们遇到各种各样的事都和解了。这你也有体验。你都见惯了。"

"你不必再说了。"

---

① 他引述的是英国诗人蒲伯(1688—1744)的诗句。原句应为"伤风败俗是面目极其狰狞的妖魔,必须深恶痛绝,但需擦亮眼睛看看。……"

"因为这点已说明一切了。"

"行了，"他说，"行了。"

"你意思完全不对。我知道。完全不对。可我会回来的。告诉你，我要回来的。我马上就会回来。"

"不，你别回来。"

"我会回来的。"

"不，你别回来。别回到我这里。"

"走着瞧吧。"

"是啊，"他说，"糟就糟在这里。你大概会吧。"

"我当然会。"

"那走吧。"

"真的?"她信不过他，可是她的嗓音是愉快的。

"走吧。"他的嗓音自己听上去好怪。他正瞧着她，瞧着她嘴巴翕动的样子，瞧着她颧骨的线条，瞧着她的眼睛，瞧着她脑门上头发长的样子，瞧着她耳朵的轮廓，瞧着她的脖子。

"未必当真吧。唉，你真太可爱了，"她说，"你对我太好了。"

"等你回来后再把事情告诉我吧。"他的声音听上去很怪。他自己都辨不出来了。她赶快瞧了他一眼。他渐渐定下心来。

"你要我走吗?"她一本正经地问。

"是的，"他一本正经地说，"马上走。"他的嗓音变样了，嘴巴很干。"现在就走。"他说。

她站起身，很快走出去。她没回头看他。他目送她走掉。他跟刚才吩咐她走的那个人完全不一样了。他从桌边站起身，拿起两张账单，走到酒柜边付账。

"我变了个人啦,詹姆斯,"他对酒保说,"你瞧我完全变了个人啦。"

　　"什么,先生?"詹姆斯说。

　　"伤风败俗,是很怪的事,詹姆斯。"黑皮肤的青年说。他瞧着门外,瞧见她朝街那头走去。他照照镜子,瞧见自己确实变了个样儿。酒柜前那两个顾客挪动一下让他。

　　"你说得对,先生。"詹姆斯说。

　　那两个顾客再挪动一下,让他看个畅。那青年瞧着酒柜后那面镜子里的自己。"我说我变了个人啦,詹姆斯。"他说。瞧着镜子,他看见的果然不假。

　　"你气色很好,先生,"詹姆斯说,"你夏天一定过得很愉快。"

　　　　　　　　　　　　　　　　　陈良廷　译

你们决不会这样

　　进攻部队穿过了田野,曾遭到从低洼的大路和那一带农舍发出的机枪火力的阻击,进了镇子可没有再遇到抵抗,一直攻到了河边。尼古拉斯·亚当斯骑了辆自行车顺着大路一路过来,碰到路面实在坎坷难行的地方,只好下车推着走,他根据地上遗尸的位置,揣摩出战斗的经过情景①。

　　尸体有单个的,也有成堆的,茂密的野草里有,沿路也有,口袋都给兜底翻了出来,身上叮满了苍蝇,无论单个的还是成堆的,尸体的四周总是纸片狼藉。

　　路旁的野草和庄稼地里还丢着许多物资,有的地方连大路上都狼藉满地:有一台行军灶,那准是仗打得顺利的时候从后方运上来的;还有许多有小牛皮盖的挎包、手榴弹、钢盔、步枪,有时还看到有支步枪枪托朝天,刺刀插在泥土里,看来他们最后还在这里掘过好些壕沟;除了手榴弹、钢盔、步枪,还有挖壕沟用的家伙、弹药箱、信号枪、散落一地的信号弹、药品箱、防毒面具、装防毒面具用的空筒,一挺三脚架架得低低的机枪,机枪下一大堆空弹壳,子弹箱里还撅出些夹得满满的子弹带,装冷却水的空桶侧卧在地,枪闩不见了,机枪组的成员

<hr>

① 这故事的背景是第一次世界大战后期(1918年),地点在意奥前线。

们东歪西倒地躺着,而前后左右的野草里,照例又是纸片狼藉。

乱纸堆里有弥撒祷文册;有印着合影照的明信片,上面正是这个机枪组的成员们,都红光满面,高高兴兴地站好了队,就像供大学年刊用的一张足球队合影那样,如今他们都歪歪扭扭地倒在野草里,浑身肿胀;还有印着宣传画的明信片,画的是一个穿奥地利军装的士兵正把一个女人按倒在床上,人物画得有印象派的味道,描绘得蛮动人,只是和强奸的实际情况完全不符,那时妇女的裙子会被掀起来蒙住她的头,使她喊不出声来,有时候还有个同伙骑在她的头上。这种教唆性的画片为数不少,显然都是在发动进攻前不久发下的。如今就跟那些印有淫秽照片的明信片一起散得到处都是;还有乡下照相馆里拍的乡下姑娘的小相片,偶尔还有些儿童照,还有就是家信,家信之外还是家信。总之,有尸体的地方就一定有大量乱纸,这次进攻留下的遗迹也不例外。

这些阵亡者才死未久,所以除了腰包以外,还无人过问。尼克一路注意到,我方的阵亡将士(至少在他心目中认为是我方的阵亡将士)倒是少得出乎意料。他们的外套也给解开了,口袋也给兜底翻过来了,根据他们的位置,还可以看出这次进攻采用什么方式和什么战术。炎热的天气弄得他们浑身肿胀,不管是什么国籍,全都一个样。

镇上的奥军最后显然就是沿着这条低洼的大路设防死守的,退下来的可说绝无仅有。街上总共只见三具尸体,看来都是在逃跑的时候给打死的。镇上的房屋都给炮火打坏了,街上尽是一堆堆灰泥砂浆的碎块,还有断梁、碎瓦以及许多弹坑,有的弹坑给芥子气熏得边上都发了黄。地上弹片累累,瓦砾堆里到处可见开花弹的弹丸。镇上根本没有半个人影。

尼克·亚当斯自从离开福尔纳契以来，还没看到过一个人，不过沿着公路一路驶来，穿过树木茂盛的地带，他曾看到大路左侧密密匝匝的桑叶后面隐藏着大炮，由于太阳把炮筒晒得发烫，桑叶顶上腾起一股股热浪，才使他注意到的。如今看见镇上竟空无一人，他感到意外，于是就穿镇而过，来到紧靠河边、低于堤岸的那一段大路上。镇口有一片光秃秃的空地，大路就从这里顺坡而下，他能看到平静的河面、对岸的弧形矮堤，还有奥军挖战壕时垒起的泥土，给日头晒得发白了。多时未见，这一带已是那么郁郁葱葱，绿得刺眼，尽管如今已成了个历史性的地点，而这一段下游的河流可没有什么变化。

部队部署在河的左岸。堤岸顶上有一排坑，坑里有些士兵。尼克看到有的地方架着机枪，信号火箭放在架子上。堤坡上的坑里的士兵都在睡大觉。谁也没来向他查问口令。他只管往前走，刚随着土堤拐了个弯，冷不防闪出一个胡子拉碴、眼皮红肿、满眼都是血丝的年轻少尉，拿手枪对住了他。

"你是什么人？"

尼克告诉了他。

"有什么证明？"

尼克出示了通行证，证件上有他的照片和姓名身份，还盖上了第三军的大印。少尉一把抓在手里。

"放在我这儿吧。"

"这可不行，"尼克说，"把证件还给我，收起手枪。放进枪套。"

"我怎么知道你是什么人呢？"

"证件上写明了。"

“万一证件是假的呢？这证件得交给我。”

“别胡闹啦，”尼克乐呵呵地说，“快带我去见你们连长吧。”

“我得送你到营部去。”

“行啊，”尼克说，“听着，你认识帕拉维契尼上尉吗？就是那个留小胡子的高个子，以前当过建筑师，会说英国话的。”

“你认识他？”

“有点儿认识。”

“他指挥几连？”

“二连。”

“现在他指挥一个营了。”

“这可好。”尼克说。听说帕拉①安然无恙，他心里觉得一宽。“我们到营部去吧。”

刚才尼克出镇口的时候，右边一所破房子的上空爆炸过三颗开花弹，此后就一直没有打过炮。可是这军官的脸色却老像在挨排炮一样。不但脸色那样紧张，连声音听起来都不大自然。他的手枪使尼克很不自在。

“快把枪收起来，”他说，“敌人跟你还隔着这么大一条河呢。”

“我要真当你奸细的话，会这就一枪毙了你。”少尉说。

“得啦，”尼克说，“我们到营部去吧。”这个军官弄得他非常不自在。

营部设在一个掩蔽部里，代营长帕拉维契尼上尉坐在桌

---

① 意大利姓氏有的较长，熟人之间习惯用简称。

子后边,比从前更消瘦了,那英国气派也更足了。尼克一个敬礼,他马上从桌子后边站了起来。

"好哇,"他说,"乍一看,简直认不出你了。你穿了这身军装在干什么?"

"是人家叫我穿的。"

"见到你太高兴了,尼科洛①。"

"是啊。你气色不错。仗打得怎么样啊?"

"我们这场进攻战打得漂亮极了。真的。漂亮极了。我给你讲讲。你来看。"

他就在地图上比画着,讲了进攻的过程。

"我是从福尔纳契来的,"尼克说,"一路上也看得出是怎么样的一回事。的确打得很不错。"

"了不起。实在了不起。你现在关系挂在团部?"

"不。我的任务就是到处走走,让大家看看我这一身军装。"

"有这样的怪事。"

"要是看到有这么一个身穿美军制服的人,大家就会相信美国军队快要大批开到了。"

"可怎么让他们知道这是美国军队的制服呢?"

"你来告诉他们嘛。"

"啊,是啊,我明白了。那我就派一名班长给你带路,陪你到火线上去转一转。"

"像个臭政客似的。"尼克说。

"你要是穿了便服,那就要引人注目多了。在这儿穿了

---

① 尼科洛为尼克的意大利文对应词。

便服才真叫万众瞩目呢。"

"还要戴一顶卷边洪堡呢帽。"尼克说。

"或者戴一顶毛茸茸的费陀拉①也行。"

"照规矩呢，我口袋里应该装满了香烟啦、明信片啦这一类的东西，"尼克说，"还应该背上一满袋巧克力。逢人分发，捎带着慰问几句，还要拍拍背脊。可现在一没有香烟、明信片，二没有巧克力。所以他们叫我随便走上一圈就行。"

"我相信你这样露露面对部队总是个很大的鼓励。"

"但愿你别这么想，"尼克说，"现在这样，我心里已经够难受了。按我的一贯宗旨，倒巴不得给你带一瓶白兰地来。"

"按你的一贯宗旨。"帕拉说着，这才第一次笑了笑，露出一口发黄的牙齿。"这话真说得妙极了。你要不要喝点酒渣白兰地？"

"不喝了，谢谢。"尼克说。

"酒里没有一点儿乙醚的。"

"我至今还觉得嘴里有这味儿呢。"尼克一下子全想起来了。

"你知道，要不是那次一起坐卡车回来，在路上听你胡说一气，我还根本不知道你喝醉了呢。"

"我每次进攻前都要灌个醉。"尼克说。

"我就受不了，"帕拉说，"我第一次打仗尝过这个滋味，那是我生平打的第一仗，结果只弄得我难过死了，到后来渴得

---

① 费陀拉，一种软呢浅顶帽，首次出现在法国戏剧家萨尔杜(1831—1908)的戏剧《费陀拉》(1882)中，故名。

要命。"

"你用不到靠酒来帮忙。"

"可你打起仗来比我勇敢多了。"

"哪里,"尼克说,"我有自知之明,晓得还是喝醉为好。我可并不觉得难为情。"

"我从没看见你喝醉过。"

"没见过?"尼克说,"从没见过?你难道不记得了,那天晚上我们从梅斯特雷乘卡车到波托格朗台,路上我想要睡觉,把自行车当作了毯子,打算拉过来齐胸盖好?"

"那可不是在火线上。"

"我这个人是好是孬,我们也别谈了,"尼克说,"这个问题我自己心里太清楚了,我都不愿意再去想了。"

"那你还是先在这儿待会儿吧,"帕拉维契尼说,"要打盹只管请便。人家打炮时没把这个坑怎么样。现在出去天还太热。"

"我看反正也不忙。"

"你的身体究竟怎么样?"

"蛮好。完全正常。"

"不。要实事求是说。"

"是完全正常。不过没有个灯睡不着觉。就是还有这么点儿小毛病。"

"我早说过你应该动个开颅手术。我不是医生,可我明白。"

"不过,医生认为还是让它自己吸收的好,我就这么着了。怎么啦?难道你看我的神经不正常?"

"你看起来身体一级棒。"

"只要一旦医生给你下了个精神失常的诊断，那就够你受的了，"尼克说，"从此就再也没有人信任你了。"

"我说还是打个盹好，尼科洛，"帕拉维契尼说，"这个地方跟我们以前见惯的营部可不一样了。我们就等着撤退呢。这会儿天气还热，你不要出去——别犯傻了。在那只铺上躺下吧。"

"那我就躺一会儿吧。"尼克说。

尼克躺在铺位上。他感到这么不对劲，很是伤心，可都叫帕拉维契尼上尉一眼看出来了，便越发感到伤心了。这个掩蔽部不及从前的那一个大，当初那一个排，都是一八九九年出生的士兵，刚上前线，碰上进攻前的炮轰，在掩蔽部里吓得发起歇斯底里来，帕拉便命令他带他们每两人一批，出洞去走走，好叫他们明白不会有什么危险，他呢，拿钢盔的皮带紧紧扣在自己的嘴下，不让嘴唇动一动。心里明知道他们一挨到炮轰就止不住要发作。明知道这种办法根本是胡闹——那人要是哭闹个没完，那就揍他个鼻子开花，看他还有心思哭闹。我倒想枪毙一个，可现在来不及了。怕他们会愈闹愈凶。还是揍他个鼻子开花吧。进攻的时间提前到五点二十分。我们只剩下四分钟了。把另一个窝囊废揍个鼻子开花，加上屁股上一脚，把他踢出去。你看这一来他们会出发了吗？要是再不肯出发，就枪毙两个，把余下的人好歹都一起轰出去。班长，你要在后面压队哪。你自己走在头里，后面没有一个人跟上来，那有屁用。你自己出发了，要把他们也带出去啊。真是胡闹一气。好吧。这就对了。于是他看了看表，才以平静的口气，那种极有分量的平静口气，说了声："真是萨伏依人。"他没有酒喝也只好去了，来不及弄酒喝了，等地洞倒塌，洞子的一头整个儿坍了,他找不到自己的酒,这一点使大家都动起来了;他没喝酒就上了那山坡,就只这一回他没有喝醉就去了。大家回来后,看来那登山索道站就着了火,过了四天,有些伤员从山下给撤下来了,也有一些没有,可我们还是攻上去又退回来,退到了山下——总是退到了山下。嗬,盖蓓·台里斯来了,说来也怪,怎么满身都是羽毛啊;一年前你还叫我好宝贝呢嗒哒哒你还说认识我多美呢嗒哒哒有羽毛也好,没羽毛也好,那是我了不起的盖蓓,而我叫哈利·皮尔塞,我们俩上山一逢陡坡,总要从右手里跳下出租汽车,而他每天晚上总会梦见这座山,梦见山上的圣心堂①,像个吹制成的白色肥皂泡。他的女朋友有时跟他在一起,有时却跟别人做伴,他不明白是什么道理,反正逢到她不在的夜晚,河水一定涨得异样的辽阔,水面异样的平静,而福萨尔塔②城外有一所黄漆矮屋,四周柳树环绕,还有一间矮矮的马棚和一条运河,这个地方他到过千儿八百次了,可从没见过有那么一所屋子,但是现在每天一到夜里,这所矮屋就会像那座山一样清清楚楚出现在眼前,只是见了这屋子他就害怕。那所屋子好像比什么都重要,他每天晚上都会见到。他倒也巴不得每天能看一看,只是见了就害怕,特别是有时见到屋前柳下运河岸边还静静地停着一条船,那就怕得更厉害了,不过那运河的河岸跟这里的河岸不一样。运河的河岸更加低平,倒跟波托格朗台那一带差不多,记得当初他们就是在波托格朗台看到那一批人,高高地举着步枪,在被洪水淹没的地区艰难地蹚水而来,最后却连人带

---

① 圣心堂,位于巴黎市北部蒙马特区高地的顶点,为一白色建筑,为该区的标识。

② 福萨尔塔,意大利中部一城市。

枪纷纷倒在水里。那个命令是谁下的？要不是脑子里乱得像一锅粥，他本来是可以想得起来的。正因为如此，他才凡事总要看个周详，弄个清楚，心里有了准谱，明白自己的处境，可是偏偏这脑子会无缘无故就糊涂起来，就像现在这样，他正躺在营部的一张铺上，帕拉指挥着一个营，他呢，却穿着一套倒霉的美军制服。他仰起身来四下望望；只见大家都瞅着他。帕拉出去了。他就又躺下来。

巴黎那一段经历论时间还要早些，对这一段事他倒并不害怕，除了她跟着别人走了的那段时期，还有就是担心他们还会碰上早先照过面的车夫。他所害怕的无非就是这些。对前线的事倒是一点也不怕。他眼下不再梦见前线了，使他心惊胆战而怎么也摆脱不开的倒是那所长长的黄漆矮屋，以及那变得辽阔的河面。他今天又回到了这河边，也去过了那个镇上，却看到并没有那么一所屋子。看到这里的河也并非如梦中那样。那么他每天晚上去的是什么地方，又有什么危险呢？为什么他醒过来时一遍体冷汗，为了一所屋子、一间长长的马棚和一条运河，竟会比受到炮轰还吓得厉害呢？

他坐起身来，小心地把双腿从铺上放下；这双腿伸直的时间一长，就要发僵；看到副官、信号兵和门口的两名传令兵都盯着他，他也回盯了他们一眼，然后把他那顶蒙着布罩的钢盔戴上。

"很抱歉，没有巧克力、明信片和香烟，"他说，"不过我还是穿着这身军装来了。"

"营长马上就回来。"那副官说。在他们部队里，副官不是委任军官。

"这身军装不完全符合规格，"尼克对他们说，"不过也可以让大家心里有个数。几百万美国大军不久就到。"

"你是说美国人会派到我们这儿来?"副官问。

"可不。美国人个儿都有我两个那么大,身体健壮,心地纯洁,晚上睡得着觉,从来没有受过伤、挨过炸,也从来没有碰上过地洞倒塌,从来不知道害怕,也不爱喝酒,对家乡的姑娘不会变心,多数从来没有长过虱子,都是些出色的小伙子。你们就会看到的。"

"你是意大利人?"副官问。

"不,美国人。瞧这身军装。是斯帕尼奥利尼服装公司裁制的,不过还不完全合乎规格。"

"北美,还是南美人①?"

"北美。"尼克说。他觉得那股气又上来了。他得沉住点儿气。

"可你会说意大利话。"

"那又有什么? 难道我说意大利话你有意见? 难道我没有说意大利话的权利吗?"

"你得了意大利勋章呢。"

"不过拿到了些勋表和证书罢了。勋章是后来补发的。不知是托人保管、人家走了呢,还是连同行李一起丢失了。你在米兰可以买到另外那两种。重要的是那证书。你们不该为了这个觉得不高兴。在前线待久了,你们也会得到几个勋章的。"

"我是厄立特里②战役的老兵,"副官口气生硬地说,"我

---

① 上文中所说的美国人(American)也可理解为"美洲人",故有此问。

② 厄立特里亚位于非洲东北部,濒红海,1890 年沦为意大利殖民地,于1993 年 4 月 7 日独立。

在的黎波里①打过仗。"

"这真是幸会了，"尼克伸出手去，"那些日子一定挺难熬吧。我刚才就注意到你的勋表了。你也许还去过卡索②吧？"

"我是最近才应征入伍参加这次战争的。本来论年纪我已经超龄了。"

"我原先倒是适龄的，"尼克说，"可现在也退役了。"

"那你今天还来干吗？"

"我是来展览这一身美军制服的，"尼克说，"挺有意思的，可不是？领口是稍微紧了点，不过不消多久你们就可以看到有不计其数的穿这种军装的要来，像蝗虫那样一大片。你们要知道，蚱蜢，我们美国人平日所说的蚱蜢，其实也就是蝗虫一类。真正的蚱蜢身个小，皮色绿，劲头也没有那么大。不过你们千万不要把蝗虫和蝉或知了③弄混了。蝉会连续不断地发出一种独特的叫声，可惜那种声音我现在一时记不起来了。怎么想也想不起来了。刚刚要想起来，一下子又逃得无影无踪了。对不起，请让我歇一口气。"

"去把营长找来。"副官对一名传令兵说，"你受过伤了，我看得出来。"他回头对尼克说。

"受过好几处伤呢，"尼克说，"要是你们对伤疤有兴趣，我倒有几个非常有趣的伤疤可以给你们看看，不过我情愿谈谈蚱蜢。就是我们所说的蚱蜢；其实也就是蝗虫一类。这种

---

① 的黎波里，今利比亚西北部地中海沿岸城市，1911—1912 年的意土战争中，意大利从土耳其人手中侵占。

② 卡索，即喀斯特，是意大利东北伊斯的利亚半岛东北部一高地。1917 年意奥在此发生过激战。

③ 在英文中，蝗虫（locust）也可指蝉（cicada）。

昆虫在我的生命史上曾经起过不小的作用。你们也许会感兴趣，你们不妨一边听我说，一边看我的军装。"

副官对另一名传令兵做了个手势，那传令兵也出去了。

"把眼睛盯着这套军装。要知道，这是斯帕尼奥利尼服装公司裁制的。你们也请来看一看吧。"这句话尼克是冲着那几个信号兵说的，"我确实没有军衔。我们是归美国领事管的。只管请看，不要有什么不好意思。睁大了眼睛看也不要紧。我来给你们讲讲美国的蝗虫吧。我们一向偏爱一种叫作'中褐色'的。它们浸在水里不容易泡烂，鱼也最喜欢吃。还有一种个儿大些的，飞起来会发出一种有点像响尾蛇甩响尾巴时的声音，单调得很，翅膀的色彩很鲜艳，有一色鲜红的，有黄底黑条的，但是它们的翅膀着水就糊，做鱼饵太糟糕，而'中褐色'的肉头肥，汁水足，又结实，假如我可以冒昧推荐一下各位也许永远也不会碰到的玩意儿的话，这倒是非常值得向各位推荐的。不过我该着重说一下，就是这种虫子你要是凭空手去捉，或者拿个网拍去扑，那是捉上一辈子也不够你做一天鱼饵的。那种捉法简直是胡闹，是白白地浪费时间。我再说一遍，各位，那种捉法是绝对行不通的。正确的办法，是使用捕鱼用的围网，或者拿普通的蚊帐纱做一张网。假如我可以发表点意见的话，而且说不定有一天我真会提个建议呢，我认为军校里上轻武器课时，应该把这个办法也都教给每个青年军官。两个军官把这样长短的一张网子对角拉好，或者也可以一人拿一头，弓着身子，一手捏住网的下端，一手捏住网的上端，就这样逆着风快跑。蚱蜢顺风飞来，一头扎在这一截网上，就都给网络兜住了。这样根本不用什么花招就可以捕到好大一堆，所以依我说，每个军官都该随身带上一大块蚊帐纱,需要时就可以做上这么一张捕蚱蜢的围网。希望各位都听清楚了我的意思。有什么问题吗？如果对这一课还有什么不明了的地方,请提出来。大胆地讲出来吧。没有问题吗？那么我想附带讲个意见来作结束。我要借用那位伟大的军人兼绅士亨利·威尔逊爵士①的一句话:各位,你们不做统治者,那就得被统治。让我再说一遍。各位,有一句话我想请你们记住。希望你们走出本讲堂的时候都能牢牢地记在心上。各位,你们不做统治者——那就得被统治。我的话完了,各位。再见。"

他脱下那蒙着布罩的钢盔,随即重新戴上,一弯腰从掩蔽部的矮门里走了出去。帕拉由那两名传令兵陪伴着,正从低洼的大路上远远地走来。阳光下热极了,尼克把钢盔脱下了。

"这里真该有个把这劳什子用水冲冲的冷却设备,"他说,"我把这个到河里去浸浸吧。"他举步往堤岸上走去。

"尼科洛,"帕拉维契尼喊道,"尼科洛。你到哪儿去呀?"

"其实我也不必去。"尼克捧着钢盔,从坡上走下来,"干也罢,湿也罢,反正戴着总是个该死的累赘。你每时每刻都戴着钢盔吗?"

"从来不脱,"帕拉说,"戴得都快成秃顶啦。快进去吧。"

一到里边,帕拉就让他坐下。

"你也知道,这玩意儿根本没屁用,"尼克说,"我记得我们刚拿到手的时候,戴在头上倒叫人安心,可后来里头脑浆四溢的情况也见得多了。"

---

① 亨利·休士·威尔逊爵士(1864—1922),英国陆军将领,曾在海外殖民军队中任要职。后任陆军参谋学院院长。第一次世界大战时任西线的英国派遣军参谋长。1918年任英军总参谋长。

"尼科洛，"帕拉说，"我看你应该回去。依我看，你要是没有什么慰劳品的话，那就不要到前线来的好。在这里你也干不了什么事。就算你有些东西值得发发吧，你要是到前边去一走，弟兄们势必要拥到一块儿，那不招来炮弹才怪呢。这可不行。"

"我也知道这是胡闹，"尼克说，"这本来也不是我的主意。我听说旅部在这儿，就想趁此来看看你，看看我的一些老相识。不然的话，我就到增宗或者圣唐娜去了。我真想再到圣唐娜去看看那座桥呢。"

"我不能让你毫无目的地在这里转悠。"帕拉维契尼上尉说。

"好吧。"尼克说。他觉得那股气又上来了。

"你理解吧？"

"当然。"尼克说。他极力想把气按下去。

"这一类的活动应当在晚间进行。"

"是啊。"尼克说。他觉得无法按捺下去了。

"你知道，我现在在指挥这个营。"帕拉说。

"这有什么不该的呢？"尼克说。这一下可全爆发了。"你不是能读书、会写字吗？"

"对。"帕拉的口气挺温和。

"可惜你手下的这个营人马少得也真可怜。等将来一旦兵员补足了，他们会叫你回去当你的连长的。他们为什么不把那些尸体埋一埋呢？我刚才算是领教过了。我实在不想再看了。他们要不忙埋那是他们的事，跟我没什么相干，不过早些埋掉对你们可有好处。再这样下去你们都会害病的。"

"你把自行车停在哪儿啦？"

"在末了一幢房子里。"

"你看停在那儿妥当吗?"

"别担心,"尼克说,"我一会儿就去。"

"还是躺一会儿吧,尼科洛。"

"好吧。"

他合上了眼,出现在他眼前的,并不是那个蓄着胡子的男人,正从步枪的瞄准器上望着他,沉住了气才扣动枪机,只见一道白光,恍惚一下闷棍打在身上,他双膝跪下,一股又热又甜的东西堵住在喉咙口,呛得他吐在石头上,这时部队在他身旁涌过——不,出现在他眼前的是一所黄墙长屋,旁边有一间矮马棚,屋前的河阔得异样,也平静得异样。"天哪,"他说,"我还是走吧。"

他站起来。

"我要走了,帕拉,"他说,"我要趁天还不晚骑车回去。要是有什么慰劳品到了,我今儿晚上就给你们送来。要是没有,等哪天有了什么,我天黑以后送来。"

"这会儿还太热,骑车不行吧。"帕拉维契尼上尉说。

"你不用担心,"尼克说,"我这一阵子已经好多了。刚才发作过,不过并不厉害。现在就是发作起来也比以前轻多了。我自己有数,只要说话一唠叨,那就要发作了。"

"我派个传令兵送你。"

"我宁愿你不用这样。我认识路。"

"那么你就回来,好吧?"

"一定。"

"我还是派——"

"别派了,"尼克说,"算是表示对我的信任吧。"

"好吧,那就再见了。"

"再见。"尼克说。他就回身顺着低洼的大路向他放自行车的地方走去。到了下午,只要一过运河,大路上就是一派浓荫。再过去,两边的树木一点儿也没有受到炮火的破坏。正是在那一段路上,他们有一次行军路过,正好遇上第三萨伏依骑兵团,举着长矛,踏雪奔驰而过。在凛冽的空气里战马喷出的鼻息宛如一缕缕白烟。不,不是在那儿遇到的吧。那么是在哪儿呢?

"还是赶快去找我那辆鬼车子吧,"尼克对自己说,"可别迷了路,到不了福尔纳契啊。"

蔡　慧译

一个同性恋者的母亲

他父亲去世时他还只是个毛头小伙子,他经理替他父亲长期安葬了。就是说,这样他可以永久享用这块墓地的使用权。不过他母亲去世时,他经理就想,他们彼此不可能永远这么热乎。他们是一对儿;他一定是个搞同性恋的,你不也知道,他当然是个搞同性恋的。所以经理就替她暂且安葬五年。

咳,等他从西班牙回到墨西哥就收到第一份通知。上面说,五年到期了,要他办理续租他母亲墓地的事宜,这是第一份通知。永久租用费只有二十美元。当时我管钱柜,我就说让我来办理这件事吧,帕科。谁知他说不行,他要自己料理。他会马上料理的。葬的是他母亲,他要亲自去办。

后来过了一星期,他又收到第二份通知。我念给他听,我说我还以为他已经料理了呢。

没有,他说,他没有料理过。

"让我办吧,"我说,"钱就在钱柜里。"

不行,他说。谁也不能支使他。等他抽出时间就会亲自去办的。"反正总得花钱,早点儿花又有什么意思呢。"

"那好吧,"我说,"不过你一定要把这事料理了。"这时他除了参加义赛外,还订了一份合同,规定参加六场斗牛,每场报酬四千比索。他光是在首都就挣了一万五千多美元。一句话,他忙得不亦乐乎。

又过了一星期,第三份通知来了,我念给他听。通知说如果到下星期六他还不付钱,就要挖开他母亲的墓,把尸骨扔在万人冢上。他说下午到城里去自己会去办的。

"干吗不让我来办呢?"我问他。

"我的事你别管,"他说,"这是我的事,我要自己来办。"

"那好,既然你这样认为就自己去办吧。"我说。

虽然当时他身边总是带着一百多比索,他还是从钱柜里取了钱,他说他会亲自去料理的。他带了钱出去,所以我当然以为他已经把这事办好了。

过了一星期,又来了通知,说他们发出最后警告,没有收到回音,所以已经把他母亲的尸骨扔在万人冢上了。

"天啊,"我跟他说,"你说过你会去付钱,你从钱柜里取了钱去付的,如今你母亲落得个什么下场啊?我的天哪,想想看吧!万人冢上扔掉你亲生母亲。你干吗不让我去料理呢?本来我收到第一份通知时就可以去付的。"

"不关你的事。这是我的母亲。"

"不错,是不关我的事,可这是你的事。听任人家对自己的母亲如此作践,这种人身上还有什么人味啊?你真不配有母亲。"

"这是我母亲,"他说,"现在她跟我更亲了。现在我用不着考虑她葬在一个地方,并为此伤心了。现在她就像飞鸟和鲜花,在我周围的空气中。现在她可时刻跟我在一起了。"

"天啊,"我说,"你究竟还有什么人味没有?你跟我说话我都不稀罕。"

"她就在我周围,"他说,"现在我再也不会伤心了。"

那时,他在女人身上花了各种各样钱,想方设法装出人模人样哄骗别人,不过稍为知道他一点儿底细的人都不会上当。他欠了我六百比索,不肯还我。"你现在要钱干什么?"他说,"你不信任我吗?咱们不是朋友吗?"

"这不是朋友不朋友,信任不信任的问题。你不在的时候,我拿自己的钱替你付账,现在我需要讨还这笔钱,你有钱就得还我。"

"我没钱。"

"你有钱,"我说,"就在钱柜里,你还我吧。"

"我需要这笔钱派用场,"他说,"你不知道我需要钱去派的种种用场。"

"你在西班牙时我一直待在这里,你委托我凡是碰到有什么开支,屋里的全部开支都由我支付,你出门那阵子一个钱儿都不寄来,我拿自己的钱付掉六百比索,现在我要钱用,你还我吧。"

"我不久就还你,"他说,"眼下我可急需钱用。"

"派什么用场?"

"我自己的事。"

"你干吗不先还我一点?"

"不行,"他说,"我太急需钱用了。可我会还你的。"

他在西班牙只斗过两场,他们那儿受不了他,他们很快就看穿他了,他做了七套斗牛时穿的新服装,他就是这种东西:马马虎虎把这些服装打了包,结果回国途中有四套受海水损坏,连穿都不能穿。

"我的天哪,"我跟他说,"你到西班牙去。你整个斗牛季节都待在那里,只斗了两场。你把带去的钱都花在做服装上,做好又让海水糟蹋掉;弄得不能穿。那就是你过的斗牛季节,如今你倒跟我说自己管自己的事。你干吗不把欠我的钱还清让我走啊?"

"我要你留在这儿,"他说,"我会还你的。可是现在我需要钱。"

"你急需钱来付墓地租金安葬你母亲吧?"我说。

"我母亲碰上这种事我倒很高兴,"他说,"你不能理解。"

"幸亏我不能理解,"我说,"你把欠我的钱还我吧,不然我就自己从钱柜里拿了。"

"我要亲自保管钱柜了。"他说。

"不成,你不能。"我说。

那天下午,他带了个小流氓来找我,这小流氓是他同乡,身无分文。他说:"这位老乡回家缺钱花,因为他母亲病重。"要明白这家伙只不过是个小流氓而已,他以前从没见过的一个小人物,不过倒是他同乡,而他竟要在同乡面前充当慷慨大度的斗牛士。

"从钱柜里给他五十比索。"他跟我说。

"你刚跟我说没钱还我,"我说,"现在你倒要给这小流氓五十比索。"

"他是同乡,"他说,"他落难了。"

"你混蛋。"我说。我把钱柜的钥匙给他。"你自己拿吧。我要上城里去了。"

"别发火,"他说,"我会付给你的。"

我把车子开出来,上城里去了。这是他的车子,不过他知道我开车比他高明。凡是他做的事我都能做得比他好,这点他心中有数。他连写都不会写,念也不会念。我打算去找个人,看看有什么办法让他还我钱。他走出来说,"我跟你一起去,我打算还你钱。咱们是好朋友。用不着吵架。"

我们驱车进城,我开的车。刚要进城,他掏出二十比索。

"钱在这里。"他说。

"你这没娘管教的混蛋。"我跟他说,还告诉他拿着这钱会怎么着。"你给那小流氓五十比索,可你欠了我六百,倒还我二十。我决不拿你一个子儿。你也知道拿着这钱会怎么着。"

我兜里一个子儿都没有就下了车,不知当夜到哪儿去睡觉。后来我同一个朋友出去把我的东西从他那儿拿走。从此我再也不跟他说话,直到今年,有一天傍晚,我在马德里碰见他跟三个朋友正一起走到格朗维亚的卡略电影院去。他向我伸出手来。

"嗨,罗杰,老朋友,"他跟我说,"你怎么样啊?人家说你在讲我坏话。你讲了种种冤枉我的坏话。"

"我只说你根本没有母亲。"我跟他说。这句话在西班牙话里是最损人的。

"这话倒不错,"他说,"先母过世那时我还很年轻,看上去我似乎根本没有母亲。这真不幸。"

你瞧,搞同性恋的就是这副德行。你碰不了他。什么都碰不了他,什么都碰不了。他们在自己身上花钱,或者摆谱儿,可是他们根本不出钱。想方设法叫人家出钱。我在格朗维亚当着他三个朋友的面,当场跟他说了我对他的看法;可这会儿我碰到他跟我说话竟像两人是朋友似的。这种人还有什么人味啊?

陈良廷 译

一篇有关死者的博物学论著

　　我总觉得战争一直未被当作博物学家观察的一个领域。我们有了已故的威·亨·哈得孙①对巴塔哥尼亚②的植物群和动物群的生动而翔实的叙述,吉尔伯特·怀特大师③引人入胜地写下了戴胜鸟对塞尔伯恩村④不定期而决非寻常的光顾,斯坦利主教⑤给我们写下了一部虽然通俗却很宝贵的《鸟类驯服史》。难道我们不能期望给读者提供一些有关死者的合情合理、生动有趣的事实吗? 但愿能吧。

　　当年那个百折不挠的旅行家芒戈·派克⑥途中一度昏倒在广袤无垠的非洲沙漠里,精光赤条,单身一人,想想来日屈指可数,看来没什么事好做,只好躺下等死,一种有特异美的小青苔花映入他眼帘。他说,"虽然整棵花还没我一个手指

---

①　威廉·亨利·哈得孙(1841—1922),英国博物学家、散文家及小说家。

②　南美洲地区,在阿根廷和智利南部。

③　吉尔伯特·怀特(1740—1793),英国博物学家、牧师,所著《塞尔伯恩博物志及古迹》为英国第一部有关博物学的著作。

④　英国罕布什尔一个村子,是吉尔伯特·怀特的故乡,该地不时有颜色鲜艳、长喙尖锐、冠呈扇形的戴胜鸟栖息。

⑤　阿瑟·斯坦利(1815—1881),英国教士、作家,1864年为西敏寺大教堂主教,著有多部博物学论著。

⑥　芒戈·派克(1771—1806),苏格兰著名非洲探险家。下文一段话引自他的著作《非洲腹地旅行记》。

那么大,我端详着花根、花叶和花荚就不得不惊叹其微妙之证明。难道上帝在这部分荒僻的世界里种植、灌溉、培育成熟一种似乎微不足道的东西,对根据他自己形象创造出来的生灵的处境和苦难竟会熟视无睹吗?当然不会。一想到这些,就不容自己灰心绝望了;我跳起身,不顾饥饿和疲劳,勇往直前,深信解脱在望;我没有失望。"

诚如斯坦利主教所说,有意同样以惊叹和崇敬的态度研究任何学科的博物学,必能增强那种信心、爱心和希望,这些信心、爱心和希望也正是我们每一个人在穿越人生的荒野途中所需要的呢。因此,让我们看看我们从死者上面可以得到什么灵感吧。

在战争中死者往往是人类中的男性,虽然这说法就畜类而论并不正确,我就经常在马尸堆中看见母马。战争令人感兴趣的一面就是只有在战争中博物学家才有观察死骡子的机会。在二十年平民生涯的观察中,我从没看见过一头死骡子,不免开始对这些牲口是否真正会死抱着怀疑态度了,我偶尔也看见过自己当作死骡的牲口,可是凑近一看,结果总看到原来是活骡,因为完全睡着了才看上去像死的。可是在战争中,这些牲口几乎同更普通而不耐劳的马一样送命。

我看到的那些骡子多半死在山路一带,或者躺在陡峭的斜坡脚下,那是人们为了不让道堵塞,把它们从坡上推下来的。在死骡屡见不鲜的山里这种景象似乎倒也相称,比后来在士麦那①看到它们的遭遇更协调些,在士麦那,希腊人把全部辎重牲口的腿都打断,再把它们从码头上推下浅水去淹死。

---

① 参见《在士麦那码头上》一文。

大批淹死在浅水里的断腿骡马需要一个戈雅①来描绘它们。虽然,真正说起来,也说不上需要一个戈雅,因为只有一个戈雅,早已死了,而且即使这些牲口能开口的话,它们会不会要求人家用绘画来表现它们的苦难还大大值得怀疑呢。不过,如果它们会说话,十之八九会要求人家减轻它们的痛苦吧。

关于死者的性别问题,事实上是你见惯了死者都是男人,所以见到死了一个女人就万分震惊。我第一次看见死者性别颠倒是坐落在意大利米兰近郊的一家军火厂爆炸之后。我们乘坐卡车沿着白杨树荫遮盖的公路,赶到出事现场,公路两边的壕沟里有不少细小的动物生态,可我无法观察清楚,因为卡车扬起漫天尘土。一赶到原来的军火厂,我们有几个人就奉命在那些不知什么原因并没爆炸的大堆军火四下巡逻,其他人就奉命去扑灭已经蔓延到邻近田野草地的大火;灭火任务完成后,我们就受命在附近和周围田野里搜寻尸体。我们找到了大批尸体,抬到临时停尸所,必须承认,老实说,看到这些死者男的少,女的多,我还真大为震惊呢。在当时,女人还没开始剪短发,如欧美近来几年时兴的那样,而最令人不安的事是看到死者留这种长发,也许因为这事最令人不习惯吧,然而更令人不安的是,死者中难得有不留长发的。我记得我们彻彻底底搜寻全尸之后又搜集残骸。这些残骸有许多都是从军火厂四周重重围着的铁丝篱上取下来的,还有一些是从军火厂的残存部分上取下来的,我们捡到许多这种断肢残体,无非充分证明烈性炸药无比强大的威力。不少残骸还是在老远的

---

① 戈雅(1746—1828),西班牙画家,作品大多控诉侵略者的凶残,对欧洲19世纪绘画有很大影响,以版画集《战争的灾难》闻名于世。

田野里找到的呢,都是被自身体重抛得这么老远。

记得我们重返米兰的途中,我们有一两个人在讨论这场事故,一致同意事故性质不现实,而且事实上竟没有人受伤,的确大大减少了这场灾难的恐怖性,要不这种恐怖可能会大得多呢。再说事实上事故来得如此直接,因此死者搬运和处理起来还丝毫不感到不舒服,使之与平时战场上的经历大相径庭。车子开过风景优美的伦巴第①郊区,虽然一路尘土飞扬,倒也赏心悦目,这也是对我们执行这项煞风景的任务的一个补偿吧。在归途中,我们交换看法时,一致认为这场突然发生的大火正好在我们赶到前迅速得到控制,没有波及看上去堆积如山的未爆炸的军火,确实是一大幸事。我们还一致认为四处收集残骸是件奇特的差使,按说人体理该顺着解剖学的原理炸得一块一块,谁知在一颗烈性炸药炮弹的爆炸下,反而随着弹片任意四分五裂。

为了达到观察的精确性,一个博物学家不妨把观察局限于一段有限的阶段,我将首先把一九一八年六月,奥地利进攻意大利以后作为一个阶段。在此阶段,死亡人数极大,意方被迫撤退,后来又大举进攻以收复失地,这一来战后局面仍如战前,只是死者变了样而已。死者没埋葬前,每天都多少有些变样。白种人肤色的变化是从白变成黄,再变成黄绿,最后变成黑色。如果在暑热下搁置过久,尸体就会变得类似煤焦油色,尤其是皮开肉绽的部分,而且真有明显的煤焦油似的虹彩。尸体一天比一天胀大,有时胀得太大了,军服也包不住,胀鼓鼓的像是要绷裂开似的。个别人的腰围会胀到难以置信的程

———————————

① 意大利北部区名,近瑞士边境,首府米兰。

度,脸部胀得皮肤绷紧,圆滚滚的像气球。除了尸体逐渐胀胖之外,令人吃惊的是死者周围散布的纸片之多。埋葬前,尸体最终的姿势全看军服上口袋的位置而定。在奥地利军队里,那些口袋是开在马裤后面的,过了短短一阵子,死者都必然脸朝下躺着,臀部两个口袋都给兜底翻了出来,口袋里装的那些纸片就全都散布在草地上了。暑热,苍蝇,草地上尸体所呈姿势,四散的纸片之多,这些都是留下的深刻印象。大热天战场上的气味是回想不起来的。你能记得有过这么一股气味,可是从此你没碰到什么事能叫你再想起这股气味来。不像一个团队的气味,你在乘坐有轨电车时会突然闻到,你会看看对面,看见把这股气味带给你的那人。不过另外那股气味就像当初你在恋爱中的味儿一样完全消失了;你只记得发生的事情,可是回想不起那股兴奋感。

不知道那个百折不挠的芒戈·派克在大热天的战场上会看到什么恢复信心的景象。六月底,七月里,麦子里总有罂粟花,还有叶茂的桑葚树,太阳透过重重树叶屏障,照在枪杆子上,就看得见上面冒着热气:芥子毒气弹炸出的弹坑边缘变成晶黄色,一般破房子都比挨过炮轰的房子要好看些,可是旅行的人很少会舒畅地呼吸一下那个初夏的空气,有过芒戈·派克从上帝根据自己的形象造人这方面产生的那种想法。

你在死者身上首先看到的是打得真够惨的,竟死得像畜生。有的受了点轻伤,这点伤连兔子受了都不会送命。他们受了点轻伤就像兔子有时中了三四粒似乎连皮肤都擦不破的霰弹微粒那样送了命。另外一些人像猫那样死去;脑袋开了花,脑子里有铁片,还活活躺了两天,像脑子里挨了颗枪子的猫一样,蜷缩在煤箱里,等到你割下它们的脑袋后才死。也许那时猫还死不了,据说猫有九条命呢,我也说不清,不过大多数人死得像畜生一般,不像人。我从来没看见过一件所谓自然死亡的事例,所以我就把这归罪于战争,正如那个百折不挠的旅行家芒戈·派克一样,知道一定还有其他什么事例,而且总是少了点其他什么,后来我总算看到了一件。

我见到过唯一一件自然死亡事例除了并不严重的失血之外,是死于大流感①的。得了这病就浑身黏液湿淋淋,憋住气,要知道这种病人是怎么死的:临终纵有一身力气,还是变成个小孩子,人去了,被单却像小孩尿布那样湿透,一大片黄浊的黏液瀑布似的流着,淌着。所以如今我倒要看看哪位自诩的人道主义者②的死亡情况,因为一个像芒戈·派克那样百折不挠的旅行家,或我,就是靠眼看这种文学流派的成员真正死亡,观察他们体面下场而活着,而且还要活下去看看。我作为一个博物学家,在沉思中不由想到虽然讲究体统是一件大好事,可是如果人类继续繁衍下去的话,必然有些事是不成体统的,因为传宗接代的姿势就是不成体统的,大大不成体统的,我不由又想到这些人也许是,或曾经是:不失体统同居生下的子女。可是不管他们如何出世,我倒希望看到一小撮人的结局,思索一下寄生虫如何解决那个长期保留的不育问题;因为他们奇特的小册子已荡然无存,他们的一切肉欲都成为次要问题。

① 指1917—1918年蔓延全世界的流行性感冒,是一种病毒性急性传染病,死者无数。

② 本文提到一个绝迹的现象万祈读者谅解,这条附注如同一切时尚附注一样,注明故事时代背景,不过因为其略具历史重要性,删去则破坏韵律,故保留之。——原注

虽然,在一篇有关死者的博物学论著中涉及这些自封的公民也许是正当的,尽管在本著作发表的时候这种封号可能一文不值,然而,这对你在大热天下所看见的原来的嘴巴上有半品脱蛆虫在忙着的其他死者是不公正的,他们年纪轻轻就死去并非自愿,他们也不办杂志,其中许多人无疑连一篇评论文章也从来没看过。死者也并非老是碰到大热天,多半时间是碰到下雨,他们有时躺在雨水里,雨水就把他们冲洗干净了,雨水还在他们入土的时候把泥土化软,有时还接连不断下着,把泥土变成泥浆,把尸体冲洗出来,你只得把尸体再埋葬下去。冬天在山里,你就得把尸体放在雪地里,等到开春积雪化掉,再得由别人来掩埋。这些死者在山里的坟地是很美的,山地战争是所有战争中最美的,其中一回,在一个叫波科尔的地方,他们埋葬了一个头部给放冷枪的打穿的将军。那些撰写书名叫《将军死于病床上》的作家错了,因为这位将军就死在高居山上的雪地战壕里,戴着一顶登山帽,帽上插着一支鹰翎,正面的弹孔小得插不进小手指;后面的弹孔却大得塞得进拳头,如果拳头小,你想要塞的话准塞得进,雪地里有好多血。他是个极好的将军,在卡波雷托战役①中指挥巴伐利亚阿尔卑斯军团的冯贝尔将军就是这么一位好将军,他是乘坐在参谋的汽车里,身先士卒,开进乌迪内②市时,遭意大利后卫部队打死的,如果我们要对这类事情讲究什么精确性的话,那么

① 卡波雷托原为意大利边境城市,在伊松佐河畔,乌迪内东北。第一次世界大战时,1917年秋,冯贝尔将军率领新成立的德奥联军巴伐利亚阿尔卑斯军团,大举进攻,企图吞并意大利东北,意军被迫于11月7日撤至皮阿维河。
② 意大利东北部城市,位于阿尔卑斯山脉南麓。

所有这类书应改名为《将军通常死于病床上》。

有时在山里，设在靠山那边挨不到炮轰的包扎站外面的死者，身上也下到了雪。他们都给抬到在地面封冻前就在山坡上挖好的洞里。就是在这洞里，有个人的脑袋破得像摔得粉碎的花盆，虽然脑袋由薄膜裹在一起，外面还精心扎着现已浸湿发硬的绷带，但脑组织给里面一块碎钢片破坏了，他躺了一天一夜，又躺了一天。担架手请医生进去看看他。他们每回去都看见他，甚至没朝他看都听到他在呼吸。医生的眼睛通红，眼皮肿胀，给催泪瓦斯熏得几乎睁不开来。他看了那人两回，一回在大白天里，一回用手电筒照。我意思是说，用手电筒照一遍也会给戈雅留下一个深刻印象，医生第二回看他才相信担架手说他还活着这话。

"你们要我拿这怎么办？"他问。

他们提不出什么办法。可是过了一会儿他们就要求把他抬出去跟重伤员安顿在一起。

"不。不。不！"正忙着的医生说，"怎么啦？你们怕他？"

"我们不愿意听到他跟死者留在洞里。"

"那就别听他好了。如果你们把他搬出来，又得马上把他抬回去了。"

"我们不在乎，上尉大夫。"

"不行，"医生说，"不行。难道你们没听到我说不行吗？"

"你为什么不给他打一针大剂量吗啡？"一个在等候包扎臂部伤处的炮兵军官问。

"你以为我的吗啡就只派这一个用处吗？你愿意我不用吗啡就做手术吗？你有手枪，出去亲手把他打死啊。"

"他已经中了枪，"那军官说，"如果你们有些大夫中了枪,你就另眼相待了。"

"多谢多谢,"医生对空挥舞一把镊子说,"千谢万谢。这双眼睛怎么样了?"他用镊子指指眼睛,"你觉得怎么样?"

"催泪瓦斯。如果是催泪瓦斯就算走运了。"

"因为你离开前线,"医生说,"因为你跑到这儿来说要清除你眼睛里的催泪瓦斯。你就把葱头揉进你眼睛里了。"

"你失常了。我对你的侮辱并不在意。你疯了。"

担架手进来了。

"上尉大夫。"其中一个说。

"滚出去!"医生说。

他们出去了。

"我要开枪打死这个可怜的家伙,"炮兵军官说,"我是个讲人道的人。我决不让他受折磨。"

"那就打死他吧,"医生说,"打死他啊。承担责任。我要写份报告。伤员被炮兵中尉在急救站打死。打死他啊。尽管去打啊。"

"你不是人。"

"我的职责是治疗伤员,不是打死他们。打死人是炮兵军官老爷干的勾当。"

"那你干吗不护理他?"

"我已经护理过了。凡是可以尽力做的我都尽力做到了。"

"你干吗不用缆车道把他送下山去?"

"你算老几,配来责问我?你是我上级军官吗?你是这个包扎站的指挥官吗?请你回答。"

炮兵中尉哑口无言。屋里其他人都是士兵,没有其他军官在场。

"回答我啊,"医生用镊子钳起一个针头说,"给我个答复啊。"

"操你。"炮兵军官说。

"好,"医生说,"好,这话你说了。很好,很好。咱们走着瞧吧。"

炮兵中尉站起身,向他迎面走去。

"操你,"他说,"操你。操你妈。操你妹子……"

医生把盛满碘酒的碟子朝他脸上扔去。中尉眼睛看不出了,向他迎面走来,掏着手枪。医生赶快溜到他背后,把他绊倒,他一倒在地板上,医生就对他踢了几脚,戴着橡皮手套的手拉起那把枪。中尉坐在地板上,那只没受伤的好手捂住眼睛。

"我要杀了你!"他说,"我眼睛一看得见就杀了你。"

"我是头儿,"医生说,"既然你知道我是头儿,我就原谅一切。你不能杀我,因为你的枪在我手里。中士!副官!副官!"

"副官在缆车道那儿。"中士说。

"用酒精和水清洗这位军官的眼睛。他眼睛里沾到碘酒了。拿个盆子让我洗手。我下一个就看这位军官。"

"不要你碰我。"

"紧紧抓住他。他有点儿精神错乱了。"

一个担架手进来了。

"上尉大夫。"

"你要什么?"

"太平间里那人——"

"滚出去。"

"死了,上尉大夫。我还以为你听到了会高兴呢。"

"瞧,可怜的中尉?咱们白白争了一场。在战争时期咱们白白争了一场。"

"操你。"炮兵中尉说。他眼睛仍然看不见。"你把我弄瞎了。"

"没事,"医生说,"你眼睛回头就没事了。没事。白白争论。"

"哎哟!哎哟!哎哟!"中尉突然尖声叫唤,"你把我眼睛弄瞎了!你把我眼睛弄瞎了!"

"紧紧抓住他!"医生说,"他痛得厉害了。紧紧抓住他。"

陈良廷 译

两代父子

　　城里大街的中心地段,有一块命令车辆绕道行驶的牌子,可是车辆到此却都公然直穿而过,因而尼古拉斯·亚当斯心想那修路工程大概已经完工,也就只管顺着那空落落的砖铺大街往前驶去;星期天来往车辆稀少,红绿灯却变来换去,弄得他常常停车,明年要是公家无力支付这笔电费的话,这套红绿灯也就要亮不起来了;再往前去,行驶在这小城的两排浓荫大树下,假如你是当地人,常在树下散步,一定会从心底里喜爱这些大树的,只是在外乡人看来,会觉得枝叶过于繁密,挡住了阳光,使房屋潮气太重;过了最后一幢住宅,驶上那高低起伏、笔直向前的公路,红土的路堤修得平平整整,两旁都是第二代新长的幼树。这里不是他的家乡,但这时正当仲秋时节,驱车行驶在这一带,看看远近景色,也确实赏心悦目。棉花铃子早已摘完,垦地上已经翻种了一片片玉米,有的地方还间种着一道道红高粱,一路来车子倒也好开,儿子早已在身旁的车座上睡熟了,一天的路程已经赶完,今晚过夜的那个城市又是他熟悉的,所以尼克现在满有心思看看玉米地里哪儿还种有黄豆,哪儿还种有豌豆,隔开多少树林子有一片垦地,注意到那些小木屋和宅子以及田地和林子之间的相关布局;他一路过去,心里琢磨着在这一带打猎该如何下手;每过一片空地,都要估计一下猎物会在哪儿觅食,在哪儿找窝,暗暗捉摸在哪儿能找到一大窝,它们蹿起来会朝哪个方向飞。

要是打鹌鹑的话,一旦猎狗找到了鹌鹑,你千万不能去把它们逃回老窝的路给堵住,要不然它们哄的一蹿而起,会一股脑儿向你扑来,有的冲天直飞,有的从你耳边擦过,呼的一声掠过你眼前时,那身影之大可是你从没见过的,这时只有一个好办法,那就是背过身子,等它们从你肩头上飞过,在停住翅膀快要斜掠入林之际,就瞄准开枪。这种打鹌鹑的窍门是他父亲教给他的,尼古拉斯·亚当斯不禁怀念起父亲来。一想起父亲,首先出现在眼前的总是那双眼睛。魁伟的身躯、敏捷的动作、宽阔的肩膀、弯弯的鹰钩鼻子、那老好人式的下巴底下的一把胡子,这些都还在其次——他最先想到的总是那双眼睛。两道眉毛摆好阵势,在上面构成了一道屏障;双眼深深地嵌在头颅里,仿佛是当作什么无比贵重的仪器,设计了这种特殊保护似的。父亲眼睛尖,看得远,比起常人来要胜过许多,这一点正是父亲的得天独厚之处。父亲的眼光之好,可以说不下于巨角野羊,不下于雄鹰。

当年他常常跟父亲一起站在湖边(那时他自己的眼力也还极好),父亲有时会对他说,"对岸升旗了。"尼克却怎么也瞧不见旗子,也瞧不见旗杆。父亲接着又会说,"瞧,那是你妹妹多萝西。她升起了旗子,这会儿正走上码头来了。"

尼克隔湖望去,看见了对面那林木蓊郁的一长溜儿湖岸、那些在背后耸起的大树、那突出在湖湾口的尖角地、那牧场一带的光洁的山冈以及那绿树掩映下他们家的白色小宅子,可就是瞧不见什么旗杆,也瞧不见什么码头,看到的只是一道白色的沙滩和一弯湖岸。

"你看得见靠近尖角地的山坡上有一群羊吗?"

"看见了。"

它们只是青灰色小山上一块淡淡的白斑。

"我还数得上来呢。"父亲说。

父亲非常神经质,人只要有某种功能超过了常人的需要,就会有这种毛病。再说,他很感情用事,而且就像多半感情用事的人那样,心肠虽狠,却常常受欺。此外,他的倒霉事儿也挺多,这可不都是他自己招来的。人家做了个圈套,他去稍稍帮了点忙,结果反而落在这个圈套里送了命,其实他在生前就被这帮子人以形形色色的方式出卖了。凡是感情用事的人都不免被人家一次次地陷害的。尼克现在还没法把父亲的事情写出来,那只能待之将来了,不过眼前这片打鹌鹑的好地方使他想起了小时候心目中的父亲,他十分感激父亲当时教会了他两件事:钓鱼和打猎。他父亲对这两件事的见解是颇为精到的,但是对比如说两性问题的看法就不行了,而尼克觉得幸亏正是这样;因为总得有人来给你第一把猎枪,或者给你个机会让你搞来使用,再说,要学打猎钓鱼也总得住在个有猎物有游鱼的地方,他今年三十八岁了,爱钓鱼、爱打猎的劲头还不下于当年第一次跟随父亲出猎的时候。他这股热情从不曾有过丝毫的衰减,他真感激父亲培养起了他这股热情。

至于另一个问题,即父亲不在行的那个问题,实在你所需要的一切条件都是生而有之,人人都是无师自通,住在哪里也都是一个样。他记得很清楚,在这个问题上父亲给过他的知识总共只有两条。有一次他们一起出去打猎,尼克打中了一棵铁杉树上的一只红松鼠。松鼠受了伤,摔了下来,尼克过去一把捡起来,那小东西竟把他的拇指球咬了个对穿。

"这下流的小狗日的!"尼克说,把松鼠的脑袋啪的一声往树上砸去。"咬得我真够呛。"

父亲看了一下说,"快用嘴把血都吸掉,回头到了家里涂点碘酊。"

"这小狗日的。"尼克说。

"你可知道狗日的是什么意思?"父亲问他。

"我们骂起来总是这样说的。"尼克说。

"狗日的是指人跟畜生乱交。"

"人干吗要这样干呢?"尼克说。

"我也不知道,"父亲说,"反正这种坏事伤天害理。"

这引起了尼克的胡思乱想,还弄得他汗毛直竖,他一种种畜生想过来,觉得全不逗人喜爱,好像都行不通。父亲传给他的直接明白的性知识除此以外还有一桩。有一天早上,他在报上看到恩立科·卡罗索①因犯诱奸罪②被逮捕。

"诱奸是怎么回事?"

"这是种最最伤天害理的坏事。"父亲回答说。尼克在想象中仿佛见到这位男高音名歌唱家手里拿了个捣土豆泥的家伙,正对那花容月貌大似雪茄烟盒子里的画上的安娜·海尔德③的一位女士做出什么稀奇古怪、伤天害理的事来。尼克尽管心里相当害怕,还是暗暗打定主意,等自己长成了,至少

---

① 恩立科·卡罗索(1873—1921),意大利著名男高音歌剧演员,长期在纽约大都会歌剧院演出。

② 原文 mashing,在土语中作"诱奸"解,在普通英语中则是"将(土豆)捣成泥"的意思,所以尼克有下面的联想。

③ 安娜·海尔德(1873—1918),出生在法国的女歌唱家、歌剧演员,长期在美国演出,以容貌美丽著称,为"齐格飞歌舞团"创办人弗洛伦茨·齐格飞(1867—1932)的第一个妻子。

也要这么来一下试试。

　　父亲关于这一切总结时说,手淫要引起眼睛失明、精神错乱,甚至危及生命,而宿娼的人则要染上见不得人的花柳病,因此应该不要跟人家去接触。不过话说回来,父亲的眼睛之好,确实是尼克从来没有见到过的,尼克非常爱他,从小就非常爱他。可是现在,明白了一切经过,他就是想起了家运衰败前的那早年的岁月,心里也高兴不起来。要是能写出来的话,就能排遣开了。他曾写出许多事情,就都排遣开了。可是写这件事还为时过早。好多人都还在世。所以他决定还是换点别的事情想想。父亲的事情是无可挽回的了,他早已翻来覆去想过多少回了。那殡仪馆老板在父亲脸上怎么化的妆,他都还历历在目,而其他的种种光景也都记忆犹新,连遗下多少债务都还没有忘记。他恭维了殡仪馆老板几句。那老板相当得意,一副沾沾自喜的样子。其实父亲的最后遗容并不决定于殡仪馆老板的手艺。殡仪馆老板不过是妙笔一挥作了些修补工作而已,其艺术性是成问题的。父亲的相貌在内外两方面因素的影响下形成了也有好久了。特别是在最后三年中,就飞快地定型了。此事说起来很有意思,可是牵涉到在世的人太多,眼下还不便写。

　　至于那种年轻人的事儿,尼克还是在印第安人营地后面的铁杉林里自己开蒙的。他们的小宅子背后有一条小径,穿过树林可以直抵牧场,然后转上一条蜿蜒曲折的路,穿过林中空地,便到了印第安人的营地。他真巴不得如今还能光着两只脚到那林间小径上去走上一回。首先是那片穿过屋后铁杉林的遍地腐熟的松针,倒地的老树已崩解成了堆堆木屑,雷击劈开的长长的枝条儿像标枪一样挂在树梢。你从独木桥上跨过小溪,要是踩一个空,桥下等着你的便是黑乎乎的淤泥。翻过一道栅栏,就出了树林子,这里阳光下的田野小道就是硬硬的了,田野里只剩些草茬,有的地方长着些小酸模草和天蕊花,左边有片在蠕动着的泥水塘,那是溪水泛滥形成的,喧闹的街鸟在那里觅食。那水上冷藏所就盖在这小溪里。牲口棚下边有些新鲜的畜粪,另外还有一堆陈粪,顶上已经干结。再翻过一道栅栏,走完从牲口棚到牧场房子的又硬又烫的小道,就是一条烫脚的沙土大路,一直通到树林边,中途又要跨过小溪,这回溪上倒有一座桥,桥下一带长着些香蒲,你晚上用鱼叉去捕鱼,就是用这种香蒲浸透了火油,点着了做篝灯的。

大路到了树林边就向左一拐,绕过林子上山而去,这时就得另走一条宽阔的黏土碎石子路进入林子。上有树荫,路踩上去凉凉的,而且特别开阔,为了让人把印第安人剥下的铁杉树皮往外拖运。铁杉树皮叠得整整齐齐,一长排一长排堆在那儿,顶上再盖上些树皮,看去真像房子一样。那些剥去了皮的粗大的黄色树身都扔在原处,任其在树林子里枯烂,连树梢头的枝叶都不砍掉,也不烧掉。他们要的就是树皮,拿来供应博依恩城的鞣皮厂;一等冬天湖上封冻,就都拉到冰上,一直拖到对岸,所以树林就一年稀似一年,那种光秃秃、火辣辣、不见绿荫、但见满地杂草的林间空地,地盘却愈来愈大了。

不过在当时那里的树林还挺茂密,而且都还是原始林,树干都长到老高才分出枝丫来,你在林子里走,脚下尽是一片褐色的松软的松针,干干净净,没有一些乱丛杂树,外边天气再热,那里也是一片阴凉。那天他们三个就靠在一棵铁杉的树干上,那树干之粗,超过了两张床的长度。微风高高地在树顶上拂过,漏下来斑驳阴凉的天光。比利说了:

"你又想要特鲁迪了？"

"特鲁迪。你说呢？"

"嗯哈。"

"我们去吧。"

"不，这儿好。"

"可比利在……"

"那有什么。比利是我哥。"

后来他们三个又坐在那里，想听听枝头高处一只黑松鼠叫，却看不见。他们在等这小东西再叫一声，因为只要它一叫，一竖尾巴，尼克看见哪儿有动静，就可以朝哪儿开枪。他打一天猎，父亲只给他三发子弹，他那把猎枪是口径为二十的单筒枪，枪筒挺长。

"这狗崽子一动也不动。"比利说。

"你打一枪，尼基①。吓吓它。等它往外一逃，就再来一枪。"特鲁迪说。她难得能说上这样几句连贯的话。

"我只有两发子弹了。"尼克说。

"这狗崽子。"比利说。

他们背靠大树坐在那儿，不作声了。尼克觉得空落落的，心里却挺快活。

"埃迪说他总有一天晚上要跑来跟你妹妹多萝西睡上一觉。"

"什么？"

"他是这么说的。"

---

① 和尼克一样，尼基也是尼古拉斯的爱称。

特鲁迪点了点头。

"他只想干这码事。"她说。埃迪是他们的异母哥哥。他十七岁。

"要是埃迪·吉尔比晚上敢来,胆敢来跟多萝西说一句话,你们知道我要拿他怎么着?我就这样宰了他。"尼克把枪机一扳,简直连瞄也不瞄,就是叭的一枪,仿佛把那个杂种小子埃迪·吉尔比不是脑袋上就是肚子上打了个巴掌大的窟窿。"就这样。就这样宰了他。"

"那就劝他别来。"特鲁迪说。她把手伸进尼克的口袋。

"得劝他多小心点。"比利说。

"他是个吹牛大王。"特鲁迪的手在尼克的口袋里摸了个遍。"可你也别杀他。杀了他要惹大祸的。"

"我就要这样宰了他。"尼克说。仿佛埃迪·吉尔比正躺在地上,胸口打了个大开膛。尼克还神气活现地踏上一只脚。

"我还要剥他的头皮。"他兴高采烈地说。

"那不行,"特鲁迪说,"那太恶心了。"

"我要剥下他的头皮给他妈送去。"

"他妈早就死了,"特鲁迪说,"你可别杀他,尼基。看在我的分上,别杀他了。"

"剥下了头皮以后,就把他扔给狗吃。"

比利可上了心事。"得劝他小心点。"他闷闷不乐地说。

"叫狗把他撕得粉碎。"尼克说,想起这个情景,得意极了。把那个无赖杂种剥掉了头皮以后,他会站在一旁,看那家伙被狗撕得粉碎,他连眉头都没皱一皱,忽然一个踉跄往后倒去,靠在树上,脖子被紧紧勾住了,原来是特鲁迪搂住了他,搂得他气都透不过来了,一边嚷道,"别杀他呀!别杀他呀!别杀他呀！别杀！别杀！别杀！尼基。尼基。尼基！"

"你怎么啦？"

"别杀他呀。"

"非杀了他不可。"

"他是个吹牛大王嘛。"

"好吧，"尼基说，"只要他不上门来，我就不杀他。快放开我。"

"这就对了，"特鲁迪说，"你现在有没有意思？我现在倒觉得很可以。"

"只要比利肯走开。"尼克自以为杀了埃迪·吉尔比，后来又饶他不死，是个男子汉大丈夫了。

"你走开，比利。你怎么老是死缠在这儿。走吧。"

"狗崽子，"比利说，"这码事叫我烦死了。我们算来干啥？打猎还是怎么着？"

"你可以把这枪拿去。还有一发子弹。"

"好吧。我管保打上一只又大又黑的。"

"一会儿我叫你。"尼克说。

过了好大半天，比利还没有回来。

"你看我们会生个孩子出来吗？"特鲁迪快活地盘起了她那双黝黑的腿，偎在尼克身上磨蹭着。尼克却不知有什么心事牵挂在老远以外。

"不会吧。"他说。

"就大生特生吧，管他呢。"

他们听见比利一声枪响。

"不知他打到了没有。"

"管他呢。"特鲁迪说。

比利从树林子里走过来了。他枪挎在肩上,手里提着只黑松鼠,抓住了两只前脚。

"瞧,"他说,"比只猫还大。你们完事啦?"

"你在哪儿打到的?"

"那边。看见它跳出来就打。"

"该回家啦。"尼克说。

"不。"特鲁迪说。

"我得赶回去吃晚饭。"

"好吧。"

"明天还想打猎吗?"

"好吧。"

"松鼠你们就拿去吧。"

"好吧。"

"吃过晚饭还出来吗?"

"不了。"

"觉得怎么样?"

"好。"

"那好吧。"

"在我脸上亲亲。"特鲁迪说。

这会儿开着汽车行驶在公路上,天色快要黑下来了,尼克不再想父亲的事了。一到白天的终了,他就不会再想父亲了。一到白天的终了,尼克就不许别人来打搅,要是不能独自过上一晚,就会觉得浑身不对劲儿。他每年一到秋天或者初春,就常常会怀念父亲,当时大草原上飞来了小鹬,或是看见地里架起了玉米禾束堆,或是看见了一泓湖水,有时哪怕只要看见了一辆马车,或是因为看见了雁阵,听见了雁声,或是因为隐蔽在水塘边上打野鸭;想起了有一次大雪纷飞,一头老鹰从空而降来抓布篷里的野鸭囮子,拍拍翅膀正要蹿上天去,却不防让布篷勾住了爪子。他只要走进荒芜的果园,踏上新耕的田地,到了树丛里,到了小山上,或是踩过满地枯草,只要一劈柴,一提水,一走过磨坊、榨房①、水坝,特别是只要一看见野外烧起了篝火,父亲的影子总会猛一下子出现在他眼前。不过他住过的一些城市,父亲却没有见识过。从十五岁起他就跟父亲完全分开了。

寒冬天气父亲胡须里结着霜花,一到热天却汗出如浆。他喜欢顶着太阳在地里干活,因为这本不是他的分内事,他就是爱干些力气活儿,而尼克却不爱。尼克热爱父亲,却讨厌父亲身上的那股气味,有一次他不得不穿一套小得父亲不能再穿的内衣,使他觉得直恶心,他就脱下来,塞在小溪边两块石头下,只说是弄丢了。父亲叫他穿上的时候,他对父亲说过那有股味儿,可父亲说衣服才洗过。衣服也确实是才洗过。尼克请他闻闻看,父亲生了气,拿起来一闻,说蛮干净,蛮清香。等到尼克钓鱼回来,身上的内衣已经没了,他说是给弄丢了,就为撒了这个谎,结果挨了一顿鞭子。

事后,他把猎枪上了子弹,扳起枪机,坐在小柴间里,让门开着,望见父亲坐在门廊的纱窗下看报,他心里想,"我可以一枪送他去见阎王。我打得死他。"到最后他的气终于消了,可想起这把猎枪是父亲给的,还是觉得有点恶心。于是他就摸黑走到印第安人的营地,去摆脱这股气味。家里只有一个

① 榨苹果汁的作坊。

380

人的气味他不讨厌,那是有一个妹妹的。跟别人他就压根儿避不接触。等他抽上了香烟,他的嗅觉就迟钝了。这倒是件好事。捕鸟猎犬的鼻子愈尖愈好,可是人的鼻子太尖就未必有什么好。

"爸爸,你小时候常常跟印第安人一块儿去打猎,是怎么打的呀?"

"我说不好。"尼克吃了一惊。他竟没有注意到孩子已经醒了。他看了看坐在身边车座上的孩子。他自以为是独自一人,其实这孩子一直睁大了眼在他身边。也不知道孩子醒了有多久了。"我们常常去打黑松鼠,一打就是一天,"他说,"父亲一天只给我三发子弹,他说要这样才能学会如何打猎,小孩子拿了枪噼噼啪啪到处乱放可没好处。我跟一个叫比利·吉尔比的小伙子,还有他的妹妹特鲁迪,一块儿去打。有一年夏天,我们差不多天天都去。"

"真怪,印第安人也有叫这种名字的。"

"是啊,可不。"尼克说。

"跟我说说,他们是什么样儿的?"

"他们是奥吉布瓦族人,"尼克说,"人都是挺好的。"

"跟他们做伴,他们表现怎么样?"

"这怎么跟你说呢。"尼克·亚当斯说。难道能跟孩子说就是她第一个给了他从未有过的乐趣?难道能对孩子提起那丰满黝黑的大腿、那平坦的小肚子、那对结实的小奶子、那搂得紧紧的双臂、那灵活地探索的舌尖、那迷离的双眼、那嘴里的一股美妙的味儿?难道能讲随后的那种不适、那种紧密、那种甜蜜、那种润湿、那种温存、那种体贴、那种刺激?能讲那种无限圆满、无限完美的境界,那种没有穷尽的、永远没有穷尽的、永远永远也不会有穷尽的境界？可是这些突然一下子都结束了，眼看一只大鸟就像暮色苍茫中的猫头鹰一样飞走了，不过这是在白天的树林子里，有些铁杉树的针叶粘在肚子上。这一来，以后你每到一个地方，只要那儿住过印第安人，你就嗅得出他们留下过的踪迹，空的酒瓶的气味再浓，嗡嗡的苍蝇再多，也压不倒那种香草的气息、那种烟火的气息以及那另外一种新剥貂皮似的气息。即便听到了挖苦印第安人的玩笑话，看到了苍老干枯的印第安老婆子，这种感觉也不会改变。也不怕他们身上渐渐带上了一股令人作呕的香味。也不管他们最后干上了什么营生。他们的归宿如何并不重要。反正他们的结局全都一个样。当年还不错。眼下可不行了。

再拿打猎来说吧。打下了一只飞鸟，就等于打遍天上的飞鸟。鸟儿虽然有形形色色，飞翔的姿态也个个不同，可是打鸟的感受是一样的，打头一只鸟好，打末一只鸟也同样美好。懂得这一点，他应该感激父亲。

"你也许不会喜欢他们，"尼克对儿子说，"不过我看你会喜欢他们的。"

"爷爷小时候也跟他们在一块儿住过，是吗？"

"是的。那时我也问过他印第安人是什么样儿的，他说印第安人中有好多是他的朋友。"

"我将来也可以去跟他们一块儿住吗？"

"这我就说不上了，"尼克说，"这是应该由你来决定的。"

"我到几岁上才可以拿到一把猎枪，自个儿去打猎呀？"

"十二岁吧，如果到那时我看你做事小心的话。"

"但愿我现在就有十二岁。"

"反正那也快了。"

"我爷爷是什么样儿的？我对他已经没啥印象了，就还记得那一年我从法国回来，他送了一把气枪和一面美国国旗给我。他是什么样儿的？"

"他这个人可怎么说呢？他是个了不起的猎手和捕鱼人，还有一双好眼睛。"

"比你还了不起吗？"

"他的枪法要比我强得多，他的父亲也是一个打飞鸟的神枪手。"

"我敢说他不会比你强。"

"喔，他可强着哩。他出手快，打得准。看他打猎，比看谁打猎都过瘾。他对我的枪法总是很不满意。"

"我们为什么从来不到爷爷坟上去祷告？"

"我们的家乡不在这一带。离这儿远着哪。"

"在法国可就没有这样的事情。要是在法国我们就可以去。我想我总该到爷爷坟上去祷告吧。"

"改天去吧。"

"我希望以后我们别住得那么远，免得等你死了我到不了你坟上去祷告。"

"我们得以后瞧着办。"

"你说我们该大家都葬在一个方便的地方吗？我们可以都葬在法国嘛。葬在法国好。"

"我可不想葬在法国。"尼克说。

"那也总得在美国找个比较方便的地方。我们就都葬在牧场上，行不行？"

"这个主意倒不坏。"

"这样，我在去牧场的路上，可以在爷爷坟前顺便停一停,祷告一下。"

"你倒想得挺周到的。"

"唉,爷爷坟上连一次也没去过,我心上总觉得不大舒坦啊。"

"我们总是要去的,"尼克说,"放心吧,我们总是要去的。"

蔡　慧译

三 下 枪 声*

尼克正在帐篷里脱衣服。他看见篝火在帐篷上投下他父亲和乔治叔叔的影子。他感到好生不安和羞愧,便尽快地脱下衣服,整整齐齐叠好。他感到羞愧是因为脱衣服使他想起了上一晚的事。整天来他都把这事抛置脑后了。

他父亲和叔叔吃过晚饭就走了,带着盏篝灯过湖去钓鱼。他们把小船推下水之前,他父亲吩咐他,万一他们不在时出了什么紧急情况,他只要开三下枪,他们就马上赶回来。尼克从湖边穿过林子回到营地。他听得见黑暗中的船桨声。他父亲在划桨,他叔叔坐在船尾拉饵钓鱼。他父亲把小船推下水时,他叔叔已经早拿着钓竿坐好了。尼克留神听他们在湖面上的动静,到再也听不见桨声才罢。

尼克一路穿过林子走回去,倒害怕起来了。夜间他对林子总不免有点害怕。他掀开帐篷门帘,脱了衣服,摸黑悄悄钻进毯子里躺着。帐篷外的篝火烧剩一堆木炭了。尼克躺着一动不动,想法入睡。到处都没动静。尼克感到只要能听到一

* 下面这六篇有关尼克·亚当斯的短篇小说是《全集》本没有收进的,现根据1972年斯克里布纳父子公司出版的《尼克·亚当斯故事集》(菲利普·扬编选)加以补译。看文字的风格,它们和这"首辑四十九篇"显然是属于同一个时期的。

声狐狸叫,或者猫头鹰啼啊什么的,就放心了。到目前为止还没什么明确的东西让他害怕。可是眼下他却大大害怕起来。蓦地他怕起死来了。才两三个礼拜前,他们在家乡的教堂里,刚唱过一首赞美诗,"生命总有一天会断送"①。他们唱这首赞美诗时尼克明白了自己总有一天必定会死。这使他感到非常难受。这是他头一回明白自己迟早难逃一死。

那天晚上,他坐在过道夜明灯下看《鲁滨孙历险记》②,想借此忘却生命总有一天会断送这一事实。保姆看见他在过道上,吓唬他说要是他不去睡觉,就要去告诉他父亲了。他进房去睡了,但等保姆进了她自己的房间,他又出来,在过道夜明灯下看书直看到天明。

昨晚,他在帐篷里就有过同样的恐惧。他只是到了晚上才有这种恐惧。开头倒不好算是恐惧,而更像是一种体会。但总是处在恐惧的边缘,而且一旦开了头,一下子就害怕起来。他只要心里真的一吓坏,就马上拿起枪,把枪口从帐篷口伸出去,开上三枪。枪杆朝他反冲得够呛。他听见枪子在林间摧枯拉朽,一掠而过。他只要一开了枪就没事了。

他躺下来等他父亲回来,但他父亲和叔叔在湖对面还没吹灭篝灯,他就睡着了。

"这浑小子,"他们往回划时,乔治叔叔说,"你干吗吩咐他叫我们回去啊?他没准儿被什么弄得大惊小怪了。"

乔治叔叔是他父亲的弟弟,一个钓鱼迷。

---

① "生命总有一天会断送"是赞美诗《靠恩得救歌》中的第一句,原汉译本译为"有日银链将要折断",典出《圣经·传道书》第12章,按"银链"指的就是"生命线"。这首赞美诗是基督教丧葬追思等活动中所用。
② 英国作家笛福(1660—1731)的代表作。旧译为《鲁滨孙漂流记》。

"啊,得了。他还小呢。"他父亲说。

"这可不是带他跟我们一起到林子里来的理由啊。"

"我知道他胆子特小,"他父亲说,"可我们在他那年龄胆子都小。"

"我真受不了他,"乔治说,"他鬼话特多。"

"啊,得了,别提了。反正今后你钓鱼的机会多的是。"

他们走进帐篷,乔治叔叔拿手电直照着尼克的眼睛。

"怎么啦,尼基?"他父亲说。尼克在床上坐起身。

"听上去像是狐狸和狼的杂种,就在帐篷四下转悠。"尼克说,"有点儿像狐狸,但更像狼。"当天他刚从叔叔那儿学会"杂种"这词儿。

"他没准儿听到了猫头鹰啼叫吧。"乔治叔叔说。

早上,他父亲发现有两棵大椴树长得彼此靠拢,在风中会摩擦发声。

"你看是这个声响吗,尼克?"他父亲问。

"兴许是吧。"尼克说。他不愿再想这事了。

"今后你在林子里可不要害怕了,尼克。没一样伤得了你。"

"连闪电也伤不了?"尼克问。

"对,连闪电也伤不了。碰上大雷雨就跑到空地上去。躲在山毛榉树下也行。它们从没挨过雷击。"

"从来没有?"尼克问。

"我从没听说过。"他父亲说。

"哎呀,听你说山毛榉树能行,我真高兴。"尼克说。

这会儿他又在帐篷里脱衣服了。虽然他没在看他们,可是他觉察到帐篷上有两个人影。随即他听到小船给拖上湖滩,两个人影便没了。他听见父亲跟什么人在说话。

接下来他父亲大喝一声道,"穿上衣服,尼克。"

他赶快穿好衣服。他父亲走进帐篷,在圆筒形行李袋里翻来找去。

"穿上外衣,尼克。"他父亲说。

陈良廷　译

印第安人搬走了

　　佩托斯基的大路从培根爷爷的农场直通山上。农场在大路的终端。可是,看上去这条路总像是从他的农场开头通往佩托斯基的,一路顺着树林边,直上陡峭多沙的长坡,进入林间不见踪影,这长坡就是到此碰上一片阔叶树林突然中止的。

　　这条路进了林子,空气变得阴凉,脚下的沙地湿得发硬了。路面在林间的山坡上上下下,两边都是浆果树丛和山毛榉幼树,不得不定期修剪,免得枝丫完全挡住路面。到了夏天,印第安人沿路采集野莓子,带到山下小屋出售,红艳艳的野山莓叠在提桶里,沉甸甸的,都压碎了,上面盖着椴木叶保持阴凉;后来卖黑莓,一桶桶的,都结实鲜亮。印第安人带着货,穿过林子到湖滨小屋来。根本听不见他们来的声息,他们就到了,拎着装满野莓子的铁皮桶,站在厨房门口。有时尼克正躺在吊床上看书,闻到了印第安人进了院门,走过木柴堆,绕过屋子。凡是印第安人都是一个味儿。印第安人都有这股甜腻腻的气味。当初培根爷爷把地岬边的窝棚租给印第安人,他们走后,他踏进窝棚,里面全是这股味儿,那时是他头一回闻到这味儿。从此培根爷爷再也没法把窝棚租给白人了,也没印第安人来租过,因为住过这窝棚的印第安人在七月四日独立节那天到佩托斯基去喝了个烂醉,回来时,躺在马奎特神父①铁路轨道上睡大觉,被半夜开过的火车轧死了。那个印第安人非常高大,给尼克做过一把白蜡木桨。他单身在窝棚里住过,喝了烈酒夜间独自在林间转。不少印第安人都是这副德行。

印第安人没有一个发的。先前倒有过——那是置办农场的老一辈印第安人,到了儿孙成群,人也老了,长得胖了。就像住在霍顿斯溪边的西蒙·格林这号印第安人,有过一个大农场。可是西蒙·格林死了,他的子女把农场卖了,分掉钱财,奔别处去了。

尼克记得西蒙·格林坐在霍顿斯湾镇铁匠铺前一张椅子上,顶着太阳直冒汗,铺子里正在给他的马钉蹄铁。尼克在棚屋檐下铲起阴湿的泥土,用手指在土里挖虫子,只听得不断传来锤铁的当当声。他把泥土筛进装虫子的罐头里,把刚才铲过的地面再填满,拿铲子拍拍平。西蒙·格林在外面太阳下,坐在椅子上。

"喂,尼克。"尼克一出来他就说。

"喂,格林先生。"

"去钓鱼?"

"对。"

"天好热,"西蒙笑道,"跟你爹说今年秋天我们会有不少鸟呢。"

尼克一直跨过铁匠铺后面那片田野,到屋里去拿钓鱼竿

① 指雅各·马奎特神父(1637—1675),法国天主教耶稣会传教士,探险家,曾与法殖民地总督委派的若利埃沿密西西比河航行,到过阿肯色河口,返航时密歇根湖,在印第安人居住区筹建传教据点。为纪念他,后来修造了一条以他命名的铁路。

和鱼篓。到溪边去的路上,西蒙·格林坐着双轮马车沿路走过。尼克正走进灌木林,西蒙没看见他。那是他最后一回看到西蒙·格林。那年冬天西蒙就死了,第二年夏天他的农场也卖掉了。除了农场他什么也没留下。他把一切重新投进农场里了。有一个儿子本想继续种田,可是另外两个儿子做了主,把农场卖了。不料到手的钱还不到大家预期的一半。

格林那个本想继续种田的儿子埃迪,在春溪后面买下一块地。另外两个儿子在佩尔斯顿买下一个弹子房。他们亏了本就把它卖了。印第安人就是这副德行。

陈良廷 译

过密西西比河

开往堪萨斯城的列车停在一条岔道上,正好在密西西比河东岸,尼克往外瞧着那条积了半英尺厚尘土的大路。眼前除了这条大路和三两棵蒙着尘土变成灰色的树木之外,什么也没有。一辆大车晃晃悠悠,顺着车辙走过,赶车的给弹簧坐垫颠得垂头歪脑,听任缰绳松弛地搭落在马背上。

尼克瞧着大车,心想不知它要上哪儿,究竟这赶车的是不是就住在密西西比河边,是不是曾经钓过鱼。大车晃晃悠悠,在路上走得不见踪影了,尼克不由想起在纽约举行的职业棒球"世界大赛"①。他想起在白短袜队那公园②观看过的首场比赛中,"快乐"费尔施那回本垒打③,当时"瘦子"索利把杆一抡,身子冲出老远,膝盖差点挨到地面,那白如流星的球对准中外场的绿色护栏远远飞去,费尔施正低着头,朝一垒那白色的方软垫拼命跑去,随着球落在露天看台一小堆争来夺去的球迷当中,观众发出一阵欢呼。

① "世界大赛"为美国职业棒球两大联赛,美国联赛和全国联赛每年冠军的总决赛。
② 白短袜队是芝加哥的强队,以科米斯基公园为基地。
③ 本垒打,棒球手在打出一球后,安全地从一垒跑一圈,回到本垒。这样可得到一分。

列车启动时,蒙着尘土的树木和褐色的路面开始后退,叫卖书报的从车厢正中过道上摇摇摆摆走过来。

"有什么大赛的消息?"尼克问他。

"决赛中白短袜队获胜了。"卖书报的答道,在特等客车的过道上一路走去,腿儿习惯于摇晃,像水手一般。他的回答使尼克感到一阵欣慰。白短袜队打败他们了。真令人精神大振。尼克打开《星期六晚邮报》,开始阅读,偶尔往窗外瞧瞧,想瞧一眼密西西比河。过密西西比河可是件大事,他想,倒要分秒必争看个痛快。

窗外景色像流水一晃而过,只见一溜公路、电线杆,偶有几栋屋子,还有平展的褐色田野。尼克原以为看得见密西西比河畔的峭壁,谁知好容易等一条似乎望不到头的长沼流过窗下,只看得见窗外那机车头蜿蜒而出,开上一座长桥,桥面俯临一大片褐色的泥浆水。这时尼克只看得见远处是一片荒山野岭,近处是一溜平展的泥泞河堤。大河似乎在浑然一体地往下游移动,不是流动,而是像一个浑然一体的湖泊在移动,碰到桥墩突出处才稍稍打旋。尼克眺望着这一片缓缓移动的平展的褐色水面,脑海里一下子涌现出马克·吐温、哈克·芬、汤姆·索耶[1]和拉萨尔[2]这些名字。他欣然暗想,反正我见识过密西西比河了。

陈良廷 译

---

① 哈克·芬和汤姆·索耶是马克·吐温著名小说《哈克贝里·芬历险记》和《汤姆·索耶历险记》的主人公。

② 罗贝尔·卡韦利埃·拉萨尔(1643—1687),法国探险家,曾沿密西西比河而下,直达出海口,并声称整个流域为法国领土。

登陆前夕

尼克在一片漆黑的甲板上散步,走过坐在一排甲板躺椅上的那些波兰军官。有人在弹曼陀林。里昂·霍奇亚诺维奇把脚在黑暗中伸出来。

"嗨,尼克,"他说,"哪儿去?"

"不去哪儿。只是走走。"

"这儿坐。有张椅子。"

尼克在空椅上坐下,趁着海上的夜色,望着人来人往。六月夜,天好热。尼克倒身靠着椅子背上。

"明天我们就进港了,"里昂说,"我听无线电报务员说的。"

"我是听理发师说的。"尼克说。

里昂哈哈笑了,用波兰语跟身边躺椅上的那人说话。他探身过去,对尼克一笑。

"他说不来英语,"里昂说,"他说是听盖比说的。"

"盖比在哪儿?"

"跟什么人在上面救生艇里吧。"

"加林斯基在哪儿?"

"不定跟盖比在一起。"

"不,"尼克说,"她跟我说过她受不了他。"

盖比是船上唯一的姑娘。她长着一头金发,总是披散着,笑声爽朗,身材健美,只是有股什么臭味。她有个姑妈正送她回巴黎投亲,开船以来,她姑妈就没离开过房舱。她父亲同法国航运公司有点儿关系,所以她同船长共餐。

"她干吗不喜欢加林斯基?"里昂问。

"她说他看上去像只海豚。"

里昂又笑了。"快,"他说,"我们去找他,跟他说说。"

他们站起身,走到栏杆边。那些救生艇在头顶上空晃荡着,准备给放下。船身倾斜,甲板歪向一边,救生艇也歪吊着,拼命晃荡。海水轻柔地悄悄溜过,大片大片磷光闪闪的海藻在翻滚、吮吸,从水下冒出泡来。

"船走得很快。"尼克俯视着水面说。

"我们在比斯开湾①里,"里昂说,"明天该见到陆地了。"

他们在甲板上转悠,走下舷梯,到船尾去看看磷光闪闪的船后尾波,放眼望去,正像一道弯弯的犁起的地。他们上面是那炮台,有两名水手在炮边走来走去,衬着海水蒙蒙的泛光,黑乎乎的。

"船正在曲折行进。"里昂望着尾波说。

"一整天了。"

"据说这些船运送德国邮件,所以从来没被打沉过。"

"也许吧,"尼克说,"我可不信。"

"我也不信。不过这想法不错。我们去找加林斯基吧。"

他们发现加林斯基在他的舱里,正拿着瓶干邑白兰地。

---

① 比斯开湾,西班牙北部海岸和法国西部布列塔尼亚半岛之间的一个宽广的大海湾。

他用漱口杯在喝着。

"嗨,安东。"

"嗨,尼克。嗨,里昂。来一口吧。"

"你跟他说,尼克。"

"听着,安东。我们替一位美人儿捎个信给你。"

"我知道你们这位美人儿是谁。你们带了这美人儿,上烟囱去跟她鬼混吧。"

他仰躺着,伸出双脚顶住上铺的弹簧床垫,往上使劲。

"牢骚鬼!"他大声喊道,"嗨,牢骚鬼! 醒醒,起来喝酒吧。"

上铺边上露出一张脸。那是张圆滚滚的脸,戴了副钢边眼镜。

"我醉了,可别叫我喝酒啦。"

"下来喝吧。"加林斯基吼道。

"不,"上铺的人说,"把酒递上来给我。"

他又转身面对着墙了。

"他醉了两星期啦。"加林斯基说。

"对不起,"上铺的人说,"我才认识你十天,你这么说并不正确。"

"难道你不是醉了两星期吗,牢骚鬼?"尼克说。

"那当然,"牢骚鬼面对墙壁说话,"可是加林斯基没权利这么说。"

加林斯基用双脚顶得他上下晃动起来。

"我把话收回,牢骚鬼,"他说,"我看你没有醉。"

"别说胡话啦。"牢骚鬼有气无力地说。

"你在干什么,安东?"里昂问。

"想我那个在尼亚加拉瀑布的女朋友呗。"

"得了,尼克,"里昂说,"我们别管这只海豚了。"

"她跟你们说过我是只海豚吗?"加林斯基问,"她对我说我是只海豚。你们知道我用法语怎么跟她说来着?'盖比小姐,你身上没一点儿叫我动心的。'喝一口吧,尼克。"

他递过酒瓶,尼克喝了几口白兰地。

"里昂?"

"不,走吧,尼克。我们别管他。"

"我半夜里跟大伙儿值班。"加林斯基说。

"别喝醉了。"尼克说。

"我从来没喝醉过。"

牢骚鬼在上铺嘀咕着什么。

"你说什么,牢骚鬼?"

"我在请求上帝用雷电击他呢。"

"我从来没喝醉过。"加林斯基又说了一遍,斟了半杯干邑白兰地。

"快,上帝啊,"牢骚鬼说,"用雷电击他。"

"我从来没喝醉过。我从来没跟女人睡过觉。"

"来吧。干你的工作吧,上帝。用雷电击他啊。"

"来吧,尼克。我们走。"

加林斯基把酒瓶递给尼克。他喝了一口就跟这高个子波兰佬出去了。

他们在门外听见加林斯基在叫,"我从来没喝醉过。我从来没跟女人睡过觉。我从来没说过谎。"

"用雷电击他啊,"传来牢骚鬼的细嗓门,"别信他这套鬼话,上帝。用雷电击他啊。"

"他们真是一对活宝。"尼克说。

"这个牢骚鬼怎么啦？他打哪儿调来的？"

"他在救护车队里干过两年。人家打发他回国去。他给大学开除了,现在又回来了。"

"他喝得太多了。"

"他不顺心啊。"

"我们去弄瓶葡萄酒,到救生艇里睡去。"

"走吧。"

他们在吸烟室的吧台前歇脚,尼克买了一瓶红葡萄酒。里昂站在吧台边,一身法国军装,更见身材高大。吸烟室里有两场大牌局在进行。要不是这是在船上的最后一夜,尼克会高兴参加的。大家都在打牌。舷窗全都紧闭,还拉上了百叶窗,弄得烟雾腾腾,热浪滚滚。尼克瞧瞧里昂。"想打牌吗?"

"不。我们还是边喝边聊吧。"

"那就要两瓶吧。"

他们拿着两瓶酒,从热烘烘的吸烟室里出来,踏上甲板。要爬上一条救生艇倒也不难,尽管爬到吊艇架上时,尼克吓得不敢往下看水面了。他们爬进了艇里,系上救生带,仰天躺在坐板上,倒也逍遥自在。有一种置身于海天之间的感觉。不像乘在大船里那么感到阵阵震动。

"这儿挺不错。"尼克说。

"我每夜都睡在其中一条救生艇里。"

"我就怕发梦游症。"尼克说。他正在拔出瓶塞。"我睡在甲板上。"

他把酒瓶递给里昂。"这瓶你留着,替我打开那一瓶。"波兰佬说。

"你拿着。"尼克说。他拔出第二瓶的瓶塞,摸黑跟里昂碰碰酒瓶。两人喝酒。

"在法国你能喝到比这更好的酒。"里昂说。

"我可不会留在法国。"

"我忘了。真希望我们能一起当兵。"

"我一点儿也不中用了。"尼克说。他打小艇舷边往下瞧着漆黑的水面。刚才他爬到船外吊艇架上时已经吓坏了。

"不知我会不会害怕。"他说。

"不会,"里昂说,"我想不会。"

"看看所有那些飞机这一类玩意儿一定很好玩。"

"是啊,"里昂说,"我只要能调动,马上就去开飞机。"

"我可不行。"

"为什么?"

"我不知道。"

"你千万别想心里在害怕。"

"我没。我真的没。这我倒决不担心。因为刚才爬上救生艇时觉得不对劲儿,我才这么想。"

里昂侧卧着,酒瓶竖直放在脑袋旁。

"我们不必老想着心里害怕,"他说,"我们不是那种人。"

"那牢骚鬼害怕了。"尼克说。

"是啊。加林斯基跟我说过。"

"所以他才被遣送回去。所以才一直喝得醉醺醺的。"

"他可不像我们,"里昂说,"听着,尼克。你我都是有点儿胆量的。"

"我知道。我也那样想。别人可能送命,可我不会。这一点我绝对相信。"

"对极了。我们就是有那么股劲儿。"

"我早想加入加拿大部队,可是人家不肯收我。"

"我知道。你跟我说过。"

他们都喝着酒。尼克仰天躺着,瞧着烟囱里冒出的烟被天空衬托得像朵云。天色亮起来了。说不定月亮快出来了。

"你有过女朋友吗,里昂?"

"没。"

"一个也没有?"

"对。"

"我有一个。"尼克说。

"你跟她同居?"

"我们订了婚。"

"我从没跟女人睡过觉。"

"我在窑子里跟女人睡过。"

里昂喝了一口。衬着天色,只见黑乎乎的酒瓶在他嘴边斜着移动。

"我说的不是这个意思。我也嫖过。我不喜欢。我意思是说,要跟你心爱的人整夜睡在一起。"

"我女朋友本来就愿意跟我睡的。"

"可不。她爱你的话就会跟你睡。"

"我们就快结婚了。"

陈良廷　译

新 婚 之 日

　　他刚才游过泳,走上山以后,正在盆里洗脚。屋里很热,德奇和卢曼两个都站在一边,神色紧张。尼克从衣柜抽屉里拿出一套干净内衣、干净的丝袜、新的吊袜带、白衬衫和硬领,一一穿上。他站在镜子前打领带。德奇和卢曼使他想起拳击赛和橄榄球赛前的更衣室。他喜欢他们那副紧张相。他真想知道要是自己在给绞死前,他们是不是也会这样。八成是吧。万事都要事到临头才能明白的。德奇走出去拿瓶塞起子,进屋打开酒瓶。

　　"好好来一口,德奇。"

　　"你先喝,斯坦。"

　　"不。有什么关系?尽管喝吧。"

　　德奇足足喝了一大口。尼克嫌这一口喝得太多了。毕竟只有这么一瓶威士忌哪。德奇把酒瓶递给他。他递给卢曼。卢曼喝了一口,可没德奇喝得那么多。

　　"行了,斯坦老弟。"他把酒瓶递给尼克。

　　尼克灌了两口。他爱喝威士忌。尼克穿上长裤。他根本不在想什么。"色鬼"比尔,阿特·梅耶和"吉"都在楼上穿衣服。他们都该喝上一口。天哪,为什么只有一瓶呢?

　　婚礼结束后,他们就上了约翰·科特斯基的那辆福特车,顺着大路翻过小山,到湖边去。尼克付给约翰·科特斯基五美元,科特斯基帮他把行李袋搬到小船上去。他们俩跟科特斯基握握手,于是福特车顺老路开回去了。久久还听得见车子声。尼克的父亲在冰窖后面的李树丛里替他藏着船桨,可他找来找去找不到,海伦只得在下面船里等他。最后他总算找到了,就把桨带到下面湖岸去。

摸黑划过湖面路程倒很长。夜里又热又闷。两个人话都不多。有几个人刚才把婚礼闹得不像样了。快靠岸时,尼克使劲划桨,飕地把小船送上沙滩。他停下船,海伦一步跨了出来。尼克吻了她。她按他教过她的方式,使劲地回吻他,嘴唇微启,这样两个人的舌头就可以舔来舔去。他们紧紧抱住,然后走到小屋去。路又黑又长。尼克用钥匙开了门,然后回到小船上去取行李。他点上灯,两人一起把小屋内处处察看了一遍。

陈良廷 译

一个非洲故事

　　他等待着月亮升起来,当他抚摸吉博,让它安静下来时,能够感觉到狗毛在他手下竖立起来。他们都在观察、倾听,月亮爬上来了,照出他们的影子。现在,他用胳膊搂住狗的脖子,能够感觉到它在发抖。夜间所有的声音都停止了。他们听不见那头大象的任何动静,直到狗转头,好像是寻求他的庇护那样撞他满怀时,大卫才看见它。这时,大象的影子已经遮蔽了他们,它接着前行,没有任何响声,他们在山上吹下来的微风中,嗅到了它的气味。它的气味十分强烈,陈旧而发酸,当它走过去的时候,大卫看见它左侧的大牙,那么长,好像要触到地上一样。

　　他们等了一会儿,发现没有别的大象跟在后面,然后,大卫和他的狗开始在月光中奔跑。狗紧紧地跟在他的身后,当大卫停下来的时候,狗鼻子撞上了他膝盖的后弯处。

　　大卫一定要再看一眼这头公象,他们在森林的边缘追上了它。它正朝大山行进,迎着夜间连续的微风,缓慢地行走着。大卫看它时凑得很近,月光再次被它遮挡住,他嗅到发酸的陈旧味儿,可依然看不见它右侧的长牙。因为带着狗,他不敢靠得更近,他把狗带到下风处,按它坐在一棵树的树根上,试图让它明白。他想狗会待在那里不动的,它果然听话地乖乖待着,可当大卫朝着大象庞大的身躯移动时,他又感觉到湿乎乎的狗鼻子触及他膝盖的后弯。

他们俩一直跟着大象,直到它来到树林中一块空地上。它站在那里,晃动着两只大耳朵①。它庞大的身躯在影子里,头则顶着月光。大卫朝自己的身后伸出手,轻柔地罩住狗嘴,然后,他屏住呼吸,动作轻盈地走到大象右边,沿着大象身体造成的下风边缘,用脸颊感觉着夜风,绝对不让狗走进他与庞大的象身之间,他们如此谨慎地跟随着,最后他能够看清楚大象的头,还有缓慢摆动的两只大耳朵。它右侧的长牙像自己的大腿一样粗,弯曲着,几乎碰着地。

他和吉博退了回来,现在风吹在他脖子上了,他们沿原路退出森林,进入开阔的公园区域。狗跑到他的前面,他们回到刚才跟踪大象前,大卫留下两只打猎长矛的小道上,狗停了下来。他把那两只装在皮套和皮束中的长矛甩到肩膀上扛着,手里拿着他那根爱不释手的最好的长矛,他们走上了去仙坝②的小道。现在,月亮已经升高,他奇怪为什么仙坝没有传来鼓声。如果父亲在那里,而那里又没有鼓声,这可是蹊跷的事。

他们刚找到它的踪迹,大卫便感到疲劳了。

很长一段时间内,他都显得比另外两个男人更有精神,更健壮,他对他们的缓慢尾随,还有父亲每个钟点都定期休息的习惯,都感到很不耐烦。他刚开始能够遥遥领先于尤马和他

---

① 非洲大象的特点是耳朵大,公象母象都有大牙。
② 仙坝(shamba)是斯瓦西里语,意思是果园、菜地、庄稼地,小型的生活农庄,包括农民的居所。

的父亲,可当他感觉疲劳时,他们两人依然是平常的老样子;中午时分,他们只像往常一样休息了五分钟,他发现尤马的步伐甚至加快了一点儿。也许没有。也许只是看起来快了一些,不过现在的象粪已经新鲜多了,虽然摸上去并不温热。刚才他们碰到最后一堆象粪的时候,尤马把那支步枪交给他扛,可是走了一个小时以后,尤马看了看他,又把步枪拿走了。他们一直稳步地沿山坡攀登,而现在小道开始下坡了,从森林的小豁口处,他能看见前方起伏不平的原野。"艰难的一段就从这里开始,戴维①。"父亲说。

这时他才明白,一旦带他们认出大象的踪迹后,他就应该被送回仙坝去的。尤马早就意识到这一点。而父亲现在也明白了,只不过为时已晚。这是他犯的又一个错误,现在,除了赌一把,没有别的办法了。

大卫低头看着大象的脚印,这是一个被大象的脚踩平的大圆圈,一株野蕨被压平在地面上,有一根断草正在变干。尤马捡起那根断草,抬头看了一眼太阳。尤马将断草递给大卫的父亲,父亲把它放在手指间搓揉。大卫注意到那些发蔫的白花快要死了。可即便是在太阳底下,它们还没有死掉,花瓣也没有脱落。

"这会是一头母象,"父亲说,"咱们快走。"

下午晚些时候,他们依然穿行在起伏不平的原野中。他早就感觉困倦了,当他观察另外两个男人时,他知道困倦是他真正的敌人,他跟在他们后面,挣扎着,企图通过行走将致命的睡意驱赶掉。两个男人在行走的那个钟点内,交换着前后

---

① 戴维(Davey)是大卫(David)的昵称。

位置,走在后面的一位会定期回头检查,看他是否掉队。天黑时,他们在森林里无水宿营①,他刚一坐下,就倒头睡着了,醒来时,尤马正拿着他的鹿皮鞋,摸着他的光脚,查看水泡。父亲把自己的外衣盖在他身上,坐在他的身旁。父亲正在吃一块冷的熟肉和两块饼干,他把装着凉茶的水瓶递给他。

"它也得吃东西,戴维,"他的父亲说,"你的脚很健康。跟尤马的一样棒。慢慢地吃一点儿东西,喝一点茶,然后再睡觉。我们没有任何问题。"

"对不起,我太困了。"

"昨天你和吉博整夜打猎、行走。你怎么能不感觉困倦呢?你要是想多吃一点肉,就吃吧。"

"我不饿。"

"好。我们的食物够吃三天的。明天还会碰到水。从山上下来的小溪很多。"

"它要去哪儿呢?"

"尤马认为他知道。"

"很糟糕吗?"

"不糟糕,戴维。"

"那我接着睡了,"大卫说,"我不需要你的外衣。"

"尤马和我没问题,"父亲说,"你知道我睡觉时总是觉得热。"

大卫还没有等父亲道晚安就睡着了。夜里,他醒过一次,月光照在他的脸上,他心里想着站在森林里晃动着一双大耳

---

① 无水宿营(dry camp)是指临时、简单的宿营,在地点选择上无需靠近水源,宿营设置上无需支帐篷,或者用简易帐篷,宿营时间短,通常只是一宿。

朵的大象,它的头被两只大牙的重量压得低垂着。当大卫在夜里想到大象的时候,心里有一种空荡感,还以为那是他饿醒了的缘故。可事实并非如此,在后来的三天中,他才明白了这一点。

第二天的行程非常艰难,因为早在中午之前,他就领教了男孩与男人之间的差别远远不止于对睡眠的需求。在头三个小时里,他比他们更有活力,他向尤马请求扛那条点303步枪①,可尤马摇了摇头。他没有笑容,虽然他一直是大卫最好的朋友,教会了他打猎。大卫心想,他昨天还主动让我扛枪呢,况且我今天的感觉比昨天还好;结果还不到上午十点,他就明白了,这一天会跟昨天一样糟糕,甚至更糟。

他以为自己可以跟父亲一道长途跋涉,可以跟他一起打拼,现在看来这些想法很愚蠢。他明白这不仅因为他们是成年人,还因为他们是专业猎手,他现在明白了,这就是为什么尤马甚至不会浪费一个微笑。他们知道那头大象做过的一切,心照不宣地指点出它的迹象,而当追踪变得困难时,父亲总是服从尤马。当他们在一条小溪前停下来,往水瓶里灌水时,父亲说,“只灌够喝一天的水,戴维。”然后,当他们穿越起伏不平的原野,朝着山上的森林攀登时,那头大象的足迹却拐了弯儿,向右转上一条大象走的老路。他看见父亲和尤马说话,当他跟上他们时,尤马正在回头看他们刚走过来的路,眺

---

① 点303是李·恩菲尔德步枪(Lee-Enfield),1895年至1956年间为英军制式手动步枪,有大量衍生型,亦是英联邦国家的制式装备,总产量超过一千七百万支,是世界上产量最多的手动步枪。使用点303口径弹药的步枪,以两个5发弹夹在机匣顶部供弹。

望远方旱地原野上石头岛一般的丘陵,好像是在根据地平线上远处的那三座蓝色山峰度量方位。

"尤马知道它现在去哪里了,"父亲解释道,"他觉得他之前就知道,可它后来钻进了这迷魂阵里。"他回头望他们穿越了一整天的原野。"它现在奔的地方是个好去处,可我们必须爬山。"

他们一直攀爬到天黑,然后再次无水宿营。日落前,一小群彩鹬鸪路过他们走过的小道,大卫用弹弓打死了其中两只。这些鸟是来大象的老路上洗沙土澡的,它们身体肥硕,走路的模样很漂亮,弹弓射出的小石子砸断一只鸟的后背,那只鸟开始挣扎,扑腾翅膀时把那颗小石子抛起来,一只鸟扑上前去啄,这时大卫又往弹弓的包皮中塞了一颗小石子,向后一拉,射向那只鸟的胸肋。当他跑上前去捡那只鸟时,其他的鸟儿都呼啦啦地飞跑了。尤马回头看,这一次,他笑了,大卫捡起两只鸟,它们的身体温暖、肥硕,羽毛光滑,他将它们的头磕向他的猎刀的手柄。

现在,他们扎营过夜了,父亲说,"我还从来没有见过能飞这么高的这类鹬鸪。你干得非常漂亮,一打就是一对儿呢。"

尤马把鸟儿穿在一根棍子上,在煤炭的微火上烧烤。当他们躺在那里,看尤马做饭的时候,父亲用他的水壶盖子喝了一杯威士忌加水。后来,尤马给他们俩每人一只鸟胸脯,胸腔内还带着心脏,而他自己只吃了两只鸟脖子、后背,还有腿。

"这可大不一样啦,戴维,"父亲说,"现在根本不用担心定量了。"

"我们离它有多远?"大卫问。

"已经很近了，"父亲说，"这要看月亮升起来的时候，它是否还要旅行。今天我们晚它一个小时，你发现它的那天，晚它两个小时。"

"为什么尤马认为他知道它要去哪儿？"

"他伤过它，打死了它的 askari①，就在离这里不太远的地方。"

"什么时候？"

"五年前，他说。那很有可能是任何时间。在你还是一个 toto② 的时候，他说。"

"从那以后，它就是孤身吗？"

"尤马说是这样。他没再见过它。只是听说。"

"他说有多大？"

"将近两百。比我见过的任何东西都大。他说只有另外一头大象更大一点儿，它也是来自这个区域。"

"我最好还是睡觉吧，"大卫说，"我希望我明天的状态好一些。"

"你今天棒极啦，"他的父亲说，"我可为你感到骄傲了。尤马也同样。"

夜里，月亮升起来后，他醒来，相信除了他机敏地打死了那两只鸟以外，他们不会为他感到骄傲。那天夜里，他发现那头大象后一路跟踪，看它究竟是否有两根大牙，然后便回去找那两个男人，带他们踏上了追踪的路。大卫知道他们因为这件事为他感到骄傲。可是，一旦艰难困苦的跟踪开始后，他对

① 斯瓦西里语：士兵。这里说的是年富力强、经验丰富的中年公象，虽然还没有成为长老，却担当保护象群的重要任务。
② 斯瓦西里语：小家伙。

他们来说就毫无用处了;而且对于他们的成功来说,他只是一个危险因素,正如那天夜里当他非常接近大象时,吉博会给他造成危险一样,他知道他们后悔没有趁有机会的时候把他送回去,他们都在各自悔恨。那头大象的每根大牙都有两百磅重。一旦大象的大牙长到超常尺寸以后,大象就会因为大牙而被追杀,现在,他们三人就要为象牙而打死它了。

大卫非常肯定,这次他们准会打死它的,大卫熬过了白天,虽然中午以后跟踪的步伐几乎摧毁了他,可他没有落伍。他们可能会因此而为他感到骄傲。但是,他没有为打猎带来任何价值,没有他,他们会更好。白天,他多次希望没有出卖那头大象,下午,他记得他希望自己从来没有见过它。月光中醒来,他明白事实与愿望相悖。

第二天早上,他们在一条大象的老路上追踪大象,这条小路穿过树林,已经被踩实、磨光了。好像自从火山岩从山上流下来冷却,大树刚刚长高、变得茂密时,大象就开始在这条路上漫游了。

尤马非常自信,他们行动快捷。父亲和尤马两人似乎都非常确定,沿大象的老路行走得非常轻松,当他们穿越阳光隐约的森林时,尤马把点303步枪交给他扛着。然而,大象的行踪消失在一堆冒热气的新鲜粪便,还有一群大象的平而圆的脚印中,象群是从路左边的茂密森林中来到这条老路上的。尤马愤怒地从大卫身上拿走点303步枪。当他们走近并绕过象群时,已经是下午了,他们看见那群大象庞大的灰色身躯穿过大树丛,大耳朵摆动着,寻寻觅觅的鼻子卷起来又松开;他们听见树枝的折断声,被撞倒的树倒下去的轰隆声,大象的肚子发出的咕噜声,还听见大象粪团瓣里啪啦掷地有声。

终于,他们又找到了那头老公象的踪迹,当路线转上一条更细小的大象小道时,尤马看着大卫的父亲,露出他那磨平的牙齿,笑了,父亲点了点头。他们看上去像是分享什么见不得人的秘密,正如他发现大象的那天晚上,在仙坝找到他们时,他们当时的那副模样。

没过多久,他们的秘密就暴露无遗了。这是在向右拐的森林里,老公象的轨迹将他们引到那里。一副齐大卫胸高的大象颅骨,经日晒雨淋而变白。颅骨前额上有一个深坑,两只空洞的白眼眶之间是一道沟坎,末端是有裂痕的洞眼,那就是大牙被砍掉的地方。

尤马比画着,指出他们追踪的这头大象刚才低头看那副颅骨时站过的地方,它的大鼻子将颅骨从它安息的地方稍微移动了一下,还有它的大牙尖触及颅骨旁土地的印记。他给大卫看白骨前额大坑中的单个弹孔,然后,在耳朵眼周围的骨头上,有四个紧靠在一起的弹孔。他朝大卫和他的父亲露齿而笑,从口袋里掏出一颗点303子弹,将子弹的鼻尖儿伸进大象前额骨上的弹孔中。

"这就是尤马打伤这头大公象的地方,"父亲说,"这是它的askari。它的朋友,真正的朋友,因为它也是一头大公象。它扑过来,尤马打中了它,在它耳朵眼儿那儿解决了它。"

尤马指点出零落的骨头,说明刚才那头大公象是如何绕着遗骨走的。尤马和大卫的父亲对于他们的发现,都感到非常满意。

"你说它和它的朋友在一起有多久了?"大卫问父亲。

"这我可一点儿也摸不着头脑,"父亲说,"问尤马。"

"你问他,求你了。"

父亲和尤马说话,尤马看着大卫,大笑。

"可能是你年龄的四五倍,他说,"父亲告诉他,"他不知道,也不在乎,真的。"

我在乎,大卫想。我在月光中看见它,它孤独无伴,而我有吉博。吉博也有我。公象没有伤害任何人,而我们却跟踪它,来到它看望死去的朋友的地方,我们还要杀掉它。这都是我的错。我出卖了它。

这时,尤马琢磨出了它的去向,比画给他的父亲看,他们又上路了。

父亲无需靠猎杀大象维生,大卫心想。假如我没有看见它,尤马是不会找到它的。他有过杀它的机会,他只是伤着了它,杀死了它的朋友。我和吉博发现了它,我应该永远不要告诉他们的,我应该把它作为秘密,永远保留住它,让他们在仙坝继续烂醉在啤酒里。当时,尤马酩酊大醉,我们都无法叫醒他。我以后要永远保密。我再也不会告诉他们任何事了。假如他们杀掉它,尤马会把他卖象牙的那份钱喝掉,再给自己买一个该死的老婆。当你能够帮助大象的时候,你为什么不帮助它呢?你所需要做的就是第二天不要去追它。不,那不足以使他们罢休。尤马会追究的。你就该永远不要告诉他们。永远,永远不要告诉他们。千万记住这个。永远不要告诉任何人任何事,永远不。永远不要再告诉任何人任何事啦。

父亲等着他跟上前来,非常柔和地说,"它就在这里休息过。它的旅行步伐不如从前了。现在,我们随时都会追上它。"

"操他妈的猎象。"大卫悄悄地说。

"说什么?"父亲问。

"操他妈的猎象。"大卫轻声说。

"当心点儿,不要捅娄子。"父亲对他这么说,严厉地看着他。

这是肯定的,大卫想过。父亲不愚蠢。他现在已经知道了一切,再也不会信任我了。那也好。我不要他信任我,因为我再也不会把任何事告诉他,或者任何人啦,不会再说出任何事啦。永远,永远不。

早晨,它又到了远处的山坡上。这头大象不能一如既往地旅行了,现在,它开始毫无目的地漫游,偶尔吃点儿东西,大卫知道他们正在接近它。

他试图回忆他当时的感觉。那时,他还没有喜欢上这头大象。他一定要记住这一点。刚开始,他只是为自己的疲倦感到悲哀,这种疲倦让他对年龄有了一种理解。通过自己的太年轻,他理解了太衰老将会是什么样的感觉。

他因为想念吉博而感到孤独,他心里想,尤马杀死了大象的朋友,这自然把尤马推到了他的敌对面,把大象变成了他的兄弟。那天夜里,月光下看见大象,跟踪它,在开阔地接近它,以便看清楚它那一对巨大的大牙,现在他终于明白了这一切对于他的意义。可当时他并没有意识到,没有什么会比那一刻更美妙了。现在他知道他们会杀死大象,而他束手无策。当他把消息捎回仙坝的时候,他就已经背叛了大象。假如我们弄过象牙,它们就会杀了我,它们就会杀了吉博,他本以为是那样,可他现在明白了,这个逻辑根本就是假的。

也许大象要去找它的出生地,他们会在那里打死它。这就是他们需要做的一切，多么完美啊。他们要在打死它的朋友的地方打死它。这真是天大的笑话。该让他们多么高兴啊。他妈的朋友杀手。

他们现在来到茂密丛林的边缘了，大象就在咫尺前方。大卫能够嗅到它的气味，他们甚至能听见它拉扯树枝，还有树枝折断的声音。父亲把一只手按在大卫的肩膀上，阻止他前进，让他在密林外面等待，然后，他从自己的衣袋中的一个小口袋里捏出一大撮木灰，抛向空中。木灰落地前，几乎没有朝他们的方向飘，父亲朝尤马点了点头，弯腰跟着他进入了茂密的丛林。大卫看见他们的后背和屁股闪现在树林中。他听不见他们前行的动静。

大卫安静地站着，听大象吃东西。他能够嗅到它的气味，正如那天晚上月光下他非常接近它、看见它奇迹般的大牙时那么清楚。他站在那里，这时万物寂静，他却嗅不到大象的气味了。突然，撕心裂肺的尖叫声、粉碎声、一声点 303 的枪响，接着，是父亲的点 450 步枪①的回肠荡气的两声枪响，然后便是连续的粉碎声与碰撞声渐渐远去，他跑进密林，发现尤马浑身颤抖，满脸都是前额上流淌下来的血，父亲脸色刷白，充满愤怒。

"它向尤马进攻，把他打翻在地，"父亲说，"尤马击中了它的头。"

"你打中它的哪里？"

"我他妈的能打哪儿就算哪儿，"父亲这么说，"顺着血

---

① 美国制造的毒蛇牌步枪，这种大口径步枪特别适合于狩猎大动物，可在 250 码（228.6 米）内一枪击毙动物。

迹追。"

血很多。与大卫脑袋同样高度的一条鲜红的血流喷射在树干、树叶和藤子上;另一条血迹要低许多,颜色深而带着肠内秽物的臭味。

"击中了肺和肠,"父亲说,"我们会发现它完蛋了,或者抛锚了——我他妈的希望如此。"他添加了一句。

他们发现它抛锚了,如此巨大的痛苦与绝望使它无法动弹。它跌撞着穿过它刚才吃东西的密林,横跨一条疏林中的小径,大卫和父亲沿着喷洒了大量血迹的路线跑步前进。然后,大象再次进入了密林,大卫看见它在前方站着,灰色的庞大身躯靠在树干上。大卫只能看见它的后面,然后父亲向前移动,他跟随着,他们来到大象的侧面,它好像是一艘船,大卫看见鲜血从它的侧身流出,流淌到它的腹部,这时,父亲举起步枪,射击,大象转头,沉重的大牙笨重而缓慢地随头移动,它看着他们,当父亲发射第二发子弹时,大象像一棵被砍倒的大树那样摇摆着,轰然一声朝他们倒下。可它还没有死。它动弹不了,肩膀已经骨折,现在只是躺在地上。它虽然一动不动,可眼睛是活的,并且看着大卫。它的眼睫毛很长,眼睛是大卫见过的最敏感的生命。

"用点303打它的耳朵眼儿,"父亲说,"打呀。"

"你打吧。"大卫这么说。

尤马瘸着腿过来,他浑身是血,前额上的皮脱落了一半,挂下来遮住他的左眼,他的鼻骨暴露,一只耳朵被撕裂,他一声不吭地从大卫手里拿走步枪,将枪口几乎插进大象的耳朵眼里,打了两枪,他猛然旋转拉动枪膛,愤怒地扣动扳机。第一声枪响后,大象的眼睛睁得大大的,然后,便开始变得浑浊,鲜血从耳朵眼儿里涌出来,两条明亮的红色小溪流淌到皱褶的灰色皮肤上。这是不同颜色的血液,大卫心想,我一定要记住,它的血,可这又有什么用呢?现在,所有的尊严和伟大,所有的美丽都从大象身上消失了,它只是一大堆皱皱巴巴的东西。

"啊,我们打死它啦,戴维,这要感谢你,"父亲这么说,"现在,我们最好烧起篝火来,好让尤马复原。过来,你这个血腥的破鸡蛋①。那对儿大牙跑不了啦。"

尤马露齿一笑,朝他走去,手里拿着大象完全无毛的尾巴过来。他们拿它开了一个玩笑,然后,父亲开始用斯瓦西里语快速说话。离水源有多远?你得走多远才能找到来搬运象牙的人?你感觉什么样,你这个没用的操娘的老猪猡?你哪里断了折了?

得到他所需要的答案后,父亲说,"你跟我回去取我们丢在路上的背包。尤马可以捡柴,把篝火准备好。急救箱在我的背包里。我们必须在天黑前取回那些背包。他不会感染的。这不是动物的抓伤。快走。"

那天晚上,大卫坐在篝火旁,他看着尤马那张缝好的脸、骨折的肋骨,暗想当他企图射杀大象时,它是否认出他来。他希望它认出他来了。那头大象现在成为他的英雄,正如父亲在很长一段时期内是他的英雄那样,他心里想,我简直不敢相信,它这么苍老而疲倦的时候,还能如此拼下去。它也有可能

---

① 指英国民间童谣《鹅妈妈故事集》中的一个人物矮胖子(Humpty Dumpty),出自一首谜语歌谣:矮胖子,坐墙头/摔了一个大跟头/国王的兵、国王的马/复原不了没办法。谜底:鸡蛋。

打死尤马的。可它看着我的时候，没有要杀我的意思。它只是眼含忧伤，跟我的感觉一样。它死的那天，还拜访了它的老朋友。

大卫清楚地记得，当大象的眼睛刚刚失去生命时，它的所有尊严是如何消失的；当他和父亲取了背包回来时，大象是如何开始肿胀起来的，哪怕是在凉爽的夜晚。真正的大象已经不存在了；只剩下灰色、皱褶、肿胀的死尸，还有那对巨大的、有棕色斑点的黄色大牙，那正是他们杀它的目的。象牙上染着干巴的血迹，他用大拇指的指甲，抠下一块像是封蜡一样的凝血，放进衬衫口袋里。除了大象启蒙他对孤独的理解以外，这就是他从它身上拿走的一切。

屠解大象后，那天夜里在篝火旁，父亲试图与他谈话。

"它是个杀人元凶，你知道，戴维，"他这么说，"尤马说没人说得清楚它到底杀了多少人。"

"他们都要杀它，不是吗？"

"自然喽，"父亲这么说，"有那么一对大牙。"

"那它怎么反而成了凶手？"

"随你怎么看，"父亲说，"我很抱歉，你混淆不清它的是非。"

"我希望它弄死尤马。"大卫说。

"我认为你有点太过分了，"父亲说，"尤马是你的朋友，你知道。"

"不再是啦。"

"没有必要告诉他。"

"他知道。"大卫这么说。

"我认为你错误地判断了他。"父亲说，他们便不再谈论了。

在经历了这一切后,他们终于带着大象的大牙安全返回,那一对大牙倚着干树枝与泥土夯成的墙壁摆放着,牙尖儿碰牙尖儿地靠在一起,大牙又长又粗,哪怕是亲手摸了,都没有人敢相信那是真的;而且没有人,哪怕是他的父亲,能够摸到牙尖相接而构成的那一段圆弧;此时此刻,尤马、父亲和他都是英雄,吉博则是英雄的狗,搬运象牙的男人们也是英雄,已经有些醉了的英雄,而且注定会更醉,父亲说,"你想谈和吗,戴维?"

"好吧。"他说,知道这是实施他的决定的新开端,那就是永远不再告诉任何人任何事情。

"我真高兴,"父亲说,"这不就简单多了,好多了。"

就这样,象牙靠着茅草屋的墙壁,在无花果树的阴影下,他们坐在老人坐的凳子上,用葫芦杯喝一个小姑娘端上来的啤酒,而小姑娘的弟弟,英雄们的仆人,坐在地上,紧靠在一位英雄的英雄狗的旁边,而那位英雄正抱着一只老公鸡,它刚刚获得英雄们宠爱的公鸡的地位。他们就坐在那里喝啤酒,随着大鼓的敲响,ngoma① 拉开了序幕。

于晓红 译

①　恩戈马(ngoma)是斯瓦西里语"鼓",非洲不同的地区都有独特的打击乐器,有不同的名称与含义。在肯尼亚和坦桑尼亚,恩戈马指的是一定形式的舞蹈、社交聚会与鼓乐节奏。

我想凡事都会勾起你的一些回忆

"这个故事非常好，"男孩的父亲说，"你知道有多好吗？"

"我本来不想让她寄给你的，爸爸。"

"你还写了别的什么？"

"就这一篇。真的，我不愿让她把这个寄给你。可是，故事获奖以后——"

"她要让我帮助你。其实你能写得这么好，根本不需要任何人的帮助。你所需要的就是写。你花了多少时间写这篇故事？"

"没有很长时间。"

"你在哪里学到这类鸥的知识？"

"在巴哈马国①，我想。"

"可你从来没有去过狗岩或者是肘礁。在猫礁或比迷你岛上都没有鸥与燕鸥筑巢。而在西礁，你也只可能见过燕鸥筑巢。"

"在极乐·彼得斯。当然。它们在珊瑚礁上筑巢。"

"就在平坦的表面上。"父亲说，"可你究竟在哪里了解到

---

① 巴哈马国（Commonwealth of the Bahamas）是位于大西洋西边的一个岛国，地处美国佛罗里达州东南面，古巴和加勒比海以北，有七百余座岛屿和珊瑚礁。

你在故事里写的那类鸥的呢?"

"也许是你给我讲过的吧,爸爸。"

"这是一个非常好的故事。它使我想起很久以前我读过的一个故事。"

"我想凡事都会勾起你的一些回忆。"男孩说。

那年夏天,男孩读了父亲在图书馆里为他找的那些书,他会到主宅来吃午饭,当他不打棒球也不去射击俱乐部的时候,便经常说他一直在写作。

"当你想让我读一读,或者是有什么难题要问我的时候,就拿来给我看一看。"父亲说,"要写你熟悉的东西。"

"我是这样。"男孩说。

"我可不想站在你的背后窥视,或者让你感觉到什么压力。"父亲说,"不过,假如你愿意的话,我能用我们都熟悉的素材,为你设一些简单的习题。那会是不错的训练。"

"我想我现在的写法挺好。"

"等你想让我看的时候,再拿给我看。你觉得《远方与远古》①怎么样?"

"我很喜欢。"

"我说的所谓习题就是:我们可以一同赶集,或者看斗鸡,然后分别记录下我们的观察。到底是什么在你的心中打下了烙印。比如说斗鸡休场之间,裁判允许斗鸡手从斗鸡场中抱出他们的斗鸡时,斗鸡手掰开斗鸡的嘴,朝它的脖子里吹气之类的细节。细小的事情。看看我们每个人都看见了

---

① 《远方与远古》(*Far Away and Long Ago*,1918)是威廉·亨利·赫德森(William Henry Hudson,1841—1922)最著名的非虚构著作。他是出生于阿根廷的美国后裔,作家、自然学者、鸟类学家,晚年定居英国。

什么。"

男孩点头，低头盯着自己的餐碟看。

"我们还可以去一家咖啡馆，抛几轮扑克骰子，你写下你听到的对话里的内容。不是试图记录一切。只是你听到的有意思的部分。"

"我恐怕还没有预备好这么做，爸爸。我想我最好还是照我写那篇故事的老样子写。"

"那就照你说的写。我不想干涉或者影响你。我说的只是练习罢了。我本来是很高兴陪你一起做的。它们无非如同弹钢琴时的五指练习。也不是什么特别好的练习。我们可以找更好的做。"

"可能最好还是让我照老样子写。"

"当然。"父亲说。

我在他这个年龄的时候，还没有他写得好呢，父亲心想。我还不知道有谁在这种年龄的时候，能够写得像他这么好。当然喽，我也没有见过有谁在十岁的时候，能够在射击方面超过这个孩子；不仅是炫耀射击本领的那种表演，而是与成人和专业射击手打比赛的那种。当他十二岁的时候，在野外的射击也是同样出色。他射击时，就像具有天生的雷达一样。他从来没有在射程之外空发一弹，也不会让被放飞的鸟儿靠得太近，他的射击风格优美，无论是打高飞的野鸡，还是打无诱饵的野鸭，他都掌握了完美的时机与绝对的精确性。

在飞鸽射击的比赛中，当他踏上赛场的水泥地，转动轮盘，朝着标示距离尺码黑线的金属牌子走去时，职业射手们都屏住呼吸，目不转睛地看着他。他是唯一一个能够使全场变得鸦雀无声的射手。当他把枪托摆放到肩膀处，回头确定枪托后座靠着自己肩膀的位置时,职业射手们都像是分享一个秘密那样会意地露出微笑。然后,他低头将脸颊靠近枪梳,左手非常靠前,身体的重心在左脚上。他的枪口上升、下降,接着又是快速向左、向右,最后回到正中。当他全身前倾,紧贴在枪膛中的两发子弹的后面时,右脚跟轻轻地抬了抬。

"预备。"他用低沉、嘶哑,不属于一个小男孩的嗓音说。

"预备。"放飞人回答。

"放。"嘶哑的嗓音说,五个鸽子笼中的一个便随机打开,灰色的飞鸽冲了出来,它顾不上什么方向,只要能伸展开翅膀就狂飞,它朝着白色的矮栅栏,在绿草地上方盘旋,随着枪管摆动,第一发子弹打中了飞鸽,第二发子弹穿透第一个弹孔。当飞鸽在空中倒毙时,它头朝下降落,只有明眼的人才能看清,第二枪击中鸽子时,它已经在空中死了。

男孩掰开枪筒与枪膛,走下水泥地,朝着亭子走去,他面无表情,眼神低垂,对鼓掌喝彩无动于衷,假如某位职业射手说,"好枪法,斯蒂维。"他便使用奇怪而嘶哑的声音说,"谢谢。"

他把他的枪放在枪架上,静静观看他父亲的射击,然后,两人一同朝着户外酒吧走去。

"我能喝一杯可口可乐吗,爸爸?"

"最好不要超过半杯。"

"好吧。对不起,我刚才太慢了。不应该让那鸟变硬的。"

"它是一只强壮、低飞的家伙,斯蒂维。"

"可我要不是那么慢的话,根本没有人会看得出来。"

"你打得挺好。"

"我能找回我的速度。别担心,爸爸。只喝这么一点儿可乐,不会让我慢下来的。"

轮到他打下一只鸽子的时候,隐藏在沟槽里的鸽子笼门弹开,鸽子刚起飞,就立刻被他在空中射死。每个人都能清楚地看到,第二颗子弹在鸟儿落地之前再次击中了它。而它刚飞出笼还不到一英尺远。

男孩下场时,一位当地的射手说,"嘿,你这只打得好轻松,斯蒂维。"

男孩子点了点头,把枪搁好。他看了一下记分牌。还有四名射手排名在他的父亲之前。他便去找父亲。

"你找回了你的速度。"父亲说。

"我听见了开笼的声音,"男孩说,"我不想误导你,爸爸。你能听见所有的开笼声,这我知道。可现在二号笼子的响声要比其他的大一倍。他们该给那个笼子门上润滑油了。我想还没有人注意到呢。"

"我总是寻着笼子的声音瞄准的。"

"当然。可如果声音特别大时,那就在你的左边。左边特别响。"

父亲在接下来的三轮射击中,没有碰上一只从二号笼飞出来的鸽子。当他终于碰到一只二号笼放飞的鸽子时,并没有听见开笼声,他的第二颗子弹打中了已经飞远的鸽子,它正好撞到栅栏,碰巧落在场地里面。

"天哪,爸爸,对不起,"男孩说,"他们润滑了笼子门。我要是闭上我这讨厌的大嘴就好啦。"

他们参加了最后一次重大的国际射击比赛,也是父子两人唯一一次同时入围的比赛,第二天晚上他们还在聊比赛,男孩说道,"我就不明白,怎么会有人打不中一只飞鸽。"

"千万别再跟任何人说这样的话。"父亲说。

"不。我真的是这个意思。根本没有任何原因打不中嘛。我输掉的那一只,虽然落在栅栏外,可我的两发子弹都击中了它。"

"你就是那样输掉的。"

"我明白这个。我就是那样输掉的。可我不明白一名真正的射手会打不中目标。"

"也许再过二十年,你也会的。"父亲说。

"我可没有不礼貌的意思,爸爸。"

"没关系,"父亲说,"只是千万不要对别人说这话。"

当他为那篇故事和男孩的写作感到惊异时,他心里想到的就是这些。虽然有惊人的天赋,但如果没有教导和纪律,他是不会自动成为他这样的飞禽射击手的。他现在已经完全忘记了过去的训练。他忘记了他打不中飞鸟时,父亲就会脱掉他的衬衫,让他看因为枪托位置的错误而在胳膊上造成的青肿。通过让他总是向后看他的肩膀,确定射击前举枪的正确位置,他根除了男孩的毛病。

他忘记了那些训练,重心在你前脚上,总是低头、扫动枪管。你怎么知道你的重心在前脚?能抬起右脚跟就对了。低头、扫动、速度。现在,不要介意你的成绩好坏。我要你在它们飞离笼子时尽快射击。只盯住鸟喙,不要被其他部位分散注意力。跟着它们的喙扫动。假如你看不见喙,就将枪口对准应该是喙的地方。我现在要你练的是速度。

男孩虽然是个很棒的天才,可他一直训练他,才使他成为一名完美的射手,每年他都会带他去训练,从速度开始练,刚开始他能打中十只鸟中的六至八只。接着,他进步到十发九中;在这个水平上徘徊了一阵后,便提高到二十中二十,百发百中,到最后,只有运气才能分出完美射手们之间的胜负。

他一直没有给父亲看他写的第二篇故事。度假结束时,他还没有写到自己满意的程度。他说他想写到绝对完美的时候才拿给他看。一旦写好,马上就寄给父亲看。他度过了一个美好的假期,他说,最好的假期之一,他很高兴他的阅读也如此愉快,他感谢父亲没有在写作方面过于强行,因为度假毕竟是度假,这个假期非常愉快,也许是所有假期中最好的一个,毫无疑问他们度过了一段美妙的时光,他们的确是这样的。

这是七年以后了,父亲重读了那篇获奖故事。那是当他在男孩的旧房间里查看一些书籍的时候,在其中一本书里看到的。他刚一打开书,便立刻知道那篇故事是从哪里来的了。他记得很早以前那种似曾相识的感觉。他一页一页地翻看,正是这篇故事,毫无更改,连同标题,都囫囵来自一位爱尔兰作家写的一本非常好的短篇故事集。男孩从这本书上完完整整地抄写了这篇故事,甚至用了原标题。

从故事获奖的那个夏天,到父亲碰巧发现那本书,在这七年的后五年间,男孩做了一切他能够做的可恶而愚蠢的事情,父亲心想。可那是因为他患了病,父亲告诉自己。他的卑鄙来自于一种病。在发病之前,他原本是好的。可自从最后那一个夏天后,一年或者是一年多以后,一切都开始了。

现在,他知道那个男孩从来就不是个好东西。他思索过去发生过的事情,就常常会这么想。想到那些射击都毫无意义时,真的很令人悲哀。

于晓红 译

"外国文学名著丛书"书目

第 一 辑

书 名	作 者	译 者
伊索寓言	〔古希腊〕伊索	周作人
源氏物语	〔日〕紫式部	丰子恺
堂吉诃德	〔西班牙〕塞万提斯	杨绛
泰戈尔诗选	〔印度〕泰戈尔	冰心 石真
坎特伯雷故事	〔英〕杰弗雷·乔叟	方重
失乐园	〔英〕约翰·弥尔顿	朱维之
格列佛游记	〔英〕斯威夫特	张健
傲慢与偏见	〔英〕简·奥斯丁	王科一
雪莱抒情诗选	〔英〕雪莱	查良铮
瓦尔登湖	〔美〕亨利·戴维·梭罗	徐迟
欧·亨利短篇小说选	〔美〕欧·亨利	王永年
特利斯当与伊瑟	〔法〕贝迪耶	罗新璋
巨人传	〔法〕拉伯雷	鲍文蔚
忏悔录	〔法〕卢梭	范希衡 等
欧也妮·葛朗台 高老头	〔法〕巴尔扎克	傅雷
雨果诗选	〔法〕雨果	程曾厚
巴黎圣母院	〔法〕雨果	陈敬容
包法利夫人	〔法〕福楼拜	李健吾
叶甫盖尼·奥涅金	〔俄〕普希金	智量
死魂灵	〔俄〕果戈理	满涛 许庆道

书　名	作　者	译　者
月亮与六便士	〔英〕威廉·萨默塞特·毛姆	谷启楠
萧伯纳戏剧三种	〔爱尔兰〕萧伯纳	潘家洵 等
红字　七个尖角顶的宅第	〔美〕纳撒尼尔·霍桑	胡允桓
汤姆叔叔的小屋	〔美〕斯陀夫人	王家湘
白鲸	〔美〕赫尔曼·梅尔维尔	成　时
马克·吐温中短篇小说选	〔美〕马克·吐温	叶冬心
老人与海	〔美〕欧内斯特·海明威	陈良廷 等
愤怒的葡萄	〔美〕斯坦贝克	胡仲持
蒙田随笔集	〔法〕蒙田	梁宗岱　黄建华
悲惨世界	〔法〕雨果	李　丹　方　于
九三年	〔法〕雨果	郑永慧
梅里美中短篇小说选	〔法〕梅里美	张冠尧
情感教育	〔法〕福楼拜	王文融
茶花女	〔法〕小仲马	王振孙
都德小说选	〔法〕都德	刘　方　陆秉慧
一生	〔法〕莫泊桑	盛澄华
普希金诗选	〔俄〕普希金	高　莽 等
莱蒙托夫诗选	〔俄〕莱蒙托夫	余　振　顾蕴璞
罗亭　贵族之家	〔俄〕屠格涅夫	陆　蠡　丽　尼
日瓦戈医生	〔苏联〕帕斯捷尔纳克	张秉衡
大师和玛格丽特	〔苏联〕布尔加科夫	钱　诚
茨威格中短篇小说选	〔奥地利〕斯·茨威格	张玉书 等
玩偶	〔波兰〕普鲁斯	张振辉
万叶集精选	〔日〕大伴家持	钱稻孙
人间失格	〔日〕太宰治	魏大海